괜찮다, 다
괜찮다

공지영이 당신께 보내는 위로와 응원

괜찮다, 다 괜찮 다

공지영·지승호 지음

이해하는 사람은 외롭다, 외로운 사람은 이해한다

어제는 20년도 넘게 내 곁을 지켜주는 좋은 친구들과 밤늦게까지 술을 마셨다. 하지만 이상하게 새벽이 다 올 때까지 취하지 않았다. 택시를 타고 집으로 돌아가는데 거리에서 누군가가 불을 밝히고 일을 하고 있었다. 아마도 인적이 드문 시간을 틈타 길을 보수하는 것 같았다.

그 불빛을 보는데 이상하게 마음이 따뜻했고 그냥 그들이 고마웠다. 우리가 잠든 사이에, 혹은 우리가 서늘한 맥주를 마시며 낄낄 거리고 있는 시간에 그토록 수고하는 그들이 있어서 우리의 아침은 말끔해질 수 있다는 생각이 들었던 거다. 그들은 언젠가 내가 꿈에서 보았던 천사들, 허름한 작업복을 입고 온 세상에 꽃을 심고 있던 천사들을 닮아 있었다.

인터뷰를 하는 내내 어떤 장면 하나가 내게서 떠나지 않았다. 왠지 이 말을 하지 않으면 이 인터뷰집이 가식이 될지도 모른다는 터무니없는 강박 같은 것이 나를 따라다녔다. 시작은 이렇다.

내 젊을 적, 신촌에는 '섬'이라는 자그마한 카페가 있었다. 전경이 쫙 깔린 학교가 싫었고, 해도 되고 안 해도 되는 소리만 늘어놓는 교수가 싫었고, 최루탄 냄새 자욱하던 세상이 싫었던, 터무니없이 건방만 들어 일찍 조로한 스물 몇 살의 나는 대낮부터 그 카페에 들어가 술을 마셨다. 테이블이라야 서너 개. 사람이 다 차도 스무 명도 들어가지 못하는 그 카페에는 섬 언니가 있었다. 언니는 언제나 내게 아무것도 묻지 않고 비빔국수도 만들어주고 팝콘도 튀겨주었다. 나는 저녁이면 친구들과 마시는 '민중의 술' 소주가 너무 썼고, 그래서 대낮부터 그 비싼 맥주를 친구들 몰래 혼자서 마시곤 했다.

당시 섬 언니가 지키는 몇 가지 비실용적인 원칙이 있었는데 손님이 원하지 않으면 합석을 시키지 않는 것이었다. 어느 날 카페에 들어서니 꼬질거리는 옷을 입은 손님이 혼자서 그 카페의 가장 커다란 테이블을 차지하고 앉아 있었다. 다른 자리는 꽉 차 있었다. 언니는 보통 때 같으면 지금 사람이 많으니까 다음에 오라고 할 텐데, 그날만은 나를 부르더니 머리가 길고 터무니없이 마른 사람이 앉아 있는 탁자로 안내했다. 합석을 하라는 것이었다. 그 후로도 누구에게도 합석을 권한 적이 없는 것을 보면 나름 나를 위한 언니의 배려였던 모양이다. 나는 포즈만 커다랗고 괴로운 문학소녀였으니까 말이다. 내가 머뭇거리자 언니가 내게 말했다.

"알지? 이외수 씨."

워낙 말이 없던 그녀는 그렇게 말하고 훌쩍 주방으로 가버렸다. 생각해보라. 카페 입구에 놓인 제일 큰 탁자에 머리가 길고 터무니없이 마르고 꼬질꼬질한 그와 세상 근심을 혼자 다 짊어진 포즈로 앉아 있는 스물 몇 살의 건방진 여자. 그는 혼자 술을 마시고 나는 맥주를 마셨다. 그런데 갑자기 울음이 차올랐다. 나는 그를 알고 있었고, 그의 책을 모두 읽었다. 그리고 내심 그를 흠모하고 좋아하고도 있었다. 그런데 갑자기 그가 너무 미웠다. (이유? 아직도 나는 그 이유를 모른다. 이 글을 쓰기 전에 여러 번 생각했는데도 그렇다.) 맥주를 한 모금 삼킬 때마다 내 뇌수들이 마요네즈처럼 변해가는 것 같은 환영이 보이기도 했다. 나는 맥주 한 모금 마시고 탁자 위의 성냥개비 하나를 부러뜨리며 꽤 많은 술을 마셨던 것 같다. 그러다가 문득 내가 고개를 들었을 때 그와 나의 눈이 마주쳤다. 그때 나는 그에게 내 손에 가득 쥐어져 있던 부러진 성냥개비를 던졌다. 그리고 말했다.

"이외수라고! 흥! 이외수가 무슨 개뼉다귀야!"

문제는 내가 그런 행동을 할 만큼 충분히 무모했지만 그것을 수습할 만큼의 내공이 전혀 없었다는 것이다. 이미 저지른 행동이 당황스러운 나는 몹시 화라도 난 것처럼 얼른 의자를 거칠게 끌며 자리에서 일어섰다. 아마 그 순간이 다 합쳐서 20초나 될까. 그런데 나는 그때 보고 말았다. 그가 무연한 표정으로 나를 물끄러미 바라보고 있었던 것을 말이다. 부러진 성냥개비가 그의 꼬질한 머리에 몇 개 걸려 있었다. 나는 거리로 뛰쳐나왔다. 머리를 흔들었지만 기습적인 공격을 받고도 무연히 날 바라보던 그 눈동자가 내게서 떨어지지 않았다. 대체 그 무렵 세상을 왜 그렇게 살았는지 모르지만, 그때의 나는 세상을 그저 이기거나 아니면 지는 격투기장쯤으로 생각했던 것 같다. 나는 내가 참담하게 패배했다는 것을 깨달았다. 진 것이다. 그게 너무 분해서 인적 없는 골목길로 들어가 엉엉 울었다. 그러고는 당연히 우리가 아주 어렸을 때, 스스로를 괜찮고 심지어 약간 멋있다고 생각할 때, 드는 생각을 떠올렸다.

'나는 내가 정말 싫어!'

그 후로 난데없이 내 술자리에 끼어들어 시비를 거는 누군가를 만날 때마다, 따라다니며 악플을 다는 사람 때문에 괴로울 때마다 나는 그 장면을 떠올리곤 했다. 그리고 그런 생각 뒤에는 나도 알 수 없는 웃음이 슬며시 나오곤 했다. (이외수 선생님, 이 자리를 빌려서 진심으로 사과드립니다.)

오랫동안 나는 고독했고 고통스러웠다. 하지만 그러한 시간들은 내게 눈물이 결코 하찮은 것이 아니라는 것을 가르쳐주었다. 고통은 나를 고립시키기 위해서가 아니라 세상의 모든 상처들과 내가 하나 라는 것을 깨닫게 해주는 축복이라는 것도 알게 되었다. '말'은 치 유와 창조만을 위해 쓰도록 만들어진 것이라는 사실도 받아들였다. 나는 이제 어리석은 사람들을 미워하지 않는다. 그건 내가 어리석은 나를 더 이상 미워하지 않게 되었기 때문이다. 그리하여 10년 동안 누가 알아주지 않아도 혼자서 묵묵히 인터뷰어의 길을 걸어온 어리 석은 지승호 씨와 나는 기꺼이 많은 시간을 함께 보냈다.

시인이란 가슴 깊은 곳에 고통을 감추고 있으면서 그것을 비명이나 신음 대신 아름다운 음률로 만들어내는 불행한 사람이라고 키르케고르가 말했던가. 쓰고 읽고 고독한 것. 나는 온전히 내 운명을 받아들인다. 그러면 신기하게도 이 상처투성이 세상이 슬며시 아름답게도 보인다. 그리고 여전히 어리석고 무모한 내게 다가와 속삭이는 소리가 들리는 듯도 하다.

　"괜찮다, 다 괜찮다"라고.

2008년 8월

공지영

가슴 있는 자의 심장을 터뜨리는 작가 공지영을 만나다

우리 시대의 가장 사랑받는 작가 공지영을 만났다.

1994년 《고등어》《무소의 뿔처럼 혼자서 가라》《인간에 대한 예의》를 동시에 베스트셀러 목록에 올릴 만큼 인기 작가였던 공지영은 그로 인해 '운동권의 경험과 페미니즘을 상업적으로 이용했다'는 비판에 시달렸다.

평론가들과 일부 운동권 출신들은 그녀의 소설과 문장을 폄하했고, 그녀의 정치적 올바름을 좋아하는 사람들조차 문장이 쉽게 읽힌다는 이유로 높게 평가하지 않았다. 그러나 그녀는 18권의 책으로 통권 700만 부 이상의 판매고를 올리고 있을 만큼 독자 대중에게 폭넓은 사랑을 받고 있다.

독자 배수찬 씨는 자신의 미니홈피에서 다음과 같이 말한다. "확실히 공 선생님의 글은 비난받기 쉽게 되어 있다. 저울에 달면 무게가 많이 나가지 않을 것이다. 아예 공 선생님의 글이라곤 쳐다보지 않을 사람도 많을 것이다. 하지만 어쩔 것인가? 가슴 있는 자의 심장에 공 선생님의 글을 달아보면 심장이 터지고 마는 것을."

많은 독자들이 이와 비슷한 생각으로 그녀의 책을 통해 위로받고 있는 것은 분명한 사실이다. 불운한 결혼 생활로 인해 7년 동안 단 한 줄의 글도 쓰지 못했던 그녀는 그 기간의 아픔을 종교와 자기 내면과의 대화로 극복해냈고, 상처를 극복해낸 경험을 통해 다른 사람들을 위로하고 있다. 오랜 슬럼프를 극복하고《우리들의 행복한 시간》《즐거운 나의 집》으로 완벽하게 재기한 그녀는 최근 출간된 산문집《네가 어떤 삶을 살든 나는 너를 응원할 것이다》를 다시 베스트셀러 1위에 올리는 저력을 보였다. 1994년 한 작가의 작품이 동시에 세 권씩이나 베스트셀러 목록에 진입했던 것도 한국 출판계에서 처음 있는 일이었고, 그 기록은 지금까지도 깨지지 않았으며, 소설과 산문 두 분야에서 모두 1위를 기록한 작가도 공지영이 처음이다.

작가가 자신의 딸을 응원하기 위해 쓴 편지를 본 많은 독자들은 마치 자신에게 쓴 편지를 읽은 듯 감동했고, 힘을 얻었다. 이것이 공지영의 힘이 아닐까. 가장 마지막 작품이 최고의 걸작이 되면 좋겠다고 말하는 작가 공지영에게 독자들은 무한한 신뢰를 보내고 있다. 그녀는 칭찬받고 춤추는 고래를 거부하며 자유롭게 헤엄치는 고래가 되고자 한다. 그리고 작품을 읽는 독자 역시 무한한 자유를 느낄 수 있기를 바란다.

인터넷과 외국 소설에 밀려 한국 문학의 위기가 거론되었을 당시, 그녀는 한국 문학을 되살린 훌륭한 구원투수였다. 문학평론가 박철화는 공지영, 신경숙, 은희경을 두고 "이들의 글쓰기는 대중이 문학으로부터 급격히 등을 돌리는 순간에 다시 그들을 불러 모은 공로를 갖고 있다"고 평한 바 있고, 문학평론가 방민호는 "혹은 통속적이라고 하여, 혹은 감상적이라고 하여, 혹은 문장을 들어, 공지영 씨의 소설을 인정치 않으려는 견해가 없지 않다. 그러나 공지영의 소설만큼 시류 변화를 예민하게 읽어내면서도 속된 변화를 거절하는 절조를 보여주는 세계도 드물다. '옛날에' 변하는 세상을 더럽다 하던 기상 높은 문학인들은 다 어디로 갔는지? 공지영 씨 홀로 먼 길에 서서 연민 담긴 눈빛으로 유다적인 세계를 조감하고 있는 듯하다"고 공지영의 소설을 평한 바 있다.

《88만원세대》의 저자 우석훈은 자신의 블로그에 이런 글을 남겼다.

"40대 남자들 중에서 공지영을 싫어하는 사람들이 좀 많은 것으로 알고 있다. 문학에서 취향의 문제는 존재하는 것이므로 그들이 싫어하는 것도 존중하는 편이지만, 대체로 나는 공지영이 중요하다고 생각하고, 그녀가 이룬 성과는 존경받아 마땅하다고 생각하는 편이다. 그녀는 마초 세계에서 꿋꿋하게 피어 있는 들꽃 같은 존재다. 그리고 그녀가 제시했던 'politically correct(정치적으로 올바른)'에서, '유연성'이라는 개념을 내가 배운 것도 사실이다. 그러니까 한마디로 말하면, 나는 공지영을 좋아하고 존경한다. 그 뚝심을 좋아하고, 그 강직함을 존경하고, 그 솔직함을 사랑한다."

마초가 지배하는 한국 사회에서 여성이 성공한다는 것은 어려운 일이다. 여성다움을 유지하면서 성공한다는 것은 더더욱 어렵다. 더구나 남성의 세계에 일정한 영향을 미친다는 것은 거의 불가능에 가깝다.

우석훈의 말이 아니더라도 많은 사람들이 그녀가 그것을 해내고 있다는 것을 알고 있다. 또한 우석훈의 말대로 많은 40대 남성이 그녀를 싫어한다. 우석훈은 40대 남성을 우리 사회를 지배하고 운영하는 사람들로 설정했을 법한데, 그런 의미에서 50대, 60대뿐 아니라 우리 사회에 영향력을 행사하는 많은 남성들이 그녀를 평가 절하한다.

'가장 많이 팔리는 작가'라는 타이틀 외에 '가장 사랑받는 작가' '앞으로 가장 기대되는 작가' 설문 조사를 실시하면 항상 1위 내지 상위권에 오르는 그녀에 대한 비평가들의 평은 참혹했거나 무시로 일관되었다. 극단적인 평 가운데 하나겠지만 어떤 출판평론가는《고등어》한 편을 읽고 나서 "그녀에 대한 기대를 접었다. 그녀는 3류 작가다"라는 평을 하기도 했다.

가장 만나보고 싶은 여성을 조사한 한 설문 조사에서 전지현, 김태희 등의 연예인에 이어 5위를 기록할 정도로 전방위적인 관심을 받는 그녀에 대한 평가는 왜 그토록 극단적일까? 궁금했다. 그래서 그녀와 그녀의 작품에 관한 세간의 평가에 대해 작가 자신에게 직접 듣고 싶었다.

바쁜 스케줄 탓도 있겠지만, 인터뷰라는 형식에 대해 신뢰감을 갖고 있지 않아 망설이던 공지영 작가는 출판사의 제안에 한 달 정도 고민한 끝에 승낙했다. 거기에는 인터뷰어 지승호에 대한 신뢰감도 약간은 포함되었던 것 같은데, 그 점에 감사한다. 인터뷰라는 작업의 특성상 만날 수 없으면 아무것도 할 수 없으니 말이다.

2008년 8월

지승호

차례

1장　즐거운 나의 집

《즐거운 나의 집》은 공지영이 작가의 운명을 받아들이게 만든 책이다. 확실히 그녀는 이 책이 나온 이후로 대외적인 노출이 많아졌고, 매우 밝아졌다. 각종 강연회, 사인회 등도 자신의 역할의 하나로 즐겁게 받아들이기 시작했다.

아나운서 최송현은 KBS를 퇴사하면서 자신의 미니홈피에 《즐거운 나의 집》 가운데 "위녕, 세상에 좋은 결정인지 아닌지, 미리 아는 사람은 아무도 없어. 우리가 할 수 있는 건 다만, 어떤 결정을 했으면 그게 좋은 결정이었다고 생각할 수 있게 노력하는 일뿐이야"라는 문구를 남겼다. 그 일은 최송현, 공지영의 유명세 때문에 화제가 되기도 했는데, 최송현이 아니더라도 강연회를 가면 많은 학생들이 "저, 선생님 때문에 용기를 얻어서 새로운 도전을 하기로 했어요" 하고 말하는 경우를 많이 볼 수 있다. 나이 든 분들 또한 "공지영 작가 때문에 새 인생을 살 용기를 얻었어요"라고 말한다. 그에 대해 공지영은 "감사한 일이지만, 사실 좀 부담스러운 부분도 있다"고 털어놓으면서도, 이내 웃는 얼굴로 명랑하게 "근데 그거야 자신들의 인생이니까"라고 말한다.

세 번의 이혼, 성이 다른 세 아이의 어머니. 그 인생이 한국 사회에서 얼마나 힘들었을지 당사자가 아니면 짐작조차 하기 힘든 일이다. "왜 20년 동안이나 맞고 살면서 이혼을 결심하지 않았냐?"는 질문에 어느 개그우먼은 "이혼하겠다고 밝히는 순간 대중이 나에 대한 사랑을 거둬갈 것 같았다"고 말했다. 요즘이야 많이 바뀌었다고 하지만 예전에는 이혼한 여자, 그것도 유명한 여자일 경우 세간의 평은 가혹했다.

공지영은 "나는 세 번 이혼했고, 성이 다른 세 아이를 키우고 있어요"라고 한 인터뷰를 통해 직접 털어놓고 나서야 비로소 그 고통에서 벗어날 수 있었다고 했다. 또한 《즐거운 나의 집》을 씀으로써 비슷한 고통을 받는 많은 사람들에게 위로를 주는 형태로 자신의 고통도 승화시킬 수 있었다. 그래서 이 작품을 본 많은 독자들이 마치 자기가 경험한 것처럼 공감하고, 가족이라는 의미를 다시 생각해보는 계기를 만나게 된 것이다.

영화감독 류승완은 영화 〈주먹이 운다〉의 DVD 코멘터리를 통해 "한국의 가족 형태는 신파 아니면 패륜"이라는 말을 한 적이 있다. 사실 '우리가 남이가'에서부터 가족을 먹여 살리기 위해서 벌어지는 수많은 신파적인 행위들, 그것이 배신당했을 때 벌어지는 수많은 패륜적인 행위들까지 하루가 멀다 하고 신문의 사회면을 장식한다. 하지만 공지영은 《즐거운 나의 집》을 통해 가족이라는 단어가 가진 신파와 패륜을 넘어섰다. 그것도 아주 명랑하게.

"우리가 보는 것들 이면에 보이지 않는 것들이 얼마나 많이 감추어져 있는가를 생각했다. 그리고 때로 그것은 보이지 않는다는 이유 때문에 얼마나 치명적인가."

《즐거운 나의 집》에서

사실 우리는 이면은커녕 보이는 것조차 얼마나 왜곡해서 보고 있으며, 그것이 다른 사람에게 주는 상처는 또 얼마나 치명적인가? 우리는 공지영을 통해 그 치유법을 찾아가고 있는지 모른다.

상처 입은 영혼에게 보내는 응원의 메시지 🌿

지승호(이하 지) 《즐거운 나의 집》을 쓰면서 "작가로서의 내 운명을 받아들였다"고 하셨는데요. "모든 상처는 글쓰기를 위해 온 것 같고, 그것이 운명이라는 것을 3년 전에 받아들였다"고도 하셨고요.

공지영(이하 공) 아니, 그 전에는 글 쓰는 게 굉장히 지겹고 그랬는데, 《즐거운 나의 집》을 쓰면서 감사하게 생각했어요. '나한테 이런 지면이 있고, 쓸 수 있는 능력이 있어서 감사하다. 정말 이것을 소중하게 받아들이지 않으면 안 된다'는 생각을 처음으로 했어요. 그 전에는 '작가 못 하면 어때. 다른 거 하지 뭐' 이런 생각을 끊임없이 했거든요. 그중에 가장 구체적인 게, 이혼했을 때 가진 거 다 팔고 워싱턴에 가서 한인식당 차려 애들 키우며 살 생각도 했어요. 요리도 좋아하니까. 그런데 죽을 때까지 글을 쓰는 게 내 운명이라는 것을 이제야 받아들였어요. 욕을 먹는 것도 내 팔자고.(웃음)

지 지금까지 받아온 모든 상처가 글쓰기를 위해서 온 것 같다는 말씀도 하셨는데요.

공　신기하게 그런 경험을 많이 했어요. 이번에 《네가 어떤 삶을 살든 나는 너를 응원할 것이다》(이하 《응원할 것이다》)에서도 마지막 에필로그에 뭐라고 쓸까 생각하다가 어느 날 차를 타고 가는데, 문득 어린 시절 딸내미 운동회가 생각나더라고요. 그게 응원이라는 말하고 딱 맞아떨어지는 거예요. '설마 그 체험도 이 글을 쓰기 위해서 한 것은 아니겠지' 했는데, '그런데 어쩌면 이렇게 잘 맞아떨어질까, 비유가 딱 맞아떨어지네' 하는 생각이 들었어요. 사실, 제게 그런 상처들이 없었다면 이렇게 죽을힘을 다해서 상처를 극복하려고 하지 않았을 테니까 성숙은 없었을 것 같아요. 그러니까 나 자신하고 직면하는 용기, 죽느냐 사느냐의 문제에서 나 자신과 직면하고 나니까 수많은 결점이 드러났고, 그런 것들이 절 성숙하게 한 거죠. 결점을 고쳐서가 아니라 어쨌든 결점을 볼 줄 아는 용기가 생겼으니까요.

지　그 전에는 "이혼한 사람들의 국가대표 선수"라는 표현도 쓰셨는데, 이번 산문집 《응원할 것이다》의 반응을 보니까 자기를 응원해주는 '국민 이모'나 '국민 언니', '국민 누나'처럼 받아들이는 것 같던데요.(웃음)

공　정말 깜짝 놀랐어요. 오늘도 예스24에서 1위던데, 책 나온 지 1주일 만에 1위가 된 건 최단 기록인데, 그게 예스24 생긴 이래로도 처음이라고 하더라고요. 글쎄, 혹시 나를 칭찬한다면 이런 게 아닐까 싶어요. 사실 내가 너무 위로받고 싶었고 응원받고 싶었는데, 비록 나는 못났고 실수투성이지만 내가 잘 살고자 하는 마음을 누가 알아주기를 바랐고, 격려받고 싶었는데 그런 사람이 없었어요. 그래서 제가 책을 뒤져서 위로의 글귀들을 찾아냈어요. 그것으로 나 자신을 다독이고 그때 읽은 것들을 모았는데 이런 반응이 나오는 것을 보고 놀랐죠. "제목만 보고도 눈물이 핑 돌았다"는 반응이 많았는데요. 젊은 사람들은 물론이고 한국 사회에서 살아가는 사람들이 얼마나 경쟁에 내몰렸으면, 박수 소리 하나 들리지 않을 정도로 외롭다고 느꼈으면 제목만 듣고도 눈물이 핑 돌까, 그런 생각이 들었어요. 그것도 내 딸한테 주는 글인데 말이에요.(웃음) 예전에 그리스도교 처음 입문할 때 어떤 목사님이 그러셨어요. 하느님이나 예수님이 언어라는 것을 사용할 때가 딱 두 경우인데, 하나는 창조할 때고 다른 하나는 치유할 때라는 거예요. 〈창세기〉에 보면 "하늘이 있어라" 하니까 하늘하고 바다가 있잖아요. 그렇게 창조할 때 쓰는 거고, 또 하나는 병자를 고칠 때 "일어나 걸어가라, 눈 떠라" 이런 거잖아요. 그때 그 말이 깊이 있게 저한테 새겨졌죠. 가만히 생각해보니 내가 그때까지 구사했던 언어가 할퀴고, 비꼬고, 상처 주고, 공격하는 데 더 많이 쓰였고, 정말 내가 누군가를 위해서 위로하고, 격려하는 데 그 말들을 쓴 적이 있었나, 하는 생각을 하면서 말의 위력을 많이 실감하게 된 거죠. 《빗방울처럼 나는 혼자였다》(이하 《빗방울》)에서 《우리들의 행복한 시간》(이하 《우행시》)을 쓸 무렵의 이야기를 잠간 쓴 적이 있는데요. 취재도 다 끝나고 구상도 다 끝났는데 너무 무서워서 시작할 수가 없었어요. 그때 어떤 젊은 아가씨가 "선생님, 요새 뭘

쓰세요?" 하더라고요. 그래서 "사형수에 대해서 쓰려고 하는데 잘 안 되네요" 그랬더니 이 아가씨가 "어머, 선생님 무슨 소리세요. 정말 잘 쓰실 거예요" 하는데, 눈물이 핑 도는 거예요.(웃음) 그 사람은 분명히 빈말이었을 거야—그 사람은 내게 끼친 영향을 알까? 내가 약해져 있고 자신 없어 할 때였는데, 아, 그렇다면 나도 누군가에게 빈말이든 참말이든 그렇게 말해주자. 안 되면 할 수 없는 거고, 되면 같이 좋은 거고. 그때부터 마음이 많이 바뀌었어요. 그 아가씨 정확히 기억도 못 할 텐데, 아무튼 복받을 거야.(웃음)

지 본인도 모르게 그런 역할을 하는 경우가 많은 것 같아요. 문부식 선생의 경우에도 "내가 몹시 힘들 때 공지영 씨가 했던 말이 큰 위로가 됐다"는 얘기를 하시던데요. 그런데 정작 선생님은 기억도 못 하셨잖아요.

공 그러니까, 뭐라고 그랬는지 궁금하네요. 녹음 좀 해놓지.(웃음) 예전에 독일 있을 때 뭔지도 모르고 성령 세미나를 간 적이 있어요. 제가 원래 좀 예민하고, 대체로 작가들이 신기神氣라는 게 있잖아요. 영혼을 감지하는 능력 같은 것… 그때 치유의 은사를 받았어요. 아니 남들이 받았다고 하더라고요. 그때는 그게 뭔지 몰랐으니까.(웃음) 그런데 집에 오니까 우리 막내가 아프더라고요. 그래서 기도를 했는데 얘가 안 나아요. 그래서 아니다 싶었는데, 요즘에 알게 됐죠. 기도해서 병을 낫게 하는 게 아니라 내가 사람들한테 용기와 희망을 줄 수 있다면 그것이 치유라는 생각이 드는 거예요. 근데 참 이상한 게, 그 전부터 어디를 가면 사람들이 와서 자기들의 내밀한 이야기를 해요. "저 이런 얘기 태어나서 처음 해봐요" 하는 사람이 되게 많았어요. 그게 참 이상하다고 생각했는데, 마음이 너무너무 아픈 사람들이 나한테 있는 어떤 것을 알아보고 털어놓는 게 아닐까, 나중에는 그런 생각이 들더라고요. 털어놓는 자체가 치유의 시작이거든요. 그래서 지금은 그런 제 능력을 자주 써요. 꽤 효험이 있어요.(웃음)

지 《즐거운 나의 집》을 읽으면서 '전에 비해 공지영 작가가 살갑게 느껴졌다'고 하는 분들이 많은데요.

공 제가 어깨에 힘을 빼고 써서 그런 거 같아요.《우행시》부터 시작되었는데, 제가 거기서 얼마나 힘이 들었냐면, 이전 소설을 보면 우선 주인공은 도덕적으로 옳아요. 그런데《우행시》에서 처음으로 주인공을 성적으로 문란한 여자로 그렸어요. 그게 얼마나 힘들었는지 몰라요. 반항하는 거야 기본적으로 귀여운 것이라고 치고요. 그때 고비를 한 번 넘기고,《즐거운 나의 집》에서는 엄마라는 사람의 웃기고 대책 없는 점을 그대로 드러내는 것이 처음에는 또 힘들었어요. 사람들이 엄청 욕하면 어떻게 하지. '뭐 이런 여자가 있어?' 라고 하면 어떻게 하지. 무지 겁이 났어요. 그런데 나중에 인터넷에 달린 댓글을 봤는데 오히려 사람들이 친숙해하고 좋아하는 것을 보면서 '그래, 내 주인공들이 그동안 너무 잘난 척만 했어. 나도 원래 안 그런데 생긴 대로 보여주는 게 맞지. 사람이 어떻게 늘 도덕적으로 옳아' 하면서 힘을 빼기 시작했어요. 그게 나 자신한테도 굉장히 큰 자유를 주더라고요.

지 성적으로 문란한 여자를 표현하는 게 힘들었다고 하셨는데요. 보수/진보 잣대로 보기 힘든 부분이긴 하지만 다른 정치적인 견해에 비해 성에 대한 부분은 좀 보수적이지 않나 하는 생각도 드는데요.

공 전 정치 성향 빼고는 다 보수적이에요.(웃음)

지 "오늘 행복하지 않으면 영영 행복은 없어"라는 구절이 있는데요. 행복하기 위해서 자기 암시를 걸거나 하는 부분이 있으신가요? 사람은 규정하는 대로 된다고, 자기가 불행하다고 생각하면 한없이 불행한 것처럼 느껴지지 않습니까?

공 《우행시》쓰기 직전에 너무 힘들었는데, 그때부터 감사할 거리가 생기기 시작하더라고요. 그 전에 덜 고통스러울 때는 없던 것을 계속 찾았어요. 왜냐하면 없는 것을 찾는 게 빠르니까. 그런데 너무 힘드니까 있는 것을 세는 게 더 빠르더라고요. 있는 것부터 찾기 시작했죠. 진짜 감사하게 됐고, 제가 한 일 중에 제일 잘한 일이 그 감사를 알았다는 거예요. 아침에 일어나면 행복해요. 진짜 감사해요. 특히 제가 추위를 많이 타기 때문에 우리 집이 따뜻한 게 감사해요. 그리고 밤사이 불도 안 났고, 전쟁도 안 났고, 애들도 문 열어보면 다들 자고 있고, 그러면 '됐다, 일단 여기서 기본 점수는 다 했다'는 생각이 들어요. 밤사이에 안녕 못한 일들이 얼마나 많아요. 그래서 그것부터 감사하기 시작했는데, 그러니까 감사할 일이 점점 늘어나더라고요. 어쨌든 제가 《우행시》 쓰기 직전에 사형선고를 받은 것처럼 힘들었기 때문에 사형수들 마음이 이해가 가기 시작했던 거라고도 볼 수 있죠.

지　《우행시》 영화화된 것을 보고는 어떤 생각이 드셨나요?

공　'참 애썼다'는 생각이 들었어요. 막판에 촬영장에 한 번 갔거든요. 마지막 교수대 장면 촬영할 때 갔는데, 송해성 감독이 "아니, 무슨 소설을 이렇게 어렵게 써놨어"라고 하면서 성질을 내더라고요. 그래서 "죄송하다"고 했죠.(웃음) 송해성 감독이 어린애 같은 데가 있잖아요.

지　〈파이란〉 보고 나서 송해성 감독을 추천하셨다면서요.

공　그건 아니고, 그건 송해성 감독이 잘못 생각한 거고요.(웃음) 송해성 감독을 어릴 때부터 알았어요. 옛날에 〈무소의 뿔처럼 혼자서 가라〉할 때 다른 영화 조감독을 하고 있었는데, 우연히 술을 마시면서 얘기를 나눴던 것 같아요. 그때 보니까 사람이 참 괜찮더라고요. '이 사람 앞으로 뭔가 하겠다' 싶어서 기사를 눈여겨봤어요. 그런데 그 사람이 영화를 만든다고 연락이 와서 반가웠죠. 〈파이란〉 정도 만든 사람이면 잘 만들겠다 싶어서 흔쾌히 동의한 거고요.

지　사형수에 대해서 감상적으로 접근했다는 평도 있는 것 같은데

요. '강동원처럼 잘생긴 애를 죽이면 안 되지' 하는.(웃음)

공 사형수들도 진짜 잘생겼어요.(웃음)

지 좀 못생겼어도 편해 보이고 여유로워 보이면, 보기 좋으니까요.

공 마음에 따라서 그렇게 보이기도 하죠. 어쨌든 워낙 금욕 생활을 하니까요. 그리고 책을 얼마나 많이 보는데요.

네가 이혼하는 것도 싫지만 불행한 것은 더 싫다 🌿

지 예전에 김미화 씨에게 왜 20여 년간 맞고 살았냐고 하니까 "이혼하게 되면 대중이 나에 대한 사랑을 거둬들일까 두려웠다"고 했는데요. 선생님도 드러내기 쉽지 않으셨을 것 같습니다. 스스로 "이혼한 사람들의 국가대표 선수"라는 표현도 쓰셨잖아요. 상처를 극복해서 그러신 건가요? 아니면 그렇게 함으로써 극복하려고 하신 건가요?

공 극복했기 때문에 그렇게 말할 수 있었던 거죠. 그것을 그냥 받아들인 거예요. 내가 그렇다는 것을. 내가 세 사람을 죽였다는 고백을 한 것도 아니고. 결혼에는 무능하고 실패한 여자라는 것을 받아들였고, 결혼에 실패했다고 해서 내 인생이 실패한 것은 아니라는 것을 깨닫게 됐어요. 어떤 의미에서는 내가 그것을 용감하게 인정하는 것이 내 인생을 더 이상 실패로 만드는 것이 아니라는 것을 깨달은 거죠. 이미 내 주변에 알 만한 사람들은 소문으로 다 알고 있었기 때문에 굳이 숨길 필요도 없었고, 수근수근하게 하는 것보다는 차라리 말하는 게 낫다고 생각했어요. 그게 죄라고 생각하지도 않았고요.

지　남한테 피해를 주는 것도 아니니까요.
공　그러니까요.

지　이혼 결정을 하는데, 작가로서 성공한 것과 경제적 여유도 좀 도움이 되셨나요?
공　그때는 경제적 여유도 없었어요. 빚이 많았거든요. 그리고 작가로서의 성공은, 오히려 불행을 참고 견디면서 불행을 숨기고 살아야 했던 이유로 작용했죠. 김미화 씨랑 같은 거예요. 이혼하고 1년 넘게까지 사람들한테 이야기를 안 했어요. 그런데 어느 순간 부질없다고 느껴졌던 거죠. 이것은 내 삶인데, 내 팔다리 세 개가 잘렸다고, 내가 이것을 숨기는 것이 무슨 도움이 될까. 차라리 당당하게 '나 팔다리 없어'라고 말하는 게 낫지 않을까, 생각한 거죠. 그러고 당당하게 거리를 활보하면 예전처럼 '쟤 팔다리 없어' 하는 게 아니라 '팔다리 없다더니 진짜 없네' 하고 마는 거죠. 그러니까 나 자신한테 자신감이 생긴 거예요.

지　말하기 좋아하는 사람들은 '그렇게 상처받고 왜 또 결혼했느냐?'고 할 수도 있을 텐데요.

공 그게 저의 내면의 딜레마인데요. 상처를 치유하기 위해서 결혼을 한 거죠.

지 사랑으로 인한 상처는 또 다른 사랑으로 극복될 수도 있다고 하니까….

공 그걸 잘해내면 그런 것들이 치유될 수 있다고 생각했죠. 하지만 안 되는 것은 안 되는 거고, 그렇다고 '뭐 하러 결혼하냐?'고 하는 사람들은 뭐예요.(웃음) 한 번 사랑에 실패하면 다시 사랑하면 안 된다는 건가.

지 어떻게 보면 사람을 전과자 취급하는 나쁜 습성 같아요.(웃음) 한 번 실패하면 계속 실패할 것이라고 생각한다든지.

공 그럴 확률이 높긴 하죠. 근본적으로 바꾸기 전에는.

지 "세상에서 가장 어려운 일이 뭔 줄 아니? 자기 자신을 용서하는 거야"라고 하셨는데요. 스스로를 용서했기 때문에 그런 얘기를 할 수 있었던 건가요?

공 나 자신을 용서하는 데는 사실 신앙의 힘이 굉장히 컸어요. 내가 어떤 상황에 있든지 어떤 사람이든지 신은 나를 사랑한다는 확신을 신앙 속에서 얻었죠. 내가 잘나서가 아니라 '나'이기 때문에, 내가 만들어졌기 때문에 나를 사랑할 것이라고 생각했어요. 거기서 굉장히 많은 힘이 나왔어요. 그래서 이번에 《응원할 것이다》에서도 그 메시지를 전하고 싶었는데, 어떤 신부님이 한 말이 있잖아요. "이 세상에 똑같은 나뭇잎도 없고, 똑같은 눈송이도 없고, 모든 것이 다 원본이다." 남들 눈에는 하나는 삐뚤어져 보이고, 하나는 벌레 먹어 보여도 그게 다 원본이고, 완벽한 세상을 이루는 하나의 요소라는 것을 받아들이고 나서야 평화를 얻었죠.

지 가톨릭 신자시잖아요. 성직자의 가부장성이나 반페미니스트성 때문에 불편한 적도 많으셨을 텐데요.

공 엄청 많죠. 그런데 별로 불편하지는 않아요. 제가 신앙 찾고, 《수도원 기행》 쓰고 그럴 때 사람들이 걱정했어요. "너 이제 완전 할렐루야 되는 거냐?"고 했는데, 저는 신앙에서 많은 문학적 자양분을 얻었거든요. 왜냐하면 제가 믿는 하느님은 그리스도교보다 큰 분이거든. 예를 들어, 돌을 하나 노래하는 것도 제가 믿는 하느님을 노래하는 거예요. 교리 같은 것은 어떤 의미에서는 저한테 큰 문제가 되지 않는 것 같아요. 지금도 사실 가톨릭 작가가 세 번이나 이혼했다고 심기 불편해하는 사람들이 많아요. 저는 그런 것에 전혀 개의치 않고 그렇게 물어봐요. "다른 죄는 다 용서하면서 이혼은 용서가 안 되나요? 신부님들이 한 번도 결혼 못 해서 질투하는 거죠?"라고.(웃음) 그러면 어떤 신부님들은 막 웃고, 불편해하는 신부님들은 인상 쓰고 그러죠. 그리고 제가 농담으로 그러는데, "예수님이 다시 오시면 다 이혼하라고 할 거예요. 예수님은 뒤집는 것을 좋아하거든요" 해요. 우리 아버지처럼 "네가 이혼하는 것도 싫지만 네가 불행한 것은 더 싫다"고 말씀하실 것 같아요. 나를 조금 사랑하는 우리 아버지도 그러는데, 많이 사랑하는 성인이 그 정도 말을 못 할까 싶거든요.(웃음)

지 어떤 신부님이 이혼 문제로 고민할 때 위로해주셨다고 하셨잖아요.

공 저랑 동갑인 신부님인데, 제가 어느 날 처음으로 울면서 상의를 드리니까 "왜 당장 이혼 안 하냐?"고 하시는데, "《수도원 기행》만 안 썼어도 제가 이혼을 할 텐데, 하느님한테 기껏 돌아왔다고 해놓고 이혼을 하면 하느님 망신이잖아요"라고 했거든요. 그랬더니 신부님이 어이없어 하면서 "하느님이 공지영 씨보다 머리가 나쁘다고 생각해요? 또 알아요? 공지영 씨가 세 번이나 이혼했다고 위안을 받는 사람이 있을지"라고 하는데, 그 얘기가 제 가슴을 쳤어요. 그 순간부터 이혼해야겠다는 결심을 했는지도 모르겠어요. 그 양반이 남의 일에 간여하는 사람이 아닌데, 성령을 받았는지 그날 엄청 단호했어요.

고발하고 싶은 한국의 결혼 제도 ❧

지 호주제가 폐지되고 가족관계등록제가 시행되었는데요. 성을 아이들이 원하는 성으로 바꾸실 생각은 없나요?

공 아이들이 원하는 성이 자기네 성이에요. 우리 지금 별로 불편하지 않거든요. 얼마 전에 애들이랑 두 번 해외여행을 갔다 왔는데, 여권을 내잖아요. 그런데 다 성이 다르잖아요. 물론 이름이 알려져서 그런 것도 있지만 "가족이시죠?" 그래서 "예" 그러고 말았어요.

지   그 전에는 "불법으로 아이들의 성을 고치고 감옥 가고 싶은 심정"이라는 글도 쓰셨는데요. 성이 다름으로 해서 가장 불편했던 점은 어떤 것인가요?

공   제가 이런 생각을 못 할 때였죠. 결혼이라는 제도 속으로 어떻게든 구겨서라도 들어가야 된다고 생각할 때 한 얘기였어요. 겉보기에라도 굉장히 괜찮은 가정을 만들어야겠다고 생각할 때 쓴 글인데, 지금은 생각이 완전히 하늘과 땅처럼 바뀌었죠.

지   아이들을 키우면서 가장 중요한 원칙은 무엇인가요?

공   원칙 없어요. 되는 대로 키워요.(웃음) 그런데 아이들 때문에 좌절하면서 한 가지 얻은 것은 있죠. 내 마음대로 안 된다는 것, 그래서 고유한 그대로 놔둬야 된다는 것, 원칙이 있다면 그것뿐이에요. 제 친구들이나 주변에서 뭐라고 많이 해요. 그래도 혼내고 그래야 된다고 하는데, 아무리 지금은 평온하다고 해도 우리 아이들은 상처를 많이 받은 애들이기 때문에, 모범적으로 산 엄마의 아이들은 가끔 채찍질을 해도 상처가 안 될지 모르지만, 애네들은 굉장히 상처 입어요. 그래서 될 수 있는 대로 존중해주고, 될 수 있는 대로 놔두고, 그런다고 해서 사람들이 원하는 모범생이나 우등생은 되지 않겠지만, 고만고만하게 그냥 그런대로 자라는 것 같더라고요. 아우구스티누스라는 성인이 있어요. 그 양반 엄마가 모니카 성녀인데, 모자가 성인 성녀가 되는 경우는 가톨릭에도 별로 없어요. 그 양반 일화가 뭐냐면, 젊은 시절 아우구스티누스가 방탕하고, 나중에 창녀하고 자식도 하나 낳아요. 그래서 모니카 성녀가 주교님을 찾아가서 제발 아들한테 한마디만 해달라고 했대요. 그러니까 주교님이 "아무 말도 하지 말고, 오직 기도하십시오" 그랬다는 거예요. 성녀가 기도한 지 18년 만에 아우구스티누스가 어느 날 아이들이 하는 노래 한 소절을 듣고는 바로 회심해서 그 길로 성인이 되거든요. 대학자, 최고의 학자가 되죠. 그래서 우리끼리 농담할 때 그러죠. "성녀가 기도해도 18년이 걸리는데, 우리는 30년쯤 기도를 해야 될 거다."(웃음) 둘째가 열네 살이에요. 그러면 30년을 기도한다고 치면 마흔네 살인데, 저는 현대에 그게 그렇게 늦은 나이라고 생각하지 않아요. 설혹 계속 삐뚤어진다고 하더라도 그때도 얼마든지 스스로 길을 다시 찾을 수 있는 기회가 있다고 생각하고요. 어떤 의미에서 현대가 좋은 점도 있는 것 같아요. 예전에는 고시 봐야 되고, 은행 가야 되고, 그러지 않으면 안정된 삶이나 밥벌이가 없었잖아요. 현대에는 다양한 직업군이나 창의력을 필요로 하는 곳이 많으니까, 그리고 인생이 생각보다 길더라고요. 나도 서른에 '이게 뭐야?' 하고 절망했는데, 지금 생각하면 웃기죠.(웃음)

지 결혼 만족도가 떨어지는 사회인데요. 그 이유는 뭐라고 생각하시나요? "한국의 결혼 제도는 공정거래위원회에 고발할 사안"이라고까지 말씀하셨는데요. 사실 남자들도 불행한 사회 아닌가요?

공　공식적으로는 한국의 이혼율이 3위일 거예요. 내가 보기에는 사실상 1위 같은데요. 공식적으로는 스웨덴이 1위고, 미국이 2위인가 그런데, 스웨덴 같은 경우는 동거 형태가 많잖아요. 결혼을 잘 안 하기 때문에. 거기는 동거도 공식적으로 등재가 되잖아요. 그런데 제가 매번 예를 드는 게 이거예요. 지금 지승호 씨랑 즐겁게 얘기하고 있는데, '지승호 씨, 저랑 있는 거 괜찮죠?' 그러면 괜찮다고 할 텐데, 누군가 여기서 문을 딱 닫고, '이제 두 사람 절대 변하지 말고 이 방에서 사세요' 하면 그 순간 지옥으로 변하거든요. 이 순간 자체도. 제가 늘 말하지만, 출구가 있는데도 안 나가는 것하고 출구가 없는 것은 굉장히 달라요. 저는 일부일처가 문제라고 생각하지는 않아요. 사람이 사랑을 하면 어린아이들도 독점하고 싶어 하잖아요. 그런데 평생 만나는 사람이 100명 내외인 농경 사회가 아니잖아요. 현대 사회에는 수만 명이 오가고, 마주치고, 일하고, 부딪치고, 서로 술잔을 기울이는데, 이 사회에서 이혼하고 다시 재혼할 수 있는 출구가 열려 있지 않는 한 행복한 결혼조차도 지옥으로 변할 것 같아요. 지금은 덜하지만, 여전히 강박증에 많이 시달리고 있고, 저는 처음부터 이런 생각을 했어요. 그래서 결혼할 때 "우리, 남편이랑 아내이기 때문에 어쩔 수 없이 사랑하지 말고, 매일매일 우리가 서로를 선택하면서 사랑하자"고 했거든요. 그 선택에는 그런 것도 포함이 되는 거예요. 우리가 이혼 못하는 그런 이유들,

애들도 있고, 부모님도 있고, 사회적 이목도 있고, 그것들이 다 중요한 비용이거든요. 이 비용이 결혼 생활 내내 쌓여가잖아요. 그런데 이것을 무너뜨릴 만큼 힘들면 사실 무너져야 되는 거죠. 보통은 이게 안 무너지니까, 이것만큼은 아니니까, 대개 비용을 더 치르기 싫으니까 사는 건데, 그럼에도 그런 것으로부터 자유로워야 될 것 같아요. 너무 지옥인데 마지못해 살면 그 상대방은 좋을까요? 난 정말 싫어. 그러니까 윤락이라든가 매매춘―매매춘이라는 단어 싫어요. 어떻게 예쁜 '봄'이라는 단어를 거기다 넣는 건지, 하긴 윤락도 이상하다.(웃음)―하여튼 그러니까 성매매가 이상 망측한 방법으로 번지는 거 아닌가요? 어떤 나라에도 사창가는 다 있지만, 이렇게 지식인부터 하층민까지, 정신 이상자부터 정신 멀쩡한 사람들까지 골고루 거길 드나드는 나라가 있나요? 일본도 이런 문화는 아니잖아요. 술자리에서는 손대지 않고, 술만 따르잖아요. 예전에 외국인이 쓴 글을 보고 분개한 적이 있는데, 한국의 룸살롱에 가서 충격을 받았다며 "한국 남자들은 사춘기를 벗어나지 못한 것 같다"고 쓴 거예요. 외국에서도 여성이 접대할 수 있고 콜걸을 부를 수 있는데, 좋으면 전화를 하거나 눈짓을 해서 둘이 나간다는 거예요. 그런데 한국은 나가지도 않고 옆자리에서 사춘기 아이들이 하듯이 이것도 만져보고 저것도 만져보고, 1차적 청소년기에 해야 되는 몸짓들을 한다는 거예요. 그래서 어린아이와 같은 느낌을 받았다고 하는데, 전 그걸 읽고 충격을 받았거든요. 얼마 전에 난생처음으로 룸살롱을 가봤어요. 제가 예전에는 페미니스트로 악명이 높아 아무도 그런 얘기를 꺼내지 않아서 편하게 살았는데요. 얼마 전에 무슨 계약 건 때문에 계약을 하고, 이 양반이 너무 기분이 좋았는지 자기가 단골로 가는 집에 가서 조용히 얘기를 하자는 거예요. 그런데 약간 기분이 묘하더라고요. 거기가 청담동이었고, 이 양반한테 "어떤 집인가요?" 물어보니까 낮부터 찾아가서 자장면도 시켜 먹고, 밤에는 술도 마시고, 사업 망했을 때 사람들 보기 싫어서 그 집에 가곤 했는데, 마담이 순두부도 시켜주고 그랬다고, 참 좋은 집이래요.

지 사업이 망했는데, 그런 곳에 갈 돈은 있으셨나 봐요.(웃음)

공 "그러면 저도 가보고 싶네요. 정겹겠네요" 하고 갔어요. 룸살롱에 가도 여자를 안 부를 수 있잖아요. 더군다나 여자가 쫓아갔으니까. 마담이 왔어요. 왔는데, 이 남자가 좀 순진한 양반이었어요. 남자 세 명이 같이 갔는데, 소개를 하더니 마담이 나가면서 "언니는 나랑 놀고, 세 명 들여보낼까?" 하니까 "어, 어" 그러는 거예요. 그러고는 진짜 여자애들이 들어오는데, 충격받은 게 딱 내 딸이잖아, 내 딸 또래잖아. 그러고 나서 옷을 딱 봤는데, 이 어리고 예쁜 아이들이 보니까 원피스를 입었는데 등이 다 터진 게 보이는 거예요. 속에 아무것도 안 입었다는 얘기잖아요. 치마도 짧고. '이거 어떻게 해야 되지' 하는 생각이 들었는데, 그분들이 어떻게 하는 분들도 아니고 점잖은 분들이고, 나머지는 내 성질을 알기 때문에 슬슬 내 눈치를 보고 있고, 사장님은 좋다고 하고 있고. 그래서 일단 화장실을 갔어요. 순간 수많은 생각이 교차하더라고요. '내가 여기서 정직하게 말하고 이 자리를 파토내야 되나. 나도 사회생활을 하는 사람이고 나이가 들었는데, 꾹 참고 좋게 넘기고 이 자리를 얼른 파하고 집에 가야 되나.' 몇 분 사이에 막 갈등이 되는 거예요. '내가 그러면 저 사람들이 얼마나 민망할까', 이런 생각도 들고. 그런데 마지막 순간에 '아니야, 누군가를 위해서 나를 희생시켜서는 안돼. 그리고 이 자리가 내가 희생할 만큼 가치 있는 자리도 아냐. 힘들지만 말하자'고 생각하고 다시 들어갔어요. 도대체 이런 개뼉다귀 문화는 뭐야, 하고 생각하면서 술을 스트레이트로 마셨더니 "왜 그러세요?" 그러더라고요. 그래서 "사장님, 저 좀 불편해요" 했더니 "속이 안 좋으세요?" 그러는 거예요.(웃음) "그게 아니고요. 저 이런 자리 처음이에요. 이런 자리에 더 이상 제가 있는 게 아무 의미 없는데, 자리는 깨기 싫으니 제가 먼저 갈게요" 그랬어요. 그러니까 완전히 다들 사색이 됐죠. 사장님이 "일단 애들 나가 있으라고 해" 그러니까 로봇처럼 쭉 나가더라고요. 그런데 그 여우같은 마담이 옆에서 "술 따르는 도우미인데, 뭐가 어때서? 도우미들이 왔는데" 그러는 거예요. 그래서 "저는요, 술 따르는 데 무슨 도움이 필요한지 모르겠어요" 했죠. 사실 1차에서 진짜 재미있는 얘기를 많이 했어요. 그래서 그 양반이 기분 좋아서 그런 데로 데리고 간 거고요. "아까 술자리에서 재미있어서 2차까지 온 건데요. 저는 우리가 이 사람들한테 무슨 도움을 받아야 되는지도 모르겠고 말하기도 불편하네요. 전 아무튼 먼저 갈게요" 하고 일어났어요. 분위기에 완전히 찬물을 끼얹은 셈이죠. 마담이 성질이 나서 "그 나이 먹도록

소설가가 이런 데 처음 와봤다는 게 이해가 안 되네" 그러더라고요.(웃음)

지　그쪽 입장에서는 영업 방해라고 볼 수도 있겠네요.(웃음)

공　그렇죠. 나도 싫고, 그 사람도 싫고, 한편으로는 모욕감도 느꼈어요. '도대체 날 어떻게 보고 저 사람이 이러나' 싶기도 하고요. 그날 제가 스트레이트로 반 병을 그 자리에서 마시고 나왔는데 덕분에 10년 만에 오바이트하고, 다음 날 중요한 강연도 못 갔어요. 그러고는 마음의 상처가 되게 컸어요. 그 계약을 당장 파기하고 싶더라고요. 내가 그래도 문화인인데, 심지어 페미니스트 작가라고 남들이 흉까지 보는 사람인데, 어떻게 이런 대접을 받을 수가 있나. 날 뭘로 봤기에 저러나, 생각하고 있는데 사과 전화가 막 오는 거예요. "죽을죄를 졌다"고 하고. 점잖은 사람들이고 내가 좋아하는 선배들도 있었는데, '정말 부인들이 한번 봐야 된다'는 생각이 들었죠.(웃음) 다음 날 거기 참석했던 사람들이 돌아가면서 전화를 했는데, 그중 한 선배가 이러더라고요. "타성의 힘이 이렇게 무서운 줄 몰랐다. 나는 처음에 이 자연스러운 자리에서 쟤가 왜 저러나 하고 생각했다"고 하더라고요. 전 더 충격받았죠. 지금도 그 얘기하면 가슴이 쿵쾅쿵쾅 뛰어요. 아니, 내 딸 같은 애들이 옆에서 벗고 앉아 있는데, 도대체 무슨 도움을 주냐고요.

지　외국 사람들이 볼 때는 중고등학생들이 여자애들 희롱하는 것과 비슷하게 느껴지겠네요. 그때는 폭력으로 여자애들을 희롱하고, 어른이 되어서는 돈으로 여성을 희롱하는 것이 좀 다를 뿐. 미숙하게 보일 수도 있겠네요.

공 그리고 그런 것에 대해서 지식인으로서 조금도 죄책감을 가지지 않는 사람들을 너무 많이 봤어요. 주변에서. 난 정말 이해할 수가 없어요. 그러니까 폭탄주를 마구마구 마시는 거죠. 맨 정신으로 하기에는 좀 쪽팔리니까.

지 예전에 386 정치인들이 그런 적도 있잖아요.

공 NHK 사건을 저는 광주사태라고 부르거든요. 그때 운동권 선배들이 막 임수경을 욕하더라고요. 시인 김정환 형이랑 차를 타고 가는데, "형 정말 미쳤어?" 그러면서 소리소리 지르면서 차에서 쫓아낼 듯이 하니까, 나중에 정환이 형이 자기도 정신이 번쩍 났다고 하면서 그러더래요. "역시 지영이야." 제가 계속 매매춘을 반대하는 이유는 우리가 돈을 내고 모든 것을 사는 사회에 살고 있지만, 돈을 내고 절대로 사서는 안 되는 게 사람의 생명에 관련된 것이거든요. 장기 매매도 금지되어 있잖아요. 그건 마지막 윤리잖아요. 그런데 돈을 냈다는 이유만으로 그 시간 동안 다른 사람의 몸을 맘대로 할 수 있다는 것은, 나는 이처럼 파렴치한 범죄는 없다고 생각해요. 그것보다 더 싫은 게 뭐냐면, 옛날에 한때 그런 게 있었어요. 돈 주고 뺨 때리는 거요. 그런 것처럼 느껴지는 거예요. 돈의 힘으로 그 사람의 육체를 사는 거잖아요. 이런 것들은 지금도 얘기하면 살이 떨려요. 그건 제가 남자였어도 마찬가지로 생각했을 것 같아요. 게다가 저는 딸까지 있잖아요.

지　'성매매 방지법' 나왔을 때 그 업계에서 일하는 분들이 반대하는 경우도 있었지 않습니까? 현실적으로 성 노동자의 권리를 인정하는 게 옳은 것이라는 의견들도 있고요. 그 사람들에게는 생존 수단인데, 생존 수단이 그런 것밖에 없다는 것 역시 개선해야겠지만, 대안 없이 단속을 하는 게 옳으냐는 의견도 일견 일리는 있다고 보이거든요.

공　아니, 노숙자도 당장 잘 데가 거기밖에 없는 거고, 도둑들도 당장 그것밖에 할 게 없으니까 하는 거잖아요. 예를 들면, 관대하게 뭘 적용하는 것하고 원칙적으로 안 된다고 정해놓는 것은 다른 일인 것 같아요. 관대해지기 위해서 원칙 자체를 허무는 것은 옳지 않은 것 같아요. 이런 부분에서는 내가 교조적인가? 아니, 그런데 그런 것은 절대로 상상할 수 없어요.

각자가 성숙한 성인으로 살았으면

지　한국의 결혼 제도가 불공정 거래로 고발할 사안이라고 하셨는데요. 남자들도 그걸 지키기 위해서 스스로 피곤한 삶을 살지 않습니까? 자기가 뭘 원하는지도 모르면서 남의 이목에나 신경 쓰고, 그걸 지켜내야 한다는 강박관념을 가지고 있다가 마흔 넘어서 인생에 회의를 느낀다거나 과로사하기도 하는데요.

공 그렇죠.

지 그런 것을 바꾸려면 어떻게 해야 한다고 생각하시나요?

공 글쎄, 나는 결혼해서 제일 이상했던 것이 왜 시댁이 나한테 유
세를 떠는지 이해를 못 하겠는 거예요. 우리 엄마는 사위를 보면 가
만히 앉아 있으라고 하고, 먹을 것을 끝없이 내오고, 나는 왜 그 집
에 가면 끝없이 일해야 되고, 왜 명절에는 꼭 시댁만 가야 되고, 왜
호칭은 이 사람은 매형, 매제, 처남, 처제 이런 식으로 부르고, 나는
아가씨, 도련님 이렇게 하녀의 용어를 써야 되나. 남자들은 밖에서
지칭할 때 '우리 장인이, 우리 장모가'라고 하고, 여자들은 '우리
어머님이, 우리 아버님이'라고 하잖아요. 용어에서부터 굉장히 이
상해요. 그리고 자기가 효도해야 되는 거잖아요. 그런데 시어머니
아프면 며느리가 간호해야 되고, 제 친구랑 늘 하는 말이 제 친구도
아들만 둘인데, '이 다음에 내 생일날 며느리는 정말 오기 싫으면
오지 않아도 된다. 내가 걔한테 해준 게 없으니까. 그런데 아들은
기본적으로 와야 되는 거 아니냐. 며느리가 오면 참 고마운 거고,
안 오면 선택이고, 절대로 강요하지 않겠다'고 해요. 예를 들어, 명
절에도 그쪽이 아들이 있건 없건 명절이 두 번이니까 한 번은 이쪽
에 가고, 한 번은 저쪽에 가고, 그런 식으로 했으면 좋겠다는 거죠.
성숙한 성인으로 살았으면 좋겠어요. 모시지 말고, 성인으로 각자
알아서 잘 살았으면 좋겠어요.(웃음)

지 결혼 생활을 하면서 '밥은 절대 남기지 마라. 농부의 고마움은 알아야지' 하는 가풍과 '배부르면 그만 먹어. 네 위가 더 중요하지' 라는 가풍이 충돌하면서 고통을 겪었던 것도 같은데요. 아이한테 자유로움을 주기 위해 외국에서 교육을 시켰다가 한국에 들어왔을 때 적응을 못하게 되는 경우도 있잖아요.

공 아니, 그것은 제가 소설 속에서 지어낸 거고요. 그런 것 가지고는 뭐라고 안 그랬는데, 제가 스트레스받아서 와구와구 먹었거든요. 왜 끝도 없이 거기 있어야 되는지도 모르겠고요. 할 일도 없이. 왜 시어머니 생신에 남편이 바쁘면 나 혼자 내려가야 되는지도 모르겠고요. 나도 바쁜데. 나는 직장이 없어서.

지 분위기가 다른 사람들의 결합이기 때문에 여러 가지 충돌이 불편할 수 있지 않습니까?

공 분위기 엄청 다르죠. 저는 어렸을 때 '우리 집이 왜 이렇게 봉건적일까' 하면서 반항하면서 살았는데, 나중에 알고 보니까 우리 집이 자유로웠기 때문에 반항이라도 하면서 살았던 것 같아요. 너무 봉건적이면 반항조차 못 하고, 봉건적이라는 말도 못 꺼내잖아요. 요즘 들어서 새록새록 엄마, 아버지한테 감사해요. 어렸을 때부터 한 번도 "너 이렇게 하면 남들이 어떻게 생각하겠니?", 이런 말은 들어본 적이 없어요. 대신 "남한테 폐가 되니까 그건 하지 마라. 피해를 주면 안 되니까 네가 좀 참아야 된다"는 말은 많이 들었어요. "너 자신에게 얼마나 떳떳하니?" 하는 질문도 많이 받았고, 알게 모르게 거기에 되게 많이 젖어 있었던 것 같아요. 이런 말은 지금은 자랑이 아니라고 생각하는데, 《즐거운 나의 집》에도 썼지만 제가 학교 다닐 때 공부를 잘했거든요. 정말로 그건 내가 피나게 노력해서 된 게 아니에요. 그것은 나의 타고난 재능이었어요. 국민학교 들어가자마자 시험을 보는데 산수 하나 틀리고 다 맞았어요. 그런데 어떤 남자 애가 다 맞아서 걔가 1등을 하고, 제가 2등을 했어요. 나는 그게 그렇게 분했어요. 그런데 우리 아이들은 그런 걸 전혀 분하게 생각하지 않더라고요.(웃음) 80점 받고도 "엄마, 나보다 못하는 애들 엄청 많아" 하면서 즐거워하는 것을 보니까 '야, 이것은 정말 타고나는 거구나' 생각하게 되었어요. 그렇다고 해서 우리 엄마, 아버지가 저희들한테 공부 잘해서 일류 대학 가라고 말씀하신 것은 아니었거든요. 그런 소리 한 번도 안 들어봤어요. 그래도 알아서 한 것을 보면, 황병기 선생님이 중학교 1학년 때 처음으로 가야금을 보고 못 잊어서 부모님 앞에서 단식투쟁을 해서 가야금을 연주하게 된 것하고 비슷한 것 같아요. 그렇다고 제가 '가세를 일으키기 위해서 공부밖에 할 게 없다'고 노력을 한 사람도 아니고요. 공부도 재능인 게 확실한 것 같아요. 그래서 아무튼 감사해요. 딸이라서 그런 것도 있겠지만, 우리 오빠 같은 경우도 공부를 되게 잘했는데, 아버지는 오빠가 의사가 되길 바랐어요. 의대 갈 성적도 충분히 됐는데, 공대를 갔거든요. 부모님이 한 번도 거기에 대해서 뭐라고 하시지 않았어요. 나중에 오빠가 취직 안 하고 연구원 된다고 했을 때도 아무 말씀 안 하셨어요. 그런 분위기를 계속 본 거예요. "네가 원하는 것을 해라. 우리는 어차피 너보다 일찍 간다. 너희가 살 거니까 너희가 알아서 하고, 너희가 좋아하는 것을 해라"고 한 거죠. 제가 시인이 된다거나 소설가가 된다고 했을 때 "배가 많이 고플 텐데"라고 걱정은 하셨지만 한 번도 "왜 선생이 된 다음에 시를 써도 되는데", 이런 말씀은 안 하셨어요. 지금 생각하니까 사실 《즐거운 나의 집》에 나오는 장면들은 다 부모님의 유산이에요. 제가 그런 분위기에서 컸고, 정말 함부로 대해주신 적이 없어요. 마지막 충격은 글을 쓰던 중에 아버지가 암에 걸리신 건데요. 제가 멕시코를 가야 하는데 아버지가 전화로 그렇게 말씀하시더라고요. "나는 재밌게 살았으니까 걱정하지 말고 너는 네 스케줄대로 네 일을 해야 된다. 너는 젊으니까" 하시는데, 되게 많이 울었어요. 아버지가 새삼 다시 보이더라고요. 나도 저렇게 말하고 죽어야겠다는 생각이 많이 들었어요. 예전에 반항한 것을 이제 반성하는 거죠. 부모한테 모진 말을 하고, 엄마 가슴에 못 박아놓고 그런 것을 쉰 살이 다 되어서 후회하는 거죠. 그렇다고 지금도 잘하는 것은 아니고, 마음속으로만 감사하고 있어요. 공자 집안인데도 친척 대소사에 한 번도 억지로 참석시킨 적도 없고, 그런 게 지금 생각해보면 되게 좋았어요.

지 　"정말 지금 생각하면 죄스러울 정도로 좋은 환경을 타고났다"는 말씀도 하셨고, "거친 소리에 대해서 민감할 수밖에 없었던 것은 그런 경험이 없었던 것. 예민한 여자를 하느님이 탈수기 같은 고

통의 통 속에서 돌렸고, 면역이 없으니 더 아팠던 것"이라는 말씀
도 하셨잖아요. 그게 어려운 점인 것 같거든요.

공　아직도 약간 그런데, 세상에 나쁜 사람이 있을 거라는 상상을
서른 살 넘도록 못 해본 것 같아요.

지　가령, 아는 여자가 어떤 남자를 처음 만나 그날 그 사람 집에
따라가서 술을 마셨는데, 갑자기 폭력적으로 변했다고 하면, 그 여
자의 잘못이 아니라고 해도 그 여자를 나무라게 되지 않습니까? 사
람을 믿은 것은 잘못이 아닐지 몰라도 '세상이 어떤 세상인데, 그
놈이 어떤 놈인지도 모르고…' 하면서 화를 내게 되잖아요. 그 사
람의 범죄 행위와는 다르게 걱정이 돼서 그렇게 얘기할 수밖에 없
는 부분이 있는 것 같은데요.

공　대학교 1학년 때 어두운 길에서 난데없이 뒤에서 목 졸리고 끌
려가서 성폭행당할 뻔한 적이 있어요. 그때도 끌려가면서 마지막까
지도 '이 사람이 도대체 나한테 왜 이러나, 이 아저씨가 왜 이러나'
그런 생각을 했거든요.(웃음) 젊은 남자였으면 경계했을 텐데, 그때
당시 40대 중반으로 보이는 아저씨가 스무 살짜리를 끌고 가니까
요. 내가 이번에 혜진이, 예슬이 수사관을 만나서 물어봤어요. "어
떻게 그 큰 애들을 끌고 갈 수가 있느냐"고. 여러 분석이 있었는데,
그중 하나가 그거였어요. 부자 동네 아이들은 이런 경계심이 굉장
히 많다는 거예요. 부모들한테 그런 얘기를 많이 들으니까. 그런데
거기가 워낙 못사는 지역이어서 그런 경각심이 전혀 없는 마을이었

다는 거예요. 그러니까 "개가 아프니까 좀 돌봐줄래?" 하는 말에 따라간 거죠. 만약 그런 것들이 좀 더 홍보가 됐으면 따라가지 않았거나 소리를 지르거나 어떻게든 반항을 했을 텐데, 그게 너무 가슴이 아프다고 그러더라고요.

지　좋은 환경에서 아이들을 자유롭게 키우는 것도 좋은데, 애들이 면역력이 없으면 커서 힘들 수도 있으니까 키울 때 그것도 참 딜레마가 될 것 같은데요.

공　우리 언니, 오빠는 아무 일 없이 잘 살잖아요.(웃음) 아이들마다 기질 차이도 있는 것 같아요. 우리 언니, 오빠는 고분고분 거기에 맞춰서 잘 살았고, 저는 기질적으로 좀 더 강했고. 말하자면 워낙 반항적 기질도 있어서 그런 게 문제가 된 것 같아요. 결국 세상에서 어떤 일을 당하더라도 치유력은 거기서 오잖아요. 존중받았던 것에서 오잖아요. 제가 사형수들 만나러 감옥에 가서 참 많은 것을 느꼈어요. "이렇게 따뜻한 말과 존칭을 처음 들어봤다"는 말이, 결국 그 사람들을 변화시킨 거죠.

지　게이 부부의 아이가 남을 더 배려하는 아이가 되더라는 연구 결과도 있던데요. 아이와 싸울수록 아이들이 자신을 솔직하게 드러내기 때문에 더 건강한 관계가 된다는 연구 결과도 있고요. 그런데 안 좋은 표현으로 흔히 결손 가정이란 표현을 쓰는데요. 그런 표현에 대해서는 어떻게 생각하시나요?

공 싸우는 것도 잘 싸워야 될 것 같아요. 말은 다 못 하고, 엉뚱한 것으로 상처만 주는 싸움은 안 하느니만 못하고요. 요즘은 애들 때문에 너무 많이 힘들어서 내가 컨트롤을 하려고 해요. 예전에는 나도 맞받아쳤어요. 친구들끼리 싸우는 것처럼. 말꼬리 잡고 '엄마한테 말본새가 뭐냐'에서부터, 그랬는데요. 요즘은 제가 전체 그림을 위에서 내려다보고 컨트롤을 하니까 저도 편하고 문제 해결이 더 빨리 되는 것 같아요. 그런데 생각해보면 우리한테 남아 있는 유아성이 얼마나 많아요. 아이들은 자기 부모는 완전한 인간이라고 보기 때문에 조금만 잘못해도 굉장히 큰 상처를 받잖아요. 부모가 받는 것보다 많이 받잖아요. 그러니까 우리 자신이 성숙해지도록 노력하는 것이 좋은 부모가 되는 길인 것 같아요.

지 어릴 때부터 똑같은 사람이고, 부모도 상처받을 수 있다는 생각을 심어주는 것도 좋을 것 같아요.(웃음)

공 그렇죠. '이것은 엄마가 아무리 노력해도 안 된다. 이건 봐주라' 이렇게 얘기도 하고요.

지 요리와 육아가 사람을 성숙하게 만드는 면이 있는 것 같은데요. '남성은 요리와 육아를 담당하지 않기 때문에 영원히 성숙할 수 없다'는 말도 있지 않습니까?

공 굉장히 신선하다. 말 된다.(웃음)

이것 역시 지나가리라 🌿

지 작품에서, 초반에 자기가 어른스러워야 된다는 강박관념을 가지고 있는 위녕과 오히려 딸 같은, 어떤 면에서는 좀 푼수 같은 엄마가 후반으로 갈수록 닮아간다는 느낌이 있던데요.

공 우리 딸이 굉장히 상처를 많이 받고 있다가 저한테 왔어요. 그때는 제가 완전히 한풀이 꺾인 다른 사람으로 변하고 있는 상황이었기 때문에 제가 아이를 성숙한 입장에서 많이 케어를 해줬어요. 상처받고 삐뚤어진 아이를 치료하는 유일한 방법이 사랑과 지지라는 것을 알았기 때문에 속이 부글부글 끓어도 늘 사랑과 지지를 보내려고 했죠. 열 마디 잔소리하고 싶은 거 한마디만 하고, 사랑과 지지의 표현을 의도적으로 많이 했죠. 딸 말로는 아니라고 하지만. (웃음) 아무튼 그렇게 하려고 노력을 많이 했어요. 그랬더니 애들이 정말 놀라운 속도로 펴지더라고요. 지금도 상처가 없는 것은 아니지만, 아직도 아쉬움이 많겠지만, 지금 현재로서는 한 고비 더 넘었구나, 이런 생각을 해요. 막내도 또 시작하겠지, 또 각오해야지, 이런 생각도 하고요. 요새도 힘든 일이 왜 없겠어요. 그런데 이제는 두렵지는 않아요. 화장실에 써 있는 글귀대로 이런 것도 다 지나간다는 것을 알고, 납작 엎드려서 기다리면 지나간다는 것을 알기 때문에, 나이 먹어서 깨달은 것은 그거 하나인 것 같아요. 이것 역시 지나가리라.

지 나이 드신 분들의 평인데, '20대, 30대 여성들에게 공지영의 소설이 나쁜 물을 들인다'고 하지 않습니까? 자기 아내나 자식들이 그런 물 들어서 이혼하지 않을까, 이렇게 생각하는 거죠.

공 그런 물이 빨리 들면 안 되는 결혼 생활은 빨리 끝내는 게 낫죠.(웃음) 그리고 그것보다는 자기 아내가 자기로 인해 얼마나 행복한지 먼저 살펴봐야 되는 거 아닌가요?

지 그걸 모르니까 나중에 황혼이혼당하면서 '도대체 왜 그러냐? 난 잘해줬는데'라고 하잖아요.(웃음)

공 내가 힘이 없어지니까 버리는구나, 그러겠죠.(웃음) 얼마 전에 사람들과 술자리에서 이혼 얘기가 나왔는데, 어떤 분이 그랬어요. "서로 조금만 노력하면 되고, 조금만 참아주면 되는데, 그게 나도 잘 안 돼" 하시는데 제가 반대 의견을 말했어요. 제가 결혼 생활에서 무진장 노력을 했다고 말씀드릴 수 있거든요. 그 사람을 사랑해서 했든, 결혼 생활의 틀을 유지하려고 했든 간에요. 나중에 무슨 생각이 들었냐면, 내 친구 하나가 그런 얘기를 했어요. "무슨 살면서 그렇게 노력을 해. 그런 게 어디 있어? 그냥 사는 거지. 너처럼 죽을힘을 다해서 노력하는 것은 오히려 잘되지도 않아. 이거는 아닌 거야"라고 하는데, 그때 그 말이 되게 가슴 아팠어요. 그런데 지금은 동의해요. 아무리 좋은 사람이라고 해도 나랑 안 맞을 수 있어요. 그러면 같이 살기는 힘든 사람인 거예요. 그럴 때는 잘 헤어져야 해요. 연예인들이 가식으로 얘기하는 것일 수도 있지만 정말 안 맞아서 좋은 친구로

남기로 했다는 말이 정답인 것 같아요. 왜냐하면 내가 좋아하는 친구지만 한 방은 도저히 쓸 수 없는 친구들이 분명히 존재하거든요. 걔가 많은 장점을 가지고 있지만 말이에요. 그런데 단점도 많고 껄렁껄렁하고 그렇지만 같이 한 방에 있으면, 삶을 같이 하기에는 편한 사람도 있을 수 있잖아요. 그럴 때 하는 노력이 조금 참는 정도는 되지만 혼신의 힘을 다해서 참고, 때려도 맞고, 그건 아닌 것 같아요.

지　참는다는 것은 한계가 있고, 어디선가 부하가 걸린다는 얘기니까요. 나중에 폭발할 수도 있는 거고요.

공　참는 것이 정말 문제라면 아우슈비츠도 아무 문제가 안 돼요. 죽이지만 않는다면. 그러면 마취는 뭐 하러 해요? 참으면 되지. 조금 참으면 맹장도 잘라내고 좋게 해줄 건데.(웃음)

안젤리나 졸리와 나, 그리고 가족

지　막딸이 아줌마나 시저마 아줌마까지 해서 대안 가족처럼 느껴지는데요. 혹시 〈가족의 탄생〉이라는 영화 보셨나요?

공　좋다고 하던데, 못 봤어요.

지　흔히 그런 가족을 보수적인 사람들은 콩가루 집안이라고 하지 않습니까?(웃음)

공　콩가루가 얼마나 맛있는데요. 몸에도 좋고.(웃음) 콩이 온전히 있으면 먹기도 힘든데, 콩가루 내면 먹기도 좋고 고소하잖아요. 아니, 제가 이 말을 했다가 말도 안 되는 악플을 받았는데, 손민호 기자와 인터뷰를 하면서 "안젤리나 졸리 같은 사람도 있는데, 각 대륙에서 온 아이를 키우는 엄마도 있는데, 하물며 내가 낳은 아이를 내가 키우는 게 뭐가 이상하냐? 그런 눈으로 보지 말아달라"고 했더니, "네가 안젤리나 졸리냐?" 그러는 거예요.(웃음) 나는 그 여자를 유심히 보거든요. 그 여자가 출연한 영화는 하나도 못 봤지만. 그 여자가 이 세상 여자들한테 끼치는 영향도 대단한 것 같아요. 그리고 내가 그 아이들을 유심히 보는데, 내가 많이 불행했다고 생각하는 사람이기 때문에 어떤 집에 가면 그 집이 행복한지 아닌지 금방 알아요. 어떤 집에 가면 심지어 강아지 이름도 해피더라고요.(웃음) 그래서 옛날에 어떤 분은 교회를 새로 고를 때 목사님을 보고, 부인의 얼굴을 살피고, 마지막으로 아이들을 살펴서 모두 밝으면 그 교회를 선택한다고 하더라고요. 그리고 우리가 이 나이쯤 되면 얼굴에서 읽잖아요. 안젤리나 졸리가 입양한 아이들의 사진을 유심히 보면 진짜 사랑받고 자란 아이들이더라고요. 그런 게 정말 가족인 것 같아요. 얘네가 피부색이 다르네, 어느 대륙에서 왔네, 그런 것이 뭐가 중요해요? 너무 훌륭한 것 같아요. 그 사람. 그런데 하물며 내 뱃속으로 낳은 애를 내가 키우는데 뭐가 이상하냐고요. 안젤리나 졸리같이 그런 일은 못할지언정 말이에요.

지 《봉순이 언니》의 가족 형태와《즐거운 나의 집》의 가족 형태는 어떻게 다르다고 보세요?

공 엄청 다르지 않나요? 거기는 엄마, 아빠, 딸 둘에 아들 하나. 여기는 아들 둘, 딸 하나에 성도 다 다르고, 엄마는 혼자 있고, 아빠는 세 명이 어딘가에 흩어져 있고요.(웃음)

지 어떤 면에서는 대안 가족이라 할 수도 있을 것 같고, 다른 식구와 가족같이 지내는 애기의 70년대 버전과 2000년대 버전일 수도 있을 것 같은데요.

공 그렇죠. 봉순이 언니 같은 경우는 고용된 사람이고 우리 아주머니도 고용된 사람이지만, 봉순이 언니는 사생활이 없는 경우잖아요. 사생활까지도 주인집에 저당 잡힌 사람인데, 우리 아줌마는 어쨌든 출퇴근하시는 분이고 사생활이 있는 거죠. 제가 필요 이상으로 터치하지 않으니까요. 그리고 거꾸로 나의 사생활도 보장받는 거고요.

지 좋은 주인집을 만나면 좋겠지만 그렇지 못하면 조선 시대의 노비하고 비슷한 형태 아닌가요?

공 그렇죠. 퇴근 시간도 없었잖아요. 밤이고 새벽이고 부르면 가서 수발들어야 되고, 하녀죠. 우리 아줌마 같은 경우는 빨간 날은 다 쉬고, 안 그럴 땐 수고비도 따로 드려야 되고, 어느 정도 노동법 비슷하게라도 맞춰드리는 거죠. 출근 시간, 퇴근 시간도 맞춰드리고, 1년에 몇 번 휴가도 드리고요.

우리 엄마가 엄마여서 너무 다행이야 🌿

지 《즐거운 나의 집》에 보면 "아빠는 내가 아빠를 사랑하는 것보다 나를 더 사랑하고 있었기 때문에 우리의 싸움은 늘 아빠의 처절한 패배로 끝나곤 했었다"는 구절이 나오는데요. 흔히 '덜 사랑하는 사람이 권력을 가진다'는 말도 있는데, 좋은 관계를 오래 유지하기 위해서는 서로 밀고 당겨야 되는 걸까요? 관계가 좋아지기 위해서는 자기를 아끼고 사랑하고, 어떤 때는 덜 사랑하는 것처럼 위장해야 될까요? 그런 것도 좋은 관계를 유지하기 위해 필요한 것이 아닌가 하는 생각이 들 때도 있는데요.

공 저는 아닌 것 같아요. 저도 옛날에는 그런 것 때문에 무지 고민을 하고, 온갖 책을 찾아보고 그랬는데요. 그게 연애나 권력 게임에서는 좋은 것 같은데, 사랑을 하는 데는 좋은 방법이 아닌 것 같아요. 그리고 사랑의 궁극적인 목표인 자기 성장에는 조금도 도움이 되지 않는 것 같아요. 얼마 전에 인터넷을 보니까 '남자가 여자를 잊는 데 걸리는 시간은?', 이런 게 있더라고요. 거기서 참 재미났던 것이 "금방 만난 사이는 금방 잊는다. 오래 만난 사이는 오래 걸린다. 마지막에 만약 남자가 받기만 하는 관계였다면 그는 결코 당신을 잊을 수 없다"는 말이 있어서 깜짝 놀랐어요. 헤어지고 나서 잊지 말라고 잘해주는 것은 아니지만, 사랑을 많이 한 쪽이 나중에 성장도 하고, 잊는 것도 잘 잊는 것 같아요. 우리 딸한테도 그렇고, 나도 앞으로 그럴 건데, 만약 사랑을 한다면 밀고 당기고, 그런 건 할 필요 없는 것 같아요. 좋다고 얘기하고, 너무 보고 싶었다고 얘기하고, 그렇지만 중요한 것은 '보고 싶지만, 지금 나한테 중요한 일도 있기 때문에 지금은 안 돼'라고 얘기하는 것이 옳지, '아, 나는 너무 바빠서 네 생각을 할 틈도 없어'라고 하는 것은 아닌 것 같아요. 진실도 아니고.

지　"엄마는 시동을 껐어도 열쇠를 주머니 속에 넣고 있었다"는 표현이 나오는데요. 그 열쇠는 스스로에 대한 최소한의 존중과 사랑을 의미하는 건가요?

공　자기 주도권 같은 거죠. 우리 딸이 실제로 했던 말이에요. 그 말을 듣고 나서 모골이 송연해서 "너 어떻게 그렇게 똑똑하냐?"고 했거든요.(웃음) 어떻게 그렇게 비유도 잘하는지 깜짝 놀랐어요. 그 녀석, 딴에는 옛날에 자기 친구 엄마들을 부러워했을 텐데, 나를 만났을 때 그런 얘기를 하더라고요. "나는 엄마를 만난 게 아니라 어떤 좋은 여자를 만난 것 같아." 자기가 상상하던 그 엄마는 아니었던 거죠. 아마 제 딴에는 끝없이 나와 그 엄마들을 비교했었나 봐요. 서운한 점도 많고 그랬겠지만, 내가 울고 있으니까 위로해주려고 그런 거겠지만, 그중에서 나한테 좋은 점이라고 생각했던 점을 얘기했던 것 같아요.

지　위녕이 책 후기에 "우리 엄마가 엄마여서 너무 다행이다"고 썼던데요.

공   그날 밤에 제가 새벽 두 시쯤 원고를 탈고했는데, 안 자고 있기에 "엄마 원고 탈고했다. 술 마시자"고 했죠. 술을 마시는데 그 얘기를 하더라고요. "엄마, 정말 엄마 딸이라서 너무 다행이야." 그래서 "뭐가" 그랬더니 그 얘기를 하더라고요. "다른 애들이 얼마나 지옥 속에서 사는지 이제 알았어." 그래서 "뭐가 지옥이냐?"고 했더니 다른 친구들한테는 실패하면 안 된다는 강박이 계속 있다는 거예요. 내 딸 친구들은 얼마나 똑똑한지, 어떤 애가 하나 있는데 공부를 잘해서 교대를 갔어요. 그런데 어느 날 한 과목을 F를 받았대요. 그게 임용 때 굉장히 영향을 미치나 봐요. 그래서 온 집 안이 초상 분위기로 변했다는 거예요. 이 친구가 내 딸을 만나서 "내가 스무 살인데, 난 이거 하나 실패할 수도 없는 거니?" 하면서 울었다는 거예요. "너희들은 그렇게 고차원적인 말을 하면서 술 마시냐?"고 했는데,(웃음) 순간 저도 모골이 송연했어요. 물론 그 엄마, 아빠가 슬퍼하는 마음은 나도 엄마니까 알지만, 정말 부담스럽겠다는 생각이 들었죠. 우리 엄마 아버지가 내가 처음 이혼했을 때 '인생 끝났다' 이러면서 울고불고 그랬으면 난 어땠을까. 나도 가뜩이나 마음이 안 좋아 죽겠는데, 그런 생각이 들었어요. 그때 내가 그 얘기를 한 거죠. '젊을 때만이 실패할 수 있는 권리가 있는 거다. 나이 들어서 실패하면 힘들다. 지금 마음껏 실패 다 해봐라. 그러면 적어도 어떻게 하면 실패하는 줄은 안다.' 그런데 자기는 느꼈나 봐요. 자기가 실패해도 엄마는 절망하지 않을 것이라는 걸 안 거 같아요. 사실 요즘은 너무 바빠서 절망할 시간도 없어요.(웃음)

지　내 생활이란 것도 있으니까.

공　자식의 인생이 내 인생이랑 다르고, 달라야 된다고 계속 생각하기 때문에….

지　작품에서 엄마의 위대함이나 힘을 강조하셨는데요. "사람을 두 종류로 분류한다면 아이를 낳아본 사람과 안 낳아본 사람으로 나누겠다. 왜냐하면 세상을 보는 모든 가치관이 변화하기 때문"이라고도 하셨는데요. 어떻게 달라지나요?

공　그 말 쓰지 말아야겠더라고요. 어느 모임에서 그 말을 하는데, 거기 불임 부부가 있었어요. 내가 너무 큰 상처를 준 것 같아요. 그러니까 아이를 사랑해본 사람으로 바꾸는 게 좋을 것 같아요. 그때 너무너무 미안했어요. 그 사람들 어디 가서 내 욕을 하거나, 나를 미워할 거야.(웃음)

지　정치적으로 올바르다는 게 너무 힘든 것 같아요. 무심코 한 표현이 어떤 사람들한테는 상처를 줄 수 있으니까요.

공　그러니까 항상 배려하고, 힘이 센 사람들이 많이 조심해야 돼요. 저도 모르게, 저도 말하자면 글 쓰는 권력, 전파되는 권력을 가지고 있는데, 그걸 자꾸 잊어버리거든요. 친한 줄 알고 막 얘기하다가 나중에 보면 엄청나게 상처 줬다는 걸 알게 되는 경우도 있어요. 저는 아무튼 엄마가 된 다음에, 이 세상이 완전히 변한 것 같아요. 엄마가 된 두 번의 사건이 있었는데 한 번은 진짜 물리적으로 큰 딸을 낳았을 때, 이 세상이 한 번 바뀌는 경험을 했죠. 뭐냐 하면, 길거리의 어린아이들, 전쟁 통에 죽어간 아이들을 보면 옛날에는 '어머, 어떻게 해' 하던 데서, 이제는 전율로 오는 거예요. 우리 아이를 생각하면서 감정이입이 되는 것을 경험했어요. 두 번째 엄마가 된 것은 헤어진 딸을 다시 만나고, 성이 다른 세 아이를 온전히 책임지게 됐을 때, 그때 제가 진짜 엄마가 된 것 같아요. 엄마의 역할을 시작한 것이 그때였던 것 같아요. 옛날에는 물리적 엄마였고. 그때는 이 아이들이 전부 다 반항하고, 정신이 하나도 없고, '엄마란 뭐고, 나는 어떻게 해야 되지', 이런 생각을 많이 했어요. 그때 육아 책을 많이 읽었는데, 육아 책처럼 헷갈리게 하는 책은 보다보다 처음 봤어요. 사랑에 관한 책은 '여자가 적당히 튕겨라. 네 일을 소중히 해라' 등등 일관된 면이 있는데, 육아 책은 어떤 사람은 '혼내라', 어떤 사람은 '혼내지 마라', 다 다르거든요. 그래서 이제 육아 책은 안 읽어요.(웃음)

성이 다른 세 아이 기르기

지 케이스 바이 케이스일 수밖에 없는데, 그것 자체가 그 책을 쓴 사람의 인생관을 반영할 수밖에 없는 거니까요. 애들도 다 다르고요.
공 한 아이는 그게 먹힐 수 있는데, 이 셋도 다 다르거든요. 하나만 있어도 몰라요. 둘 낳으면 '인간이 이렇게 다를까' 하는 생각이 들어요. 아빠가 달라서 그런 게 아니라 둘 이상 낳아본 사람들은 다 그 얘기 할 거예요. 어떻게 큰놈은 저런데 작은놈은 저럴까, 태어날 때부터 저러고 있더라, 이런 얘기 할 거예요.

지 애를 키우는 것을 우주에 비유하는 분들도 계시던데요. 그런데 셋을 키우면….

공 하나만 낳아도 대충 알긴 알죠. 셋이 되면서 겸손해졌다는 얘기고. 위로 둘은 아주 애기 때부터 예절 교육을 많이 시켰어요. 특히 제일 차이가 났던 게 뭐였냐면, 병원에 가기 전에 될 수 있으면 거짓말을 안 하려고 해요. 애가 예방 주사를 맞으러 가면 아무리 어려도 붙잡고 미리 얘기를 해요. "너, 병원에 가면 아플 거야. 주사를 맞으면 많이 아플 수도 있어. 그런데 네가 울거나 떼를 써도 어차피 맞을 거야. 그런데 조금만 참으면 그다음에 괜찮아지니까 울지 말고 잘 참아"라고 잘 얘기해줘요. 그럼 신기하게 둘 다 안 울고 좀 찔끔하다가 참고 그랬어요. 그래서 실제로 병원에 가서 소리 지르는 아이들의 엄마를 보면 '도대체 애들을 어떻게 교육시키는 거야?' 하는 생각을 했어요.(웃음) 길거리에서 떼쓰는 애들을 봐도 이해가 안 갔고, 만약에 그런 비슷한 일이 생기면 집에 와서 손바닥을 때리고 엄하게 했어요. 위로 둘은 그러면 말도 잘 듣고, 순했거든요. 그런데 막내를 낳았는데 병원이 떠나가라 울고, 개가 가면 모든 병원에서 '쟤 또 왜 왔나?' 하면서 슬슬 피하더라고요.(웃음) 그래서 '어머, 저게 교육한다고 되는 게 아니구나' 하는 생각을 했어요. 막내는 어렸을 때부터 기본적으로 길바닥에 누워서 땡깡을 부렸거든요. 제가 위로 애 둘만 낳았으면 '저 엄마 도대체 뭐 하는 거야?' 그랬을 텐데 막내를 낳고 겸손해져서 '그래, 저건 타고나는 거야. 엄마도 얼마나 힘들까?' 그런 생각을 하게 됐죠.(웃음)

지 어떻게 보면 방어적이라 공격적일 수밖에 없는 아이들이 학교에 적응하는 게 걱정도 되셨을 것 같은데요.

공 아니, 그런데 학교는 잘 가요. 지적받는 게 뭐냐면, 큰애도 그렇고 둘째도 그렇고, 막내는 덜한데요. 버릇없다는 지적을 많이 받아요. '선생님들한테 말대답한다', 이런 얘기를 많이 듣는데 어떻게 해야 될지 모르겠어요. 아주 작은 아기면 몰라도 어느 정도 애들이 크면 알잖아요. 우리도 학교 다닐 때 보면 이상한 선생님들 진짜 많았잖아요. 학교를 찾아가 보면 선생님들 평가가 극과 극이에요. 어떤 선생님은 "발표도 열심히 하고, 너무 잘한다"고 하고, 어떤 선생님은 "너무 버릇없다" 그러고요. 1년 동안 어떤 선생님들한테는 시달리고, 어떤 선생님들한텐 너무 예쁨받고 그래요. 꼭 예전에 저를 보는 것 같았어요.(웃음) 아이가 막 분해하면서 "나는 잘못한 것도 없는데, 찍어 가지고 미워하고 그런다"고 하기에, "엄마가 그 선생님이 너 잘되라고 그런다는 거짓말은 안 할게. 솔직히 그건 거짓말이야. 선생님도 화가 나서 너한테 감정적으로 대했을 수 있어" 그랬더니, "우리 학교에는 왜 이렇게 이상한 선생님들이 많아?" 그러는 거예요. 그래서 "이상한 선생님들이 학교에만 있는 게 아니라 세상에도 많아. 앞으로도 평생 한 2,000명은 만날 거야.

그럴 때마다 계속 끝까지 대들래? 그리고 선생님들은 1년 지나면 바뀌잖아. 네가 알아서 편한 대로 처신해. 끝까지 싸워야 되는 일이 분명히 있지. 그런데 그냥 넘어가고, 1년이 지나면 끝난다고 생각해야 되는 일도 있는 거야. 그것은 네가 알아서 해", 그랬더니 금방 알아듣더라고요.

지　'말대꾸한다'는 말부터 없어져야 된다고 누군가 얘기했는데… 아, 마광수 교수였다. 선생과 학생이 대화를 해서 잘못된 게 있거나 그러면 고칠 수도 있는 건데, '말대꾸하지 말라'고 하는 것은 무조건 내 말을 들으라는 것 아닙니까?

공　그런데 왜 일단 '알겠습니다' 하라는 거예요? 전 어릴 때부터 그게 너무 싫었어요.

지　시기상조라는 말과 비슷한 것 같아요. 시기상조는 늘 시기상조라는 거니까. 일단 지금 듣고 나중에 다시 얘기하라는 건데, 그 나중은 그때의 지금이니까요. 또 지금 얘기하지 않고 나중으로 미뤄지겠죠.

공　애들도 나한테 그러는 걸 보면, 내 말이 곱게 안 나갈 때 대들지, 충분히 숙고해서 어른스럽게 얘기하면 그렇게 말대꾸하지 않죠.

지　교사는 아이들한테 굉장한 영향을 주는 직업이기 때문에 정기적으로 검사가 필요한 직업인 것 같아요.

공　맞아요. 어린아이들한테 영향을 주는 사람들은 사실 인성 검사, 이런 것을 계속하는 것이 맞는 것 같아요. 그런데 저는 꼭 그렇게만 생각하지는 않아요. 학교가 천국이라면 아이들이 나와서 어떻게 적응할까 싶어요. 그러니까 어떤 의미에서는 감정적으로 대응하는 것을 겪는 것도 일종의 사회화고 교육이라고 생각해요. 아까 제가 말한 것이 선생님들을 폄훼하려는 것이 아니라 어떻게 보면 자기가 살아가야 할 인생에 대해서 선배로서 얘기해주는 건데요. 그러니까 누가 옳다 그르다는 판단을 도저히 내릴 수는 없는 거거든요. 예컨대 '선생님이 다 너 잘되라고 하는 거야'라는 말은 하기 싫었어요. 저도 그렇지 않은 것을 많이 경험했거든요.

지　애들은 분명 그것을 느낄 텐데요. 매 맞았던 아이들한테 '그때 내가 너무 힘들어서 그랬어. 하지만 널 사랑해'라고 하면 될 텐데, '널 위해서 그랬어'라고 하면 더 상처를 줄 수도 있지 않나요?
공　우리 집 고양이들도 누가 자기를 제일 사랑하는지 알아요. 모든 살아 있는 것은 사랑인지 아닌지 본능적으로 감지해요. 물론 거기에 사랑이 아주 없다고는 말할 수 없겠지만, 어느 게 더 큰 사랑인지는 감지하죠.

두 번 이혼하는 것보다 자살하는 쪽이 나을지도 몰라

지　"신문 기사에서 본 엄마는 자신만만하게 웃고 있었고, 그런 엄마가 미웠다"는 구절이 나오는데요. 관계라는 것이 서로 상처를 주고받고 이럴 수 있는데, 노출된 사람이 신문 인터뷰하면서 잔뜩 인상 써가며 '나 요즘 힘들어'라는 얘기를 할 수 없는 거고, 조금 우울하거나 그래도 신문에서는 쓰고 싶은 사진을 쓰지 않습니까? 근데 사람들은 '나하고 싸워놓고 여기 가서 웃고 있네' 그럴 수도 있을 텐데요.(웃음) 그런 일을 많이 겪으셨을 것 같은데요.

공　그렇죠. 어디 가면 괜히 시비 거는 사람들이 되게 많았어요. 옛날에는 끝까지 붙어서 싸웠는데, 요즘은 바로 일어나서 나와버리죠. 피하는 게 상책이에요. 그렇게 토론해서 우리나라가 좋아지고, 북한이 핵을 포기하고 그러면 해봐야겠죠.(웃음) 그럴 일도 아니고, 그 사람이 나 때문에 바뀔 것 같지도 않고요. 내 문제 때문이 아니라 그 사람 문제도 상당 부분 있는 경우가 대부분이잖아요. 그럴 땐 피하는 게 상책이죠.

지　군 가산점을 주는 것처럼 육아 가산점을 줘야 한다고도 하셨는데요. 그것을 역차별이라고 하는 남성들도 있을 텐데요.

공　그러니까 둘 다 가산점을 주자니까요. 군 가산점도 부활하고, 육아 가산점도 주면 윈윈이잖아요. 그런데 남자들이 역차별이라고 하니까, 여자들 중에서도 "내가 애 낳기 싫어서 안 낳냐, 시집을 못 가서 못 낳는 건데"라고 하는데, 할 말이 없더라고요. "내가 그 생각은 못 했네" 그랬죠.

지   "결혼 생활로 많은 것을 잃었다. 내가 남성 작가였어도 그랬을
지"라는 표현을 쓰셨는데요.

공   거기 썼지만, 남성 작가들은 너무 부러운 게 "나 글 안 써져서
여행이라도 가야겠어" 하면 부인이 가방까지 챙겨주잖아요. 지금
생각해보면 그때는 그것을 잃었다고 생각했는데, 지금은 꼭 그렇지
만도 않은 것 같아요. 사람이 길게 살아보고 나서 얘기해야 될 것
같아요. 글을 쓰지 못한 7년 동안, 나한테 얼마나 글이 소중한지 깨
달았고, 글 쓰는 것이 내 운명인 것을 받아들였고, 그때 내 마음을
치유하기 위해 읽었던 책들이 다른 사람들을 치유하는 데 쓰이고
있잖아요. 그때는 글을 전혀 못 썼고, 책만 봤거든요. 그런 것은 분
명히 있죠. 예를 들면, 좋은 남편이 있다면 '오늘 마감이 있어서 밤
을 새야 되니까 내일 아침은 당신이 애들 챙겨 보내. 당신이 애들
학교도 좀 가고'라고 부탁할 수 있잖아요. 제가 만난 남자들은 불
행히도 그러지 못했어요. 그래서 언제나 쫓기면서 살았던 느낌들이
속상했어요. 하지만 제가 만약에 늘어지게 잠을 잤다면 애들 학교
도 못 가보고 그랬겠죠. 솔직히, 이젠 뭐가 제일 좋다는 말을 못하
겠어요. 나이 들면서 점점 더 그래요.

지   지나고 보니까 장점이 된 부분도 있다는 거죠?

공   그렇죠. 제가 만약에 너무 좋은 사람을 만나서 그 사람이 저를
뒷바라지했다면 어떤 결과가 나왔을지 모르죠. 좀 편했을지는 몰라
도 이렇게 남을 위로하는 글을 쓰지는 못 했을 것 같아요. 다른 종

류의 글을 썼겠죠.

지   "둥번이를 생각했었지. 두 번 이혼하는 일보다는 자살하는 쪽이 더 나을 것 같았고… 생각해보았지. 세상에 나가 사람들의 손가락질을 받느냐, 아니면 집 안에서 아무도 모르게 매를 맞느냐… 그것보다 더 힘들었던 건 그렇게 맞고, 다음 날 대학에 가서 페미니즘을 강의해야 될 때였어"라는 대목도 나오는데, 자살에 대해서 생각해본 적은 있으신가요?

공   실제로 그어본 적은 있는데, 과일 칼로 그어서 아프기만 하고, 잘 그어지지가 않았던 적이 있어요.(웃음) 이런 경우는 있었죠. 이 비행기가 떨어졌으면 좋겠다, 저 트럭이 날 덮쳤으면 좋겠다는 생각을 한 적이. 자살하는 것도 주위 사람들한테 누가 되는 거잖아요. 그래서 우연한 사고로 가장해 죽고 싶었던 거죠.

지   비행기에 같이 탄 사람들은 무슨 죕니까?(웃음)

공   그러게, 그것도 폐를 끼치는 거네요.(웃음)《나는 왜 글을 쓰는가?》에 썼는데, 어느 날 눈이 내리는데, 강변북로를 가다가 갑자기 눈이 많이 내리기 시작하니까 차를 돌릴 수도 없고, 그때 트럭이 눈길에 미끄러지다가 빙글 돌아서 저한테로 돌진한 적이 있어요. 아직도 그때가 기억나는데, 진짜 그때 굉장히 담담하더라고요. '아, 이렇게 죽는구나. 괜찮다' 하는 생각이 들었어요. 되게 편안했어요. 순간 '죽는구나' 생각했고, 그 트럭이 나를 덮치기를 기다리고 있는데, 5센티미터 정도 차이로 휙 지나갔어요.(웃음) 하필 그날이 내 생일이었어요. 그런 것도 많이 느꼈어요. 한강변을 운전하다가 강물로 확 뛰어들고 싶다는, 확 액셀 밟으면 끝인데… 하면서.

내 주제에 이 정도면 엄청 잘했죠? ✿

지　이혼할 무렵에 친구들이 많이 말렸다고 하셨는데, 그때 심정은 어떠셨나요?

공　남들이 뭐라고 하면, "네가 살아, 나는 못 살겠거든. 내가 못 살겠다는데 누가 뭐라고 그래?"라고 했죠. 얼마 전에 정진석 추기경님이 영화 〈우행시〉를 보고 감동하셔서, 저하고 '삼양동 할머니'로 출연한 김지영 씨를 명동성당으로 초대했어요. 그런데 얘기를 한참 하시다가 김지영 씨가 〈평화신문〉인가에 수기를 연재하는데, 읽어 봤냐고 해요. '죄송하다. 못 읽어봤다'고 했어요. 그랬더니 김지영 씨한테 자기 얘기를 해보라고 해요. 그래서 김지영 씨가 당신 얘기를 하는데, 그 남편이 자기를 그렇게 못 살게 굴고 그랬는데, 자기는 세 아들을 생각해서 이혼도 안 했다는 거예요. 그런데 남편이 죽기 전에 갑자기 하느님을 만나고 죽었대요. 이 얘기를 공 작가한테 하고 싶었대요. 나는 생각이 달라요. 딸이 맞고 살고, 남편이 바람피우고 그러면 '둘이 안 맞는 것 같다. 헤어져서 각자 행복하게 살아라'고 해야지, '끝까지 참고 살다가 남편이 죽는 날 회개하도록 만들어라', 그렇게 해야겠냐고요. 나같이 사랑이 부족한 사람도 그런데,

하느님이 그러겠냐고요. 만약 그렇다면 난 그런 하느님 안 믿어.(웃음) 그런 하느님을 왜 믿어요. 스페인의 어느 신부님이 쓰신 글귀처럼 "인간의 기쁨에 찬물을 끼얹는 하느님은 안 믿는다"고. 내가 아는 하느님은 안 그러실 것 같아요. 하느님이 나를 요 모양, 요 성격으로 만드셨으니 난 그거 못 해요. '그건 내 뜻이 아니라 하느님 뜻이에요' 하는 거죠. 기도 되게 재미있어요. 어떤 신부님을 만났는데, "신부님, 너무 존경해요. 너무 훌륭한 일을 많이 하세요" 하니까 신부님이 "무슨 말씀이세요? 저는 하느님 앞에서는 항상 부족한 인간이에요" 그러시기에, "신부님 진짜예요? 난 아닌데. 하느님 앞에서는 이렇게 기도하는데요. 물론 다른 사람 앞에서는 '나는 부족한 인간이지만…' 이라고 하지만 하느님 앞에서는 '내 주제에 이 정도면 엄청 잘했죠' 라고 하는데요" 했죠.(웃음) 저는 자유의 하느님을 꼭 전파하고 싶어요. 하느님은 진리고 자유지, 억압이 절대 아니잖아요. 하느님한테 뻐기고, 사람들한테는 위선을 차리고, '제가 뭘 했나요?' 하는 거죠. 그러면 기도하는 게 너무 재미있어요. 하느님도 저를 되게 재미있어 하는 것 같아요.(웃음)

괜찮다, 괜찮다, 다 괜찮다 🌿

지　과거의 상처를 극복하지 못하는 사람들은 어떻게 해야 할까요?
공　과거에 존재하는 그 아이가 있잖아요. 그 아이가 처해 있는 구체적인 상황을 우리 모두 각자 너무 잘 알고 있어요. 바람이나 기온, 불빛까지도 다 기억하고 있거든요. 그 아이에게 지금 어른이 된 내가 찾아가는 거예요. 그래서 그 아이를 안아주고 위로해주고 달래주는 거죠. "괜찮아, 너는 그래도 잘 클 거야. 내가 왔잖아"라고 하면서, 지금 내가 그 아이에게 해줄 수 있는 모든 위로의 말과 격려의 말을 해주는 거예요. 그런데 그게 상처가 깊을수록 스무 번 해도 잘 안 되는 경우가 있어요. 그러니까 시간 날 때마다 하는 거예요. 그 아이가 내 머릿속에서 사라질 때까지. 그러다 보면 어느 순간 사라져요. 그래서 그다음에 걔가 사라지면 그다음의 기억, 힘없고 무력하고 당할 수밖에 없었던 그 어린아이, 외롭고 인정받지 못했던 그 아이에게 또 가는 거예요. 오늘의 내가 가서 또 안아주고 얘기해주는 거예요. "괜찮아, 내가 네 마음 다 알아" 하면서 할 수 있는 모든 위로를 다해주는 거예요. 그런 아이를 보면 할 수 있는 모든 위로를 해주고, 그 아이를 꼭 껴안아주고, 걔랑 같이 있어주는 거예요. 걔가 사라질 때까지. 이것을 혼자서 많이 했는데, 이 치료만큼 좋은 치료가 없어요. 그게 나한테는 좋았고, 다른 사람들한테도 많이 권했는데 남자고 여자고 많이 울더라고요. 그래서 내가 속으로 '에구, 상처들도 많구나' 하는 생각을 했어요.(웃음) 그거 하세요. 그러면 지승호 씨도 다른 사람 붙들고 안 울 거예요.

지 저는 그런 치료를 받아야겠다고 생각하면서도 의심을 했는데요. 비슷한 책이 많이 나왔는데, 그다지 많이 위로를 받지 못했거든요. 그런데 《응원할 것이다》를 보면서는 치유가 되고 마음의 위안이 되는 계기가 될 수도 있겠다는 생각을 했어요.

공 고마워요. 언제든지 내가 했던 대로 시간 날 때 해봐요. 그리고 많이 울어야 해요. 내 기억 속의 아이를 위해서 많이 울어줘야 해요. 내가 보니까 상처를 씻어내는 데는 눈물밖에 없더라고요. 누군가 자기를 위해서 울어줘야 되는데, 그게 자기 자신이어도 되잖아요. 진정으로 그 상황에 가서 울어줘야지, 막연하게 내가 우울해, 슬퍼, 그럴 게 아니라 정확한 상황에 가서 하나하나 해야 해요. 기억나는 모든 곳에 가서, 무력했던 시절까지. 제가 만난 그리스도교는 그런 것을 해줬어요. 누굴 직접 만난 게 아니라 내가 책으로 만났던 수많은 훌륭하신 분들이 그걸 해줬어요. 가장 많이 했던 말이 "괜찮다"는 말이었어요. "너는 원본이야"라는 얘기하고요. 제가 만난 하느님, 신이 저한테 그랬어요. "괜찮다, 괜찮다, 다 괜찮다", 정말 그렇게 말했던 것 같아요. "네가 못난 대로 살아도 나는 너를 정말 사랑하고, 정말 응원한다"고 하는데, 거기서 제가 무너졌거든요. 나를 공격하는 사람들 앞에서는 엄청 강하고 싸울 수 있지만 '괜찮다, 괜찮다'고 하는데… 내가 보기에 나는 안 좋고, 안 좋은 정도가 아니라 잘못도 하고 있고, 남들을 공격도 하는데 '괜찮다, 잘하고 있다. 너, 최선을 다하고 있잖아' 하는데, 제가 정말 무너졌다니까요. 사형수들도 똑같은 거예요. '나쁜 놈이었지만 괜찮아. 마음 바꿨잖아. 이제부터 정말 잘 살자. 죽는 날까지 잘 살자', 이런 게 그 사람들을 무너뜨리더라고요. '너의 죄를 반성해' 그러면 절대 안 하거든요. 아줌마들이 가서 "한 주 지났는데 더 예뻐졌네.

어떻게 얼굴이 이렇게 훤하냐?"고 하면 이 사람들 울어요. '왜 우리 같은 사람들한테 이런 것을 먹으라고 하느냐, 우리가 뭘 잘했다고 그러냐?' 그러는데, 그게 엄마잖아요. 소위 큰 의미의 모성이라는 것은 그래도 먹으라고 하는 거잖아요. 먹고 힘내라고 하고, 어쨌든 예쁘다고 하고. 제가 우리 딸한테 두 마디만 해줬어요. 처음에 뉴질랜드 가서 10년 만에 만났는데, 거기서 딸이 그러는 거예요. "스튜어디스 같은 엄마를 기대했는데 완전히 건어물 장수처럼 투덜투덜하면서 오더라." 우리 딸도 몰골이 말이 아닌 게 살은 쪘고, 머리는 빨간 포도주 빛으로 물들였다가 학교에서 걸려 다시 까만색으로 염색해 머리카락이 지푸라기 수준이고, 옷은 '나 엄마 없음'이라고 써 있었어요. 내가 물어보면 "몰라" 하면서 눈도 안 마주쳐요. "몰라, 몰라" 이게 10년 만에 만난 모녀간의 대화 전부예요. 아무튼 마음을 가라앉히고 "엄마가 한 가지만 부탁하자. 미장원 가서 머리만 좀 하자"고 했더니 죽어도 싫다는 거예요. 고집을 죽을 듯이 부리는 거예요. "알았다. 하지 마" 그랬어요. 그렇게 머리도 못하고, 마지막 날이 됐어요. 모텔에서 같이 자는데 생각할수록 기가막힌 거예요. 정말 예뻤고, 동네에서 신동이라고 칭찬이 자자했던 아이였거든요. '내 죄는 내 죄지만, 이게 뭐야. 최소한 예쁘기라도 해야 할 거 아냐?' 이런 생각이 들더라고요. 새벽에 자다가 깨서 개를 망연히 쳐다봤어요. 이 녀석도 뭐가 이상했는지 깨더라고요. 그때부터 엉덩이를 막 때렸어요. "그래, 새 엄마 밉다고 했지? 새 엄마 날씬하고 예쁘더라. 같은 여자로서 네가 예쁘면 나도 질투가 날 거야. 그러니까 새 엄마가 질투나지 않도록, 너 계속 뚱뚱하고, 머리 색깔도 그 모양이고, 공부도 계속 못하고, 그렇게 살아" 하고 때리면서 막 울었어요. 나도 그게 무슨 의미였는지 모르겠는데, 그날 여섯 시 비행기를 타야 되는데, 열두 시쯤에 "엄마, 나 미장원 갈래" 그러더라고요. "너무 고맙다" 이러면서 머리를 원상 복귀시켰는데, 워낙 손상이 돼서 서너 시간 걸리더라고요. 빨간 포도주 빛이 좀 남아 있는데, 자기가 다시 대충 까만색으로 염색을 해서 머리가 바스러지는 거예요. 그래서 속상했는데, 애가 세 시간 동안 꼼짝도 안 하고 그걸 견디더라고요. 그때 '희망이 있다'고 생각하고, 저는 돌아왔죠. 내가 걔한테 해준 말은 딱 한 가지밖에 없었어요. "너는 예쁜 애고, 너는 정말 귀했고, 엄마가 널 임신했을 때 얼마나 기뻤는 줄 아니? 그리고 네가 나왔을 때 우리가 널 얼마나 예뻐했는지 아니? 너는 기억도 못 하겠지만 그 많은 사람들이 너를 사랑했다"고 했죠. 그러니까 애가 변하기 시작하더라고요. 사람을 변화시킬 수 있는 것은 한 가지라는 사실을 알았어요. 지지와 격려만이 사람을 변화시킬 수 있는 것 같아요. 상처받은 인간이 꼬였을 때는 지지와 격려 외에는 그것을 펴줄 수 있는 게 없어요. 그래서 아무튼 그것을 폭탄처럼 퍼부었어요. 예쁘지도 않은 애한테 "예쁘다. 그래도 예쁘다. 더 예뻐졌네" 하니까 진짜 많이 예뻐졌어요. (웃음)

지 이런 에너지가 바이러스처럼 퍼지면 우리 사회가 좀 더 행복해지지 않을까, 하는 생각도 드네요. 어쩌면 유일한 희망일 수도 있을 것 같아요.

공　퍼질 거예요. 왜 퍼지냐면요, 제가 아프리카 갔다 와서 이렇게 생각했어요. 항상 나쁜 것이 승리하는 것처럼 보이는 것은 악은 항상 먼저 공격하고, 기습적이고, 대량 파괴를 하기 때문이라고요. 그런데 회복이나 건설은 하나씩밖에 할 수 없다. 무너지는 것은 순간이지만 창조나 건설은 하나씩밖에 할 수 없다. 하느님은 몰라도 인간은 하나씩만 건설할 수 있는데, 인간이 대량 파괴는 할 수 있잖아요. 그런데 하나씩 하나씩 만드는 이 힘도 장난이 아니에요. 한 개씩 한 개씩 하는 것도 절대 약한 힘이 아니더라고요.

지　혹시 아이들이 학교에서 맞고 오거나 하면 어떻게 하세요?

공　둘째를 놀이방에 처음 보냈는데, 매일 할퀴어 오는 거예요. 애가 순해서 물어봐도 "몰라, 몰라" 그러다가 여러 번 물어보니까, 어떤 애가 할퀸다고 하더라고요. 그래서 놀이방에 데려가서 지목을 하라고 한 다음에 선생님이 잠깐 바쁜 사이에 꼬집었어요.(웃음) 그러면서 "너, 우리 등빈이 꼬집었어? 너 한 번만 더 그러면 가만히 안 놔둘 거야" 그러니까 다시는 안 그런다고 하더라고요. 나중에 알고 보니까 놀이방에 있는 온 애를 할퀴는 악명 높은 애였더라고요. 그다음 사건, 애가 유치원에 갔는데 여섯 개 반이에요. 어느 날 터져서 온 거예요. "누가 그랬냐?"고 했더니 "유치원 애가 버스 안에서 그랬는데, 누군지는 몰라" 그러더라고요. 그래서 둘째 데리고 유치원을 찾아갔어요. 여섯 반밖에 안 됐으니까 애를 찾아냈어요.

"너 이리 와. 너 우리 애 때렸어? 너 나한테 죽어" 하고 선생님 안 들게 은밀하게 얘기했죠.(웃음) 그랬더니 걔가 "다시는 안 그럴게요" 그러더라고요. 그러고는 다시는 안 그랬어요. 얼마 전 우리 막내가 학교 가다가 린치를 당하고 돈을 빼앗긴 거예요. 그래서 내가 "누가 그랬냐?"고 하니까 바로 옆의 '중학교' 애가 그랬다는 거예요. 그러니까 우리 둘째가 "중학교 가서 다 찾아" 그러더라고요. 그래서 내가 "그걸 어떻게 찾냐?"고 했더니 "엄마, 옛날에는 우리 유치원 가서 다 찾았잖아" 그러기에, "거긴 여섯 반인데 여긴 서른여섯 반이잖아. 그건 너무 심하다"고 했죠. 그랬더니 둘째는 꼭 찾아야 된다며 분개하더라고요.(웃음)

지   말 그대로 이건 패밀리인데요.(웃음)

공   우린 패밀리야.(웃음) 나중에 우리 딸이 여고 때 그러더라고요. "사실 나, 두발 때문에 선생님한테 넓적다리 맞았어." 그래서 "언제, 언제?" 그러면서 흥분하니까 "엄마가 학교 찾아와서 죽일까봐 아무 말 못 했어" 그러더라고요. 둘째도 그랬어요. "유치원 때, 엄마가 그러면 바로 와서 애들 가만히 안 둘까봐 얘기 못 한 것도 많아"라고.

지   애들끼리의 커뮤니티가 붕괴될 수도 있으니까요.(웃음)

공   나는 그 말 듣고 굉장히 흐뭇했어요. 그러니까 애들이 말을 안 하는 거잖아요. 너무나도 지지해주는 사람이 있으니까, 자기네가 알아서 처리하는 거잖아요. 매일 와서 징징거리면 저는 어떻게 하

냐고요.(웃음)

지　어떻게 보면, 선수가 심판 판정에 흥분하면 감독이 짐짓 제스 처로 강하게 항의하는 경우도 있거든요. 선수 사기를 올려주는 면 도 있고, 선수의 흥분을 대신해줌으로써 오히려 선수를 안정시키는 면도 있고요.(웃음)

공　맞아, 그런 거지. 그런데 우리 아이들은 상당히 그 효과를 보고 있더라고요. '웬만하면 엄마한테 말하면 안 돼' 하면서 스스로들 해 결하는 거죠. '와서 바로 죽어버릴 거야' 하고 생각하면서.(웃음)

지　사실 안 죽이는데.(웃음)

공　절대 안 죽이지. 아니, 못 죽이지.(웃음) 그런데 포즈는 계속 취 하는 거죠. '누가 우리 애들한테…' 하면서.(웃음) 이게 바로 '나는 너를 응원할 것'이라는 거예요. 그러면 사람이 자기가 긴장하거든 요. 그런데 아무도 응원해주지 않으면 자기가 흥분할 수밖에 없어 요. 그 부분은 성공한 것 같아. 우리 애들 셋이 나한테 얘기 안 하고 자기들끼리 속닥속닥하고 끝내요. 나중에 "왜, 말 안 했어?" 그러 면 "엄마가 죽일까봐"라고 하고.(웃음)

지　좀 단호하게 표현하시는 편인 것 같아요.

공　좋고 싫고가 분명한 편이죠. 제일 싫어하는 사람이 약자한테 강하고, 강자한테 약한 사람인데요. 모든 사람한테 똑같이 대하는 사람이라면 그렇게까지 싫어하지는 않아요. 소위 말하는 꼴통들한테도 대단히 너그러운 편이에요.(웃음) 그런데 약자와 강자를 대하는 게 차이가 나는 사람들은 너무 싫어요. 아마 예전에 운동을 했던 것도 그런 성격 때문일 거예요.

2장

사랑 후에
오는 것들

《사랑 후에 오는 것들》은 공지영이 최초로 쓴 본격 연애 소설로, "한일 관계를 남녀의 사랑이라는 코드로 풀어가고 싶다"는 츠지 히토나리의 제안을 받고 쓴 소설이다. 언젠가 "결혼은 했지만 사랑은 못해본 것 같다"는 고백을 했던 그녀는 이 소설을 쓰면서 젊은 여성이 느끼는 사랑의 감정을 잘 몰라서 고생했다고 했다. 그러나 '일생에 한 번 올 법한 사랑을 겪어보지 못해 억울한 심정을 가졌던' 그녀는 그런 감정을 너무나 섬세하게 표현했다.

츠지 히토나리는 "공지영 씨가 그린 작품은 대륙적으로 힘찼고 때로는 반도적으로 섬세했으며 풍부한 감성으로 읽는 이의 마음을 사로잡았다. 오늘을 사는 한국 여성의 삶의 모습과 사랑법을 알 수 있어 흥미로웠다. 섬나라에서 태어난 내 문체와 공지영 씨의 문체가 바다를 사이에 두고 조용하게 서로 녹아들었다. 정말 이 작품에 어울리는 파트너였다"고 극찬을 했다.

그녀는 이 소설에 대해 "이 소설을 쓰는 동안 나는 이제껏 내 문학이 등에 지고 가야 한다고 생각하던 짐을 조금 내려놓고 쉬었습니다"

고 했는데, 그 전 소설들은 읽는 사람들조차 힘든 감정을 느꼈으니 본인은 오죽했을까?

《사랑 후에 오는 것들》에는 "사람들은 인터넷으로 물건을 주문할 때면 그토록 꼼꼼히 리뷰들을 챙기면서 결혼이라는 사건에 대해서는 누구의 리뷰도 신경 쓰려고 하지 않는다"는 문장이 나온다. 결혼에 대해 이렇게 쉬운 경구를 만들어내는 것은 결코 쉬운 일이 아니다. '눈물 젖은 빵을 먹어보지 않은 사람은 인생을 논할 자격이 없다'처럼 오래오래 여러 사람들의 입에 회자되고, 여러 사람들에게 감동을 주는 경구는 쉽고 간결한 특징을 가지고 있다. 그녀의 문장이 쉽고 간결하다고 해서 그녀의 문장을 폄하할 수 있는 것일까?

그녀는 사랑에 대해 많은 연습이 필요하다고 말한다. 그냥 나이 먹는다고 해서 저절로 성숙한 사랑을 하게 되는 것은 아니라는 것이다. 흔히 '중년의 사랑이 아름답다'고 말하지만 불륜으로 인한 살인 같은 사건을 보면 성숙한 사랑을 하는 데는 나이와 지위 고하의 구분이 없으며, 어린 나이라고 해서 성숙한 사랑을 하지 못한다는 법은 없음을 우리는 경험으로 안다.

존 그레이의 《화성에서 온 남자, 금성에서 온 여자》를 보면 여자는 관심, 이해, 존중, 헌신, 공감, 확신을 받고 싶어 하고, 남자는 신뢰, 인정, 감사, 찬미, 찬성, 격려를 원한다는 내용이 나온다. 세상이 많이 바뀌었지만, 여전히 대체로 여자는 관심받고 싶어 하고, 이해받고 싶어 하고, 존중받고 싶어 하고, 헌신을 원한다. 그리고 남자는 자신을 신뢰해주길 바라고, 인정받고 싶어 하고, 감사받고 싶어 하고, 찬미와 찬성,

격려를 원한다. 혹자는 존 그레이의 이혼 경력을 이유로 '당신은 남자와 여자에 대해 말할 자격이 없어'라고 했는데, 공지영에 대해서도 그렇게 얘기할 사람이 있을지 모르겠다. 그러나 그녀는 "에베레스트 등정을 한 번에 성공한 사람이 산에 대해서 더 잘 알겠어요? 몇 번의 조난을 당한 후 에베레스트에 올라본 사람이 그 산을 더 잘 알겠어요?"라고 명쾌하게 말한다.

존 그레이는 다른 남자에게 아내를 빼앗긴 전력이 있다. 그래서 일부 비평가들은 그런 사람이 부부 관계에 관한 책을 집필한다고 코웃음을 치기도 했다. 하지만 그런 아픈 경험이 있었기에 그런 성찰을 할 수 있었고, 다른 사람에게 교훈이 되는 이야기를 할 수 있지 않았을까? '실패는 성공의 어머니'라는 말도 있다. 그러나 그 실패한 경험 때문에 과거에 매몰되어 자책감만 느껴서는 행복해질 수 없다. 그 경험들을 통해 새로운 관계에서 어떻게 하면 행복해질까를 고민해야 할 것이다. 의외로 많은 사람들이 지난 경험에서 새로운 것을 얻어내지 못한다. 지난 경험을 반추해보면서 스스로를 성찰해보는 시간이 없어서일 것이다. 공지영은 그런 시간의 중요함을 강조한다. 그런 시간을 가져야만 과거의 상처를 극복해낼 수 있다고 말한다. 자기와 진심으로 대면하는 그런 시간.

마음껏 헤엄치는 고래를 꿈꾸다

지 〈세계일보〉와 인터뷰하면서 '평론가들이 나를 싫어해서 너무 좋다. 칭찬받고 춤을 추는 고래가 아니라 마음껏 헤엄치는 고래가 될 것'이라는 취지의 말씀을 하셨는데요. 어떤 평론가는 그 글에 대해서 불편함을 드러내기도 했습니다. '사실 공지영은 문학 담당 기자들이 좋아하는 작가고, 내가 볼 때는 3류 작가에 불과하다. 《고등어》를 읽고 계급적인 한계를 느껴 이후의 작품은 잘 읽지 않는다'는 식으로요. 한국처럼 평론가가 적은 나라에서 참 위험한 태도라고는 생각합니다만, 초기에는 그런 쁘띠 부르주아적인 느낌 때문에 불편해했던 사람들이 운동권 출신 중에 있었던 것 같은데요. 그때 같이 투쟁했던 노동자들 역시 '결국 저 사람들은 도망갈 구멍이 있으니까'라고 생각했을 수도 있고, 결국 그렇게 된 측면도 있지 않나요?

공 그런 얘기를 지금 해야 되나? 글쎄, 부르주아가 노동운동을 하다가 도망간 것은 부르주아이기 때문이 아니라 내 리버럴한 기질 때문이에요. 어디선가 그 얘기를 하려고 했는데, 저는 공동체를 진짜 싫어하거든요. 예를 들어, 저는 대도시에서 자란 사람이기 때문에 동네에 단골도 안 만들어요. 누가 나를 아는 게 싫어요. 대도시에 대형 슈퍼가 많은 것은 단순히 가격 때문만은 아니라고 생각해요. 어느 정도 익명성을 보장해주기 때문에 잘되는 게 아닌가 생각하거든요. 단골 술집도 한 군데 정도, 학교 앞에 있던 곳 외에는 싫어요. 내가 원하지 않는데 누가 나를 아는 게 너무 싫어요. 그런 제기질 때문에 공동체 생활이 너무 힘들었어요. 그런 게 싫었던 거지. 그리고 이번에 《응원할 것이다》에도 썼듯이, 남들이 옳은 길이라고 해서 갔지만 내 자신의 적성이나 이런 것을 전혀 고려하지 않은 길이었기 때문에 힘들었던 거죠. 부르주아라고 욕하는 것은 정말 말도 안 되는 게, 그렇게 태어난 것을 어떻게 해요. 아니, 내가 노력해서 그리로 간 것이면 모르겠는데, 그러니까 나의 출신 성분 속에서 내가 할 수 있는 최선의 일을 찾아가는 것이 가장 중요한 일이라는 생각이 들어요. 난 앞으로 어떤 시민운동을 하더라도 그런 공동체적인 운동은 못할 것 같아요. 나 자신을 알기 때문에… 그리고 《고등어》가 대체 언제 적 책인데… 그런 식의 비판은 누구에게도 도움이 안 될뿐더러 나에게도 도움이 안 되고, 비판하는 분에게도 도움이 안 되는 거라고 생각해요. 아니, 출신 성분을 가지고 욕하는 건 뭐냐는 거지. 그게 봉건이지.(웃음)

지 '나는 모르는데 상대방이 나를 아는 게 불편하다'고 하셨는데, 유명해질수록 내가 아는 사람보다 나를 아는 사람이 많아지지 않습니까? 지금은 그 차이가 엄청날 거고요.

공　안다고 생각하는 사람들이 많아지는 건데요. 요즘은 그렇다고 해서 내 일상이 불편하지는 않아요. 예전에는 술자리에 난데없이 나타나서 싸움을 거는 사람들이 많았어요. 젊었을 때는 같이 맞서 싸우다가 무진장 상처 입고 그랬는데요. 지금은 아무리 술이 취해도 그런 사람들이 나타나면 일어나서 빨리 도망을 가요.(웃음) 그건 아무런 생산성도 없고, 서로 쓸데없이 상처만 입히고, 도움이 안 되는 것 같아요. 제가 어느 정도의 익명성을 보장받기 위해서, 돈이 없었던 시절에도 그 유혹적인 CF를 열 개쯤 거절했어요. 그 이유는 내가 작가로서 사진을 싣는 것은 어쩔 수 없다 쳐도, 텔레비전 출연을 안 하는 이유는 그런 맥락이에요. 책 프로그램 2, 3년에 한 번 하는 것 외에는 안 해요. 그것도 내 익명성의 자유를 보장받기 위해서 그러는 거거든요. 그런데 요즘은 신문사에서도 다 동영상을 찍더라고요. 그래서 신문사 인터뷰도 안 하려고 그러는데, 미리 말도 안 하고 당연하다는 듯이 찍으니까….(웃음)

지　그건 사실 많이 안 보니까….(웃음)

공　그렇게 얘기하더라고요. 많이 안 보니까 안심하라고.(웃음)

나이가 들수록 편안함이 커져요

지　《사랑 후에 오는 것들》에 보면 "세상에는 두 가지 종류의 사람이 있단다. 기적이 없다고 믿는 부류의 사람들과 결국 모든 게 기적이라고 믿는 부류의 사람들"이라는 말이 나오는데요. 어느 쪽이세요?

공 그게 결국 같은 얘기인데, 저는 매 순간이 기적이라고 생각하고 살아요. 특히 요즘은. 전에도 얘기했지만 날마다 아침에 일어나서 감사하고, 좋은 일이 일어나면 '이것은 기적 같은 일'이라고 감사하고, 나쁜 일이 일어나면 '여기서 내가 배울 것이 무엇인가를 빨리 찾아봐야지' 이렇게 생각하고, 또 감사하거든요. 그렇게 사니까 일단 마음은 조금 편하더라고요. 한 2퍼센트 편해졌어요.(웃음) 가끔 사람들을 그렇게 나눠봐요. 취미 삼아서 이런 부류와 저런 부류, 그래서 글에 그런 종류가 많이 나와요. 주로 산문집에 많이 나오는데, 《빗방울》에서는 "이 세상에 태어나서 밤늦게 누군가의 손을 붙들고 도망쳐보고 싶었던 사람과 그렇지 않았던 사람", 《응원할 것이다》에서는 "바닷가에 집을 지어본 사람과 그렇지 않은 사람, 하릴없이 바보 같은 마음을 가져본 사람과 안 가져본 사람" 이렇게 나눠봤죠.

지 여주인공 최홍이 "엄마가 말이야. 아빠를 사랑하기는 하는데 좋아하지는 않는데⋯. 그건 어떻게 다른 걸까 내내 생각해봤어. 사랑하면 말이야. 그 사람이 고통스럽기를 바라게 돼. 다른 걸로는 말고 나 때문에. 나 때문에 고통스럽기를, 내가 고통스러운 것보다 조금만 더 고통스럽기를⋯"이라는 말을 하는데요. 사랑이라는 게 아름다운 감정 같지만 실제 해보면 내 고통이 상대방보다 크다고 생각될 때 굉장히 괴롭지 않습니까? 사랑은 그렇게 이기적인 감정일까요?

공 그렇긴 한대요. 그 표현을 쓴 것은 20대 여자의 마음을 헤아리기 위해서 쓴 거고요. 저도 20대 때는 그런 생각을 했던 것 같아요. 그런데 지금은 그렇게 생각하지 않아요. 사랑은 좋은 건데, 다만 우리가 전폭적인 사랑을 할 때 내 모든 무의식에 있는 나쁜 찌꺼기들이 함께 나오기 때문에 그것들이 묻어나와 고통스럽고, 힘들어지고, 그렇게 되는 거고요. 지금은, 사랑이라는 것은 내가 그 사람을 가장 행복하게 해줄 수 있는 방법을 찾아주는 것이라고 생각해요. 내가 40대 중반을 넘어가니까 그런 생각을 하게 된 건데, 지금까지 20대처럼 그런 생각을 하면 어떻게 해.(웃음)

지 나이가 들면 해결이 되는 건가요?(웃음) 흔히 얘기하듯이 중년의 사랑이 아름답다고 하는 것처럼.

공 저는 나이가 든다고 해서 해결된다고 생각하지는 않아요. 무진장 노력해야 된다고 생각해요. 제가 《빗방울》에 썼지만, 어느 순간 깨달은 것이, 인생이 어느 정도 나이가 되면 진보하거나 추락하거나 둘 중 하나밖에 없는 것 같더라고요. 앞으로 나아가거나 추락하거나. 제자리에 머무는 것도 힘든 것 같아요. 그런 게 무섭죠. 가장 좋은 방법은 좋은 책 읽고, 기도하고 그런 것 같아요. 기도라는 것이 종교적이긴 한데, 그것의 가장 큰 근원은 내 힘으로 모든 게 안 되기 때문에 신한테 의탁하는 거거든요. 내 힘으로 안 되는 일이 참 많다는 것을 인정하는 것 자체가 사람을 참 편안하게 해주는 것 같아요. 젊었을 때는 옳으면 다 이루어져야 하고, 하면 다 된다고 생각하잖아요. 그런 것을 버리고 나니까 정말 편안해요. 아직도 조금 많이 남아 있기는 하지만요.

지　하긴 나이 들어서 사고 치는 4, 50대도 많으니까요.(웃음)

공　내연의 처 찔러 죽이고 그러잖아요.(웃음) 나이 때문은 아닌 것 같고, 20대에도 얼마든지 이렇게 생각하는 성숙한 사람들도 있을 수 있어요. 그리고 나이 드는 게 좋다기보다는 내가 세월과 함께 버렸던 수많은 쓸데없는 것들이 나를 점점 더 편안하게 해주니까, 하루하루 갈수록 편안해지면서 더 좋은 것 같아요. 거꾸로 버리는 것 없이 그냥 나이만 들면 힘들 것 같아요. 아집만 생기고, 몸도 늙고, 힘들 것 같아요.

지　"사람들은 인터넷으로 물건을 주문할 때면 그토록 꼼꼼히 리뷰들을 챙기면서 결혼이라는 사건에 대해서는 누구의 리뷰도 신경 쓰려고 하지 않는다"는 말이 참 절묘하던데요.

공　그건 지승호 씨도 잘 알고 있는 바 아닌가요?(웃음)

지　왜 그럴까요? 사람들이 결혼에 대해서는 리뷰를 안 챙기는 정도가 아니라 다른 사람의 리뷰에 대해 반대로 생각하고, 절대 안 들잖아요.(웃음)

공　그렇지, 절대 신경 안 쓰죠. 악플도 신경 안 쓰고.(웃음)

지　특히 엄마가 결혼을 반대해도 '엄마는 몰라. 우리는 달라' 이렇게 얘기하면서 기존의 모든 리뷰들과는 다른 특별한 게 내게 있다는 환상을 갖기도 하는데요.

공　왜 그럴까? 원래 사람은 혼자 살게는 안 되어 있잖아요. 그러니까 엄마, 아빠는 살아보니까 좀 아닌 것 같고, 왠지 이 사람이랑 있으면 좋을 것 같으니까….

지　'일단 우리 엄마, 아빠가 사는 방식은 아닌 것 같아'라고 생각하는….(웃음)

공　사람은 어쨌든 혼자 살게는 안 되어 있는 것 같아요. 누구와 더불어 살아야 되는 것은 맞는 것 같으니까 그 본능이 결혼에 낭만적으로 투사되어서 그런 게 아닌가 싶은데요.

이건 내 운명

지　"한일 관계를 남녀의 사랑이라는 코드로 풀어가고 싶다"는 츠지 히토나리의 제안을 받고 쓰신 건데요.

공　메일 주고받고, 두 번인가 만나고, 일본 답사 가고, 그분이 한번 한국에 와서 동선 정하고, 영화 찍는 것처럼 마지막 장면을 재현하고 그랬는데, 재미있었어요.

지　시나리오를 공동 작업하는 영화하고 비슷한 측면이 있었을 것 같은데요. 혼자 소설 쓰는 것하고 어떤 점이 달랐나요?

공 우선 소설 창작이 많이 고독하잖아요. 내가 다 하고, 내가 책임져야 하고, 내가 만들어내야 하기 때문에 너무 고독해요. 그것을 똑같이 고민해줄 사람이 있다는 점에서 너무 좋았는데, 한편으로는 역시 갑갑하더라고요. 내가 마음대로 못 하고, 제목부터 협의를 해서 동의를 받아내야 되는 거니까, 그게 좀 갑갑하더라고요. 한 번 시도해본 것으로 족하다는 생각을 했죠.

지 영화도 공동 감독을 하면 책임도 나누고 해서 편할 것 같은데, 수많은 결정을 할 때마다 상의를 해야 되니까 더디고 힘든 부분이 있다고 하더라고요. 훨씬 더 대화를 많이 하고, 조율해야 되는 부분이 많기 때문에 마음 맞는 친구끼리 한다고 해도 쉽지 않다고 해요.

공 그러니까요. 더군다나 작가들이니까 엄청 개성들이 강하잖아요. 그걸 맞추려니까, 내가 성격이 좋으니까 했죠.(웃음) 그 사람 되게 까다로운 사람이에요. 며칠 전에 와서 만났는데, 여전히 까다롭기로 소문이 났더라고요.

지 어떤 점이 그렇게 까다로운가요?

공 그 사람은 A형이라 그런지 매사에 하나하나 조건을 따지고 장치를 하고 이러지 않으면 견디지를 못 해요. 저는 툭툭 진행하는 스타일이고, 나중에 문제가 생기면 그때 가서 협의하는 스타일이거든요. 그런데 그 양반이 워낙 성격이 강하기 때문에 밀어붙여요. 그냥 좀 많이 수긍해준 편이죠. 그 전에 에쿠니 가오리랑 했던 작업이 있기 때문에 그런 점에서 선배니까 많이 수긍해줘야 되는 편이었죠.

지　혈액형이 어떻게 되세요?

공　O형이요.

지　혈액형에 관한 속설을 믿는 편이신가요?

공　아니 안 믿었는데, 우리 딸이 그걸 믿는데, 얘기를 들어보니까 그럴듯하더라고요.(웃음) 그래서 나도 믿기로 했어요. 지승호 씨는 혈액형이 뭐예요?

지　저는 A형입니다.

공　그럴 줄 알았어.(웃음)

지　소설에서도 별자리에 따른 성격을 묘사하는 장면이 나온 것 같은데요.

공　그런 미신 같은 것을 잘 믿어요. 별자리 이런 것.《고등어》에서도 노은림이라는 여자가 사주까지 들먹이면서 얘기를 했고, 대비시키기 위해서 새로운 여자인 여경이는 별자리를 믿는 것으로 설정했어요. 제가 실제로 사주도 잘 보거든요. 그런데 사주는 굉장히 어려워요. 보면 의외인 경우가 많다는 생각도 들더라고요. 일부러 정형화시켜서 얘기를 했고, 저는 운명이라든가 이런 것을 믿기 때문에 인간이 어느 정도 보다 큰 것에 순응할 수 있는 겸손함이 있어야 된다고 생각하거든요. 그래서 중요한 것은 운명이 좋다, 나쁘다가 아니라 자기에게 주어진 운명을 어떻게 가장 잘 쓸 수 있는가 하는 것이 어떤 의미에서는 저의 관건이라고 할까요? 요즘 같은 경우에도 어제까지 사인회를 했는데, 끝나고 나서 사진 찍어달라고 하면 예전에는 굉장히 싫어했어요. 그런데 요즘은 '이게 내 운명'이거니 생각하니까 힘들지 않더라고요. 그 운명을 받아들이기로 했어요. 차라리 내가 이렇게 된 운명이면 잘해야겠다는 생각으로 사니까 편해요. 끝없이 저항할 때보다.

지　가톨릭은 개신교보다는 유연한 것 같은데. 그래도 사주나 점 이런 것을 부정적으로 보지 않나요?
공　가톨릭도 사주 안 돼요. 제가 회심하기 전에 배워둔 것이라, 예전에 제가 가톨릭을 떠나서 방황할 때 온갖 것을 다 해볼 때가 있었는데요. 그때 점집도 가고 미아리도 가고 그랬죠.(웃음)

지　어떤 문제 때문에 가셨나요?
공　개인적인 고민이죠. 소설 쓸 때 책으로 떼돈을 벌 수 있을 거라고 생각한 적이 없기 때문에 이것으로 큰 고민을 한 적은 없어요. 개인적인 문제들 때문에 계속, 다른 것도 아니지, 나는 왜 남편을 이런 사람들을 만날까, 그것 때문에 간 거지 다른 건 없어요.(웃음)

지　답은 얻으셨나요?(웃음)

공　답은 못 얻었는데, 굉장히 재미있는 일이 있었어요. 여성 작가 세 명이랑 미아리 일대의 점집을 간 적이 있는데, 한 명씩 들어갔어요. 제가 맨 마지막에 들어갔는데 무당이 갑자기 우는 거예요. 그래서 "왜 우세요? 제가 조금 있다가 죽습니까?" 하고 물어봤더니 그게 아니라 "당신은 천상의 공주였는데, 죄를 지어서 이승에 내려와서 고생을 한다. 얼마나 마음이 아팠냐?"고 그래요.(웃음) 사실 참 놀랐던 게 몇 번 무당한테 갔는데요. 평론가들은 나한테 독설을 퍼붓는데 무당들은 나를 보면 슬프게 울면서 "얼마나 마음 아팠냐?"고 그래요. 진짜 이상한 일이었어요. 오히려 그러면 내가 좀 멀뚱해지면서 "아니, 그렇게까지 힘든 건 아닌데"라고 하게 돼요.(웃음) 어쨌든 그래서 제가 "천상에서 분명히 남자관계가 문란했군요. 그 죄를 여기서 받는군요" 그러고 나와서 작가들끼리 서로 무슨 말을 했는지 얘기를 했는데요. 두 작가 하는 말이 "아니, 같은 돈 받고 누구한테는 저런 말 해주고, 누구한테는 안 해주냐?"고 하더라고요.(웃음) 아무튼 그게 인상적이었고, 웃겼어요. 같이 배 잡고 웃었어요. 웃기지 않아요? 다른 사람들은 독설을 퍼붓는데 무당들은 나를 붙들고 나보다 더 슬프게 울어주니까, 참 마음이 이상하더라고요.

더 많이 사랑할까봐 두려워하지 마라

지　본격적인 사랑에 관한 소설은 그동안 쓰지 않으셨는데요. "이 소설을 쓰는 동안 나는 이제껏 내 문학이 등에 지고 가야 한다고 생각하던 짐을 조금 내려놓고 쉬었습니다"고 하셨잖아요.

공 《우행시》 이후니까 사회문제에 대해서 말해야 된다는 강박관념이 상당했는데, 그 즈음부터 문학도 일종의 오락 가운데 하나라는 것을 제가 적극적으로 수용하게 됐어요. 해피 앤딩도 처음이었고요. 그래서 아마 그다음에 쓴《즐거운 나의 집》을 명랑하게 쓸 수 있었던 건지도 모르겠어요.

지 하나의 전기가 된 셈이군요.

공 그렇죠. 다른 길로 조금 접어든 셈이죠.

지 츠지 히토나리는 "공지영 씨가 그린 작품은 대륙적으로 힘찼고 때로는 반도적으로 섬세했으며 풍부한 감성으로 읽는 이의 마음을 사로잡았다. 오늘을 사는 한국 여성의 삶의 모습과 사랑법을 알 수 있어 흥미로웠다. 섬나라에서 태어난 내 문체와 공지영 씨의 문체가 바다를 사이에 두고 조용하게 서로 녹아들었다. 정말 이 작품에 어울리는 파트너였다"고 했는데, 그 얘기에 대해서는 어떻게 생각하세요?

공 일본에서 동시 출간될 것을 의식하고 썼기 때문에 한국 여자의 대표성을 띠어야 되는데, 어떤 점을 대표성으로 띄울까, 생각했어요. 제가 에쿠니 가오리 책은 다 읽었거든요. 일본 여자들에 비해 원래 한국 여성들이 통 크고 과감한 부분이 있잖아요. 그런 부분들을 홍이라는 여자한테 넣어보자 생각해서 그런 캐릭터로 설정을 한 거죠.

지　소설을 보면 사랑은 어쩌면 한 번 오는 것이라는 느낌을 주는 것 같아요.

공　친구들한테 물어봤더니 사랑은 한 번 온다고 하는 애들이 많더라고요. 진짜 사랑을 해본 애들은 그렇게 얘기하더라고요. 그리고 많이 오면 두 번 온다고 해요. 아주 드물게. 그래서 그런 취재를 좀 하니까 진짜 사랑을 하면, 그 사람이랑 다시 만나면 그 감정이 또 일어나고 영원히 못 잊는다고 하더라고요. 나는 그런 사랑을 아직 못 해봤는데, 이왕 사랑 소설을 쓰는 거니까 그렇게 써보자고 했어요. 우리가 말이죠, 연애는 많이 해봤을지 모르지만 진짜 남녀 간의 사랑을 제대로 해보는 일은 드문 것 같아요. 저는 그래서 옛날에 문학 작품에 나타난 그런 것들이 다 거짓말인 줄 알았어요. 그런데 많이는 아니고, 주변에 있는 몇몇 사람이 그런 사랑을 해봤다고 하면서 그렇게 얘기하더라고요. 그래서 그렇게 써봤죠. 그리고 제가 예전부터 그런 것에 대한 콤플렉스가 좀 있어요.

지　그런 사랑을 못 해보지 않았나, 하는 콤플렉스요?

공　예. 예전에 〈겨울연가〉라는 드라마 보니까, 그 여자가 9년 후인가 우연히 그 남자 닮은 사람을 보면서 약혼식을 못 가고 기절하고 그러더라고요. 처음에는 드라마니까 그렇겠지 하면서 별 생각

없이 봤는데, 나중에 취재를 해보니까 사람들이 그럴 수 있다는 거예요. 다른 경험은 내 마음대로 해볼 수가 있는데 저런 경험은 내 맘대로 못 하는 거잖아요. 그래서 슬퍼도 좋으니까 저런 경험을 한 번 해봤으면 좋겠다. 저렇게 못 잊는 사람 하나 있었으면 좋겠다. 나는 여태까지 사랑을 너무 이성적으로 생각했고, 소위 합리적으로 생각해왔기 때문에 저렇게 운명적인 느낌의 어떤 감정을 한 번 가져봤으면 좋겠다고 생각했어요. 그것을 소설에 넣었죠. 그래서 일부러 첫눈에 반하게 했고요. 그전에 〈경향신문〉인가 어디서 '당신 소설 속의 여주인공들은?', 이렇게 해서 수필 하나를 써달라고 하더라고요. 제 책의 여주인공들을 보니 첫눈에 반한 여자가 하나도 없더라고요. 다 운동하다가 서로 좋아하고, 오래 만나다 보니까 남자로서 좋아지고, 이런 얘기만 썼어요. 내가 어떤 의미에서는 인생의 반쪽밖에 모르는 것이 아닌가 하는 생각이 좀 들더라고요. 그 두 가지가 합일을 해야 인생의 온전한 것을 느끼는 건데….

지 말씀하신 대로 너무 이성적으로 생각하고, 한 번 관계를 맺으면 사랑이라는 감정이 없어졌어도 책임감 있게 그 관계를 끌고 나가야 된다는 생각이 강하셨던 건가요?

공 아니, 한 번 맺었으면 책임감을 갖는 것은 어느 정도 맞다고 생각해요. 하지만 그게 아니라 만나는 과정에서도 한 1년 만났으니까 1년 또 만나고 이런 것들, 그 사람이 딱히 이성으로 끌리지 않아도 '저만하면 괜찮은 사람이니까 내가 여기서 배신하면 안 된다'고 생각하는 쓸데없는 의리 같은 것은 누구에게도 도움이 안 되지 않을까 싶어요. 더군다나 나 같은 성격의 여자가 원래 책임감도 없으면서 그런 거에 책임감을 느끼니까 문제가 생긴 거죠.(웃음)

지 《응원할 것이다》에서 "사랑해서 잘할 수 있는 일과 사랑하기에 하지 말아야 할 일, 두 가지를 구분하는 법을 알게 해달라고 오늘은 기도하고 싶다"고 하셨는데요.

공 사랑하기 때문에 하지 말아야 될 것이 있는데, 그게 뭐냐면, 우리 애가 공부를 잘했으면 좋겠다고 생각하기 때문에 계속 공부를 시키면 안 된다는 거죠. 좀 기다려주고, 스스로 동기를 부여할 때까지 옆에서 꾹 참고, 공부하란 말을 하지 말고 그냥 기다려주고, 이렇게 해야 한다는 것을 어느 순간 알게 됐죠.

지 위녕에게 《응원할 것이다》에서 "더 많이 사랑할까봐 두려워하지 말아라. 믿으려면 진심으로, 그러나 천천히 믿어라. 다만 그를 사랑하는 일이 너를 사랑하는 일이 되어야 하고, 너의 성장의 방향과 일치해야 하고, 너의 일의 윤활유가 되어야 한다. 만일 그를 사랑하는 일이 너를 사랑하는 일을 방해하고 너의 성장을 해치고 너의 일을 막는다면 그건 사랑을 하는 것이 아니라 네가 그의 노예로 들어가고 싶다는 선언을 하는 것이니까 말이야"라고 충고하시지 않았습니까? 그런데 아까도 말씀하셨지만 사랑이라는 것이 통제가 안 되는 것이고, 어린 나이에는 특히 그러지 않나요?

공　늙어도 통제가 안 되더라고요.(웃음)

지　나한테 손해가 되는 게 뻔히 보이는데도 그 사람에게 빠져드는 게 사랑이잖아요.

공　그런데 그렇게 하면 오래 못 가잖아요.

지　모든 게 균형인데, 균형 잡기가 쉽지 않은데요. 그리고 사랑이라는 게 나를 어느 정도 희생하는 것도 포함하는 것 아닌가 싶은데요.

공　그래서 제가 하는 말이 뭐냐면, 사랑의 궁극은 분명히 희생이에요. 희생이고 양보고 그런 건데, 그것은 강한 사람이 약한 사람한테 해야 한다는 거죠. 내가 희생당할 것인가, 차라리 이기적일 것인가를 결정해야 된다면 이기적이 되라고 얘기해요. 그래서 네가 많이 강해졌을 때 그때는 희생을 해라, 아니 희생을 허락하라고 하거든요. 그런데 머리채 끌려가면서 희생당해서는 안 된다는 거죠. 그래서 제가 "예수가 언제 골고다 언덕에 머리채 잡혀서 '싫어, 싫어' 하면서 끌려갔어?" 했죠. 자기 발로 갔고, 예견했잖아요. '나는 그것을 할 것이다. 괴롭지만 간다', 이런 게 희생이고요. "어느 날 길거리를 가는데 난데없이 머리채 끌려서 잡혀가는 것, 난 하기 싫은데 희생이라는 이름으로 누군가가 강요하는 것은 거절해라. 그것은 안 된다"고 얘기했어요. 그럴 때는 차라리 이기주의자란 소리를 들어도 너를 지키라고 했죠. 궁극이 희생인 것은 맞지만 엄마가 아이를 위해서 희생할 수 있는 것은 엄마가 더 강하기 때문에 그런 거죠. 불평등한 관계이기 때문에 희생을 해주는 거고요. 그런데 보통은 강한 사람이 약한 사람에게 희생을 강요하죠. 그런 건 안 된다는 거죠. 그런 것은 사랑도 아니고, 희생자 한 명이 나오는 것 말고는 아무것도 아니라는 거죠.

짝사랑으로 그린 삽화 ✿

지 켄 로치의 〈보리밭을 흔드는 바람〉에 보면 일단 저항운동이 성공한 후 형제가 노선 갈등 때문에 싸우는 장면이 나오는데요. 그 과정에서 "우리는 불의와 싸우긴 했지만 새로 만들 세상이 어떤 세상인지에 대해서는 생각해보지 못했던 것 같다"는 대사가 나옵니다. 우리 운동권한테도 있었던 문제 같은데요. 우리가 만들 세상이 어떤 세상인지에 대해서 별로 생각해보지 못했기 때문에 386세대가 정치권에 들어가서 완전한 성공을 거두지 못한 결과로 나타난 것 같은데요.

공 그 영화는 못 봤어요. 하지만 그 얘기는 정확한 얘기라고 생각해요. 386 정치인들이 말은 잘하지만 어떤 비전이나 전망을 제시하지는 못했죠. 제가 앞으로 아마도, 결코 안 할 것이 안티예요. 안티. 안티는 절대로 옳을 수가 없어요. 그러니까 내가 가진 옳은 부분을 이야기하면 돼요. 안티는 결국 기생하는 거거든요. 항상 논리는 저쪽에서 창조하고, 이쪽에서는 반대만 하면 되는 거잖아요. 그런 것은 앞으로도 안 할 거예요. 쉽게 말해서 전쟁 반대는 하지 말고, 평화에 관해서 이야기해야 한다는 거죠. 그중의 하나가 전쟁도 막는 것이겠지만 전쟁 반대 자체가 모토가 되지는 않게 해야 하는 거죠. 그것이 평화는 아니니까요.

지 그 시절에도 혁명을 낭만적인 도피로 생각했던 사람들이 있지 않나요?

공 어떤 면에서는 나도 그랬으니까요.(웃음)《고등어》에 썼나, 모르겠어요. 이 세상에 없는 모든 것을 혁명에 끌어다놓았죠. 우리가 생각하는 혁명의 세계는 말하자면 유토피아였던 것 같아요. 그것이 현실적 혁명으로서 정치의 문제가 아니라, 몰라요 그런 사람도 있었을지 모르겠지만, 나 같은 경우는 유토피아를 꿈꿔서 그것이 마치 이렇게 함으로써 이루어진다고 생각한 거죠. 그것이 사실은 그리스도교의 세계랑 굉장히 비슷해요. 순교하고 죽어서 그런 피들이 모아지면 새로운 왕국이 건설되는 것 같은, 이런 것과 도그마가 비슷하더라고요. 그래서 '내가 그것은 잘못 생각했구나. 이 세상 사람 누구도 유토피아를 건설할 수가 없는데, 내가 그것을 그렇게 꿈꿨던 것은 지성의 부족이다' 는 생각이 들었어요.

지 가령 카스트로와 체 게바라를 비교하면, 체 게바라는 자기가 얻은 기득권을 버리고 다시 정글로 들어가지 않습니까? 그것도 멋지지만 카스트로처럼 쭉 눌러앉아서 완벽하게 성공했다고는 볼 수 없지만 괜찮은 의료 체계를 만든다든지 지속적인 변화의 체계를 만드는 것도 의미가 있지 않습니까? 그런데 젊은 사람들은 체 게바라만 높이 평가하는 경향이 있는데요. 그런 것도 낭만주의적인 경향은 아닐까요?

공 그렇죠. 자학적이기도 한 거고요. 이런 말이 어떨지 모르겠는데, 제가 예전에 쿠바 기행을 한번 할까 해서, 전주에서 쿠바영화제가 열렸을 때 사흘을 가서 꼬박 쿠바 영화들을 봤거든요. 그런데 그 영화에 따르면 카스트로와 체 게바라가 했던 혁명은 진짜 대단한 것이더라고요. 그 이후에 어느 정도 사람들을 먹고살게 하는 데까지는 사회주의가 많은 공헌을 했다고 생각해요. 그리고 그 발전은 사회주의 사회가 안 되었다면 결코 이루어질 수 없는 것이었다고 생각해요. 저는 북한도 어느 정도 그렇다고 생각하거든요. 제가 2005년에 북한 갔을 때 평양 시내와 지하철을 구경하면서 그 생각을 했어요. 내가 1990년대 초중반에만 여기 왔어도 넘어갈 수 있었겠다는 생각이 들더라고요. 진짜로, 그럴 수 있었겠다는 생각이 들었어요. 그리고 내가 만약 전태일 열사가 분신하던 시대에 갔다면, 정말로 이 사람들의 논리에 무조건 동의했을지도 모르겠다는 생각이 들었어요. 그런데 다행히 우리 삶의 질이 많이 바뀌었고 어느 정도의 자유를 맛봤잖아요. 그러고 나니까 그것이 가진 한계를 깨닫게 된 거지만, 내가 만약에 1960년대 초반에 쿠바에 살았고, 1940년대 중반에 북한에 있었다면 나도 거기 동의하고 소모품으로 혁명에 환멸을 느끼면서 늙어 죽어갔지 않겠어요. 지금은 우리가 다행히 운이 좋아서 '여기까지는 옳았지만 여기까지는 한계였다' 고 할 수 있지만, 나는 그런 것을 운명이라고 본다는 거죠. 내가 여기에 어쨌든 있다는 것, 그리고 2005년에야 이 모든 것을 알고 북한에 가서 그것을 봤다는 것이 나로서는 기적이고 운명이라는 거죠.

지　술을 많이 드시는데요. 예술가와 알코올의 관계는 뭐라고 생각하세요?

공　별 상관은 없는 것 같아요. 술 안 먹고도 글 잘 쓰고 이런 사람들도 꽤 많더라고요. 오히려 고주망태되어서 글 못 쓰는 사람이 더 많은 것 같아요. 다만 변명을 하자면, 제가 술을 마시는 이유 중 하나는 신경이 너무 많이 곤두섰을 때, 특히 글을 쓰고 나서 새벽 두 시쯤에는 자야 되는데 고슴도치처럼 쫙 일어나 있어서, 여섯 시 반에는 일어나야 되는데 빨리 잠들지 못하니까 술을 마시고 진정을 하고 자는 거죠. 사람들과 어울리고 취재를 나가다 보면 술을 마시는 경우가 많고요. 혼자 괴로워서 술 마실 때도 똑같은 이유예요. 너무 신경이 곤두서서 몇 잔 마셔야 어느 정도 진정이 되니까. 하지만 그래도 중요한 건 좋아서 마신다는 거죠.(웃음)

지　술을 드신 상태에서는 글을 못 쓰신다고 들었는데요.
공　당연히 그건 못 쓰죠.

지　"중산층, 빼앗은 자의 딸이라는 괴로움", 이런 표현도 많이 쓰셨던 것 같은데요. 저도 어릴 때 비슷한 경험이 있어요. 아버지 회사가 잘될 때 회사에서 차가 나와서 타고 가면 버스에 있는 사람과 눈이 마주치는 경우가 있거든요. 그땐 왠지 미안해서 눈을 피하곤 했어요. 그렇지만 애들이라고 다 그런 것은 아니지 않습니까? 우쭐해할 수도 있고.

공　글쎄요. 왜 그랬나, 모르겠어요. 자랑할 수도 있는데.

지　좋은 새 옷을 입었을 때 조금 우쭐했던 적은 있는 것 같은데, 그것도 남들이 못 가질 정도는 아니었는데요. 선생님은 왜 그런 성격이 형성되었다고 생각하시나요?

공　모르겠어요. 아주 어릴 때부터 그랬던 것 같아요. 국민학교 다닐 때 수재 나면 동네 문 다 두들겨서 옷이랑 성금 거둬서 신문사 갖다주고, 그랬어요. 참 나, 왜 그랬는지 몰라.(웃음) 그것도 일종의 타고난 것이 아닌가 싶어요. 가엾은 사람들 보면 못 지나치고, 어떻게든 뭐라도 주고 가야 되고, 이런 것이 내가 피눈물 나게 노력해서 그런 것이 아니라 그냥 어린 시절 성격이 그렇게 형성된 것 같아요. 대학 와서는 그것의 구조적 모순을 알게 되니까, 우리 아버지는 빼앗는 위치에 있는 사람은 아니었지만 내가 거저 너무 많은 것을 받았다는 미안함 같은 것이 있었어요. 고아원에서 혼자만 뽑혀 나가 진수성찬 먹고 들어온 것 같은 기분 있잖아요.

지　혼자 입양 가는 아이들 같은 느낌….

공　그렇죠. 마주쳤는데 다른 애들은 여전히 굶고 있고, 이런 느낌들. 지금도 그런 것이 좀 남아 있어요. 지금은 제가 적극적으로 나에게 주어진 것들을 좀 더 활용하자, 그렇게 건강하게 생각하죠. 그때는 실제로 비난도 엄청 받았어요. 괴로워하는 포즈라도 취해야지, 안 그러면 그 생각을 그만두고 그 그룹을 나가야 되는데….

지 같이 있던 후배가 논쟁을 하다가 술을 끼얹은 일화도 있지 않으신가요?

공 그 친구는 죽었어요. 그때 우리 집이 좀 안전한 아파트였어요. 잠깐 노동운동을 그만두고 집에 왔을 때 남자 팀들이 합숙을 했어요. 나는 우리 집 문간방에서 지내고, 걔네들이 안방을 차지하고 있었어요. 식사도 가끔 같이 했는데, 그때 그 말에 굉장히 놀랐어요. 내가 보리차를 끓여야 된다고 큰 주전자에 물을 넣는데 그 친구가 그러더라고요. "뜨거운 물이 펑펑 나오는데 보리차는 뭐 하러 끓여요?" 그래요. 충격받았어요. 그게 1987년 상황인가 그래요. 또 술자리에서 내가 무슨 말을 했는지 생각이 안 나는데, 아무래도 무슨 말을 솔직하게 했겠죠. 그랬더니 술을 확 끼얹더라고요. 그래서 '나는 이래저래 사람들한테 상처를 주는구나' 생각했죠. 그런 일 많았어요. 지금까지도 많고. 한 번은 이런 일이 있었어요. 어떤 유명한 문인인데, 10년 전쯤인데 그다음부터는 그 사람을 안 보는데요. 무슨 얘기를 하다가 '모든 사무실에 에어컨이 너무 세다'는 얘기가 나온 거예요. 보통 사무실들이 중앙냉방이었고, 나도 오피스텔을 얻어 쓰는데 거기도 중앙냉방이었어요. 그래서 냉방을 잘못하면 굉장히 추웠죠. 내가 그 형한테 "그러면 창문을 좀 열고 있어"
했어요. 그런데 그 형이 갑자기 화를 버럭 내더니 "너는 그렇게 낭
비하는 생활에 익숙해 있기 때문에 문제"라는 거예요. 어이가 없는
거예요. '무슨 말을 해도 안 되는구나. 그만하자' 그러고 입을 딱
다물었죠. 그런 것도 있어요. 옛날에 현장 가기 전에 구로동에 가서
현장 조사를 하고 왔는데, 그때 제가 생머리 단발이었어요. 구로동
에는 내 주민등록증으로 들어가야 되니까 스물다섯 살짜리로 들어
가야 해요. 그런데 내 나이에 생머리 단발한 사람이 하나도 없는 거
예요. 여자니까 옷은 뭐 입고 다닐까, 살필 거 아니에요? 그래서 갔
다 와서 선배한테 뽀글뽀글 파마를 해야겠다고 했어요. 난 진짜 파
마하기 싫었는데. 그랬더니 선배가 버럭 화를 내면서 "너, 용모에
그만 신경 쓸래" 그러는 거예요. 나는 자연스럽게 보이기 위해서
그런 건데.(웃음) 그런 오해들, 내가 생각하는 억울함 같은 것들이
상당히 오랜 기간 동안 계속됐어요. 그때는 내가 내 주제를 몰랐어
요. 나는 평범하게 열심히 하는 사람인데, 나를 왜 미워할까. 그런
게 되게 억울했는데 한참 시간이 지나니까 현실을 생각하게 되는
거죠. '아, 그럴 수 있겠다. 나는 여기서 조심해야 되는구나', 그런
생각을 했죠.

3장

우리들의 행복한 시간

박찬욱 감독에게 '자신의 영화 인생에서 가장 소중한 작품이 무엇이냐?' 는 질문을 한 적이 있다. 그는 '〈씨네21〉 10주년 기념영화제'에서 평단의 찬사를 받으며 평론가들에 의해, 지난 10년간 최고의 걸작 10편 가운데 한 편으로 당당하게 뽑혔던 〈복수는 나의 것〉과 칸에서 심사위원 대상을 수상함으로써 자신을 세계적인 거장의 반열에 올려준 〈올드보이〉를 제쳐두고 〈공동경비구역 JSA〉라고 대답했다. 이유는, 초기 두 편의 흥행 실패로 의기소침해 있던 자신에게 주어진 마지막 연출 기회였고, 그 작품의 성공으로 계속 영화를 찍을 수 있게 되었기 때문이라는 것이다.

비슷한 이유로 공지영은 《우행시》를 자신의 작가 인생에서 가장 소중한 작품으로 꼽았다. 7년간 아무것도 쓸 수 없었던 시절을 극복하고 써낸 첫 장편이 대중적으로도, 비평적으로도 성공한 것이다. 그리고 이 작품은 송해성 감독, 강동원, 이나영 주연으로 영화화되어 사형 제도에 대한 우리 사회의 주의를 환기시키기도 했다. 그러나 그녀는 이 작품을 통해 사형 제도의 존폐만을 이야기하지 않는다. 피해자와 가해자, 우리 사회가 화해와 용서를 거쳐 진정으로 치유되는 길을 찾아야 된다고 말한다. 요즘도 정기적으로 교도소에 자원 봉사를 다니는 그녀는 사형수들을 만나보고 나서 달라진 생각을 이렇게 말한다.

"나는 인간은 안 변한다고 생각했어요. 지금도 어느 정도는 그렇게 생각하는데, 인간을 변하게 만들어놓는 사랑의 힘에 대해 진짜 놀랐어요. 제가 얼마 전에도 만나서 그런 느낌을 받았어요. '솔직히 여러분, 사회에서 나쁜 짓만 했고, 학교도 제대로 안 다녔고, 진짜 정말정말 나쁜 사람들이었는데, 요즘 얘기 나누면 어떤 성자도 할 수 없는 말을 가끔 한다. 이건 정말 기적이다. 인간을 움직이는 것이 사랑의 힘이라는 것을 여기서 안 믿을 수 없다'는 말을 그분들에게 하게 되더라고요."

그녀가 믿게 된 사랑의 힘이 우리 사회에 바이러스처럼 퍼져나갔으면 좋겠다. 그녀는 사랑만이, 오직 사랑만이 사람을 진정 변화시킬 수 있다고 믿고 있다.

사형수와의 만남

지　요즘 들어서 아이들이 납치당하는 사건이 많이 발생하고, 최근 안양 어린이 실종 사건의 범인이 잡히면서 사형제 존속과 그것의 집행까지 요구하는 목소리가 많아졌는데요. 그 점에 대해서 어떻게 생각하세요?

공　사형제에 대한 저의 생각은 변함이 없어요. 그 사람들을 죽여서 아이들이 살아올 수 있다면 저도 사형제에 찬성할 거예요. 그런데 또 하나의 살인이 무참히 저질러지는 것 외에 아무 의미가 없잖아요. 제가 사실 얼마 전에 유영철 사건을 수사했던 수사관을 만나고 왔거든요. 유영철이나 다른 사형수들도 만나보면 사람이에요. 그런 문제를 떠나서, 지난번에 지율 스님이 도롱뇽 때문에 단식을 하셨잖아요. 제인 구달 같은 사람은 침팬지를 보호하기 위해서 전 세계를 돌아다니고요. 우리가 도롱뇽 하나 없다고 해서 못 살지는 않아요. 침팬지도 어쩌면 그럴지 몰라요. 훌륭하신 분들의 말에 따르면, 우리가 없어져도 괜찮다고 생각하는 것들도 이 지구상에 있어야만 하는 존재들이라는 것을 생각할 때, 그런 의미에서 100명도 안 되는 그들의 생명을 빼앗는 것은 어떤 경우에도 반대예요. 생명은 인간의 소관이 아닌 것 같아요. 누구도 생명을 어떻게 할 수는 없잖아요. 만들어낼 수 없기 때문에 없애는 것도 우리의 권리가 아니라고 생각해요. 오히려 정말 중요한 것은 피해자들에 대한 국가의 보상, 경찰들의 무능, 이런 것들에 더 초점이 맞춰져야 되는데, 그 사람 하나 죽인다고 해서 무슨 소용이 있겠어요. 오히려 악영향이 더 많다고 생각하는 게, 제가 사형제 폐지 운동을 하면서 자료들을 보는데요. 영국에서는 예전에 영주들 장원에 들어가서 몰래 작은 짐승들을 사냥하는 경우가 많았다고 해요. 그래서 19세기 중반인가 포고령을 내리게 되는데, 영지에 들어가서 토끼를 잡아가는 자가 실제로 사형되기도 해요. 그다음에 공개 처형이라는 것도 계속됐어요. 미국에서는 1940~1960년대까지도 했다고 해요. 가장 유명한 사건이, 영국에서 디킨스 시대에 소매치기가 들끓었을 때 소매치기를 잡으면 무조건 공개 처형했어요. 첫 공개 처형을 하던 날, 런던 시내 한복판에서 세 명을 공개 처형하는데 그날 런던 역사상 최고로 소매치기가 들끓었다는 것 아니에요. 많은 사람들이 모이니까요. 오히려 지금의 영국은 사형제 폐지 국가인데, 문제는 사형이 아니라, 사람들이 소외감이나 박탈감을 느끼지 않도록 시스템을 개선하고 개발함으로써 사형당할 만한 사람을 계속 줄여온 거죠. 그런데 저부터도 그렇고, 사람들이 그런 것 같아요. 나쁜 일이 딱 발생했을 때 일단 내 책임이라고 하는 것은 싫거든요. 누군가에게 뒤집어씌워서 싹 처벌해버리면 마치 모든 것이 깨끗해질 것이라는 망상 같은 것이 우리 모두에게 작용하는 것 같아요. 제가 얼마 전에 읽은 책이 《기도의 사람 토머스 머튼》인데요. 제가 토머스 머튼을 되게 좋아해요. 그분의 책도 좋아하고요. 1월 31일에 태어나서 저랑 생일이 같은 데다가 똑같이 호랑이띠예요.(웃음) 나치가 난리를 칠 때 그분은 미국의 봉쇄 수도원에 있었는데 그런 말씀을 하셨어요. "모든 인류는 한 나무에 열린 열매들이다. 히틀러라는 열매에 대해서도 우리 모두가 공동의 책임을 져야 된다. 히틀러를 키운 것은 우리인데, 그는 우리의 증오를 먹고 자랐고, 우리의 보복심을 먹고 살았고, 우리의 악을 먹고 자랐다. 그것이 그에게 가서 맺혔다고 해서, 그 사람만 처단한다고 해서 모든 것이 사라질 것이라고 생각하는 것은 환상이다." 그 말이 되게 가슴에 맺히더라고요. 그래서 그분이 정말 훌륭하다는 생각을 했죠.(웃음)

지 북유럽, 서유럽을 비롯한 사형제를 폐지한 나라들이 오히려 강력 범죄가 적은 것 같아요. 우리 사회의 시스템 자체가 미국을 닮았기 때문에 이 상황 안에서 사형제라는 것을 한 번 더 생각해봐야 될 부분도 있을 것 같은데요.

공 북유럽뿐만 아니라 127개 나라가 폐지했어요. 북유럽은 사실 몇 나라 되지도 않고요. 사형제에 대해 강연할 때마다 이런 말을 해요. "여러분이 이름을 아는 나라 중에서 어느 나라만 사형제를 채택하고 있느냐면 미국, 일본, 중국, 그다음에 이슬람 국가들, 이런 나라들을 빼고는 전부 사형제를 폐지했어요. 심지어 필리핀도 했고요.

아프리카의 모든 나라도, 특히 정치범에 대해서는 사형제를 폐지했어요. 러시아는 2000년에 가장 늦게 폐지했고요. 터키도 EU에 가입하는데, 사형제가 마지막 관건이에요. 종교보다 유럽 국가들이 그것을 요구하고 있어서. 그런데 우리나라는 미국과 일본의 영향을 많이 받은 탓인지 사형제 폐지할 생각을 안 하네요."

지 일부 범죄 심리학자들은 자기 자신이 죽는다는 생각을 안 하기 때문에 연쇄 살인을 저지를 수도 있는 것 아니냐고 얘기하던데요.

공 제가 인터뷰를 해보니까 그렇지 않아요. 제가 서울시경 프로파일링팀하고 친한데요. 모든 범죄자의 공통점이 죽이는 순간에 절대 '내가 죽을까, 살까' 생각 안 한다고 해요. '잡힐까, 잡히지 않을까' 는 생각한다고 하더라고요. 심지어 사람의 목숨을 생으로 빼앗는 지경에까지 가면 그 사람들은 이미 죽음 속으로 들어간 사람들이라고 보여요. 어떻게 살아도 그 사람들은 죽음인 거죠. 그러니까 유영철 같은 사람이 잡히자마자 찾아간 사형제 폐지 운동하는 신부님한테 조롱하듯이 그랬다는 거 아니에요. "신부님, 저 죽은 다음에 다시 폐지 운동하시죠." 그리고 《우행시》에도 썼지만, 게리 길무어가 언론에 그렇게 말했다는 거 아니에요. "나를 죽임으로서 나의 마지막 살인이 완성된다." 얼마나 끔찍한지, 어떤 의미에서 살인과 처형까지 포함한 모든 파괴는 같은 일인 것 같아요. 그러니까 그 방법으로는 그 사람들을 이겨낼 수가 없죠. 역사 이래로 한 번도 그런 일은 없었던 것 같아요.

지 취재보다는 책 같은 간접 경험을 선호하신다고 들었는데, 《우행시》의 경우는 취재를 많이 하신 거죠?

공 취재와 간접 경험을 같이 했어요. 취재 두 달 동안은 점심, 저녁 해서 하루도 집에서 밥을 못 먹었으니까요. 굉장히 많은 사람들을 만나서 많은 이야기를 들었어요. 간접 경험은 책으로 했고요. 책은 주로 우리나라 사람들이 아닌 외국의 사례들, 형법 제도, 살인 찬성론자, 반대론자들의 의견 이런 것 때문에….

지 사형수들을 만나보고 어떤 생각이 드셨나요?

공 전 진짜 믿을 수가 없었어요. 지금도 만나고 있는데, 눈빛이 좀 불안한 것은 있어요. 처음에는 그 사람들이 칼을 들고 나를 위협하는 장면도 상상해봤어요. 그런데 이미 그런 상상을 할 수가 없어요. 얼굴들이 너무 순화가 되어서. 제가 만난 사람들 중에 이번에 한 명이 감형되고, 제일 긴 사람들이 12년, 13년 됐는데, 제 심정을 솔직히 얘기한다면 아마 나중에 죄의 총량을 달면 그 사람들이 우리보다 적을 거예요. 그 안에서 무슨 죄를 더 짓겠어요.

지 존경받는 양심수와 파렴치한 범죄를 저지른 사형수가 나중에는 구분이 안 되는 경지에 이른다는 말도 있던데요. 그 사람들이 사회에 나와서 이런저런 차별을 받다 보면 다시 범죄를 저지르게 되는 경우도 있지 않습니까?

공 사형수는 바깥에 나가기 힘들죠. 모든 것을 한 가지 원인으로 돌리는 것은 너무나 위험한 것 같고요. 제가 열두 명을 만나다가 두 명이 다른 교도소로 가고, 한 명은 죽고, 한 명은 감형돼서 여덟 명을 만나거든요. 4년째 되죠. 그중에 한 세 명 정도는 제가 보증하고 풀어줘도 돼요.(웃음)

내가 살기 위해 그를 용서한다

지 《우행시》에서 "저애들 위해서가 아니라 우리를 위해서 사형제 폐지 운동을 하는 거야"라고 고모가 말을 하는데요. 그런 운동을 하는 사람은 적지만 그래도 있는 데 비해, 상대적으로 피해자 권리에 대한 운동을 하는 사람은 많지 않은 것 같아요. 사람들이 즉각적으로 분노하지만 그 이후에 피해자 가족이 어떻게 지내는지에 대해서는 별로 생각하지 않잖아요. 이런 무관심한 상황에서 '피해자 인권은 어떻게 생각하느냐?'는 말도 설득력이 있을 것 같은데요. 물론 그들의 분노가 진지하게 피해자 인권을 개선하는 방향까지 나아가지는 않는다고 보지만요.

공 그래서 올해부터 시작됐어요. 가톨릭에서 하는 것에 제가 동참했는데요. 미국에서 하는 '희망 여행'이라는 게 있어요. 그게 뭐냐면, 사형수 가족과 피해자 가족이 함께 여행을 떠나는 거예요. 책이 나와서 읽었는데, 감동적이에요. 양쪽 가족 모두 사회에서 소외되고, 인생이 이미 돌이킬 수 없을 정도로 나락에 떨어진 사람들인데요. 물론 그 사람들이 서로 일 대 일 대응으로 만나는 것은 아니에요. 내 딸을 죽인 사람의 가족과 직접 만나는 것은 아니지만, 마지막에 그 사람들이 용서라는 것을 왜 하냐면, '내가 살기 위해서'라고 해요. 절규를 하죠. 이번에 제가 만난 분들 가운데 고정원 할아버지라고, 유영철에게 어머니하고, 아들, 며느리, 아내가 살해당한 분이 계세요. 그 할아버지가 피해자 운동도 하시고 사형제 폐지 운동도 하시는데요. 10월 9일 퇴근해서 문을 탁 여니까 모두가 죽어 있는 거예요. 그날을 왜 기억하시냐면 한글날이 처음으로 휴일에서 근무하는 날로 바뀐 날이기 때문이래요. 아침 운동을 하고, 다 들어가고, 당신은 회사에 갔다가 여섯 시에 퇴근했는데 입구에서부터 피비린내가 진동해서 봤더니, 다 죽어 있었던 거죠. 그것도 무참하게. 사라진 금품도 없고, 원한도 없고. 이 양반은 제가 만나 보니까 굉장히 감수성도 여리고, 자수성가한 분이에요. 정말 단란하게 사시는 분이었어요. 그 아들이 4대 독자인가 그렇고, 대학원에서 박사인가 하고 있었어요. 그 양반은 그 이후에 '이렇게 죽을까, 저렇게 죽을까'만 생각하고 살았대요. 당신이 하는 말이, 한강대교 위에 수없이 올라갔는데 죽을 용기는 없고, 매일매일 삶이 그렇게 계속된 거예요. 한 가지 희망이 있었는데, 범인이 잡히면 '왜 그랬나?' 물어보고 죽자. 그랬는데 어느 날 보니까 범인이 잡혔어요. 유영철이 그 범인이었던 거예요. 저놈이 죽으면 나도 편하겠구나 생각했는데, 전혀 편하지가 않더라는 거예요. 그래서 '범인도 잡혔으니까 죽자' 하고 또 한강 다리로 갔는데, 갑자기 이런 생각이 들더라는 거예요. '그래, 내가 죽을 건데 그래도 내가 세상을 살면서 한 가지라도 의미 있는 일을 하고 싶은데, 그게 뭘까?' 그때 갑자기 '우리 가족을 죽인 놈을 용서하고 죽자'고 생각하니까 자기도 모르게 죽고 싶은 생각이 없어지더래요. 그 길로 검사실로 찾아갔어요. 그리고 난동을 피웠죠. 나중에 '왜 그러시냐?'고 붙잡고 물어보니까 피해자라는 것을 알게 되었어요. '한 가지 부탁이 있다. 유영철 죽이지 마라. 쟤도 엄마, 아버지가 있고 쟤도 딸내미가 있는데 죽이지 말아달라'고 하면서 혈서를 쓰셨대요. 그러고 나서 이분이 죽고 싶은 생각이 사라졌는데 '앞으로 무엇을 할 것인가?' 고민하다가 사형제 폐지 운동을 시작하셨다고 해요. 이분이 유영철한테 편지를 보냈어요. 유영철이 답장을 했는데, 사실인지, 얼마만큼 진실인지는 모르겠지만, 유영철 말로는 그날 밤에 한숨도 못 잤다고 해요. 그게 유영철한테 제일 큰 벌이었을 것 같아요. 그리고 피해자 가족들에게 우선 제일 중요한 게 뭔지를 생각했으면 좋겠어요. 누가 잡히면 '죽여라' 어쩌고저쩌고하지만, 살해 사건을 신고하면 경찰이 와서 폴리스 라인을 치잖아요. 우리나라가 얼마나 황당하냐면 폴리스 라인 철수하잖아요. 그러면 그 핏자국 청소도 자기가 해야 돼요. 어떤 보상도 없어요. 피해자 가족들은 길 가다 날벼락 맞은 것 같은 심정 때문에 울분을 느끼고, 신경쇠약 걸리고, 집안 다 망하고, 자살 사건 속출하잖아요. 그래서 그분들에 대한 치료와 원조를 사형제폐지위원회에서 올해부터 시작했어요. 몇 번의 세미나도 열렸고 신부님이 MT도 가셨고, 그런데도 피해자 가족들은, 고정원 할아버지 같은 경우는 집안도 좀 부유하시고 나이도 좀 드셨으니까 참여할 수 있지만, 대개는 가난한 사람들이거든요. 그래서 참여할 시간과 여유도 없어요. 제가 주장하는 것은, 국가가 당연히 국민의 생명을 보호하지 않아서 그렇게 된 것이기 때문에 정신과 치료는 기본으로 해줘야 되고, 정신과 치료를 받으며 그 사람이 회복되는 동안 연금이나 이런 것에 대한 혜택이 있어야 해요. 그런 것 하나도 안 하고 사형수들 죽이기만 하면 무슨 소용이 있어요.

지 "살인 현장을 목격한 사람은 사형제 존치론자가 되고, 사형 현장을 목격한 사람은 사형제 폐지론자가 된다"는 구절도 나오잖아요.

공 실제로 교도관들의 괴로움은 이루 말할 수가 없어요. 사형 집행을 서로 안 하려고 하는 것은 기본이고, 그것을 보고 나면 며칠 동안 악몽에 시달리고 밥도 못 먹는다고 하더라고요. 살인 현장을 목격하고 나면 몇 달 동안 밥을 못 먹겠죠. 어쨌든 그게 정의와 법의 이름으로 공식적으로 행해지는 살인이니까. 저번에 제가 법무연수원에 신임 검사를 대상으로 강연을 두 번 갔는데, 거기 부장 검사님이 저를 부르더니 그러시더라고요. 10년 동안 사형 집행 안 해서 좋았다고요. 원래 검사가 몇 명씩 팀을 짜서 집행 현장에 가야 되는데, 항상 사형 집행할 때 막내 보고 가라 한대요. 자기도 거기 한 번 들어갔다 와서 검사라는 직업에 회의를 느꼈대요. 자기의 인권을 위해서라도 사형제를 좀 폐지시켜달라고 하더라고요. 그래서 '아, 검사도 그런 생각을 하는구나', 그런 생각이 들었죠.(웃음)

지 사형제가 남아 있더라도 10년 동안 사형 집행을 하지 않으면 국제적으로 사실상 사형 폐지 국가로 인정받는다고 하지 않습니까? 그런데 지금 정치 세력도 그렇고, 사회 분위기도 그렇고, 사형을 시키려고 하는 것 같은데요.

공 저번에 국가인권위원장이 그러셨지만, 저도 그 얘기를 했어요. 이 사람이 그렇게 공약을 했는데 어떻게 하면 좋아요? 하지만 안경환 위원장이 낙관적으로 얘기하면서 국제사회라는 것이 녹녹치 않은데, 그것은 완전한 후퇴고 후진국을 선언하는 건데, 국가라는 것이 한 번 전진했다가 후퇴하는 것도 쉬운 일은 아니라고 하시더라고요. 외교상으로 볼 때 한국의 지위도 있고, UN 사무총장이 한국 사람이고 그러니까 아마 힘들지 않을까, 전망하더라고요.

목숨을 빼앗는 모든 것에 반대한다

지 지금 보면 여러 가지 부분에서 상식하고 거리가 먼, 남북 관계 같은 것을 보더라도 2002년에 했던 남북 간의 합의를 뒤로하고, 남북 관계를 1991년 남북기본합의서 수준으로 되돌려놨지 않습니까? 그걸 보면 충분히 뒤로 돌릴 수도 있을 것 같고, 여론 역시 '저런 놈들을 왜 안 죽여?' 하는 쪽으로 가고 있지 않습니까? 사형제 존치는 물론 시행해야 된다는 여론이 많아진 것 같아요.

공 그게 어려운 문제인데요. 저는 매번 그렇게 물었어요. "아니, 사는 게 그렇게 좋으세요? 사는 게 벌이 아니라고 생각하세요? 사

실 어떤 의미에서 나는 사는 게 벌인데"라고.(웃음) 법대 교수들이
나 이런 분들은 그렇게 말씀하시죠. 예전에 함무라비 법전을 보면,
도둑질하면 손을 자르는 식의 일 대 일 응보잖아요. 그렇다면 솔직
히 말해서 미성년자 성추행범도 누가 성추행을 해야 돼요. 그게 정
말 벌이라면. 현대의 법이라는 것은 형벌이 자유의 제한으로 진화
된 거잖아요. 예를 들어 태형하면 이런 나라는 온 세계의 가십거리
잖아요. 그러니까 목숨을 빼앗는 죄를 저지른 것에 대해서 목숨을
빼앗는 것으로 대응하는 것은 여러 가지로 볼 때 성숙한 태도는 아
닌 것 같아요. 인류라는 것이 그토록 오랜 기간에 걸쳐서, 한 사람
한 사람의 생명이 소중하다는 것까지 오는 데 얼마나 많은 피를 흘
렸어요? 그런데 이제 와서 '나쁜 놈은 죽여도 된다', 물론 사람의
생명을 빼앗는 것보다 나쁜 죄는 없죠. 전쟁이라는 끔찍한 것도 있
고, 사실 전쟁 일으키는 사람들도 다 나쁜 놈들이잖아요. 하지만 과
연 '나쁜 놈들을 응징하는 그 사람들은 나쁜 사람이 아닌가. 나쁘
다고 사람의 목숨을 빼앗는 것은 내가 어떤 놈이 나쁜 놈이라고 해
서 칼로 찌르는 것하고 뭐가 다른가. 그것이 개인이기 때문에 안 되
고, 국가에서 똑똑한 몇 분이 판단해서 너는 나쁜 놈이니까 죽어야
된다고 하는 것은 옳은가' 하는 것을 생각해봤으면 좋겠어요. 그것
은 인류가 가야 될 길이 아닌 것 같아요. 그래서 저는 정말로 목숨
을 빼앗는 모든 것에 반대해요.

지 어떤 분들은 비용의 문제를 애기하는데요. '국가의 세금으로

그런 놈들 밥을 먹여서야 되겠냐'고 할 때, 그런 비용이라면 내 개인적으로 부담할 수도 있다는 말씀을 하셨지 않습니까?(웃음) 그렇게 해서라도 사형을 막고 싶으신 건데요.

공 만일 세금이 문제라면 제가 몇 사람한테 밥값을 넣어줄 수는 있죠. 그런 사람들이 없을 거라고 생각하지 않아요. 그런데 그것은 개인의 자선 차원으로 할 일은 아닌 것 같아요. 사형수 밥값과 자는 비용으로 얼마나 낭비되겠어요, 솔직히. 시민들을 향해 물대포 쏘고 최루액 뿌리는 데 들어가는 세금을 생각해보면요. 그리고 저 세금 많이 내요.(웃음)

지 '사형은 일종의 복수'라고 볼 수도 있고, 잘못에 대한 응징일 수도 있는데, '복수는 나쁜 건가?'라는 질문도 가능할 것 같은데요.

공 복수가 나쁜 건지 어떤지는 모르겠는데, 분명한 건 복수는 아무것도 해결해주지 않는 것 같아요. 인류 역사에서 모든 성인들, 성녀들과 훌륭하신 분들이 악으로 악을 갚지 말라고 했잖아요. 해보니까, 그게 안 되니까, 그런 거잖아요. 저는 이것이야말로 실용이라고 생각해요.(웃음)

지 일부에서는 《우행시》가 사형 제도에 대해서 비겁하게 피해갔다는 비판도 있던데요. 만약 정면으로 문제를 제기하는 거라면 '흉악범이지만 죽여서는 안 된다'고 정면 승부를 해야 된다는 얘긴데요.

공 그 부분에 대해서도 제가 많이 망설이다가 그렇게 한 건데요.

사형 제도를 폐지하자는 가장 큰 이유가 오심 때문이에요. 실제로 미국 같은 데서도 DNA 검사가 도입된 이후로 123명인가가 석방이 됐어요. 오심이라는 것은, 인간이 하는 일에는 언제나 실수가 있는데 한 번 죽이면 되돌릴 수가 없는 것이기 때문에 그렇고요. 실제로 억울하다는 사람들이 꽤 많아요. 저는 어떤 것을 얘기하고 싶었냐 하면, 이런 질문을 강연 때 많이 물어보는데요. 사람들한테 "아니, 윤수가 나쁜 놈이 아니에요?"라고 물어봐요. 옆에서 죽이고 있는데 가만히 보고만 있는 놈은 좋은 놈인가요? 예를 들어, 파출부 아주머니 아들은 윤수가 찌른 건데 제가 묘사를 하지 않은 것뿐이죠. "문이 열렸습니다"까지만 묘사했고, 영화에서도 그렇게 묘사되는 것뿐이거든요. 어쨌든 용의자라고 선상에 오르거나 전과가 있는 사람은 경찰서에 갔을 때 인간이 아니에요. 이때만 해도 과학적 수사 없었고요. 그 사건의 이야기는 실제로 있었던 일인데, 그분은 돌아가셨어요.

지   사형제 폐지를 주장하는 분들 중에는 '인간이 어떻게 인간을 벌줄 수 있나?' 라고 얘기하는 분들도 있지 않나요?

공   요즘 그렇게 얘기하시는 분들은 거의 없어요. 인간이 인간을 벌줘야 하죠. 사회라는 것이 금기와 규칙이 있어야 하니까, 그래야 선량한 사람들이 돌아다닐 수 있으니까요. 그런데 다만 사형제 폐지하고 용서해야 된다고 얘기하면, 그 사람들을 금방 석방해야 되느냐고 하는데 그게 아니죠. 생명을 빼앗는 벌은 주지 말아야 된다는 거죠. 벌 중에서 그것만은 주지 말자는 것이고, 그것은 야만적인 벌칙이라는 거죠.

어설픈 용서, 진정한 용서

지 사형제 폐지론자가 아니더라도 종교적인 코드로 얘기하면 '인간을 벌줄 수 있는 것은 오직 신만이 가능하다'는 얘기도 가능할 텐데, 그러면 인간이 인간을 용서한다는 것은 가능한 건가요?

공 그것도 신만이 가능해요. 진정한 용서는 거의 기적에 가깝고요. 그래서 제가 좋아하는 가톨릭에서 그렇게 말하죠. 진정한 용서라는 것은 내가 그 사람을 용서하는 게 아니라, '도저히 용서할 수 없습니다. 제가 용서할 수 있도록 저에게 은총을 내려주세요'라고 진실하게 기도하는 것이라고요. 더군다나 그런 큰일을 겪었는데 어떻게 인간이 용서할 수 있겠어요. 용서도 신의 영역인 것 같아요. 다만 거기에 근접하기 위해서 노력할 뿐이겠죠.

지 이창동 감독의 〈밀양〉 보셨나요? 거기서 종교와 용서라는 주제를 다루지 않습니까?

공 봤어요. 쉬운 용서라는 게 얼마나 사람을 망치는지, 《즐거운 나의 집》에도 썼지만, 쉬운 용서는 미워하는 것보다 더 나빠서 결국 나중에 곪아터지거든요. 그런 얘기를 하신 게 아닌가 싶어요. 용서는 신의 영역인데 인간이 감히 하려고 덤볐다가 낭패를 본 거죠.(웃음) 그리고 거기서는 그리스도교의 가장 큰 본질이, 제가 좋아하는 것이기도 한데요. '저는 제 힘으로 아무것도 할 수 없습니다'라고 말하는 거예요. 그런데 사형수가 하는 말은—이건 정말 취재를 했나 싶어요—"저는 이미 용서를 받았습니다"고 하는데, 정말 그렇게는 못 하거든요. 이번에 고정원 할아버지를 필두로 해서 피해자 가족 몇이 사형수들을 만났어요. 네 명은 안 나왔어요. 차마 못 나와요. 네 명은 사시나무 떨듯이 벌벌 떨면서 진짜 피눈물을 쏟아내더라고요. 그 사형수가 어디에 존재하는 사형수인지 모르겠어요. 유영철조차도 그렇게는 못 해요. 어떤 의미에서 피해자 쪽 입장의 심리는 잘 묘사했는데 가해자에 대해서는 좀 쉽게 생각한 것 아닌가 하는 생각이 들었어요. 사람이 살인을 하는 것이지 괴물이 살인을 하는 것이 아니거든요. 그래서 그렇게 골치가 아픈 거고요. 그리고 대개는 그 면회를 거부하죠. 아무리 하느님 아니라 예수님하고 매일매일 같이 산다고 해도 그것은 인간으로서 불가능해요. 예수님하고 살았으면 절대 그렇게 못 해요. 〈밀양〉에 나오는 사형수는 그러니까, 어디 사이비하고 손잡은 거야.(웃음)

지 "사형수들은 수도자의 얼굴을 하고 있었다"는 표현이 나오는데, 어떻게 그 사람들이 그 안에서 그럴 수가 있을까요?

공 포기했잖아요. 다. 마지막 가진 생명까지 자기 것이 아니잖아요. 수도자들도 그렇잖아요. 수도자들은 자발적으로 버린 거고 이 사람들은 빼앗긴 거죠. 이상하게 그런 사람들이 가지는 공통의 어떤 빛이 있어요. 물론 모두가 그렇지는 않아요. 수도원에 가도 모두가 그렇지는 않고요. 거기도 이상하게 음울하고 그런 사람 많아요.

지 요즘 그런 범죄자들을 사이코패스로 규정하는 것에 대해 논란이 있는 것 같은데요. 그런 유형의 범죄자를 연구해야 된다는 의견도 있고, 그렇게 사람을 괴물로 규정해버리면 오히려 문제 해결이 되지 않는다고 반박하는 주장도 있는데요. 사이코패스는 남의 고통을 인식하지 못하는 특별한 유형의 사람이라고 하는데, 취재해보시니까 어떻던가요?

공 제가 취재한 바로는 사이코패스가 인구의 몇 퍼센트 정도는 차지한다고 해요. 그런데 모두 범죄자로 살아가지는 않는다고 해요. 일부가 범죄자가 됐을 때 무서운 결과가 나타난다는 것인데, 그것도 설이 분분해요. 유전이라는 설도 있고요. 제가 만난 분 중에는 어렸을 때 학대를 받으면 전두엽이 파괴돼서 그렇다는 분도 계시고, 그런데 그것은 정신과 필터에 걸러지지 않는데요. 그래서 유영철도 정신감정에서 정상이라고 나왔다고 하더라고요. 제가 좋아하는 정신과 의사 분은 말도 안 되는 소리라고 하시는데, 이미 그 사람이 저지른 범죄 자체가 상식을 넘어가는 것이니까 정신병자라고 봐야 된다는 거죠.

지 어떤 분은 유영철을 만나보고 정말 희한한 유형의 범죄자라고 하면서 "먹는 것과 성적인 것에만 반응을 하는 것 같았다"고 하던데요.

공 그렇지 않아요. 유영철도 제가 조사를 많이 했는데, 《우행시》에 편입시키려다가 뺐어요. 그 사람 눈이 되게 예쁘게 생겼어요. 목소리도 너무나 교양 있는 서울 말씨를 써요. 말도 얼마나 조리 있게 하는지 몰라요. 그림도 되게 잘 그리고요. 그 사람 시체를 훼손할 때 반젤리스의 〈콜럼버스〉를 꼭 틀어놓고 했다는 거 아니에요. 예술적 재능이 굉장히 많은 사람이었어요. 그런데 이상한 게, 히틀러도 원래 그림 잘 그리고, 폭스바겐 디자인할 정도로 미적 감각이 뛰어났다잖아요. 유영철의 편지를 받아본 수녀님들에 의하면 글씨도 되게 예쁘게 쓴대요. 중요한 것은 한두 명이 실종됐을 때, 범인이 사이코패스가 되기 전에 잡아야 하는데, 그게 쉽지 않은 게 문제겠죠.

지 이번에 일산에서도 엘리베이터 문에 있는 지문은 채취하면서 가장 기본적이라고 볼 수 있는 CCTV 화면은 체크하지 않았다는 게….

공 나는 그것보다 대통령이 지시하고 나서 몇 시간 만에 잡았다는 게 더 웃겨요.

지 그게 한국이니까요. "이상해 거기 다녀오고 나면… 혹시 천국이 그런 곳이 아닐까 싶어"라고 하셨는데요. 그런 그들이 다시 사회로 나오면 같은 범죄를 저지르는 경우도 많지 않습니까? 그럼 사회의 공기가 나쁜 셈인가요?

공 진짜 그랬어요. 제 스스로 황당하다고 생각했는데, 진짜 저를 힘들게 만들었던 것은 권력 가진 사람들이었어요. 그 자신감으로 다른 사람들을 나쁜 놈이라고 단죄하고, 자신만만한 포즈들이 나를 너무 얼어붙게 했어요. 사형수들이 나와서 말도 없이 고개 푹 수그리고, 미사 따라 하고, 이런 게 저로 하여금 그 사람들에 대해 신뢰하게 만들었거든요. 나는 인간은 안 변한다고 생각했어요. 지금도 어느 정도는 그렇게 생각하는데, 인간을 변하게 만들어놓는 사랑의 힘에 대해 진짜 놀랐어요. 제가 얼마 전에도 만나서 그런 느낌을 받았어요. '솔직히 여러분, 사회에서 나쁜 짓만 했고, 학교도 제대로 안 다녔고, 진짜 정말정말 나쁜 사람들이었는데, 요즘 얘기 나누면 어떤 성자도 할 수 없는 말들을 가끔 한다. 이건 정말 기적이다. 인간을 움직이는 것이 사랑의 힘이라는 것을 여기서 안 믿을 수 없다'는 말을 그분들에게 하게 되더라고요.

지 우리나라 교도 행정에 회의적인 사람도 많지 않습니까? 얼떨결에 들어갔던 사람이 거기서 온갖 사람들 겪으면서 프로 범죄자가 되어서 나오는 경우도 있고, 범죄 단체를 결성하는 경우도 있고요.
공 그거야 세계 어느 교도소나 다 그럴 거예요. 제가 조사한 바로는 김대중 대통령 이후로 아무튼 교도 행정은 세계 선진국, OECD 10위 국가에 걸맞은 정도 비슷하게는 된 것 같아요. 물론 안에 계신 분들은 불만이 많지만, 80년대 내 친구들이 끌려갔을 때와 비교해 보면….(웃음)

지 스웨덴 교도소는 모여서 텔레비전도 보고 술도 마시는 경우도 있다고 하던데요.

공 독일도 그래요. 담배도 피우고.

지 한 번씩 집에도 보내준다고 하던데, 그러면 들어와서 펑펑 울면서 가족 품으로 돌아가고 싶다고 한다더라고요. 그런 게 사회화를 시켜주는 과정이 될 텐데요.

공 그런데 대개 흉악범들 같은 경우는 집이 없어요. 면회 오는 사람이 한 명도 없는 사람도 두세 명 돼요.

지 영치금 들어오는 것이 1,000원 미만인 사람도 많았다고 하던데요.

공 그건 저한테 충격이었어요. 진짜로.

지 차라리 없으면 그런가 보다 하겠는데 1,000원 미만이라는 것은 몇 천 원 들고 와서 영치금으로 넣고, 그걸 썼다는 거 아닙니까?

공 그것도 1년 평균이니까. 정말 버려진 사람들이죠. 스스로 얼마나 비참하겠어요. 사람이 희망이 보여야 참고 착하게 살아봐야겠다고 할 텐데요. 글쎄, 나도 희망이 없고 아무것도 없다면 착하게만 살 수 있을까. 그런 생각이 들더라고요. 하다못해 가짜지만, 신이라도 있어서 천국에 간다는 희망이라도 있어야 될 것 아니에요.

사람을 변하게 하는 건 오직 사랑뿐 🍂

지 《우행시》를 쓰면서 행복했다고 하셨는데요. 우울한 주제일 수도 있고, 취재할 때 처음에는 두려웠을 수도 있을 것 같은데요.

공 우선 그 책을 쓸 때 특이한 상황들이 많이 일어났어요. 한 달 넘게 잠을 못 잤어요. 술을 아무리 먹어도 바스락 소리에도 놀라서 깨면 살인 장면들이 망상처럼 펼쳐지고요. 누가 우리 집에 들어오는 것 같고, 그래서 나중에는 안 되겠어서 "신부님, 저를 위해서 기도 좀 해주세요. 너무 힘들어요" 그랬더니 신부님이 "얼마나 됐어요?", 그래서 "저, 한 달 좀 넘었어요" 그러니까 "아, 조금만 더 있으면 괜찮아요" 그러시더라고요. 나중에 알고 보니까 그 무렵에 이대 계시는 최재천 선생님도 〈조선시대 살인 연구〉라는 논문을 내셨는데, 조선시대 살인 사건을 연구하는 제자들이 40일 넘게 잠을 못 잤대요. 일종의 죽음의 그림자가 드리워지는 것 같아요. 살아 있는 인간이 죽음의 세계를 다루는 것이 어느 정도 그런 것을 통과해야 되나 봐요. 심지어 그때는 어떤 식이었냐면, 해가 딱 지면 범죄, 사형 이런 책들은 무서워서 보지를 못 했어요. 진짜 무서워서. 그것이 주는 공포 때문에 제가 그때 얼마나 기도를 많이 했는지, 비이성적인 공포가 굉장히 많이 엄습했어요. 그거 지나고 나니까 밤에도 책 보고 그랬죠.(웃음) 그것이 좀 힘들었는데, 제가 행복했다고 말하는 것은 처음으로 거기서, 인간은 아무리 극악한 살인자라도 그 속에 누구나 사랑의 씨앗을 품고 있고, 그것만이 인간을 변화시킬 수 있고, 또 변화한 모습을 보면서 그것으로 인간에 대한 신뢰를 갖게 됐죠. 그 사람들 중에 몇몇은 잡힐 때 화면들이 남아 있는 사람들이 있었어요. 제가 그것도 다 봤죠. 얼굴이 완전히 딴 사람이에요. 믿을 수가 없어요. 레오나르도 다 빈치가 예수 모델로 쓴 사람을 10년 후에 유다 모델로 썼다고 하잖아요. 이게 거짓말이 아니구나, 하는 생각이 들었어요. 제가 만난 사람들은 거꾸로 된 거죠. 유다 모델을 하다가 예수 모델을 할 수 있게 된 거죠. 몽테뉴 책 보니까 그 얘기가 나오더라고요. "성인들이 가지고 있는 고귀함이 우리 안에 있고, 살인마 속에 들어 있는 마음이 우리 속에 있다." 그 말이 정말 맞다는 생각이 들어요.

지　유정이 처음에는 "그 사람들 입장에서는 언제고 자기네들 죽는다니 무서운 모양이지. 자기네가 다른 사람 죽일 때는 안 무서웠는데 이제 자기네들 죽인다니까 무서워서 얼른 착해지나 보지"라고 냉소적으로 말하는데요. 거기에 일말의 진실이 있을 수도 있다는 생각이 드는데요.

공　저도 맨 처음에 그 생각으로 갈등을 많이 했어요. 사형선고가 내려졌기 때문에 이 사람들이 변한 것이 아닌가. 막상 죽는다니까 '큰일 났다, 마음 바꿔야겠다'고 생각한 것은 아닌가 한 거죠.

지　생명과 죽음에 대해 생각해보게 된 계기일 수 있으니까….

공　그런데 제가 그다음에 주변에서 돌아가시는 분들을 보니까,

암 선고도 사형선고잖아요. 암 선고 받고 죽을 때까지 안 그런 분들도 많거든요. 평소에 훌륭하시다가, 그런 것도 봤고. 제가 연말에 사형제 폐지 모임에 가서 그 얘기를 했어요. 김대두가 마흔 몇 명인가 상해를 입혔죠. 우리나라 최초의 연쇄 살인범일 거예요. 스물여섯 명인가 죽였는데, 세 명이 어린아이고 나머지는 돌이킬 수 없는 중상을 입혔고, 그중 여섯 명인가가 어린아이고 강간도 했잖아요. 김대두를 어떤 목사님이 계속 연락을 취하셨대요. 성경책을 두 번인가 넣었는데 김대두가 그것을 보란 듯이 똥 휴지로 썼어요. 그러다가 세 번째 넣었을 때 김대두가 그것을 읽고 회개를 하기 시작했는데, 사형선고가 김대두를 바꾼 게 아니죠. 그래서 김대두가 죽을 때 진짜 아름다운 사람으로 변해서 죽었다고 전하는 기록들이 있거든요. 그래서 의심을 거뒀어요. 그런 것을 제가 많이 접하게 되면서 느끼는 또 하나는 이런 거예요. 저조차도 만약 지금 어떤 의미로든 사형선고를 받는다면 정말 그 사람들처럼 착하게 마지막에 '다 용서합니다' 하고 죽을 수 있을까. 위선이라고 쳐도 그거 굉장한 긴장감이에요. 그 긴장감도 에너지 없이는 나올 수 없는데, 그 사람들은 그런 정도의 내공이 있는 사람들이 아니거든요. 막상 죽는 마당에 그 사회의 밑바닥에 있는 사람들이 위선적이었다고 해도, 나도 죽을 때 그런 위선 정도 떨면서 죽을 수 있으면 좋겠어요. 또 하나 제가 그 사람들을 신뢰할 수 있는 것이, 안에 사형수를 갈구는 사람들도 많아요. 사형수 하나가 살인 미수를 저질렀는데, 6개월 추가형을 얻었죠.

지　사형에 6개월을 추가해봤자….(웃음)

공　저도 웃었어요. 그랬더니 사형 위에 뭘 더 얹느냐는 거예요. 6
개월 추가 형을 형식상 내렸는데, 가끔 마음 터놓고 얘기하는데 그
런 얘기를 해요. '어제 어떤 놈이 진짜 나를 갈궜다', 사실 사형수
들은 또 죽여버려도 돼요. 그래서 사형수들을 다 무서워하는 거거
든요. 어차피 무슨 짓을 해도 괜찮기 때문에, 끝이기 때문에. 근데
그 사람들이 뭐라고 하냐면 '나 참았다'고 해요. 그 이유는 신부님
얼굴 생각나고 자매님 얼굴 생각나서, 다음 주에 왔을 때 내가 그런
짓을 했다고 하면 우리 자매님들 얼마나 가슴 아플까 싶어서 자기
가 참았다고 해요. '사회 있을 때 이 사람들한테 누군가의 얼굴이
떠오르게 해줬으면 어땠을까' 하는 생각이 들더라고요.

지　예전에 패륜 범죄 어쩌고 했던 박한상도 검사가 빵을 주면서
따뜻하게 얘기해줬더니 눈물을 흘리면서 이렇게 얘기해준 사람이
처음이었다고 했다는 얘기도 있었잖아요.

공　거의가 다 그래요. 저희가 꼭 존칭을 쓰거든요. 형제님이라고
꼭 불러요. 얼마 전에 그 얘기를 하더라고요. 이제는 좀 친해져서 별
얘기를 다하는데요. 우리를 만나기 전날 마음의 준비를 굉장히 많이
한대요. 평상시 늘 욕을 입에 달고 사는 사람들이잖아요. 그런 말이
안 튀어나오게 연습하고, 뭐라고 말할까 연습하고, 그리고 그런 말
을 가끔 해요. 처음에는 자기들도 그냥 방에 있으니 나가서 농담 따
먹기라도 하고 오는 게 좋아서 나왔는데, 저는 그런 경험을 별로 안

해봤는데, 20~30년 되신 분들 많거든요. 그분들 말에 의하면 정말 어느 날 갑자기 안 나온다는 거예요. 그러고는 그다음 주에 나와서 오지 말라고 한대요. 나 그동안 사실 가짜로 나왔다고 하면서 '당신들 왜 나 같은 죄인한테 와서 자꾸 빵 먹으라고 하고, 뭐 먹으라고 하느냐' 면서 막 운다고 하더라고요. 거기서부터 바뀌는 건데, 거기까지 시간이 많이 걸리죠.

지 양심의 가책 같은 것이 생긴 거네요.

공 자기가 죄인이라는 것을 모르는 사람은 없어요, 적어도. 제가 그런 면에서 차라리 천국이 이런 곳이 아닐까 생각하는 게, 맨 마지막에 모니카 수녀님 입을 빌려서 "나는 괜찮다, 죄 없다고 생각하는 사람들을 위해 기도해라"는 말이 그래서 나온 거예요. 진짜 밥맛 없는 사람들은 목에 기브스하고, 말 함부로 하고, 다른 사람은 다 범죄자고, 자기 혼자 정의의 화신이고, 그런 사람들 만나면 소름 끼쳐요.(웃음)

지 사람이 괜찮다가도 정치권이나 그런데 가면 그렇게 되는 경우가 많더라고요.

공 유명한 조직의 논리라는 것 아닙니까? 그래도 많이 바뀌었잖아요.

지 "위선을 행한다는 것은 적어도 선한 게 뭔지 감은 잡고 있는 거야. 깊은 내면에서 그들은 자기들이 보이는 것만큼 훌륭하지 못하다는 걸 알아. 그래서 고모는 그런 사람들 안 싫어해. 고모가 정말 싫어하는 사람은 위악을 떠는 사람들이야'라는 구절이 나오는데요. 위선적인 사람이 잘못했을 때 다른 사람한테 주는 상처가 더 크지 않나요?

공 그런데 그것은 판단이 명확하잖아요. 저는 그래서 중국을 되게 무서워하고, 미국이 차라리 낫다고 생각하는 게, 미국은 위선이 뭔지는 알거든요. 적어도 위선은 떨거든요. 특히 우리나라 정치권, 제발 위선자들이 좀 많았으면 좋겠어요. 이번에 장관 임명될 때 파동을 보면서 저 사람들 위선 학교 좀 보내야 되겠다는 생각이 들었어요. 위선이라는 것은 적어도 공동 사회에서의 규범을 아는 거예요. 그리고 위선도 어떻게 생각하면 타인에 대한 배려예요. 아니, 그렇지 않겠어요. 타인의 공감대를 의식해야 위선이 나오는 거잖아요. 제가 어디 가서 강연을 하다가 그런 얘기를 했어요. 요즘 정치권 사람들은 전위예술가처럼 자기 하고 싶은 말 다 하고, 저 같은 소설가는 가서 '착하게 살아야 된다' 하고, 도대체 어떻게 된 일인지 모르겠다는 얘기를 했죠.(웃음)

지 정치인들 때문에 여러 사람들이 힘들어하는 것 같은데, 특히 개그맨들이 힘들어하는 것 같아요. 웬만큼 웃겨서는 사람들이 웃지를 않으니까요.(웃음)

공 정말이에요.(웃음)

지 어떻게 보면 말장난 비슷할 수 있는데, 위악이라는 것도 뭐가 선한 것인지 알기 때문에 떨 수 있는 것 아닐까요?

공 그렇죠. 그런데 위악을 떠는 것은 여러 사람을 너무 피곤하게 만들어요. 위선은 일단 밝혀질 때까지는 덜 피곤한데, 위악은 여러 사람을 너무 피곤하게 할 뿐만 아니라 그 심정 깊숙한 곳에는 '나는 굉장히 괜찮은 사람이라 이것까지도 할 수 있어. 난 이렇게 악함을 떨어도 괜찮은 사람이야' 라는 오만함이 있어요. 위악을 떠는 사람은 우리가 어떻게 할 수가 없어요. 그 근본이 오만인 것 같아요.

지 어떻게 보면 상처를 감추려고 그럴 수도 있고요.

공 우리 모두 감추려고 어떤 방식이든 취해요.(웃음) 안 감추는 사람이 어디 있어요.

통쾌한 커밍아웃, 그래 나도 이혼했다 🌿

지 "대중과 평론가에게서 가장 큰 성차별을 느낀다"고 말씀하셨는데요. 어떤 부분에서 그러신가요?

공 여성 작가라고 꼭 다는 것, 전에도 말씀드렸지만, 아니 다들 이혼 많이 했거든요. 그런데 나한테만 그래.(웃음) 내가 얘기했잖아요. 처음 이혼했을 때부터 이랬다고. 그래서 결혼을 하지 말았어야 되는 건데. 파울로 코엘료가 네 번 결혼했고, 파블로 네루다가 세 번, 헤세 세 번, 브레히트 세 번, 마가렛 미드가 세 번 결혼했는데, 그 사람

들 얘기할 때는 아무도 그 얘기 안 하거든요. '당신 작품에 대해서
는 할 얘기 없고, 너한테 궁금한 것은 사생활뿐이야.'라고 하면 할
말 없어요. 하지만 저도 작품 얘기할 것 많거든요.(웃음)

지 요즘은 좀 달라지지 않았나요?
공 제가 상처를 덜 입으니까 그렇죠. 제가 그것을 제 입으로 공표
하던 날 너무너무 통쾌했어요. 마침 〈조선일보〉랑 인터뷰를 했는데,
1면에 안내문이 실렸어요. '세 번 결혼, 세 번 이혼, 성이 다른 세 아
이'라는 문구요. 문화면 톱이었는데 정말로 너무 통쾌했어요. 왜냐
하면 그런 날이 올까봐 그 불행들을 다 견디면서 살았는데 내 입으
로 먼저 말해놓고 나니까 내가 그 쇠사슬을 끊은 것 같더라고요.

지 어떤 정신과 의사 분도 이혼하고 나서 인터넷에 올라온 글 때
문에 정신과 치료를 받아야 할 정도로 상처를 받았다고 하던데요.
공 남이 만나고 헤어지는데, 자기 오빠나 남편이나 동생이면 이
해를 하겠는데, 그래도 그렇죠. 다 큰 사람이 만나고 헤어지는데 내
자식이라도 그러면 안 되죠.(웃음)

지 사실 그렇게 관심이 있는 것 같지도 않은데, 노래방에서 노래
시킨 다음 듣지도 않고 다음 곡 고르고, 맥주 마시고 그런 것하고
비슷하지 않나요?
공 맞아요. 그리고 '앵콜!' 하죠.(웃음)

시대의 운명과 맞닿은 작가 ❦

지　문장에 대해서 평론가들의 평이 좀 짠 편인데요. 선생님의 문장론이라면 어떤 게 있습니까?

공　근데, 저도 잘 모르겠는데, 묘사가 그렇게 없는 것도 아니고. 그런데 한 가지는 있어요. 제가 서사가 워낙 강렬해서 사실은 문장이 잘 안 보여요. 뒷얘기 읽어야 되니까 그냥 지나가게 되는데… 잘 모르겠어요. 그리고 좋은 문장이라는 것이 과연 뭔지 모르겠어요. '눈물 젖은 빵을 먹어보지 않은 자는 인생을 논할 수 없다', 이런 게 명문장이잖아요. 그런데 이런 게 미사여구로 나오는 게 아니잖아요. 번역이 되어도 충분히 그 뜻이 전달되고, 전 세계인의 마음에 공감을 얻을 수 있잖아요.

지　작가 황석영도 "평소 공지영의 글은 쉽게 읽힌다. 그 점이 장점이자 불만이었다"고 얘기했는데요.

공　쉽게 읽히는 게 왜 불만이에요? 쉽게 읽히는 게 싫으신가 보죠?(웃음) 저는 어렸을 때 책을 되게 많이 읽었는데, 지금은 꼭 그렇지는 않은데, 책 첫 장을 열면 끝까지 봐야 된다는 그런 강박이 있는 시절이 있잖아요? 난 어렵게 쓴 사람, 책장이 안 넘어가게 쓴 사람은 정말 미웠어요.(웃음)

지　어렸을 때는 어떤 책들을 읽으셨는데요?

공 그때도 〈선데이서울〉서부터 〈여성중앙〉 등등 닥치는 대로 봤어요. 지금도 활자중독증 같은데, 그때는 라면 끓이면서 라면 봉지 뒤에 있는 것도 다 읽었거든요. 지금은 눈이 나빠져서 안 보는데, 예전에는 식품 뒤에 있는 조그만 글씨까지 다 읽었어요. 450칼로리, 첨가 성분 안식향산나트륨, 그런 것까지 다 읽었는데, 어느 순간 보니까 우리 둘째가 그러더라고요. 활자를 보면 안 읽고는 못 배기는 거 있잖아요. 그때 별거 별거 다 읽어서 조숙이 하늘을 찔렀죠. 알지도 못 하면서 조숙하기만 해가지고.(웃음)

지 글자를 누구한테 배우지도 않고 깨치신 건가요?

공 그게 참, 우리 오빠가 1학년 때로 기억되니까 제가 세 살 때죠. 그때 오빠가 학교 갔다 오면 몰래 책가방을 뒤지는 거예요. 제가 아직도 기억이 나는 게, 국어 교과서하고 도덕 교과서에 재미있는 얘기들이 있었어요. 그때는 글은 못 읽었는데, 아무튼 글씨가 많더라고요. 그중에서 제일 많이 나오고 쉬운 글자가 '이, 가, 다' 이런 거예요. 그것을 혼자 쓰면서 놀았어요. 저희 집이 가난하지 않았기 때문에 장난감이 없는 것도 아니고, '왜 그러고 놀았을까, 내가 왜 그 짓을 했을까' 싶거든요.(웃음) 〈소년한국일보〉를 집에서 봤는데, 만화 보다가 어느 날 보니까 제가 그것을 읽고 있더라고요. 국민학교 입학했는데, 선생님이 ㄱ, ㄴ 가르치시는데 '저게 ㄱ, ㄴ이라는 것이고 합쳐지는구나' 하는 생각이 들었죠. 나중에 알고 보니까 한글 하나하나를 다 외워버린 거예요. 그럼에도 내가 왜 혼자 글을 알게 됐는가는 아직도 미스터리예요. 그러니까 태어났을 때부터 활자가 그렇게 좋았나 봐요. 우리 오빠한테 들키면 엄청 야단맞고 그랬는데, 하고 많은 것 중에 왜 그걸 궁금해했는지….(웃음)

지 어떻게 보면 운명 같은 건가요? 기억력도 엄청 좋으신 것 같더라고요. 어린 시절 묘사한 것을 보면.

공 《봉순이 언니》썼을 때, 1960년대 서울에 대해서 몇 가지만 조사를 했고, 내가 기억나는 대로 썼거든요. 소설이니까 괜찮을 거라고 생각해서 그냥 쓴 건데, 나중에 우리 엄마 아버지가 깜짝 놀라시더라고요. "어떻게 이걸 다 기억해서 썼냐"고 하시면서. 기억력이 굉장히 좋은 편이에요. 집중하면 거의 다 외워버려요. 그 자리에서 거의. 그런데 나머지는 심한 건망증에 시달려서, 휴대폰도 잘 잃어버리고.(웃음)

지 평론가란 선생님에게 어떤 존재라고 생각하세요?

공 지금 현재는… 그냥, 모르겠어요. 정말 생각을 안 해봤어요. 그냥 교수들이라는 생각이 들어요. 그리고 나에게 궁금증을 자아내는 사람들, 정말 책을 다 읽을까, 얼마나 읽고 쓸까, 이런 생각이 들게 하는 사람들이죠.

지 가장 정확했다고 생각하는 평은 어떤 건가요?

공 평론도 거의 없어서, 모르겠어요. 아무래도 나에 대해서 잘 써

주는 평을 가장 정확하다고 봤겠죠.(웃음)

지　반대로 가장 화나게 한 평론도 있을 것 같은데요.

공　김승희 씨가 썼던 '운동을 핫도그처럼 팔아먹는다' 는 것하고, '팜므 파탈과 공주병의 결합' 이라는 평이 있었는데, 평론가가 저런 제목을 써도 되나 하는 생각이 들더라고요. 〈선데이서울〉도 아니고, 설사 내가 백 번 그렇다고 치자고요. 작가가 그러면 평론가는 점잖은 카테고리로 제목을 잘 지어야 되는 거 아니에요.(웃음) 장정일 씨가 "소설 속에서 공지영 씨가 나는 언제나 예쁘다고 말한다"고 했는데, 그것도 그래요. 제가 그것을 의식했기 때문에 소설 속에서 주인공을 예쁘다고 표현한 여자가 딱 한 명밖에 없어요. 그게 《착한 여자》의 정인인데, 그 여자는 의도적으로 그렇게 한 거예요. 나머지 여자는 용모에 대해서 표현하지 않았고 오히려 다른 면에서 예쁜 여자들을 많이 표현했는데, 이 사람들이 책을 읽을 때 공지영하고 잘 구분을 못하는 것 같아요. 공지영이 예쁘다는 게 아닌데. 작가에 대해 가지고 있는 선입견과 전혀 구분을 못하는 것 같아요. 왜 잘생긴 작가에 대해서는 그런 말을 안 하는 거예요? 김주영 선생님도 잘생겼고, 그런 작가들 많은데….

지　토마스 만의 "어떤 작가가 당대에 각광을 받는 것은 작가의 은밀한 운명이 시대의 운명과 맞닿아 있기 때문"이라는 말을 자주 인용하시는데요. 그런 운명이라는 게….

공 그게 〈베니스의 죽음〉에 나오는 말인데요. 작가 스스로도 모르는 은밀한 운명이 시대의 운명과 맞닿아 있기 때문에 작가도 그게 뭔지 모르고, 사람들도 잘 모르지만 분명히 그런 것이 있다고 표현을 하거든요. 그게 뭘까, 저도 잘 모르겠어요.(웃음)

지 그것을 찾아서 설명해주는 게 평론가들의 몫일 것 같은데, 거기에 대해 답을 잘 안 주는 것 같거든요. 대부분은 인생이 뭔지도 모르면서 육법전서 달달 외워서 판결하는 판사 같다는 느낌을 받을 때가 있어요.

공 작품의 지도를 그려낼 줄 알고, 3차원 조감도를 그려서 유도도 해주고, 비판도 해주고 하는 것이 평론가의 몫인데, 요즘은 평론가들이 권위도 많이 떨어졌고 먹고살기도 힘든 것 같아요.

지 진중권 씨는 "미술사에 있어서도 특정한 평론가가 미술의 역사를 변화시킨 경우가 있었다"고 하던데, 그런 평론가가 점점 없어지는 것 같습니다. 영화로 치면 정성일 같은 평론가, 문학으로 치면 김현 같은 존경받는 평론가가 점점 사라져가는 것 같은데요.

공 김현 선생님의 《행복한 책 읽기》에 보면 〈동트는 새벽〉에 대해서 잠깐 평한 것이 나왔을 거예요. 제가 깜짝 놀랐는데, 한 편 발표한 것을 가지고 "이 작가가 의식이 내용을 압도하지 않기를 바란다"고 썼을 거예요. 그때 좀 찔렸거든요. 저를 길게 언급한 것도 아니고, 제가 《창작과비평》으로 데뷔했으니까 《창작과비평》을 들춰

보다가 보고 쓰셨나 봐요. 좋은 평은 안 했어요. 그런데 그때 그런 말들이 저를 되게 찔끔하게 만들었거든요. "동은 꼭 터야만 되고, 아무리 내가 중간에 갈등을 해도 새벽은 와야 되고, 새벽은 오리라." 이렇게 끝낸 것이 사실은 제 눈치 보기였거든요. 그런 것들을 들킨 것 같아서 되게 찔끔했는데, 짤막하지만 폐부를 찌르는 평이었죠.

지　김예림 성공회대 연구교수는 선생님을 "80년대 이후 포스트모던 소비사회의 대중 취향 혹은 대중 취향 산업의 장으로 깊숙이 발을 들여놓은 대표적인 중견 작가"로 규정하면서 비판했는데요.

공　한 가지 그 부분에 대해서 말을 하자면, 1994년에 제 책 세 권이 베스트셀러에 올랐어요. 아직까지 그 기록이 안 깨졌어요. 그때 사람들이 저한테 퍼부어대던 열화와 같은 비난과 제 자신의 당황스러움을 지금 생각해보면 이런 것 같아요. 평론가라는 사람들이 문학에 대해서는 알고 있는지 모르겠지만 사회에 대해서는 읽어내지 못했던 것 같아요. 88올림픽 이후에 국민소득이 만 불을 넘었던가요. 소위 말해서 대중이 문화비 지출을 많이 한 초입이었어요. 책의 판매량도 당연히 상당히 늘어난 거고, 그게 어디로 가든 문화비는 지출이 된다고요. 그런데 이 부분은 생각하지 못하고―예전에 폐병 걸려 죽던 문학 시절만 생각하면, 그 당시에 같은 소설이 나왔다고 해서 60만 부씩 팔리겠어요. 밥도 먹기 힘든데, 전태일이 죽어가던 시절인데―사회의 소비 성향과 말하자면 80년대 이후의 급진적인 경제 성장, 이런 것들을 전혀 고려하지 않은 채로 '대중적=비문화적이고 저급하다'고 생각하는 코드 자체가 비과학적인 것 같아요. 차라리 비판을 하려면 대중적이라고 비판을 할 것이 아니라 이것이 대중을 어떻게 호도하고 있다든가, 이것이 우리 사회에 끼치는 해악성, 이런 것에 대해서 비판을 해야죠. 영화 관객 1,000만 명이 넘고, 이런 것은 왜 비판을 안 해요? 옛날에도 대중적이고 싶어 하는 사람들이 얼마나 많았는데요. 이 사회의 소비문화의 성장과 더불어서 온 거니까 당연히 많이 팔리는 소설은 그게 무엇이든 나올 거예요. 일본 작가든 저든 나올 텐데, 외국 작가들의 베스트셀러에 대해서는 왜 아무 말도 안 하는지 모르겠어요.

지　"평론가의 권세는 1년을 좌지우지하고, 작가들을 술자리에 부르기도 한다"고 하셨잖아요. 지금도 그런가요?

공　모르겠어요. 평론가들을 만나지 않으니까.

지　예전에는 문단에서 끼리끼리 지지해준다거나 하는 경우도 많았잖아요. 요즘은 평론가의 힘이 예전보다는 많이 줄어든 것 같은데요.

공　왜요, 아직도 끼리끼리 많이 지지해주죠. 아직도 그 세력권이라는 것이 출판사를 끼고 있고요. 얼마 전에 제가 그런 생각을 했어요. 나는 칭찬 안 해줘서 너무 좋다. 칭찬받는 고래처럼 춤추지 않아도 되고 마음껏 헤엄치는 고래가 되겠다. 넓은 바다로 내 맘대로 나갈 것이라고요. 작가라는 것, 예술가라는 것, 창조자라는 것이 엄청난 고독을 필요로 하는 건데, 무리 지어 다니는 것은 문제가 있는 것 같아요. 평론가들은 무리 지어 다닐 수 있다고 생각해요. 왜냐하면 논조고, 학파를 형성할 수 있으니까. 그런데 작가는 그러면 빵점이 되는 것 같아요. 그다음에 그런 생각을 했어요. '내 글이 수준에 못 미쳐도 괜찮고, 나를 알아주지 않아도 괜찮다.' 왜냐하면 그 사람들이 옳아서 나를 모를 수도 있고, 모를 만한 사람들이 나를 알아주지 않아서 다행이라는 생각이 들 때도 있거든요. 별로 그런 것에 연연해하고 싶지 않아요. 그 사람들이 칭찬하고 나를 받드는 순간 나는 굉장히 부자유스러워질 것 같아요.

지 제대로 평을 안 해줄 때는 서운하고 그러지 않나요?

공 그랬죠. 많았는데, 벌써 21년째예요. 10년 그렇게 지냈고, 나머지 10년은 어찌 돼도 좋다고 생각하고 살았어요.

지 그렇게 된 계기가 있으신가요?

공 제 마음의 성숙하고도 관련이 있는데, 싫다는 사람 어떻게 하겠냐는 인생의 깨달음도 있었고요.(웃음) 그것은 어쩔 수가 없다, 내가 나를 봐달라고 애걸할 수도 없고, 싫으면 할 수 없는 거죠.

지 상에 대해서 일정하게 포기하거나 달관했을 때, 상을 받고 "별로 기쁘지 않다"고 말씀하셨던 것 같은데요. 그런 태도가 다른 사

람들의 기분을 상하게 할 수도 있지 않을까요?(웃음)

공 첫 상인 '21세기문학상'을 2000년에 받았던 것 같아요. 그때 김윤식 선생님이 심사평을 이렇게 하신 것이 기억나요. "사실 공지영 씨가 이제 와서 첫 상을 받느냐고 사람들이 나한테 많이 물어보는데, 솔직히 평론가의 입장에서 상은 더 잘하라고 주는 거다. 그런데 공지영 작가가 너무 잘하고 있어서 줄 필요가 없었는데 요새 좀 뜸한 것 같았다. 그래서 격려차 주는 것이다." 그 이후로 칩거에 들어갔기 때문에 정확했던 것 같아요. 그때 감사했어요. 이런 것 같아요. 예술이나 창조는 절대 공평하지 않아요. 예를 들면 한 사람이 모든 상을 휩쓸 수도 있어요. 그렇다고 해서 그것을 불공평하다고 말할 수는 없는 것 같아요. 그런데 착한 평론가들께서 돈 못 버는 누구는 상을 줘야 된다는 생각이 있으신 것 같아요. 돈 잘 버는 누구는 안 되고요. 그다음에, 나중에 뒷얘기를 들어보면 꼭 한두 사람이 극렬하게 저를 반대했다고 하더라고요. 어떤 분은 심지어 저한테 전화해서 이번에 작품을 내보라고 하면서 "사사건건 널 반대하던 그 양반 미국 갔거든" 그렇게까지 얘기를 하세요.(웃음)

지 반대하는 이유는 뭔가요?

공 모르겠는데, 저는 혼자 편하게 생각하고 말았어요. '그 사람이 나를 라이벌로 생각하는구나?'(웃음) 왜 미워하는지 난 모르겠으니까요. 제가 그분들이 아니니까.

지 작가가 된 걸 후회했을 것도 같은데….

공 여성지에 났을 때, 진짜 그때 싫었어요. 회의도 많이 느꼈고요. 그다음에, 평론가들이 3류 언어로 '팜므 파탈과 공주병', 이런 말로 씹을 때 이 동네가 너무 싫었어요. 평론 제목이 그게 뭐예요. 품위 없이.(웃음)

지 사실 한국의 평론계가 존경받을 만한 평론가가 몇 명 되지도 않는 상황에서 제대로 책을 읽지도 않고 비평하는 사람들도 있던데요. 그런 분들이 좋은 책을 추천하는 심사위원으로 있는 경우도 있고요.

공 그런 사람이 하는 얘기를 열 자 이내로 줄이면 '나는 공지영이 싫다' 예요.(웃음)

지 한동안은 이름을 숨기고 신인 문학상에 응모하고 싶었다는 말씀을 한 적도 있으신데요.

공 많이 그랬죠. 어느 날 자고 일어나 보니까 유명해졌잖아요, 옛날에. 그러니까 시대 탓이다, 어쩌고 하는 것 말고 '어떤 신인이 책을 냈는데, 좋더라' 하는 평가를 받고 싶은 마음이 꽤 있었죠. 그런데 그것도 다 부질없는 짓인 것 같아요.(웃음) 로맹가리 평전을 읽어보니까 그러다가 나중에 너무 일이 복잡해져 가지고.(웃음)

지 "로맹가리의 소설이 우리에게 모던함의 표본이 되는 걸 보면 작가가 어느 나라에 태어났는가도 중요한 게 아닌가 싶어"라는 글도 있는데, 이 땅에서 작가로 태어난 것을 후회해본 적이 있으세요?

공 내가 결정한 것이 아니니까 후회할 일은 아니고, 처음에는 되게 많이 그랬죠. 내가 프랑스에서 태어났으면 세 번 이혼한 게 대서특필됐겠어요. 독일도 마찬가지고. 여기서 태어났으니까 그런 게 문제가 된 거죠. 대신 선진국에 태어났던 사람들보다는 사회정의나 세계 평화에 더 관심을 가지게 되는 이점도 있는 것 같아요.

지 대중의 연예인에 대한 관심도 높아졌고, 영화 찍으면 선남선녀들이 오랜 시간 같이 보내니까 사랑할 수도 있고, 그럴 텐데요. 요즘 세상이 예전보다 훨씬 자유로워졌는데도 어떤 사람들은 유명인들에게 지나치게 엄격한 잣대를 들이대는 거 같아요.

공 제가 대학에서 강연하면 그 얘기를 해요. "탤런트 중에 병역문제가 생겨서 나중에 군대를 가는 경우가 있는데 그런 사람은 병역 의무 안 했다고 거의 살인범 취급을 하고, 이건희 일가에서 아무도 군대 가지 않은 것에 대해서는 왜 항의하지 않아요? 국회의원 자식들 군대 안 가는 거에 대해서는 왜 항의하지 않죠?"라고 질문을 하죠. "그 사람들은 여러분의 사랑을 먹고 살기 때문에 여러분한테 약하니까 약자들만 골라서 공격하는 것 아니에요"라고도 했는데, 하려면 똑같이 해야죠.

4장

수도원 기행

공지영은 소녀와 수녀 사이, 그 어디쯤에 있는 것 같다. 소녀와 수녀, 전혀 어울릴 것 같지 않은, 달리 생각하면 너무나 잘 어울릴 것 같은 두 단어. 그녀를 생각하면 이 두 단어가 떠오른다. 능력 있고, 아름다운(혹자에게는 아름다웠던) 그녀에게 '유혹이 없었다'고 말하는 것을 보면 다른 사람들도 그런 느낌을 받았던 것은 아닐까?

어린 시절 성당에 다녔지만 운동권이 되면서 종교를 버렸다. 자신을 사람 만들어줬다고 하는 전두환 정권을 보면서 그녀는 도저히 성당에만 머무를 수 없었다.

"미사 도중 성당을 나와 최루탄 가득한 거리로 나서면서 나는 생각했다. 더 이상 내 탓이요, 라고 말하지 않겠어… 분명히 알아야 해, 이건 우리 탓이 아니야… 이 최루탄을, 이 독재를, 이 가난과 이 핍박을 우리 탓이라고 말하게 해서는 안 돼. 성직자들은 독재자들에게 가서 말해야 해. 그것은 네 탓입니다, 라고."

《수도원 기행》에서

그녀는 한동안 종교에 대해 말하려면 다시는 전화도 하지 말라며, 권유하는 사람들을 무안하게 만들었다. 자신을 다시 그리스도교인이 되게 하려는 친구에게 가톨릭과 개신교가 인류 역사에 끼친 해악에 대해 한 시간이 넘도록 떠들기도 했다.

그러던 그녀가 세 번의 불행한 결혼 생활을 겪으면서 결국 하느님에게 항복 선언을 하고, 가톨릭에 다시 귀의한다. 그 후 그녀는《수도원 기행》의 기획 제의를 받고 유럽의 수도원을 기행하면서 마음의 안정을 얻었다. 지금도 그녀는 조용한 시간을 갖고 싶어, 한 달 정도라도 봉쇄 수도원에 가 있었으면 하는 바람을 가지고 있다.

그녀의 삶이나 문학에서 종교는 절대적인 위치를 차지하고 있다. 그녀는 그리스도교를 통해 사랑과 용서를 배웠다고 말한다. 그리고 성인들과 성녀들의 글과 책을 통해 마음의 위안과 통찰을 얻었다고 한다. 수천 년간 이어져 온 사랑과 고통과 성찰을 간접 경험함으로써 그녀는 성숙해온 모양이다.

낯선 것이 두려워 포기했던 떠남이 내게는 많았다

지 수도원 기행에서 만났던 분들을 나중에 다시 만나보신 경우도 있나요?

공 뒤셀도르프의 할머니 같은 경우는 지금도 친하게 지내요. 그리고 몇몇 분들, 특히 한국 분들은 아직도 연락을 하죠. 그때 인연이 돼서 친하게 지내요.

지 그 이후로 다른 수도원에 가보신 적은 없으세요?

공 아뇨, 다른 수도원 기행도 하고 싶은데, 애들이 어렸을 때는 여행하는 게 큰 부담이 아니었는데, 애들이 크니까 집을 더 못 비우겠어요. 요새는 엄마가 더 필요한 것 같아요. 어릴 때는 먹여주고 보호해주는 사람이 나 대신 있으면 됐는데, 지금은 엄마를 더 필요로 하는 것 같아서 부담스러워 죽겠어요.(웃음)

지 사춘기 때 엄마가 더 필요하니까요.

공 그런 것 같아요. 애들이 내 손은 거의 안 타요. 자기네들이 알아서 차려먹고, 찾아먹고 그런 것은 상관없는데요. 그렇다고 나랑 많은 대화를 나누는 것도 아닌데, 내가 아이들 옆에 있어야 된다는 게 굉장히 많이 느껴져요.

지　많은 대화를 나누지 않더라도 옆에 있는 것과 없는 것은 큰 차이가 날 테니까요.

공　그런가 봐요.

지　아이들 때문이 아니라면, 여행은 좋아하시는 편인가요?《수도원 기행》에서 "떠난다는 것은 익숙한 것과의 결별이자 낯선 것과의 새로운 만남, 낯선 것이면 무엇이든 두려워서 여행을 떠나는 날이면 내 목은 자주 부어올랐고 그래서 포기했던 떠남이 내게는 많았다"고 쓰셨는데요.

공　지금은 아예 포기하고 웬만하면 안 가려고 해요. 움직이는 것을 별로 안 좋아하고, 낯선 것에 대한 호기심이 별로 없어요. 낯선 사람을 만나는 것도 힘들어하고, 낯선 상황도 힘들어하고, 그러니까 여행 가면 힘들죠. 제가 원래 3월을 되게 싫어했어요. 3월에 반이 바뀌어 새로운 친구들하고 앉아 있어야 되니까 저한테는 지옥이 연출되는 거죠. 그런 게 정말 싫었어요.

지　미술관 가는 건 좋아하셨던 것 같은데요.

공　거의 여행을 못 다니다가 세 번째 이혼하고 나서 '이렇게 살지 말아야겠다'고 하면서 의도적으로 여행을 엄청 많이 갔죠. 기회가 되면 다 받아들였고, 가면 꼭 미술관을 가는 거죠. 미술관이 굉장히 정적이잖아요. 뒷골목 카페, 술집 이런 데는 꼭 가고. 그 대신 파리에 여덟 번인가 갔는데, 한 번도 에펠탑에 안 가봤어요.

내 믿음은 '종교'가 아닌 '신'을 향한다

지 "내가 성당에 나간다고 공부를 더 잘하게 된 것도 아니고 엄마와의 갈등이 해결된 것도 아니었지만, 생각해보면 그 당시 사춘기를 성당에서 보냈다는 그 사실은 내가 생각했던 것보다 훨씬 더 지대한 영향을 내 인생에 끼쳤음을 나는 이제야 절감한다"고 하셨는데, 어떤 영향을 끼쳤다고 생각하세요?

공 봉사 활동을 다녔던 것도 있고… 여의도에서 나름대로 극빈자였거든요. 다른 애들은 엄청난 부자였고, 나는 월급을 조금 많이 받는 집 딸이니까 아무래도 생활이 다르잖아요. 그런 것에서 상대적 빈곤감을 느꼈어요. 성당에서 봉사 활동 가면서 '너희들이 얼마나 혜택받은 사람들인지 알아야 하고, 그것을 나눠야 한다'고 계속 얘기하는데, 그게 제일 큰 영향이지 않았나 싶어요. 실제로 내 눈으로 가서 그런 사람들을 봤고, 《수도원 기행》에 썼지만 안양천 갔을 때 땅 파고 땅 밑에 살면서 위를 비닐로 덮은 집을 보면서 '이런 집에서 태어났다면 나는 어떻게 됐을까?' 하는 생각을 하니까 오싹했고, 감사하다는 마음보다는 슬픈 마음이 많이 들었다고 할까요.

지 "종교에 대해 말하려면 다시는 전화도 하지 말라고 언성을 높여 그녀를 무안하게 만든 일도 있었고, 나를 다시 기독교인으로 데려가려던 친구에게 가톨릭과 기독교가 이 역사에 끼친 해악을 한 시간 동안이나 말한 적도 있었던 나였으니…"라고 《수도원 기행》에 쓰셨는데요.

공 하하하.

지 지금 만약 다른 분이 똑같이 말한다면 이제는 뭐라고 말해주실 건가요?(웃음)

공 종교는 필요하다고 생각해요. 다른 것은 깊이 연구해보지 않아서 모르겠지만 그리스도교가 참 따뜻하고 힘을 주는 종교라고 생각해요. 이런 말은 신부님 앞에서도 하는데요. 솔직히 말해서 전 죽어서 천국이나 하느님이 안 계셔도 상관없어요. 거꾸로 지금 내 인생에 미친 영향에 대해 너무 감사해요. 그래서 죽은 다음의 세계나 이런 것은 잘 모르겠고, 죽어서 끝이어도 상관없을 것 같아요.

지 종교가 작품에 어떤 영향을 준다고 생각하시나요?

공 엄청난 영향을 줘요. 엄청난 영향을 주는 게, 우선 그리스도교가 저한테 사랑이 무엇인지 가르쳐주는 것 같아요. 용서하는 것도 가르쳐준 것 같고요. 더 좋은 것은 2,000년 동안 쌓인 성인, 성녀들의 책들, 그게 굉장하더라고요. 그건 어떤 의미에서는 고전이잖아요. 거기에 주옥 같은 인생의 통찰이 있고요. 그런데 가만히 보면 큰 성인들이라고 하는 사람들, 고전이 된 책을 낸 성인들은 당시 교도들에게 무진장 핍박을 받아요. 심지어 감옥에도 갇히고 그래요. 그것은 뭐냐 하면 결국 교회 권력조차도 강해지면 경화된다는 거죠. 그래서 성인, 성녀 같은 사람들은 진리를 찾아가는 사람들이었기 때문에 결코 행복한 삶을 살지는 않았어요. 그렇지만 그런 책이나 통찰이 남아서 우리한테 영향을 주는 거죠. 아우구스티누스의 《고백록》을 다시 읽는데, 거기에 그런 구절이 있어요. "저는 너무나 가련한 인간이었나이다. 수많은 문학 작품을 읽고, 그 속에 나오는 등장인물들을 그토록 불쌍하게 여겼으나 내 자신이 얼마나 가여운 인간인지는 깨닫지 못하고 살았습니다." 그걸 보고 '와, 진짜 멋있다'고 생각했죠.(웃음) 그리고 제가 좋아하는 미술 작품 같은 것을 이해하려면 그리스도교 지식이 없으면 힘들어요. 어쨌든 이 세상을 서양 문명이 지배하고 있기 때문에 교양으로라도 그리스도교에 대해 많이 아는 것이 문화를 이해하는 데 도움이 되죠.

지 그리스도교는 정치적인 집회에도 많이 나가고, 쓰나미가 이교도에 대한 심판이라고 말하던 성직자도 있고, 보수 단체의 집회에 참석해서 성조기를 흔들어대기도 하는데요. 그런 거에 대해서는 어떻게 생각하세요?

공 그것은 일부 가톨릭 신부님들도 그래요. 사람의 집단은 누구나 그럴 거라고 생각하는데요. 특히 우리나라 교회하고 미국 교회가 특히 심한 것 같더라고요. 그런데 그런 사람도 있고 저런 사람도 있어요. 목사님들 중에서도 정말 훌륭하신 분들이 계신데, 그분들은 권력도 없고 세도 없기 때문에 잘 나타나지 않고요. 저는 솔직히 가톨릭도 좀 그렇다고 생각해요. 그러나 내가 믿는 것은 교회가 아니거든요. 물론 교회를 존중하지만, 제가 믿는 것은 그 위에 정신을 제공해주는 신이라는 존재기 때문에 그런 것에 크게 구애받지는 않아요. 내가 좋아하는 가톨릭 성인들은 다 교회로부터 박해받았어요. 물론 그다음에 교회가 반성하고, 그 사람들을 받아들여 성인들로 추대했지만요.

지 이번에 김용철 변호사가 천주교정의구현사제단을 찾아갔던 것만 봐도 '그나마 믿을 수 있는 집단'이라고 생각하는 것 같은데요. 우석훈 씨는 "믿을 수 있으면서 유능한 집단이 거기밖에 없다고 생각한 것 아니겠냐?"고 표현했고요.

공 제가 많이 만나본 분들이 신부님이라 그런지 모르겠지만, 굉장히 따뜻한 분들이 많아요. 저하고 만나줄 정도면 열린 분들이에요. 아니면 만나주지도 않아요. (웃음)

지 "나는 점차로 고통을 두려워하지 않고, 고통을 정직하게 바라보며 담담하게 견디는 법을 불교를 통해서 배웠다"고 하셨는데요.

공 그것은 불교를 통해서 받았어요. 그것의 의미를 획득하는 것은 그리스도교가 해줬고요.

종교가 나에게 가르쳐준 것들

지 일반적으로 가톨릭 국가가 프로테스탄트 국가보다 부패지수가 높은 것으로 나오는데요. 유럽을 보더라도 그렇고요. 그 원인으로 흔히들 가족에 대한 사랑, 가족 중심주의를 꼽고 있는데요. 가족에 대한 사랑은 좋지만 이것으로 인해 부패할 수도 있고, 시스템을 개선하는 노력을 소홀히 할 가능성도 있고요. 공공에 대한 사랑보다 가족에 대한 사랑이 클 때 공무원의 부패가 이루어지기도 하는데요.

공 저는 가톨릭을 믿는 게 아니고 하느님을 믿죠. 그것에 보편한 어떤 대표로서 가톨릭을 믿는 거고요. 교회는 저에게 말하자면 학교와 같은 존재예요. 신을 가르쳐주는 유일한 곳이지만 그것 자체의 시스템을 그렇게 좋아하지는 않아요. 그러면 이해가 금방 되시죠. 그런데 이어령 선생이 그런 말씀을 하시더라고요. 유럽은 부자들이 가톨릭을 주로 믿는다는 거죠. 그래서 거기는 되게 보수적이고, 미국은 오히려 개신교가 보수적이고 가톨릭이 진보적이에요. 특히 미국 같은 경우에는 아일랜드 이민자, 남미 쪽에서 온 사람들이 사회에서 낮은 계급을 이루고 있기 때문에 그것에 기반을 둔 가톨릭이 진보적일 수밖에 없다는 거죠. 우리나라도 가톨릭 같은 경우 맨 처음에 부자들이 믿고 그러지 않았잖아요. 우리나라에서도 가톨릭이 굉장히 진보적이죠. 그럼에도 어떤 종교든 간에 그 종교의 훌륭하신 분들의 말씀은 정말 훌륭해요. 그리고 가톨릭이 아마 지구상에서 불교 다음으로 가장 오래된 대표 종교일 텐데요. 어쨌든 정치하는 사람들 말에 따르면 세계에서 가장 오래된 조직이기 때문에 그 조직력이 대단하잖아요. 그래서 거기에는 지성의 보고들이 굉장히 많아요. 참 재미있는 것은 가톨릭이 수많은 부패와 온갖 죄악을 다 저질렀는데, 신기한 게 그럴 때마다 성인, 성녀 들이 나타나서 쇄신을 해요. 이런 사람들이 교회에서도 엄청나게 박해를 받거든요. 죽은 다음에 성인 성녀가 되고요. 그들의 글이 너무 좋고, 당시로서는 항상 진보적이에요. 교황들에 의해 파문 직전에 가거나 실제로 가톨릭 감옥에도 갇히기도 하는데, 그런 사람들을 제가 되게 좋아하죠. 제가 좋아하는 모리스 정델은 파문 직전까지 갔다가 얼마 전에 복권이 됐는데, 그분 책도 좋아해요. 《응원할 것이다》에 인용한 안소니 드멜로 신부의 책도 금서가 됐다가 얼마 전에 복권이 됐어요. 그리고 토머스 머튼이라는 유명한 문필가, 그 양반도 7년 동안인가 글을 쓰지 말라는 명령을 받았죠. 아무 글도 쓰지 말라는 명령을 받고, 순종해요. 그런 분들의 글이 정말 좋아요. 권력층에 있는 사람들의 글이 아니에요. 아빌라의 테레사라는 성녀가 있는데, 그 양반은 당시에 여자가 나댄다고 교황청에서 재수 없는 대표적인 인물로 꼽았는데, 제가 굉장히 좋아하는 성녀예요.(웃음) 그 양반도 교황청이랑 엄청 싸우면서 가톨릭 쇄신을 했던 사람이거든요. 그런 사람들을 좋아하죠. 어디 가나 그런 반골들을 찾아서 좋아해요. 그런 사람들이 여태까지 이 종교를 지켜온 사람들인 거죠.

지 불교나 유교 같은 경우는 종교보다 철학에 가깝다고 볼 수 있지 않나요. 어떤 학자는 역사의 발전을 종교에서 철학으로, 거기서 다시 예술로 발전한다는 얘기도 하던데요.

공 글쎄, 그렇게 발전하는 것 같지는 않아요. 종교가 나한테 가르쳐준 것은 더불어 살기 위해서는 사랑과 나눔이 정말로 필요하다는 것이에요. 그 이전에 저한테 가르쳐준 것은 인간으로서 나의 한계를 인식하게 해줬던 것 같아요. 그것이 저한테 굉장히 중요한 개념이에요. 20대 때 변증법적 유물론, 사적 유물론을 공부했을 때는 내가 세계를 다 파악한 것 같았고, 우리가 열심히만 하면 안 되는 게 없을 것 같았어요. 허망한 낙관주의라고 봐야죠. 그런데 인간의 힘으로 이룰 수 없는 것이 분명히 있고, 더군다나 내가 할 수 없는 것들이 너무나 많다는 분명한 개념이 저한테 굉장히 도움이 됐어요. 그것이 말하자면 인간적인 성숙으로 저를 이끌어줬던 것 같아요.

세 번째 결혼, 그리고 7년의 공백 🌿

지 흙과 더불어 사는 것이 중요하고, 아이들에게 그런 환경을 주고 싶다는 말씀을 하신 적이 있으신데, 지금 사는 환경이 그렇지는 못 한 것 아닌가요?

공 난 너무 흙으로 가고 싶은데, 돈이 없어서 못 가요.(웃음) 강원도 집에서 어느 정도 해소하고 있지만.

지 7년의 공백기는 왜 가지셨나요?

공　그게 세 번째 결혼의 7년 기간이었거든요. 처음에는 글쓰기가 너무 싫었어요. 무슨 사건이 있었냐 하면 제가 다시 결혼한다는 소문이 쫙 퍼졌어요. 결혼 날짜를 받고 비밀로 하고 있는데, 그 당시 창간되는 여성지가 있었어요. 창간호에서 '두 번 이혼하고 세 번째 결혼한다'는 기사를 쓴다고 해서 일언지하에 거절했더니 메일로 "당신이 거절하면 우리 맘대로 씁니다" 하면서 제목을 '세 번째 결혼하는 공지영'이라고 뽑고 우리 애들도 다 넣어놨더라고요. 그래서 제가 그때 팩스를 보내면서 간곡하게, 시댁에서는 알고 있지만 주변은 모르는데, 제발 우리 둘째는 이 사람이 친아빠인 줄 아니까 그런 말 하지 말아달라고, 눈물로 써서 보냈어요. 그랬는데 결혼하기 한 달 전에, 그 잡지가 창간호였기 때문에 대대적으로 광고를 했어요. 신문 1면 하단에 그 제목이 제일 크게 뽑혀서 나온 거예요─나중에 그 여성지 망했는데, 속으로 고소하다고 생각했어요.(웃음) 나는 괜찮지만, 내가 작가라는 이유만으로 주위 사람들이 상처를 받아야 하나, 그런 생각이 들었어요. 시댁 식구들도 놀랐거든요. 전 신문의 하단 광고에 그 얘기가 나왔으니까. 사람들도 별 뉴스 없으면 1면의 큰 광고를 보잖아요. 진짜로 작가 하기 싫었어요. 두문불출하고, 안 쓰고, '나 소설 당분간 안 쓰겠다' 하고 1, 2년을 지냈죠. 그러고 나서 소설 쓸 겨를이 없어진 거죠. 내 삶을 감당하기가 너무 힘들어져서. 그렇게 7년이라는 세월이 지나간 거예요. 너무 빠르게.

지　다시 소설을 쓰시게 된 힘은 어디서 얻으셨나요?

공　생활비.(웃음) 애들 학비랑 생활비를 벌어야 되는데 돈은 한 푼도 없고 빚더미에 올라앉았는데, 어떻게든 써야지. 그것밖에는 방법이 없으니 1차로 계약금 끌어다 쓰고, 나머지는 채워줘야 될 거 아니에요.

지　그래도 다시 시작했을 때 쓰기가 쉽지 않았을 것 같은데요.

공　저는 원래 집필 시간이 그리 길지 않아요. 왜냐하면 머릿속으로 70퍼센트 이상 다 쓰고 시작해요. 쓰다 한 번 멈추면 다시는 못 쓰는 것이 징크스예요. 첫 문장부터 마지막 문장까지, 또 중간에 들어가는 대사나 지문까지 얼추 얼개가 짜지지 않으면 시작 안 해요. 그러고 나면 두 달 정도 두문불출하죠. 가족 외에는 건드리지도 못 하게 하고, 친한 친구들도 저를 아예 못 봐요. 저 자신도 어떤 때는 '내가 애들 먹여살릴 절박함이 없었다면 이렇게 열심히 썼을까' 싶을 정도로 집중력을 발휘해요. 하다가 중단된 것이 몇 편 있는데, 그중 하나가 《봉순이 언니》였어요. 《봉순이 언니》를 몇 년 전에 첫 구절이랑 다 떠올라서 3분의 1을 쭉 썼거든요. 봉순이 언니 가출하기 전까지. 그런데 도저히 못 이어나가겠는 게, 이유가 뭐냐 하면 내가 이 소설을 왜 쓰는지 잘 모르겠더라고요. 어려운 말로 내적 필연성이라고 하나요?(웃음) 그래서 그냥 덮어두고 있었는데, IMF를 겪으면서 연말에 서울 시내를 지나가는데, 서울 시내가 새까맣더라고요. 크리스마스 무렵이었는데 불들이 다 꺼져 있었어요. 그 순간 섬뜩하면서 60년대 서울을 보는 듯한 환영 같은

것이 떠올랐어요. '우리도 참 어려웠던 시절이 있었는데', 그러면
서《봉순이 언니》를 써봤던 것이 생각났어요. 그것을 그다음 해에
연재하면서 책으로 낸 거죠. 장편 쓸 때는 신경도 엄청 날카로워지
고, 사람 만나는 것도 진짜 싫어하고, 작품 끝날 때까지 연락도 안
받고 그래요. 내가 전화해서 술 사달라고 하면 사줘야 되는데, 그
때는 정말 안 풀릴 때죠.(웃음) 나가서 떠들면서 술 마시고 싶은
날, 그런데 점점 그것도 없어지고, 혼자서 홀짝홀짝 마시고 자는
게 더 좋더라고요. 하지만 다시 글쓰기를 시작하면서 6개월 동안
100매짜리 하나를 썼잖아요. 진땀 뻘뻘 흘리면서. 진짜로 못 쓰겠
더라고요. 문장이 안 돼, 한 문장도. 제가 그때의 기억 때문에 쉬지
않고 글을 쓰려고 하는 거예요. 더군다나 나이를 먹으면서 손까지
놓으면 머리도 금방 녹슬겠더라고요. 젊었을 때야 경험도 쌓고 그
러는 거니까, 감각도 살아 있고요. 그때 문장이 안 될 때의 절망감
은 지금도 생생하게 기억나는데, 앞이 캄캄해요. 식은땀이 줄줄 흘
러내리고.

지 선생님이 다른 분들보다 좀 빨리 쓰시는 편인가요?
공 다른 사람들은 얼마나 걸리는지 잘 몰라서 비교하기는 어려워
요. 원고를 갖다주면 편집자들이 놀라 해요. 그때 하나도 안 썼다고
하시더니 벌써 다 썼냐고. 보통 한두 달 정도면 한 편을 써요. 길면
세 달 정도. 그래서 연재를 씩 좋아하지는 않아요. 몰아서 써야 되
기 때문에 집중력을 발휘해야 되는 거죠.

지　운동선수가 부상 때문에 쉬고 나면 체력을 회복하는 데 쉬었던 기간의 두 배 내지 세 배 정도의 시간이 걸린다고 하던데요.

공　제가 그때 알았죠. 운동선수도 그렇지만 화가도 마찬가지인 것 같아요. 제가 이 티슈를 그리려고 하고, 이 티슈를 어떻게 그릴지 내 머릿속에 있는데 손이 말을 안 들으면 그릴 수가 없는 거거든요. 그것과 비슷한 느낌이었어요. 쓸 주제도 있고, 내용도 있고, 거리도 있는데, 문장이 안 만들어지는 거예요. 말이 돼요? 어떻게 문장이 안 만들어질 수가 있어요. 예를 들어 '바람이 불고 있었다'고 하고 이 여자가 여기서 나타나야 되는데, 내 머릿속에는 그게 있어요. 그런데 여기서 이걸 어떻게 붙여야 될지 모르겠는 거예요. 그냥 여기서 '여자가 나타났다'고 하면 되는 건가, 그러면 안 되나, 어떻게 하는 거였지, 내딛는 한 발 한 발이 두려웠다고 해야 하나요? 그런 느낌이었는데, 진짜 무서웠다니까요.

그 시대를 산다는 것 ❧

지　만화계를 보면 1970년대 이상무가 1인자였고, 1980년대 이현세가 있었고, 그 시절에 한 번도 1인자가 아니었던 허영만은 현재 독보적인 1인자로 우뚝 서 있습니다. 그런데 공지영의 경우 1994년에 베스트셀러 10위권에 세 권을 동시에 올린 적이 있고, 10년이 훨씬 지난 지금도 소설과 산문을 따로따로 베스트셀러에 올리고 있는 저력을 가지고 있는데요. 20년을 관통한 힘이 무엇이라고 생각하시나요? 그때 작품하고 지금 작품은 분위기도 좀 다르지 않나요? 독자층도 좀 다를 것 같은데요.

공　사람들이 말하기를 제 안티가 《우행시》로 많이 없어졌다고 하더라고요. 내가 아니라면 나도 다른 사람들처럼 공지영이 대중에게 영합한다고 말할 수 있을 것 같아요. 내 친구가 그런 말을 한 적이 있어요. "네 삶을 너무너무 열심히 살면 그게 결국 시대를 사는 것"이라고. 그게 무슨 소리냐면, 대중도 결국 이 시대를 살고 있는 거잖아요. 삶을 살기 때문에, 문학을 살거나 예술을 사는 게 아니라 내 진짜 삶을 살아내려면 다 같이 시대를 사는 건데, 어떤 의미에서 작가들 중에 그런 사람이 적었던 것은 아닌가 하는 생각이 들어요. 평론가로 살거나, 문학상을 살거나, 문학을 살거나. 저는 어찌 됐건 삶이 저를 많이 골탕 먹이는 바람에 삶을 열심히 살 수밖에 없었거든요. 솔직히 말해서 평론가들이 이렇다 저렇다 하는 것에 신경 쓸 겨를이 없었어요. 진짜로, 겸손하게 얘기하면 그래요. 그 사람들한테 비위 맞힐 겨를이 없었고, 마감 시간까지 최선을 다해 원고를 줘서 생활비를 벌어야 되는 것이 첫째 목적이었지, 이 야심작으로 이번에 내가 문학상을 타야지 하는 생각을 해볼 겨를이 없었으니까요.

지　예전에 손석희 아나운서한테도 "학력 때문에 콤플렉스를 느꼈던 적이 없느냐?"고 하니까 "그럴 겨를이 없었다. 만약 그런 생각을 했다면 더 힘들어졌을 것이다"고 하던데요. 그것을 채우려다 보면 내실을 채울 수 없었을 테니까요. 〈진지한 남자〉에서도 그런 애기를 하셨잖아요. 작가가 평론가들의 술자리에 나가면 나가는 대로 악평을 듣고, 안 나가면 안 나가는 대로 힘들어지는 상황을 묘사하셨는데요.

공 비단 제 얘기뿐만 아니라 그 무렵에 같이 떴던 몇몇 여성 소설가들의 얘기를 합성한 거였어요. 그 당시 사실 신경숙 씨나 은희경 씨도 비슷한 일들을 많이 당했다고 해요. 저한테만 그랬던 것은 아니었을 거예요.

5장

착한 여자

디트리히 슈바니츠의 《남자》라는 책이 있다.

우리는 흔히 여자들은 태어나는 게 아니라 만들어진다고 생각한다. 사회적인 여러 가지 억압을 겪으면서 페미니스트로 만들어진다고 생각하는 것이다. 그러나 이 책은 오히려 남자는 인위적이고, 여자는 자연적이라고 말한다. 여자는 태어날 때부터 여자고, 남자는 태어난 후 남자로 계속 만들어져 간다는 것이다. 남자라는 존재는 매우 불안한 생활 감정을 지닌 특별한 종족으로서, 구성원들은 늘 자기 존재를 입증해야 하는 곤경에 처해 있으며 감수성이 매우 예민하다는 것을 이 책은 보여준다.

자연 그대로의 여자인 공지영에게 인위적으로 만들어진, 겉으로는 강해 보이지만 내면은 상처투성이인 남자들을 대하는 법이 쉽지는 않았을 것이다. 더군다나 '착한 여자 콤플렉스'에 빠진 여자에게 남자들은 대체로 관대하지 못하다. 그것이 남의 여자일 때는 미덕으로 보일지 몰라도 자신의 여자일 때는 늘 옆에 두고 감시해야만 하는 존재로 인식하는 것이다. 〈가족의 탄생〉에서 봉태규가 착한 여자 친구 정유미의 대책 없는 친절함에 고통스러워하는 것처럼 말이다. 한국 사회에서 여자가 착하다는 것은 대체로 헤프다는 것과 같은 맥락으로 이해된다.

《착한 여자》의 주인공 정인은 젊은 시절의 공지영과 많이 닮았다고 한다. 그에 대해 공지영은 "그 무렵의 내가 굉장히 많이 들어가 있어요. 하지만 지금은 아니에요. 지금은 그렇게 살지 않아요. 그 책을 쓸 무렵에 제가 그 문제로 굉장히 많은 고민을 했기 때문에 그 여자 이야기를 한 거죠. 나 비슷한 여자를 내세우면 사람들이 안 믿을 것 같아서 어린 시절이 불행하고 신분이 낮은 여자를 채택했던 건데, 많이 들어가 있어요. 감정이입이 많이 된 거죠" 라고 말한다.

그녀는 《착한 여자》를 쓸 무렵이 자신의 인생에서 주관적으로 가장 힘든 때였다고 말한다. 죽음도 생각했고, 절망의 끝까지 갔고, 외로움도 가장 심하게 느꼈다고 한다. 정신과 상담을 받기도 했고, 전화도 안 받고, 쇼팽의 〈피아노 콘체르토 1번〉만 하루 종일 들었다고 한다. 그때 정신과 의사가 혼자 있으면서 자신과 대면하는 법을 알려주었다. 그러면서 그녀는 자신이 진정 원하는 것이 무엇이고, 자신이 버려야 될 것이 무엇인지 찾아냈다. 무엇인가 하나 시작하면 관련 서적을 모두 찾아보는 그녀는 그로 인해 정신분석에 관해 전문가 수준이 되었다.

그녀는 '나쁜 남자를 극복하기 위해 나쁜 여자가 되는 법'을 택하는 대신 착한 여자를 유지하면서도 단호해지는 법, 위험을 피하는 법을 익혀나갔다. 나쁜 여자가 되어보려고 각종 책도 사보고 했지만 자신은 그런 쪽으로는 도저히 경쟁력을 갖추지 못했다는 것을 어느 순간 깨달았다고 했다. 자고로 자기가 잘하는 쪽에서 승부를 걸어야 승률도 높은 법이다.

"서로 살 비비고 지내면서 그게 다 내 살인 줄 알았나봐. 헤어지려
니까 그게 싹둑 베어지지가 않아… 어디가 내 살이고 어디가 그 사람
살인지 둘 다 잊어버린 거야. 그래서 그 사람, 하는 수 없이 내 살점까
지 다 떼어가버린 것 같아."

《착한 여자》에서

살점까지 다 떨어져나간 듯한 아픔을 느낀 그녀는 다시 이렇게 말
한다.

"딱히 무어라 꼬집어 말할 수는 없었지만 나는 이 세상이 무서웠다.
내게는, 말하자면 이 세상 어디에나 복병처럼 숨어 있는 칼날들로부터
나를 보호해줄 갑옷이 없었다. 아파, 아파, 아파서 죽을 것만 같아! 나
는 소리 지르고 있었지만, 그래서 나 아닌 그들도 더러 내 아픔을 알고
있었지만 그들조차도 나를 찌르지 않을 방법을 알 수 없었을 것이다.
왜냐하면 나를 찌르지 않으면 그들이 찔렸을 테니까."

《착한 여자》에서

찔린 자신보다 자신을 찌를 수밖에 없는 심정을 이해하려는 몸짓,
이걸 본 친한 친구가 그랬을 것 같다. '으이구, 이 화상아.'

절망의 끝에서 ✑

지 《착한 여자》의 정인은 착한 여자 콤플렉스가 있는 여자 같은데
요. 그런 게 좀 있으신 편인가요?

공 많았죠. 많았어요. 그러니까 《착한 여자》를 썼겠죠.(웃음)

지 정인의 캐릭터와 어느 정도 닮으신 건가요?

공 그 무렵의 내가 굉장히 많이 들어가 있어요. 하지만 지금은 아
니에요. 지금은 그렇게 살지 않아요. 그 책을 쓸 무렵에 제가 그 문
제로 굉장히 많은 고민을 했기 때문에 그 여자 이야기를 한 거죠.
나 비슷한 여자를 내세우면 사람들이 안 믿을 것 같아서 어린 시절
이 불행하고 신분이 낮은 여자를 채택했던 건데, 많이 들어가 있어
요. 감정이입이 많이 된 거죠.

지 《착한 여자》 후기에 "언제부터인가 글쓰기가 피눈물을 먹고 자
라는 나무 같다는 생각을 했다. 삶의 격랑이 선명하게 나를 할퀴고
지나가고 나면 희미하게나마 글이 나아지는 것을 느낀 후부터였을

것이다. 그러니 얼마나 더 아파야 내가 만족할 만한 글을 쓸 수 있을까. 철모르던 한때는 나를 우쭐하게도 만들었던 나의 직업이 그처럼 형벌로 느껴진 적은 없었다"고 쓰셨잖아요.

공　《착한 여자》를 쓸 무렵이 인생에서 주관적으로 제일 힘들었을 때예요. 주관적으로 진짜, 그때 제일 많이 죽음을 생각했어요. 절망의 끝까지 갔고, 외로움도 제일 심하게 느꼈고요. 정신과 상담도 계속 받았어요. 뒤에 화자의 입장으로 삽입되는 부분에서 1년 동안 아무도 안 만나고 쇼팽의 〈피아노 콘체르토 1번〉만 들었다는 게 사실이거든요. 전화도 안 받고, 1번 그거 한 곡만 듣고 하루 종일 앉아 있고 그랬으니까요.

지　한 노래를 계속 듣는 것도 정신과적인 증세 아닌가요?

공　정신과 상담을 계속 받고 있었는데, 병적이라기보다는 병적인 증세이긴 하겠다.(웃음) 그런데 그런 것보다는 내 삶에서 뭔가 잘못되었다는 것을 의사랑 같이 짚어냈고, 그것을 바꾸기 위해서 내 자세를 바꿔야겠다고 생각했는데, 그게 굉장히 어렵더라고요. 그게 진짜 어려워요. 의사가 맨 처음 주문한 것이 일단 모든 사람을 끊으라는 얘기였거든요. 번잡한 곳에 가지 말고, 혼자 있는 시간을 가지라고 했어요. 사람이란 게 힘들면 자꾸 술 마시러 나가고 싶고, 릴케가 얘기한 대로 싸구려 연대감이라도 좋으니까 고독과 자꾸만 바꾸고 싶어 하잖아요.

지　다음 날 또 후회를 하고요. 그게 또 반복되죠.

공　그것을 견디는 연습을 한 거죠. 하도 전화도 안 받고 그러니까 연락 오는 사람도 없고요. 점점 더 그렇게 하면서 제 자신과 대면한 거죠. 대면을 해서 내가 진정 원하는 것이 뭔지, 내가 버려야 될 것이 뭔지를 찾아냈어요. 아, 진짜 그때 힘들었어요. 진짜 힘들었어요. 진짜 그때는….

지　그때 가장 힘들었던 부분이 뭔가요?

공　두 번째 이혼하고 둘째 데리고 혼자 살 때였어요. 만 서른한 살에 성이 다른 애 둘을 낳은 이혼녀가 되어 있었어요. 너무 유명해져 있었고, 여성지 기자들이 매일 집 앞에 와 있었고요. 그리고 내 삶이 완전히 망쳐진 것 같아서 회복 가능성이라고는 없다고 봤어요. 모든 사람들이 나를 손가락질하는 것 같았고, 그런데 너무 억울하고, 이런 감정들이 복합적으로 일어나니까 힘들었죠.

아 하느님, 항복입니다!

지　그것을 극복하게 된 계기는 뭔가요?

공　일단은 내 삶에서 뭐가 잘못되었는가를 점검했어요. 착한 여자 콤플렉스에서 벗어났죠. 신앙을 다시 찾고, 거기서는 신앙의 힘으로 걸어나온 거죠. 인간의 힘으로는 도저히 안 되겠더라고요. 정신과도 소용없고.

지　하느님에게 항복 선언을 한 계기가 된 거군요.

공　인간의 힘으로는 안 되는 거고, 내 결점이고 뭐고 이럴 수는 없다. 아무리 사람이 결점이 많아도 이럴 수가 있을까 싶어서 운명이라는 것을 받아들였고, 그렇다면 인간이 아닌 더 높은 곳에 계신 분한테 애원하자고 생각하고, 그 힘이 조금씩 축적되면서 빠져나올 수 있었던 거죠. 오히려 객관적으로는 세 번째 이혼했던 것이 더 힘들었지만, 그때는 신앙이 있고 그랬으니까 주관적으로는 그렇게까지 힘들지는 않았죠.

지　객관적으로는 더 힘들었고요?

공　예, 더 힘들었어요. 죽음은 그때도 계속 생각했어요. 결혼 생활 하고 있을 때까지. 오히려 이혼을 결정한 때는 힘이 생겼을 땐데, 그래서 늘 그 얘기를 하잖아요. 내가 자살하면 우리 엄마, 아버지도 힘들고, 애들도 힘들 테니까 사고가 나서 죽었으면 좋겠다는 생각을 계속했죠.

지　책에 "이 세상에는 어쩌면 두 가지 감정만 존재한다고 명수는 요즘 느끼고 있었다. 그것은 기쁨과 분노였다. 모든 다른 감정은 그것에서 파생되거나 아니면 그것을 가장하기 위한 가면들이었다. 예를 들면 우울 같은 것, 그것은 도덕적으로 허용되지 않는 분노에 대한 자기기만이었다"는 구절이 나오는데, 지금도 그렇게 생각하시나요?

공　정신과 상담을 받기 시작하면서 책을 보기 시작했어요. 제가 뭘 시작하면 그에 관한 모든 책을 사서 보기 때문에 관련 서적을 다 찾아서 봐요. 그때 정신분석학 책을 닥치는 대로 몇 년 동안 읽었어요. 거기에 그런 이야기들이 계속 나와요. 그것은 거의 정설이에요. 우울은 분노의 거짓 감정이라고.

지　우울증 같은 데는 전문가가 되셨겠네요. 원래 아픈 사람이 관련 자료를 쭉 보다 보면 그에 관한 한 전문의보다 더 잘 알게 되는 경우도 있잖아요.(웃음)

공　거기서 가장 크게 배웠던 것은 두 가지예요. 사실은 그래서 종교로 옮아가게 되었어요. 가장 중요한 것은 분노라는 감정에 대한 해석과 우리가 알게 모르게 이것을 억제함으로써 병으로 변하는 메커니즘을 밝혀내는 것, 결국 정신분석이 그에 관한 얘기더라고요. 억압의 이야기, 감정의 억압 중에서 분노의 억압이 제일 중요하다는 것을 배웠고요. 또 하나는 그것의 근원이 사랑의 결핍에서 시작돼서 사랑으로만 치유가 된다는 것, 결국 정신과에서 이것을 얘기하고 있더라고요. 제가 다닌 곳은 약을 주고 이런 곳이 아닌 순전히 면담만 하는, 융의 이론에 따라서 하는 곳이었기 때문에, 면담하면서 계속 생각한 거예요. '이 모든 마음의 병이 사랑의 결핍에서 오고, 그것의 치유는 사랑으로만 가능하네' 하는 생각이 들었을 때 '어, 내가 어렸을 때 배운 그리스도교랑 똑같네' 하는 생각이 들었죠. 그래서 제가 자연스럽게 종교로 옮아갔던 거 같아요.

지 "연민이야말로 증오의 다른 표현이지… 멋들어진 속임수야. 자네는 그걸 알겠나?"라고 어떤 교수가 얘기하는 장면도 나오는데요.

공 그 연민이 뭐냐 하면, 'sympathy(공감)'에서 나오는 연민이 아니고 동정을 말하는 거예요. 그러니까 뭐냐 하면 할머니들이 평생을 할아버지한테 두들겨 맞고, 고주망태가 돼서 병들어 누워 있으면 '저 인간 불쌍해서 못 떠나겠어'라고 말하는 것이 거짓이라는 거죠. 다 거짓은 아니겠지만 일종의 거짓이라는 거예요. 때린 할아버지가 늙은 할머니를 두고 그러는 일은 거의 없어요. 가장 학대했던 사람을 나중에 불쌍히 여기는 경우가. 그것은 우리가 아프리카 아이들을 보면서 '어떻게 해. 불쌍해 죽겠어'라고 생각하는 연민하고는 다른 연민이죠.

지 어떻게 보면 그것도 '스톡홀름 신드롬'하고 비슷한 것 아닌가요? 오래 인질로 잡혀 있다 보면 인질들이 인질범의 심리에 동화되는 것처럼 자기를 오랜 기간 인질로 잡고 있던 사람에게 동일시되고, 연민을 느끼게 된다는 점에서요.

공 그렇죠.

지 거기서 용기를 내면 황혼이혼을 하는 거고요. 그렇지 않으면 연민이라는 감정으로 자기를 속이면서 계속 사는 거죠.

공 그런 경우가 가장 많이 일어나는 것이 부부보다는 부모예요. 사실은 '우리 엄마 참 불쌍해. 우리 아버지 참 불쌍해' 하는 그 자체가 완전히 다 거짓말이라고는 생각하지 않지만 그 속에 밀폐되어 있는 또 하나의 핵은 분노일 수 있어요. 예를 들면 아버지한테 평생 맞는 엄마를 보면서 불쌍하지만 사실은 그 속에는 분노가 있거든요. '왜 저항하지 않을까. 왜 뛰쳐나가지 않을까. 왜 자립하지 않을까. 왜 당당하게 인간으로서 맞서지 않을까' 하는 분노들이 기본적으로 있는 거죠. 그다음에 그렇게 때리던 아버지를 보고 우리 나이 때 그런 말 많이 하잖아요. '아유, 그 서슬 퍼렇던 양반이 힘 쭉 빠진 거 보니까 불쌍하더라.' 이것이 실제 그런 감정일 수도 있지만, 그 마음속에 분노가 있는 거죠. 도덕적으로 슈퍼에고가 아버지이기 때문에, 억압하기 때문에, 감정을 가장하는 거예요. 오히려 너무 친했던 엄마, 아버지한테는 불쌍하다고 잘 안 해요. 사랑 많이 주고받았던 사람들끼리는 불쌍하다고 잘 안 하잖아요.

지　경멸의 감정하고 비슷한 건가요?

공　그렇죠. 그 얘기죠. 이겼다는 느낌도 좀 있는 거고, 거기서 일종의 쾌감을 얻기도 하는 거죠. 제가 원래 이런 말을 잘해서 미움을 받는데, 늘 핵심 체크해서 미움받아요.(웃음) '너 사실 속으로는 안 그렇잖아', 이런 말을 잘해요.

지　모른 척해줘야 될 때도 있는데.(웃음)

공　모른 척해줘야 되는데, 나도 모르게 내뱉을 때 상대방은 치부를 다 드러내버린 것 같은 생각이 들 때가 있나 봐요.

지　탈무드에도 그런 대목이 나오는데요. 이웃집에 망치를 빌리러 갔는데 그 사람이 안 빌려준 경우, 상대방이 망치를 빌리러 왔을 때 안 빌려주면 복수고, 빌려주는 것은 경멸의 감정이라는 거죠. '난 최소한 너하고는 달라' 하는.(웃음) 그럴 수도 있겠다는 생각이 들던데요.

공　정신분석을 통해 우리가 억압 때문에 얼마나 자신에게 거짓말을 시키는가, 하는 경로를 알게 됐어요. 다른 사람들은 둘째고, 내가 여태까지 나를 어떻게 속여 왔는지 알게 된 거죠. 그다음부터 이 신랄함이 더해진 것 같아요. 그런데 지금은 사랑이라는 개념과 진정한 연민이라는 개념을 그리스도교를 통해 깨달으면서, 알지만 그것을 봐주고 이해해주는 쪽으로 많이 가고 있는 중이죠.

지　착한 여자로서의 증세(?)가 어떤 게 있었나요?(웃음)

공　창피해서 얘기하기 싫은데, 여러 가지 증세가 있었어요. 기억나는 게 아무튼 불쌍한 사람을 보면 그냥 못 지나쳤어요. 다 줬어요. 국민학교 4학년 때 엄청난 홍수가 나서 마포 쪽에 물이 밀어닥쳤는데, 텔레비전을 보니까 수재민들이 너무나 고생하는 거예요. 그래서 우리가 살던 아파트를 돌면서 옷 다 걷고, 수재의연금을 걷어서 〈중앙일보〉에 갖다줬어요. 그때 〈중앙일보〉가 제일 가까웠고, 우리 윗집에 〈중앙일보〉 문화부장이던 분이 살고 있었는데, 나를 예뻐했어요. 지나가다가 불쌍한 사람이 있으면 다 주기도 하고요. 우리 엄마가 예쁜 벙어리장갑 같은 것을 짜줬는데, 중 1 때 버스 정류장에 서 있는데 어떤 아저씨가 나한테 차비를 달라고 하더라고요. 난 지나가기만 하면 누가 뭘 달래요.(웃음) 돈을 주면서 보니까 그 아저씨가 손등이 다 터졌더라고요. 그래서 장갑을 벗어줬어요. 그랬더니 그 아저씨가 너무 황당해하면서 "아니, 이건 필요 없다"고 하는데, 그때 버스가 왔어요. 그래서 버스를 타면서 "끼고 다니세요" 하고 주고 왔죠. 중학교 1학년 때부터는 성당 다녔으니까 종교 활동을 하면서 교도소, 병원, 빈민가에 가서 봉사 활동을 매주 했어요. 《수도원 기행》에 썼지만, 그런 일은 좋은 일이잖아요. 그런데 그게 남자로 옮겨가게 되니까 정인이처럼 사단이 벌어진 거예요. 이런 것을 믿은 거죠. '내가 착하고, 정직하고, 올바르게 하고 있으면 저 사람이 언젠가는 변하겠지' 하는, 많은 여성이 꾸는 헛된 꿈을 꾸게 된 거죠. 나중에는 내 열정과 집중력이 더해져서, 웬만하면 포기해야 되는데, '내가 끝까지 착하게 굴어서 선으로 저 사람을 이길 수 있어' 하는 식으로 내기 또는 오기의 형태가 된 것 같은, 그런 느낌이 들었어요. 그런 것을 제가 정신과 치료 중에 알게 된 거죠. 이건 사랑도 아무것도 아니고, 오기고, 잘못된 것을 했구나 하는 생각을 했죠.

지　원래 있을 때는 소중한 것을 잘 모르지 않습니까? 받아주면 계속 받아줄 것이라고 착각하게 되고요. 그리고 '여우랑은 살아도 곰이랑은 못 산다'는 얘기가 있는데, 착한 여자는 일종의 곰 아닌가요?
공　그렇죠. 그래서 의사가 그 말을 했어요. 당신이 남편들을 엄청

스포일드시키고 있다고. "왜 그딴 짓을 하냐"고 했는데, 전 그렇게 생각하지 않아요. 맨 처음에는 그것 때문에 무지 반성했어요. 그래서 《착한 여자》를 쓰게 된 건데, 이것은 선택 자체가 잘못된 거라는 생각이 들더라고요. 우리 아주머니 같은 경우에는 제가 잘 해드리는 편이에요. 몰라, 나만 그렇게 생각하는진 몰라도 저는 그렇게 생각해요. 후하게 웬만하면 더 주거나 하는데, 나한테 더 만만하게 하지 않거든요. 더 고마워하고, 저한테 더 잘하려고 노력해요. 사람이 서로 그래야 되는 거 아닌가요? 나도 고마우니까 더 잘해드리려고 존중하고, 어떻게든지 좀 더 드리려고 노력하고, 이렇게 살아야 되는 것 아닌가요? 나는 다 그렇게 되는 줄 알았어요, 서로. 그런데 그게 아니더라고요. 그건 남자와 여자의 차이인가?

홀로여도 행복한데 네가 있어서 더 좋다

지 반대로 남자 쪽에서 잘해주는데, 여자들은 그걸 너무나 당연하게 생각하는 경우도 있는데요.

공 내 친구들 중에는 팔자 좋은 애들이 많더라고요.(웃음) 신부님이 한번 그런 비유를 들더라고요. 우리가 너무 감사하지 않는다고 하면서. 예를 들어 누군가가 전철역 네거리에서 매일같이 백만 원을 들고 나가서 백 명 선착순으로 만 원씩 돈을 나눠줘 보래요. 처음에는 막 고맙다고 하다가 사흘쯤 되면 백한 번째 되는 사람이 '왜 여기서 끝나냐?'고 항의하다가 나중에는 안 주면 팬다고 하더라고요.(웃음) 누군 주고, 누군 안 주냐고. 그 얘기 들으니까 너무 실감나더라.

지　일부 페미니즘 진영에서는 '나쁜 여자가 되라' 는 말을 하지 않습니까? 착한 여자 콤플렉스에서 벗어나서 자기 의사를 확실히 표현하라는 얘기일 텐데요. 어떤 의미에서는 여자들이 약간은 이기적이 될 필요도 있다는 얘기고요.

공　《착한 여자》를 쓰게 된 이유가 착한 여자를 버리고 나쁜 여자가 돼보려고 한 건데요. 그래서 '나쁜 여자가 되라' 는 책도 사서 읽어보고, 거기서 하라는 대로 해보려고 노력을 했는데,(웃음) 얘기했지만, 거기서 깨달은 건데, 내 천성을 바꿀 수가 없고 이미 그런 것으로 노련한 사람들과 경쟁을 했을 때 도저히 이길 수가 없어요. 어쨌든 유전자와 개성이 있는 거니까. 착한 것으로 경쟁하면 내가 좀 할 수 있는데, 악한 것으로 경쟁하니까 못 하겠더라고요. 그때 페미니즘을 조금은 아니라고 비판하기 시작한 게 뭐였냐면 사실 경쟁하고 머리 써서 상대방을 누르고, 이런 것은 남성의 방식이에요. 여성의 방식은 절대 그런 방식이 아니거든요. 그것은 유전자 속에 남자, 여자로 이미 갈라져서 나온 것이기 때문에 어쩔 수가 없어요. 여성의 방식은 말하자면 어머니와 땅 같은 방식이에요. '남자 네가 하면 나도 해' 하는 식의 페미니즘 구호는 좀 아니라고 생각했어요. 그래서 정인이라는 여자로 하여금 마지막 해결 방식을 가장 여성스럽고 착한 방식으로 풀도록 해놓은 거예요. '내가 이 사람들이랑 서로 얼마나 나쁜지 경쟁하기 싫다. 못 한다. 내 인생 이렇게 살고 싶지 않다'는 생각을 했어요. 그래서 내린 결론이, 모든 사람들이 단점과 장점의 양면을 가지고 있는데 나한테는 순진함 같은 것이 있으니, 무턱대고 잘 믿는 이런 점들을 훼손하는 사람과 같이 있지 말자. 그런 점들을 존중하고 키워주는 사람과 같이 있자. 만약 그런 사람이 없다면 차라리 혼자 있자. 그러면 내가 얼마든지 다른 사람들을 위해서 봉사하고 착한 기질을 유지할 수 있겠다고 생각한 거죠. 어쨌든 그것도 제 달란트 중의 하나니까요. 그렇게 결심하고 마음이 편안해졌어요.

지 사람을 선택하는 데 있어서 눈도 좀 생기고, 여유도 좀 생긴 건가요?

공 눈은 모르겠어요. 여유는 좀 생긴 것 같아요.

지 조금 신중해지긴 하지 않았나요?

공 그것도 아니에요. 아시겠지만, 연애 사건이라는 것이 신중하다고 되는 게 아니잖아요. 결혼은 신중하게 할 수 있겠지만. 그런 것은 잘 모르겠어요. 오직 기도할 뿐이고, 내가 혼자 자유롭게 있으면서 아프리카도 갔다 오고, 인권위에서 나오라니까 거기도 가고, 사형수들도 만나러 가고, 이런 생활이 너무 행복한 거예요. 거기 가면 내가 옛날에 남편들한테 해준 것의 천만분의 일만 해줘도 너무 감사하다고 하고, 사회적으로 착한 사람이라고 상도 받고, 엄청 좋

아요. 진짜. 그리고 나는 가서 좋은 말만 하고, 아휴, 이렇게 좋은 걸.(웃음)

지 "고통에서 벗어나기 힘든 이유 중 하나가 이미 그 고통은 익숙하지만 그것에서 벗어났을 때의 상황이 더 두렵기 때문에 고통을 감수하는 경향이 사람들한테는 있다"는 얘기도 하셨는데요.

공 저는 그것보다는 다른 사람들의 이목이 두려웠어요. 나를 비난하는 사람들을 배심원석에 앉히고, 나는 피고석에 앉아서 변명해야 된다는 강박관념에 사로잡혀 있었다는 그 말이 제 인생을 바꿔놓았죠. 내가 유명인이 아니었으면 진작 그랬을 텐데, 그게 너무 두려웠어요. 두 번째 이혼했을 때의 그 지옥 속으로 들어가야 하는 게, 그것은 제가 아는 고통이었기 때문에 그게 두려웠어요.

이혼 뒤에 오는 것

지 결혼을 세 번 하셨는데, "연애를 못 해봤다"는 표현을 쓰신 적이 있는데요. 어떤 의미인가요?

공 데이트라는 것을 세 번째 남편이랑 처음으로 하고 결혼했어요. 물론 그 전에 같이 다니고, 이런 것은 많았지만 남자와 여자가 오직 만나기 위해서 만나는 그런 평범한 것들은 처음이었죠. 그런 게 좀 쓸쓸하죠. 예전에는 억울했지. '이게 뭐야, 도대체' 하면서.(웃음) 그런데 지금은 전에도 말씀드렸지만, 내가 다 하고 살 수 있겠어요? 안 하는 것도 있을 거고, 못 하는 것도 있을 거고. 제가 김연아처럼 다리 들려면 안 되잖아요. 그런 것은 할 수 없는 거죠. 그래도 희망은 아직 있죠. 보통 70까지는 사니까 아직 25년 정도는 남아 있잖아요.

지 결혼 제도에 대한 신뢰 같은 게 있다는 말씀을 하셨는데요.
공 그게 일부일처에 관한 신뢰인데요. 신의를 지키는 것, 남녀가 배타적 관계를 맺는 것, 결혼이라는 것, 연애라는 게 그런 거잖아요. 다른 이성과 성적인 관계를 맺지 않겠다는 일종의 약속이잖아요.

지 전 남편께서 《즐거운 나의 집》을 연재하기 전에 소송을 내기도 했는데요. 작품이 게재되기 전에 연재 금지 가처분신청이 있었던 것은 처음인 것 같은데요.
공 판례를 처음 만든 거였고요. 9시 뉴스에도 나왔어요. 책 없이. 그런데 소설가 옆에 있는 사람들은 대개 그런 공포를 갖는다고 해요. 제 친구들도 그런 것을 공포스러워해요.(웃음) 무슨 말을 할 때 '이거 쓰지 마' 그렇게 얘기하기도 해요. 안 좋게 헤어진 사람이었기 때문에 더….

지 이 작품에 세 번째 남편에 대한 얘기가 많이 나오지 않았던 것은 소송 때문이 아니었다는 거군요.
공 《즐거운 나의 집》에 그 사람이 등장할 거리가 없어요. 애초부터 〈중앙일보〉와 시놉시스를 얘기할 때도 없었어요. 판결할 때 가서 "이 사람이 등장할 것은 이런 정도다. 막내가 그 사람한테 갔다는 정도 외에는 등장시킬 아무런 이유가 없다. 하고 싶지도 않다"고 했어요.

지　기사를 보니까 처음에는 힘들어하셨던 것 같던데요. "그래도 같이 살던 사람이 힘들어하는데, 나 이거 못 쓰겠다"는 말씀을 하신 적도 있다면서요.
공　그거는 한참 뒤에 마음이 착해진 다음에 한 생각이고요.(웃음) 처음에는 정말 지긋지긋했어요. '정말 이 관계는 언제 끝이 날까. 언제 진정 끝이 날까' 하는 생각을 했죠. 소름이 끼쳐서 한 달 정도 아무것도 못 했어요. 그것뿐 아니라 계속 소장 날아오고, 소장 내용을 보니까 가당치도 않고, 그것 때문에 마음이 상했죠. 별거 아닌데, 악플 보고 속 뒤집어지는 것과 똑같은 거예요.

지　같이 살던 사람이 그런 것을 보내온다는 사실이 참 힘드셨을 것 같네요. 연체된 카드 고지서 보는 것보다 훨씬 더 힘드셨겠는데요.(웃음)
공　그게 훨씬 낫죠. 그건 돈 꿔서 갚으면 되잖아요.(웃음) 아니, 같이 살았던 사람에 대한 것이 아니라 '저 사람에게서 벗어날 수 있을까? 정말 끔찍하다'는 생각이 많이 들었는데, 책으로 벗어났어요. 어느 날 우연히 책을 주문했는데, 그때 책도 못 읽고 하루 종일 담배 피우고 술 마시고 혼자 집에 앉아 있을 때였는데, 《보이지 않는 도착적 폭력》이라는 책이 우리 집에 배달됐어요. 제가 주문한 거죠. 나는 그게 살인 사건에 관련된 폭력 같은 것인 줄 알고 주문했는데, 프랑스에서 나온 심리서였어요. 거기 보니까 내 상황과 거의 유사한 사례가 있더라고요. 그때 어떻게 벗어났냐면, 아, 이런 것이 프랑스에서 이론으로 정립될 만큼 많은 사람이 당하는 일이구나. 우선 거기서 안도감이 느껴졌어요. 왜냐하면 그 전에는 내가 이 얘기를 어디 가서 하면 누가 믿어줄까, 이런 게 더 힘들었거든요. 누구에게도 이해받지 못할 사실이라는 게. 거기 보니까 그게 다 나와 있는 거예요. '어머, 이거 흔한 일이구나' 하는 생각이 들었죠. 거기 처방이 그렇게 나와 있더라고요. "나중에 이혼하고도 어떤 소송을 걸 것이다. 그러면 절대 물러나지 말고 끝까지 싸워라." 저는 책에서 하는 말을 잘 들으니까 '싸워야지. 내가 이렇게 무서워할 때가 아니다'는 생각을 했어요. '그래, 끝까지 싸워야지. 팔 걷어붙이고 까뒤집어서 한번 싸워보자'고 마음먹은 순간 판결이 난 거죠.

지 주위 사람들은 글의 힘이 세기 때문에 권력이라고 생각할 수 있지 않습니까? 소설은 상상의 여지도 충분히 있고, 빠져나갈 구멍도 많고요. 그러니까 상대편에서는 더 두려울 수도 있을 텐데요.
공 그렇죠. 신문 지상에 글을 발표할 수 있는 것은 분명히 권력이죠. 그 부분은 제가 우위에 있고, 그쪽이 피해 의식을 가질 수 있죠. 충분히 이해할 수 있어요. 그러면 스토리가 비슷하게 흘러갈 때 그렇게 얘기하던가. 아마 난데없이 살짝 끼워넣을 거라고 생각했나 봐요.

스스로 행복할 때에만 제대로 눈뜰 수 있다

지　예전에 연애에 관한 칼럼을 쓰는 분이 쓴 글인데, '사람이라는 게 명품, 짝퉁으로 나눌 순 없지만 자기한테 맞는 사람이 있을 순 있다. 자기한테 맞는 사람을 명품이라고 할 때, 외로울 때 짝퉁을 명품으로 착각해서 덥석 구입하는 경우가 많은데 그러면 불행해진다'는 얘기였어요.

공　맞아요. 그래서 《즐거운 나의 집》에도 썼지만, 스스로 행복할 때에만 눈이 제대로 뜨이는 것 같아요. 다급하고 외로워서 혼자 불행할 때 '누군가 있으면 행복해지겠다'고 생각하면 사람을 보는 눈이 확실히 없어지는 것 같아요.

지　집착하게 되고, 금방 상처받고, 관계는 더 나빠지고….

공　홀로여도 행복한데, 네가 있어서 더 좋다. 그런 관계가 제일 좋은 것 같아요.

지　예전에 쓴 글 중에 "전화하고 싶은데 수첩을 꺼내도 한 군데도 걸 수 없었다"고 한 부분이 있는데, 지금도 그럴 때가 있으신가요?

공　지금은 귀찮아서 전화도 안 해요. 혼자 있고 싶어. 전화 올까봐 무서워요.(웃음) 그 구절, 사람들이 참 많이 얘기해요. 누구나 그런 경험이 있잖아요. 그때는 수첩이니까 ㄱ에서 ㅎ까지 봐도 전화하고 싶은 사람도 없고, 전화해도 나올 사람도 없고요. 정말 쓸쓸한 저녁에 누구랑 술 한잔하면서 얘기하고 싶은데….

지   너무 가까워서 얘기하기 어렵고, 아예 모르는 사람한테는 연락할 수도 없고, 그런 상황이 될 때가 있죠.

공   어쨌든 지금은 없어요. 이래저래 없어요. 여자다 보니까 이미 친구들은 애들한테 매여서 나올 수가 없고, 내가 찾아가도 애 보고 저녁 해야 한다고 하니까 "애 봐라, 나 갈게" 하고 오는 거죠.(웃음) 아무튼《착한 여자》쓰면서 외로움이 바닥을 치던 날 이후로 한 번도 외롭다는 생각을 안 해봤어요. 그래서 술 마실 때도 혼자 마셔요.

지   외로움이 성격이 되어버렸거나 내면화된 것은 아닌가요?(웃음)

공   모르겠어요. 한 번도 그런 생각을 안 해봤어요. 아니면 그 이후에는 항상 누군가에 둘러싸여 지내서 외로움을 모르는 건지. 고독하고 싶어 죽겠어요.(웃음) 수도원에 가서 대침묵피정 30일만 하고 왔으면 좋겠어요.

지   갑자기 잠적하시면 신문에 나지 않을까요?(웃음)

공   그러지는 않을 거고, 이제 이게 내 소명이라고 생각하기 시작했으니까 즐겁게 해요. 부를 때 가자고 생각하고 즐겁게 다녀요. 예

전에 이렇게 스케줄 빡빡하고 그러면 기절했어요. 거의 폭발 직전
이 돼서 "이제 더 이상 못 견디겠어. 어디로 잠적이야" 그랬는데,
늙은 건지, 노련해진 건지, 아니면 모든 것을 체념한 건지, 아니면
모든 것을 감수하고 즐기는 건지, 어딘가에 그 대답이 있을 거예요.

지   작품 외에 특별한 계획은 없으신가요?
공   작품 하는 데만도 정신이 없는데 어떻게 또 다른 특별한 계획
이 있겠어요? 정말 난 그 생각만 하면 지금부터 스트레스받아요.

지   조정래 선생 표현대로 '글감옥' 속으로 들어가시는 건가요?(웃음)
공   이외수 선생은 아예 문을 감옥처럼 만들어놨다고 하더라고요.
(웃음) 서재 문을 감옥 문을 구해다 바꿔놓고 밖에서 자물쇠를 채워
달라고 했대요. 부인이 인터뷰하는 것을 봤는데, 그 얘기를 하더라
고요.

6장

존재는
눈물을
흘린다

《존재는 눈물을 흘린다》에 실린 단편 〈진지한 남자〉는 유명세와 여론에 관한 블랙 코미디다. 공지영은 '자고 나니 하루아침에 유명해져 있더라'는 유명세를 치르면서 많은 언론(특히 여성지)에 시달렸다. 유명 작가에 두 번의 이혼 경력이 있는 그녀는 좋은 먹잇감이었을지 모른다. 그녀는 여성지와 네 번에 걸친 소송을 했고, 언니가 "넌 뭐가 제일 무섭니?"라고 물었을 때 "여성지"라는 웃지 못할 답변을 한 적도 있다. 단편 〈조용한 나날〉에는 이런 글이 나온다.

"한 살 미만, 부모님이 날 가운데 재우고 승강이할 적에 내 턱 가를 아른거렸던 풀 먹인 이불의 느낌과 두 살 무렵의 상처, 그 정황, 이불의 색깔과 무늬, 그날의 날씨, 바람의 강도까지 기억해냈다. 실제로 나는 중학교 때 같은 반이었던 친구들의 이름을 1번서부터 75번까지 그들의 인상착의와 가정환경까지 덧붙여 외울 수도 있다. 지겨운, 기억의 능력. 문제는 기억의 대부분이, 기억하지 않으면 더 좋을 일로 이루어져 있다는 것이다."

지독하게 예민한 기억력을 가진 그녀에게 기억하지 않으면 더 좋을 일들은 한동안 계속된다. 그녀가 자신의 존재에 대해 눈물을 흘리지 않을 때까지.

"예술가라는 존재들은 낚싯대의 찌처럼 춤을 추는 존재들이라는 것을 말이지요. 우리 눈에는 보이지 않는 어두운 물속에서 물고기가 1밀리미터쯤 미끼를 잡아당기면, 혼자서 그 열 배 스무 배로 춤을 추어서 겨우 물고기가 1밀리미터쯤 잡아당기고 있다는 사실을 알려야 하는 그 우스꽝스러운, 대개는 그 빛깔이 화려한 그 찌 같은 존재들이라는 것을. 그래서 우리가 알고도 피하고 모르고도 피하고 무서워서도 피하는, 생의 가지가지 모든 고통들이 실은 인생의 주요 질료라는 것을 알려주는 그런 존재라는 것을."

《빗방울》에서

그런 고통들로 인해 그녀는 진정으로 행복해졌을까?

제가 여성지와 소송 네 번 했거든요

지 〈진지한 남자〉는 유명세와 여론에 관한 블랙 코미디 같은데요.

공 제가 하도 지겨워서 패러디하는 마음으로 쓴 거예요. 진짜로 그런 일들을 막 당했거든요. 내가 죽으면 어떻게 될까. 이런 생각까지 하면서….

지 실화에 가까운 건가요?

공 예, 그 당시 제가 여성지와 소송을 네 번 했거든요. 얼마나 지겨웠겠어요.

지 그분들은 왜 기사를 그렇게 썼던 걸까요?(웃음)

공 제가 첫 번째 이혼했을 때부터 이혼한 여류 작가라는 것이 신문에서도 타이틀로 나갔어요. 정말 지겨웠다니까요. 그것 때문에 제가 이혼 안 하려고 얼마나 애를 썼는지 몰라요. 두 번 이혼하니까 더 하고, 요즘은 깨놓고 얘기하는 건데요. 제가 요즘 인터뷰에서 얘기하지만 어떤 남성 연예인, 어떤 사람들 앞에도 그런 수식어가 타이틀로 붙여진 사람은 없어요. 사람들이 나보고 얘기하기를 내가 그런데도 되게 당당하대요. 당당한 게 아니라, 그럼 어떻게 해요?(웃음) 죄를 진 것도 아닌데, 와서 똑같이 얘기하고, 똑같이 밥 먹고, 당당하지 못했던 시간들은 내가 혼자 보낸 거지. 그게 얄미웠나봐. 참, 극복해도 얄미워하고, 불쌍해야지 좋아하려나. 난 불쌍한데, 아니 지금은 안 불쌍해도 예전에는 불쌍했는데, 나 자신도 잘 추스르지 못하고….

지 대중이 그런 속성이 있어서 신해철 씨도 〈100분 토론〉 나가서 또박또박 얘기하면 싫어하는데, 〈무릎팍 도사〉 나가서 '저 사실 무서웠거든요'라고 하면 '그래 너도 힘들었지? 그것 봐. 너는 착한 애였어' 하면서 대중이 용서해준다'고 하더라고요.(웃음) 지금은 좀 극복하신 것 같은데, 언제 대중이 무서웠나요?
공 여성지에 실리고 그랬을 때 정말 무서웠어요. 대중은 안 만나면 그만인데, 세 번 이혼하기 직전에 우리 언니가 미국에서 전화를 했어요. "지영아, 너 하느님한테 기도해줄게. 이 세상에서 제일 무서운 게 뭐니?"라고 하기에 "여성지"라고 얘기했다니까요.(웃음)

지 하하하.
공 진짜예요. 그때 우리 언니도 어이없어 하더라고요. 그래서 지금도 여성지 인터뷰는 절대 안 해요. 얼마 전에 또 나왔더라고요. 나하고 인터뷰한 것처럼 비스무리하게 꾸며서. 그래서 '또 소송을 해야 되나?' 생각했는데, 그만뒀어요. 출판사에 여성지 기자들 절대 못 오게 막아달라고 부탁해요.

지　기자 간담회에서 몇 개 따고….

공　공개 강연회 몇 군데 와서 질문 하나 하고, 옆에서 사진 한 장 찍어서 기사 만드는 거죠.

지　유명세로 인한 상처의 치유와 극복 과정을 볼 수 있는 것 같네요. "전화는 나를 세상으로부터 단절시키고, 내가 가졌던 사람들에 대한 사랑을 서글픔으로 바꾼 흉기로 변한 것이다"고 표현한 적도 있으신데요.

공　1994년에 그랬죠.

지　유명한 분들 중에서 그런 분들 많더라고요.

공　저도 전화기 두 개 가지고 다니잖아요. 집 전화 절대 안 받고요.

지　자주 잃어버리고, 두 개 다 안 가지고 나올 때도 많으신 것 같은데요.(웃음)

공　그렇긴 하죠.(웃음)

지　어떤 점 때문에 그러신가요?

공　안 그러면 계속 하루 종일 거절하고 있어야 된다니까요. 거절도 '안 해' 하고 끊을 수 없잖아요. 이유를 대야 하고, 그러다 보면 내가 왜 이 사람한테 내 상황을 구구절절 설명해야 하나, 그런 생각이 드는 거죠. 전화가 사람을 두렵게 만드는 거예요. 지금은 제가 선별할 줄 알게 됐고, 거절도 잘해요. 그때는 더 거절을 못했고, 더 어렸을 때고, 그런 상황이 처음이니까….

지　그렇게 되면 멋모르는 사람들은 '애가 떴다고 전화 안 받는다'고 하지 않습니까?

공　그런 건 이제 다 지나갔죠. 그래서 전화번호를 계속 바꿨어요. 휴대폰도 바꾸고. 친구들이 나중에 "수첩 난에 네 번호 쓸 데가 없다"고 하더라고요.(웃음) 1년에 다섯 번까지 번호를 바꾼 적이 있어서. 그렇게 10년을 하고 나니까 이제는 사람들이 '연락해도 안 되는 여자'라고 알더라고요. 초반에는 내 주변 사람들도 고생을 많이 했어요. 그래 놓고 열 명 정도만 가르쳐줬죠.

지　상처를 덜 주고, 상처를 받지 않으면서 거절하는 방법도 터득하셨을 것 같은데요.

공　아직도 잘 몰라요. 피하는 것이 상책인 것 같아요.(웃음)

별걸 다 기억하는 여자

지　단편 〈광기의 역사〉에 보면 "10년이나 20년 전으로 돌아가고 싶지 않냐고 물어본다면 학교에 가야 되니까 싫다. 내 청춘을 열 번 돌려준다고 해도 그건 싫다"고 하셨는데, 학교생활이 그렇게 힘드셨나요?

공　저는 너무 싫었어요. 대학교까지도 너무 싫었어요. 차라리 대학교는 피할 수 있는데, 고등학교를 만만치 않은 곳을 다녔기 때문에, 고등학교 때의 기억은 정말 끔찍해요.

지　단편 〈조용한 나날〉에 "한 살 미만, 부모님이 날 가운데 재우고 승강이할 적에 내 턱 가를 아른거렸던 풀 먹인 이불의 느낌과 두 살 무렵의 상처, 그 정황, 이불의 색깔과 무늬, 그날의 날씨, 바람의 강도까지 기억해냈다. 실제로 나는 중학교 때 같은 반이었던 친구들의 이름을 1번부터 75번까지 그들의 인상착의와 가정환경까지 덧붙여 외울 수도 있다. 지겨운, 기억의 능력. 문제는 기억의 대부분이, 기억하지 않으면 더 좋을 일로 이루어져 있다는 것이다"고 쓰셨잖아요.

공　지금은 1번부터 75번까지 다 못 외워요.(웃음) 아무튼 쓸데없는 것을 많이 기억해서 주변에 있는 사람들이 지겨워해요. 원래 기억이라는 것이 좋은 기억만 있는 게 아니잖아요.

지　스스로도 피곤할뿐더러….

공　제 스스로 피곤하지는 않은 것이 있던 일을 기억하는 것뿐이거든요. 그런데 그것을 발설하면 옆에 있는 사람들이 피곤해지죠.(웃음) 그러니까 나는 그 당시에는 그것을 기억하고 있는지 아닌지 잘 모르죠. 그런데 그 사람을 보거나 누가 얘기를 꺼내면 '그렇게 된 게 아니라 그때 누가 그렇게 말하니까 마침 이렇게 됐는데 이렇게이렇게 됐다'고 하면 '정말 지겹다. 별걸 다 기억하고 있다', 이렇게 되는 거죠.

지 남녀 관계에서도 싸울 때 여자들이 유리한 게 기억력 싸움에서 이기기 때문에 유리한 건데요. 옛날 것을 기억해서 자꾸 얘기를 꺼내면 상대방이 힘들어하지 않나요?
공 우리 언니가 그러더라고요. "어렸을 때 너랑 싸울 때 지겨웠다"고.(웃음) 제가 부부 관계가 안 좋아서 책을 보니까 "현재의 상황만 가지고 싸워라. 절대 과거 일을 꺼내지 마라"고 나와 있어서 절대 안 꺼냈거든요. 그런데 남자들이 꺼내더라고. 저는 책에서 하지 말라면 금방 지켜요.(웃음)

지 그러다 보면 아이들한테도 그렇게 되지 않나요?
공 안 그래요. 난 아이들이 제일 무서워. 아이들한테는 안 그래요. (웃음)

지 책에 보면 '제 나이 때 공부를 해야 된다'는 취지의 얘기를 많이 하시는 것 같던데요.
공 안 하는 걸 어떻게 해요?(웃음) 공부 열심히 하라고는 하는데,

그걸 가지고 내가 같이 걱정을 하거나 야단을 치지는 않죠. '지금 안 하면 나중에 후회한다'는 말은 하는데, 알아나 듣는지….

지 《존재는 눈물을 흘린다》 뒷부분에 보면 평론가 이병훈이 "공지영 소설에서 중요한 화두는 헤어짐이다. 그의 소설에 자주 등장하는 이혼이나 이별 그리고 해고 등은 모두 헤어짐의 형식이고 변주이다. (…) 작가는 왜 '혼돈의 시기'를 다루면서 헤어짐이라는 화두를 붙잡고 있는 걸까? 혹시 이 속에 90년대를 바라보는 작가의 독특한 시각이 있는 것은 아닐까? 공지영 소설을 축조하는 헤어짐이라는 화두는 고립된 자아의 좌절과 고독함을 그리기 위한 장치라고 볼 수 있다"고 평했는데요. 왜 헤어짐이라는 화두를 붙잡고 계신 걸까요?

공 글쎄, 작가들이 다 헤어지는 얘기 쓰지 않나요? 만나서 즐거운 얘기도 쓸 수 있지만 유행가도 그렇고, 이별이 예술의 주된 질료 아닌가요? 그리고 어렸을 때니까 다 뜻밖의 이별인 거죠. 지금은 안 그런데 그때는 그런 것들이 당혹스러웠기 때문에 나 자신에게 납득시켜야 되고, 그러니까 아무래도 작품이 그렇게 나왔겠죠.

지 그 당시 작품에는 허무주의가 깔려 있다는 평도 있었는데요.
공 저는 죽어도 허무적인 사람은 아니에요. 그런데 그렇게 하면 멋있을 것 같아서 살짝 해보려고 했지만 그건 제가 아니라는 것을 깨달은 거죠. 제가 생래적으로 허무적인 사람이 아니에요.

지 최근의 작품들이 선생님의 성격을 더 잘 드러내는 것 같기도 하는데요.

공 아직도 덜 드러난 것 같아요. 《즐거운 나의 집》 정도가 제 성격과 비슷한 것 같아요. 저를 좀 더 드러내면 코믹 명랑 소설을 쓰겠죠.(웃음)

영원히 문학을 버리겠다(?)

지 운동권에 들어가기 전에 '글을 안 쓰겠다'는 서약을 하셨다면서요.

공 지금 생각하면 어린 것들이 진짜 웃겨.(웃음) 아니 그때 《토지》가 완간 직전이었는데, 그게 〈월간경향〉인가 어디에 연재 중이었어요. 마지막 5부인가, 그래서 몰래 도서관에 가서 그것만 복사해다가 열심히 봤어요. 너무 재미있어서. 그런데 선배들이 그러는 거예요. "무슨 문학을 읽고 앉아 있느냐"고. "너 문제다. 문학에 이렇게 미련을 둬서 무슨 혁명을 하냐. 그런 감상적인 태도를 버려라"고 해서 깊이 반성했죠.(웃음) 그러면서 "문학 끊을 수 있냐"고 해서 "끊을 수 있다"고 했더니 서약을 하라는 거예요. 김인숙이 제 한 해 후배잖아요. 그때 인숙이가 《'79~'80 겨울에서 봄 사이》라는 장편을 처음으로 냈을 때예요. 인숙이랑 친하지는 않았는데, 우연히 만났어요. 술집에 앉아 있는데, 인숙이가 들어오더니 "너희들 그 소설 읽었다며" 하는데, 가슴이 너무 아파 미어지더라고요. 샘이

나서요. 속으로 '나도 저렇게 쓸 수 있는데, 나는 혁명을 위해서 이 모든 것을 희생해야 돼' 그런 생각을 했죠. 그때 선배들의 요구로 '문학 근처에도 가지 않겠다. 그런 나이브한 생각을 하지 않겠다. 영원히 문학을 버리겠다'는 선서를 했어요.(웃음)

지 결국 그 선서를 못 지킨 셈이네요.(웃음)

공 저는 그 선배들이 역으로 고마운 게, 제가 영원히 문학을 버리겠다고 선서를 하지 않았다면 그렇게 열렬히 소설가가 되고 싶지 않았을지도 몰라요. 나는 이 삶을 써내지 않고서는 견딜 수가 없는데, 약속을 파기하기 위해서는 내 절절함이 더 커야 되잖아요. 어쨌든 선서를 했는데, 그런데 그걸 파기하지 않으면 죽을 만큼 절절하더라고요.

지 처음에 시로 데뷔하셨잖아요. "시는 천재가 쓰는 것이고, 소설은 노력으로 극복할 수 있다"고 하신 것 같은데요.

공 맞아요. 시는 천재가 쓰는 거예요. 그리고 제가 시인이 될 무렵 김지하 선생님 이런 분들이 감옥에서 나와서 다시 등장했어요. 와, 진짜 그게 얼마나 좋던지. 전 도저히 흉내도 못 내겠더라고요. 난 안 되겠다, 이건 정말 아니다, 하늘이 주신 천부적인 재능이 있어야 되겠다는 생각이 들었죠.

지 문학 인생의 전반기에는 운동권에서 도망 나온 죄책감 같은 것이 지배했다고 하셨는데요. 그것을 벗어난 계기는 어떤 것이었나요?

공　일단 표면적인 민주화죠. 민주화가 죄책감을 덜어줬어요. 그거 아니었으면 죄책감이 계속되지 않았겠어요? 그게 전부였던 것 같아요. 내 인생이 아무리 괴로워도, 민주화가 이루어지지 않았다면 계속 죄책감으로 남아 있었을 거예요.

지　등장인물이나 캐릭터 설정은 어떻게 하세요?

공　아무래도 제가 여자니까 저랑 비슷한 여자가 많이 나오죠. 흉보는 분들도 계신데 그건 할 수 없어요. 만화가들도 자기 얼굴 비슷한 사람 내세워서 이 역도 시키고, 저 역도 시키잖아요. 그런데 앞으로 좀 바뀔 거예요. 앞으로 쓰는 소설은 3인칭이 많아질 것 같아요.

지　보통 제목을 먼저 정하고 쓰시나요?

공　전 제목이 정해지지 않으면 쓸 수가 없어요. 그게 항상 키워드기 때문에.

지　결말을 정하고 쓰는 편이신가요?

공　결말은 보통 정해놓고 가요. 그런데 중간에 자주 바뀌죠. 쓰는 시간이 오래 걸리니까. 그래도 등장인물들이 다 제 갈 길을 찾아가요.(웃음)

지　등장인물의 이름은 어떻게 정하세요? 대하소설 쓰는 분들 보면 너무 힘들어하던데요.

공 그거 힘들어요. 진짜 힘들어요. 이름 정하는 것도 힘들고, 인생 하나를 창조해내야 되거든요. 그게 다 배경에 깔려야 되고, 조물주가 할 일을 사람이 하는 거니까 머리가 터지죠. 이름에서 울리는 느낌이 캐릭터하고 걸맞아야 되거든요. 그러니까 힘들죠.

지 글 틀을 잡아놓고 조금씩 써내려 가는 편이신가요? 아니면 머릿속에서 이야기를 다 정리한 다음 한꺼번에 쓰시나요?

공 거의 정리가 다 되고, 중간중간에 중요한 대사나 구절 같은 경우도 미리 떠올라요. 몰두해서 계속 생각하다 보면 순간순간 그게 오더라고요. 그러면 메모해놓고, 장편 쓸 때는 차례 정도 얼개를 붙여놓고 그 얼개에 따라서 어쨌든 모양을 하나하나 채워나가는데요. 첫 문장 정도는 생각나지 않으면 시작을 못 하죠. 첫 문장, 마지막 문장 같은 경우는 미리 생각해놔야 돼요.

지 퇴고는 어떻게 하세요? 원고를 300번쯤 읽는다고 하셨는데요.

공 그건 다 그래요. 어느 작가가 안 그러겠어요.

지 안 그러는 분들도 간혹 있는 것 같던데요.

공 그분들은 천재들이죠.(웃음) 퇴고 굉장히 많이 해요. 왜냐하면 장편은 사건이 있으니까 맨 처음에는 생각나는 대로 막 써놓고 사이사이에 감정 묘사나 디테일 같은 것을 퇴고하면서 채워 넣죠. 그래서 다섯 번쯤 쓰면 얼개가 나오는데, 한 3교 볼 때까지 또 고쳐요. 활자로 보면 또 느낌이 다르거든요. 빼는 것도 많고, 다시 넣는 것도 많고요.

지 글 쓸 때 징크스 같은 것은 없으신가요?
공 없어요. 마감과 원고료가 제 동력이에요.(웃음)

지 입금되면 한다?(웃음)
공 그건 아니고, 지금은 좀 덜하지만 마감이 동력이죠. 편집자들의 슬픈 목소리가 제 동력이에요.(웃음)

지 '선생님, 이러시면 안 되죠?' 그러는 거요?(웃음)
공 '선생님, 저희 큰일 났어요'라고 슬픈 목소리로 말하면 마음이 약해지죠. 그러면 '그래요. 어떻게든 해볼게요'라고 하게 되거든요.

지 그러면 출판사 편집자들을 목소리가 슬픈 사람으로 골라서 취직시켜야겠네요.(웃음) 왠지 그 목소리를 들으면 절대 거절하지 못하고, 마감도 지켜야 할 것 같은….
공 하하하. 그래도 마감 거의 잘 지켜요. 데드라인 끝까지 가는 경우는 있지만 그렇게 많이 오버하는 경우는 없어요. 한 달을 오버한다든가, 이런 일은 절대 없어요. 미리 주는 일도 절대로 없고요.(웃음)

지 트로츠키의 《문학과 혁명》이라는 책도 번역하셨는데요. 문학과 혁명은 어떤 관계가 있다고 생각하시나요?

공 기억에 많이 남는 것은 결국은 혁명이 문화에 미치는 영향이었어요. 트로츠키 때는 프랑스가 주로 혁명이 일어났던 나라니까. 그리고 프랑스 말이 세계에서 제일 정확한 말이래요. 일물일어一物一語 잖아요. 외교 언어로 쓰이는 이유가 미묘하지 않아서 오해의 소지가 거의 없기 때문이라고 하더라고요. 우리가 생각하기에는 오히려 우습죠. 그런데 프랑스어가 그렇게 정확한 이유가 혁명 때문에 그렇다는 거예요. 혁명 때 말 잘못하면 곧장 단두대로 가잖아요. 그래서 애매모호한 단어들은 다 배제되었다는 거예요. 또 하나 재미있는 것이 프랑스 요리가 발달하게 된 이유인데, 프랑스 혁명 이후로 궁중 요리사들을 다 내쫓아버린 거예요. 이 사람들이 갈 곳이 없으니까 궁중에서 하던 요리 솜씨로 가게를 열기 시작해서 레스토랑이라는 것이 전 세계로 퍼져나가게 됐다는 거죠. 영국 음식이 세계에서 맛없기로 유명하잖아요. 영국은 궁중 요리사들이 절대 밖으로 나가지 않아서 그렇다고, 그런 식의 고찰을 하더라고요. 저도 많이 잊어버렸는데, 트로츠키가 가졌던 문화에 대한 박식함 같은 것들이 번역하면서 정말 놀라웠고, 너무 어려웠던 기억도 나요.

지 혁명이 문화에 끼치는 영향을 얘기하셨는데, 문화가 혁명에 영향을 끼칠 수도 있지 않나요? 혁명이 발생하기 위한 여러 가지 요소들이 있을 텐데요.

공　예전에 사적 유물론을 배울 때 깜짝 놀랐는데요. 공산주의가 태동하는 데 세 가지 과학이 작용했다고 해요. 첫째가 진화론, 그다음이 양자물리학, 세 번째가 뭐였지, 하여튼 이 세 가지 큰 발견이 공산주의 혁명에 엄청나게 영향을 줬다고 하더라고요. 이런 데도 영향을 주는구나, 생각했죠. 혁명은 주로 정치적인 이유로 일어나죠. 문화를 가지고 일어나기는 좀 어렵죠.

작가에게 내숭 따윈 필요 없다 🌿

지　독자, 대중이란 어떤 존재라고 생각하세요?

공　저한테 밥을 주는 사람들이죠. 힘도 주고. 보이지 않는 저의 친구이기도 해요. 왜냐하면 내 이야기를 들어주니까. 어쨌든 제가 하는 이야기를 그분들이 듣는 거잖아요.

지　가끔 악플도 보시나요?

공　그럼요. 다 보죠.

지　악플에 대처하는 방법은 있으세요?

공　처음 봤을 때는 무지무지 화났죠. 부르르부르르하면서 하루 종일 생각하고 그랬어요. 지금은 어떻게 하느냐면, 심심할 때 악플만 봐요. 거꾸로 이 사람의 심리는 어떤 걸까, 궁금해서 추적해 들어가 보거든요. 그러면 거기서 뭐가 느껴지냐면, 되게 춥고 황폐한 영혼

같은 것이 느껴져요. 그래서 심지어 가끔 기도도 해준다니까요. 그 사람 자체가 굉장히 황폐한 거죠. 왜냐하면 비판을 하는 것하고 악플은 다른 거니까요.

지 동시대 작가들 가운데 좋아하는 작가는 어떤 분들이 있나요?

공 황석영 선생님 좋아하고요. 다 그렇듯이 김훈 선생님도 좋아해요. 두 분이 굉장히 대조적으로 배울 게 많은 분들이에요. 그리고 박경리, 박완서 선생님도 좋아해요.

지 문학적인 영향을 끼친 작가라면 어떤 분을 꼽으실 건가요?

공 박경리 선생님이 제일 많이 영향을 끼친 것 같아요. 중학교 1학년 때 고모 집에 놀러갔는데 사촌오빠가 《토지》를 처음으로 권해주더라고요. 그때 1부를 읽고 전율에 사로잡혔던 기억이 나요. 긴 소설도 이렇게 잘 쓸 수가 있구나 하는 생각이 들었는데, 제가 읽었던 장편하고 굉장히 다른 느낌이 들더라고요. 그때부터 제가 장편에 욕심을 부리기 시작했어요. 그리고 참 이상한 게, 단편 작가와 장편 작가가 나눠져 있는데요. 저는 그 두 가지가 다른 장르라고 생각해요. 단편이 더 좋은 작가들이 분명히 있고, 장편이 더 좋은 작가들이 있는데, 저는 개인적으로 장편을 좋아해요. 그게 우연히 시대 흐름에 맞았던 것 같아요. 윤대녕 씨 같은 사람이 저랑 동년배인데, 그 양반의 단편들을 보면 '어떻게 이렇게 쓸 수 있을까?' 하는 생각이 들었거든요. 도저히 흉내 못 내요. 그 양반 단편이 아름답고, 황석영 선생님 단편들도 좋아했어요.

지　박경리 선생 타계하셨을 때 〈한겨레〉 기고에서 "잘 살다 가셨
으니까 하나도 슬프지 않다"고 하셨는데, 어느 신문 기자에 의하면
장례식장에서 가장 서럽게 우셨다고 하던데요.

공　그 기자는 그 자리에서 보지도 못 했는데… 울기는 많이 울었
어요. 내가 제일 좋아했던 작가고, 초상집 가면 원래 우는 거지. 그
런데 다 안 울더라고요. 서럽게 운 것은 아니고 눈물을 뚝뚝 흘렸던
건데, 그 양반의 일생이 고단했을 것 같고, 저 나름대로 감정이입이
되는 부분도 있었고요.

지　단편과 장편을 쓸 때 각기 다른 재능이 필요하다고 생각하시
나요?

공　저는 단편은 일종의 약간 빡빡한 시라고 생각해요. 그런 측면이
분명히 단편에는 있어요. 그래야 아름다운 단편이 되는 거고요. 장
편은 좀 더 인생에 관해서 이야기해야 되니까 호흡이 길어야 되죠.

지　대하소설을 쓸 생각은 없으신가요?

공　어후, 대하소설, 내가 읽기도 힘든데….(웃음)《해리포터》같은
것은 좀 쓰고 싶어요. 그렇게 재미있는 거.

지　박완서 선생은 공지영이 사랑받는 이유에 대해 "평론가의 도

움 없이도 뭔 소린지 알아먹게 쓰는 문장, 작가의 미모, 사생활에 대해 내숭 떨지 않는 정직성"이라고 표현했는데요.

공 제가 그때 불쾌하다고 했잖아요.(웃음) 작가가 내숭을 떨면 어떻게 해요? 피를 흘리더라도 자기 알몸으로 온 세상하고 맞서야 되는 사람들인데요. 그리고 내숭은 새해가 될 때마다 목표로 삼다가 완전 포기한 지 한 10년 됐어요.(웃음) 내숭도 능력이야. 진짜 대단한 능력이에요. 천부적인 능력. 옛날에는 엄청 부러웠어요. 그런데 요즘은 안 부러워요. 힘들겠다 싶은 거죠. 요즘은 포기하고 사니까 좋아요.(웃음)

지 혼자 상상을 많이 하시는 편인가요?

공 아니요. 공상 같은 것은 거의 안 해요. 그런데 현실에 대해서는 많이 생각하죠. 지나가면서 사람들이 하는 얘기, 택시 기사가 하는 얘기, 우리 아줌마가 하는 얘기, 애들이 하는 얘기를 유심히 들어요. 책상이나 방을 정리하다가 그런 생각을 하죠. 정리한다는 것이 다 버리는 거구나. 마음 정리한다는 것이, 마음을 깨끗이 한다는 것이, 결국 있는 것 내다 버리는 일이구나. 뭘 들여와서 정리하는 사람은 거의 못 본 것 같아요. 갖다 버려야지 정리가 되는 거죠.

지 엉뚱한 생각을 많이 하신다고 한 적도 있는 것 같은데요.

공 어떤 엉뚱한 거?

지 다른 사람하고 좀 다른 방식으로 생각하는 면이 있으신 것 같아서요.

공 그건 그런 거죠. 다른 사람이 '어른 잘 못 모신다'고 하면 '아니, 어른이 지체 장애자도 아닌데 왜 잘 모시냐? 각자 잘 있으면 되는 거지. 무슨 그런 소리를 하냐'고 하는데, 사람들이 되게 싫어해요.(웃음)

문학에 국적이 필요 없는 이유

지 강준만 교수는 "디지털 문화에 치이고 일본 소설에 밟혀 위기에 처한 한국 문학의 자존심을 그간 공지영이 고군분투하며 지켜내더니 이제 김훈이 가세해 새 바람을 불러일으키고 있다는 소식을 접하니 어찌 반갑지 않으랴"고 했는데요. 김훈 열풍이 불 때 어떤 생각이 드셨나요?

공 다른 작가에 대해서 얘기하기 조심스러운데, 일단 그 양반의 한 문장 한 문장이 치열한 것을 굉장히 좋아해요. 한국 문학에 없던 문장들과 풍이 가세된다는 점에서 저는 좋았어요. 좀 더 다양한 문학이 많이 나와야 된다고 생각하거든요. 그리고 기본적으로 국수주의적인 것은 별로 안 좋아해요. 우리나라 문학만 많이 읽혀야 된다고 생각하지는 않아요.

지 일본 문학이 취향이 아니라는 말씀을 한 적도 있으신데요. 한

동안 일본 문학 열풍이 불었고, 지금도 강세지 않습니까?

공 일본 문학을 보면 좋은 문학도 있겠지만, 일단 우리한테 소개
되어서 유행하고 있는 작품들을 읽어보면 드라마를 풀어놓은 것 같
은 느낌이 드는 거예요. 제가 딸한테 물어봤더니 "전철에서 아무
생각 없이 읽기 좋아" 그러더라고요. 어쨌든 너무 심각하지도 않
고, 너무 복잡하지도 않고, 그래서 '아, 애네들의 염원을 이 사람들
이 채워주는구나' 그런 생각도 들었어요. 그런데 재미있는 것은 나
이들이 30대 초반, 20대 후반 그래요. 저는 그것이 세대 간의 문제
라고 생각하는데요. 우리나라에서는 그런 사람들이 안 나오고 있잖
아요. 나는 거의 노년인데 아직도 중견이고, 30대 후반이 신인 작가
고, 그러니까요. 그리고 30대 후반들이 쓰는 문학을 봐도 젊지가 않
아요. 사실은 더 도발적인 것이 지금 젊은이들의 특징이 아닌가 싶
은데요. 심사위원들한테 맞추느라고 이 사람들이 너무 심각하고,
의미 과잉이고, 그건 사실 지금의 젊은 사람들이 할 일은 아니죠.
그리고 뭔가 젊다는 것은 어쨌든 기성에 한 번쯤 도전장을 내밀고,
박민규처럼 '좆까라 마이싱'을 말이 아니라 작품으로 한 번쯤 해줘
야 되는 건데, 그런 것을 못하고 고분고분하니까 문학 본령의 의미
는 없는 거죠.

지 일본 영화도 그렇고, 아기자기한 얘기를 가지고 뭔가 만들어
내는 것 같은데요. 그것을 젊은 사람들은 쿨하다고 받아들이는 것
같아요.

공　그렇죠. 어쨌든 골치는 안 아프대요.

지　작업은 주로 어느 시간에 하세요?

공　아침에도 하고, 밤에도 하고, 시간 날 때마다 해요. 마감 때 되면 하루 종일 하고요.(웃음)

지　시간을 정해서 하시는 건 아니군요.

공　그렇지는 않아요. 아이들 때문에 아침 여섯 시 반에서 일곱 시 사이에는 일어나야 해서, 제가 늦게까지 하면 할수록 잠자는 시간이 줄어드니까 어쨌든 당겨서 해요. 애들 학교 갔을 때도 좀 하고 오후에 좀 하고. 애들이 이제 많이 커서 방해는 안 하거든요.

지　남자에 비해서 그런 일에 시간을 많이 빼앗기는 부분이 억울하다는 생각이 들 때는 없으신가요? 늦게까지 술 마시기도 힘들잖아요.(웃음)

공　늦게까지 술 마실 때도 있는데 억지로 기어나가는 거죠.(웃음) 그리고 애들 학교 가면 바로 또 자요. 빨리 가라고 하고.(웃음) 제가 그런 얘기를 한 적이 있어요. 전업 작가들이 엄청 많아지면서 소설이 침체기가 왔다고. 여성 작가들이 득세하는 이유에 대해 물어보면 제가 그 대답을 해요. 여성 작가는 전업 작가가 없기 때문이라고. 아무리 혼자 살아도 하다못해 밥이라도 해먹는다, 그러려면 장이라도 봐야 되지 않느냐, 그런 부분에서 여성들이 생활하고 떨어지지 않기 때문에 생활과 밀착해 있는 거죠. 애가 있으면 더군다나 그 삶에 반쯤은 다리를 걸쳐야 되고요. 여성 작가들은 전업 작가가 없기 때문에, 삶의 현실을 살아내야 하는 사람들이기 때문에, 여성 작가들이 명맥을 이어가는 힘이 거기서 나오지 않나 싶어요. 몇몇 남성 작가를 보면 경치 좋은 데 작업실 얻어 있다가 훌쩍 여행도 떠나고, 아주 그런 호사가 없더라고요.(웃음) 그렇게 있으면 좋을 것 같지만 그건 자꾸 삶하고 유리되는 거 같아요. 소설은 더군다나 시장 한복판에 서 있어야 되거든요. 산사에 가서는 선시를 써야지.

지 예전에는 예술가 하면 기행도 하고, 밤새 술도 마시고 해야 천재성이 있고 예술가다운 게 아니냐는 오해도 있었던 것 같은데요. 요즘 작가들은 좀 다르지 않나요? 말씀하신 대로 생활하고 유리되어 있으면 대중이 공감할 수 있는 소설을 쓸 수 없을 것 같은데요.
공 제 첫 직장이 '자유실천문인협의회'라고 '민족문학작가회의' 전신이잖아요. 거기 있을 때만 해도 우리 윗세대들은 기행을 하더라고요. 그때는 어차피 원고료로 사는 사람이 거의 없었어요. 생활하고 밀착될 필요 없이 기행만으로 소설을 써도 평론가들이 좋다고 하면 좋은 작가 반열에 오르고 나름대로 그 속에서 생활할 수 있었는데, 지금은 기행하는 사람을 누가 좋아해요. 피곤하다고 다 피하지.(웃음)

지 여성이 직업을 가지는 데 가장 걸림돌이 되는 것은 무엇이라고 생각하시는지, 또 한국에서 여성 차별이 가장 심한 부분은 어떤 것이라고 생각하시나요?

공　결혼과 육아죠.

지　두 가지 일을 동시에 해야 되는 상황에서 많은 어려움을 겪으셨을 텐데요. 그런 분들께 해주실 말씀은 없으신가요?

공　여대에 강의하러 갔을 때 그런 질문을 받았어요. 그래서 '여자가 일을 가지면서 애를 키운다는 것은 몇 년 동안 전쟁터에 나가 있는 것이랑 똑같다. 택시 안에서도 뛰어야 되는 경우가 얼마나 많은 줄 아느냐. 나는 그런 것을 생각하면 여러분한테 결혼하라는 말은 못 하겠다. 내 딸한테도 너무 힘들 것 같아서 권하지 못하겠다. 더군다나 나는 프리랜서라서 시간 조절이 가능한데 그게 정규 출퇴근이 되면 더하다. 하지만 거꾸로 연애만 하든지, 결혼을 해도 애는 낳지 말고 네 일만 하고 살아라, 하면 고생은 덜 되겠지만 너무 허무할 것 같다. 그러니까 알아서들 해라' 그렇게 대답했어요.(웃음) 그런 질문을 받으면 '이 두 가지 길이 있는데, 그중에서 알아서 하라'고 하지, 뭐라고 말하겠어요. 그런데 두 가지 일을 같이 하려면 진짜 너무 힘들긴 해요.

글을 쓴다는 건 내가 누군지 알아야 할 수 있는 일

지　바이런은 "불편한 신체로 인해 마음이 아프면 시에 중독된다.

질병과 불구의 상태는 우리 시대 최고의 인물들을 따라다닌 수행원이었다"고 했는데요. 고통과 예술은 밀접한 관계가 있는 것 같기도 합니다. 그런데 많이 여유로워 보이고 행복하신 것 같은데, 그건 예술에 있어서 치명적일 수 있지 않을까요?

공 아니요. 예술가들이 어린 시절에 불행했기 때문에 청년기에 예술을 하는 것은 아니죠. 민감하게 타인의 고통에 반응하는 것도 고통이거든요. 예를 들면, 기아선상에 있는 아프리카 아이들을 보면서 '안됐네' 하는 사람이 있고, 가슴이 미어지는 사람이 있는 것처럼 차이가 있죠. 인류에게 고통이란 끝없이 있는 거니까요. 예술가들은 그런 것을 받아들이는 데 좀 더 민감한 사람들인 거죠. 그건 타고나야 되는 거 같아요. 팔레스타인이나 이라크 같은 데를 생각해도 가슴이 아프죠.

지 소설 공부는 어떻게 해야 한다고 생각하세요?

공 그게 참 힘든 게, 자기가 재능이 있는지를 알아야 돼요. 몇 십 년 동안 열심히 글을 쓰는데 못 쓰는 사람들이 있어요. 착하고 성실한데 글은 진짜 못 써요. 그런 사람들은 어느 정도 인생을 탕진한 거예요. 그러니까 자기를 냉정하게 객관화시켜서 바라볼 줄 알아야죠. 그런 부분도 굉장히 중요하고, 그래서 내가 돈을 벌라고 얘기하는 거예요. 우선 돈을 벌어보라고. 그리고 그다음에 책을 무지무지 많이 읽고, 그래서 어느 날 쓰지 않으면 미칠 것 같을 때 써보는 거예요. "미칠 것 같은 순간이 안 오면 어떻게 하냐?"고 하는데, 그러면 계속 돈 벌고 살면 되죠. 책 읽고. 그것도 훌륭한 삶인 거죠. 예를 들면, 내가 처음부터 멋있는 남자랑 결혼해서 멋지게 살고 싶지만 안 되는 걸 어떻게 해요. 할 수 없는 거죠.(웃음) 내가 되고 싶다고 해서 되는 것도 아니고, 안 되는 부분은 안 되는 거예요. 자기가 누구인지 잘 봐야 되는 게 첫 번째 일이라고 봐요.

지　매일 앉아서 쓴다고 될 수 있는 것은 아니니까요. 박찬욱 감독은 예전에 감독 일을 못 할 때 "글은 퇴근해서 쓸 수 있지만 영화는 퇴근해서 만들 수 없다. 그게 제일 힘들었다"고 했는데, 영화에 비해서 소설은 짬짬이 쓸 수도 있는 것 아닌가요?

공　소설도 안 돼요. 왜 안 되냐면, 이게 통째의 시간이 필요해요. 흐름이 끊어져서는 안 되니까요. 카프카가 천재니까 출퇴근하면서 그 정도 했지, 다른 것은 아무것도 안 했다잖아요. 그 사람은 노력을 통해서 흐름을 그렇게 만들어버린 거죠. 출퇴근 시간 빼고 나머지 시간을 통째로 쓸 수 있게 만들어버린 건데요. 사실 전업 작가들이 양산된 것도 그런 이유에서죠. 그런 욕구가 너무 컸기 때문에 그 사람들이 회사를 그만둔 거잖아요. 저도 토막으로 끊어서 쓸 수 없어요. 구상도 안 돼요. 시간을 완전히 통째로 줘야 돼요.

지　어느 책을 보니까 《호밀밭의 파수꾼》《토니오 크뢰거》가 준 영향이 컸다"고 하신 것 같은데요.

공　《호밀밭의 파수꾼》은 다시 읽어보니까 별로 안 좋던데요.(웃음) 옛날엔 그렇게 감동적이었는데, 어떻게 그렇게 하나도 안 좋은지 모르겠어요. 그런데 《토니오 크뢰거》는 지금 읽어도 질투가 다시 솟아나면서 너무 좋은 거 있죠.

지　책을 읽을 때마다 느낌이 달라지시나요?

공　소설뿐 아니라 좋은 책은 다 그런 게 있어요. '이거 옛날에 왜 못 봤지' 하는 생각이 들게 하고요. '그때는 이것을 이해 못 했는데, 이게 이런 뜻이구나. 아하' 이런 생각을 하잖아요. 다른 것 같아요. 그런 책들이 고전이 되는 것 같아요.

지　다음 작품 준비는 하고 계신가요?

공　아휴, 12월까지 써줘야 해요. 6월부터는 구상이랑 취재랑 들어가야 돼요. 소재는 있는데요. 내용은 되어 있거든요. 어떻게 접근할 것인가, 누구의 시각으로 접근할 것인가, 구성은 어떻게 할 것인가, 톤은 어떻게 정할 것인가, 이게 굉장히 중요해요. 이걸 가지고 고민을 굉장히 많이 해야 돼요. 그런데 이게 단박에 떠오르는 작품이 있는가 하면, 《우행시》 같은 경우는 굉장히 고민을 많이 했어요. 진짜 나중에 포기하고 싶었어요. 떠오르지 않아서요. 반면 《즐거운 나의 집》 같은 경우에는 처음부터 그게 정해져 있었고요. 《무소의 뿔처럼 혼자서 가라》(이하 《무소의 뿔》)는 고민을 많이 했고, 《고등어》는 좀 쉽게 썼어요.

글은 시장 한복판에서 써야 한다 🌸

지 '후일담 문학'이라고도 하고, '페미니즘 문학'이라고 평하기도 했는데요. 후일담 문학이라는 표현에 대해서는 내켜하시지 않는다고 들었습니다.

공 김윤식 선생님이 먼저 써놓고 다시는 안 쓰는데, 다른 사람들이 쓰더라고요. 그런데 후일담 아닌 문학이 있어요?

지 '운동의 경험을 팔아먹는다'는 얘기도 많았는데요. 작가가 자기 경험을 글로 쓰는 게 당연한 건데….(웃음)

공 그렇죠, 당연하죠. 경험하지 않은 것을 어떻게 써요. 프로라는 것은 돈 받고 글과 교환하는 것인데, 상품의 질이 문제죠.

지 작가에게 가장 필요한 덕목은 무엇이라고 생각하세요?

공 언어를 다루는 감각이 가장 중요하겠죠. 어떤 작가든 언어에 대한 감각은 독서를 통해서 길러지는 것 같고요. 타고난 것도 있어야 될 것 같고. 제가 '끈질긴 엉덩이의 힘'이라고는 하지만, 사실 끈질기게 쓰지만 진짜 재미없는 글을 쓰는 사람들도 있거든요. 그 사람들 정말 착하고 성실하고, 그러니까 옆에서 보기가 힘들어요. 그런데 그럴 수 있어요. 예술 장르는 연습한다고 되는 장르가 아니기 때문에 어쩔 수 없이 불공평해요. 살리에리가 얼마나 하느님을 원망했겠어요. 자기는 그렇게 열심히 하는데, 모차르트는 경망 떨면서 쓱쓱쓱 해도 그려내면 그게 명곡인데. 어느 정도 타고난 감수성, 언어 감각은 분명히 있어야 되는 것 같아요. 그것이 기본적으로 있다면 그다음에는 노력을 경주하는 것, 그리고 이 세상을 읽어내는 힘, 통찰력 같은 것들이 필요하겠죠.

지 대중성과 예술성, 두 가지를 겸비한 작가로 인정받으시는데요. 대중성 때문에 말이 많았는데, 작품에 있어서 대중성과 예술성의 결합에 대해서는 어떻게 생각하시나요?

공 모든 명작은 베스트셀러였어요. 베스트셀러가 꼭 명작이 되는 것은 아니지만, 모든 명작은 베스트셀러였어요. 그건 뭐냐 하면, 그 시대 사람들과 함께 호흡했다는 것이고, 그게 어떤 의미든 호응을 이끌어냈다는 건데요. 그것은 일종의 시대상을 반영하는 것이고, 그런 의미에서 중요하다고 생각해요. 제가 생각하기에 대중성과 예술성을 가장 잘 결합했다고 평가받는 사람이 토마스 만이에요. 토마스 만의 문장이 매우 현학적이고 어려운데도 독일 국민들이 열광했고, 평론가들도 극찬했고, 아무튼 세 박자가 가장 잘 맞은 사람이었어요. 제가 아는 작가들 중에 가장 행복했던 사람인 것 같아요. 독일 국민이어서 그랬던 것은 아닐까요?(웃음) 누가 그랬죠? 평론가가 등에 같은 존재라고. 소 등에 와서 귀찮게만 하고, 쏘지도 못 하고, 그런데 아무튼 들러붙는다고. 헤밍웨이가 그랬던가요? 어렸을 적 헤밍웨이 문장을 봤을 때 굉장히 마음에 들었어요. 그 단문형의 문장이. 그런데 헤밍웨이도 엄청나게 싸웠던 것 같아요. 제가 '시공 디

스커버리 총서'의 헤밍웨이를 읽었는데, 그 사람도 굉장하긴 굉장
하더라고요. 《노인과 바다》 초판이 60만 부였대요. 그리고 다음 날
바로 재판 들어갔고요. 그 사람의 일거수일투족이 매일 신문에 대서
특필되고, 평론가들은 혹평을 하고, 그랬다고 하더라고요.

공지영의 아주 특별한 인터뷰 🌿

지 인터뷰에도 관심이 많으시죠? CBS의 〈공지영의 아주 특별한
인터뷰〉를 1년 정도 진행하신 것으로 아는데요.

공 9개월 했어요. 3월부터 시작해서 12월 말까지. 담당했던 정혜
윤 PD, 그 인간이 독특하고 매력적인 인간이라서 내가 원하는 것을
다 해줬어요. '나는 절대 판에 박힌 소리 하지 않겠다. 내 마음대로
하겠다'고 했는데, '다 좋다'고 하더라고요. '그럼 하겠다'고 했지
요. 재미있었어요. 인터뷰 중에 '말도 안 돼, 거짓말이죠, 설마', 이
런 얘기를 제일 많이 한 사람이 저일 거예요.(웃음)

지 가장 인상적인 인터뷰이는 누구였나요?

공 많죠. 첫 인터뷰를 안성기 씨랑 했는데, 인상적이었어요. 처음
울었던 건 전무송 씨 인터뷰할 때였는데, 연극하던 시절에 친구랑
둘이서 굶고 거의 노숙을 하는데, 사흘째 되던 날 너무 배가 고프다
못해서 둘 다 일어날 수가 없는 지경이었대요. 혼미한 상태에서 깼
는데, 갑자기 밑에 돈이 보이더라는 거예요. 그래서 '내가 드디어

헛것을 보나?' 했는데, 친구가 일어나 보니까 친구 발밑에도 돈이 떨어져 있더라는 거예요. 나중에 알고 보니까 스승이었던 차범석 선생님이 몰래 찾아와서 그렇게 늘어져 있는 것을 보고 발밑에다가 설렁탕 값만큼을 떨어뜨려놓고 간 거였어요. 그게 가슴 아파서 그때 많이 울었어요. 그리고, 민주노동당 서울시장 후보였던 김종철이란 사람이 있어요. 그 사람 인터뷰하면서도 엄청 울었어요. 아버님이 철도 공무원이었는데, 형이 하나 있고, 자기 밑에 동생이 하나 있는데, 형은 공부를 잘하니까 도시락을 싸주고, 동생이랑 자기는 가난해서 밥이 없으니까 번갈아 가면서 한 번씩 싸줬대요. 자기 6학년 때 동생이 2학년인가 3학년이었는데, 밥을 먹으려고 도시락 뚜껑을 여는데, "야, 너 동생 왔다" 그러더래요. 밥을 한 숟가락 떴대나 그러고 있는데, 동생이 창가에 붙어서 너무너무 먹고 싶어 하는 표정으로 하염없이 쳐다보고 있더래요. 가슴이 아파서 바로 뚜껑을 덮고 동생 교실로 가져갔대요. 그런데 동생이 끝까지 안 먹겠다고 해서 거기서 싸우고 그랬다고 하더라고요. 그 아이의 배고픈 눈빛이 생각나니까 눈물이 났죠. 아버님이 그 당시도 그랬고, 계속 그렇게 성실한 철도 노동자였는데, 애들 도시락도 못 싸줄 정도의 나라는 도대체 어떤 나라냐, 실직을 한 것도 아니고. 그런데 아버님이 김종철 씨가 시위하면서 직장에서 쫓겨났나 봐요. 그런 얘기 들으면서 많이 울었어요. 많아요. 좋은 의미로 좋았던 것은 여성 분들, 뮤지컬 배우 최정원 씨인가요? 그 양반도 긍정적 에너지가 넘쳐서 제가 거의 감당을 못 하겠더라고요. 그런데 거기서 성공의 비결이랄까, 공통적인 것이 몇 가지 있었어요. 그래서 '성공의 비결에 관한 책을 하나 쓸까?' 하는 생각도 했어요.(웃음) 그중의 하나가 다들 정말 낙관적이에요. 그래서 내가 몇 번을 물었어요. "지금 잘됐으니까 그때 낙관적이었다고 생각하시는 것 아니에요?"라고 물었거든요. 아니래요. 진짜로 원래 성격이 그랬대요. 거의 다 그랬어요. 그리고 두 번째가 자신의 진로를 결정하는 데 운명이 상당히 작용했다는 것, 이 두 가지가 큰 공통점이었어요. 노력 이런 것은 기본이고요. 그 정도 노력도 안 하고 되는 사람이 있겠어요? 그 정도 노력은 기본이라고 쳤을 때, 특별히 그분들이 낙천적이고 그랬던 것 같아요.

지　"취재를 하는 것보다 책을 읽는 편이 시간적으로나 금전적으로나 이익이라고 생각하는 편입니다. 낯선 사람과의 만남을 힘들어하는 성격도 있지만…"이라고 하신 적이 있는데요. 《즐거운 나의 집》 보면서 웃겼던 게, 책으로 수영을 배우는 장면이 나오는데요. 책으로 배우는 데 한계가 있는 것들이 있지 않습니까?
공　그거 실화예요.

지　상상해보니까 너무 웃기던데요.
공　그 사람 아직도 수영 못할지도 몰라요.

지　"등장인물인데, 내가 만든 사람들인데, 내 말을 안 들어"라고 한 부분도 있던데요.

공　그러니까 의도대로 잘 안 될 때가 많아요. 캐릭터를 한 번 설정하고 나면 내가 원하는 캐릭터가 두루뭉술할 거 아니에요. 머릿속에서 안개처럼 형상을 만들어놓은 거니까. 그런데 막상 탁 세상에 낳아놓고 보면 내 머릿속에서 생각하던 행동과 안 맞거든요. 그러니까 처음 의도대로 안 되는 경우가 많아요. 그거 참 신기해요. 그건 작가들이 많이 경험하는 거예요. 그래서 한 사람을 모델로 삼아야 돼요. 그게 제일 쉬워요. 특징들을 이렇게 잡아서 '애라면 이렇게 말할 거야. 걔 있었으면 이렇게 말했을 거야' 라고 생각하면 좀 쉽게 가게 되죠.

예쁘지 않았다면 책이 더 많이 팔렸을 것이다

지　문학평론가 방민호 씨는 〈성장, 죽음, 사랑, 그리고 통속의 경계〉라는 글에서 "은희경, 신경숙, 공지영은 성인의 마음속에 성장하지 못한 요소를 지녔고, 그 요소가 그녀들로 하여금 독자들의 사랑을 받게 만든다"고 평했는데요.

공　예, 봤어요. 세 명이 동시에 활약하던 때에 셋 다한테 그런 측면이 있었죠. 저도 그랬고요. 저는 죽을 때까지도 그럴 거예요. 왜냐하면 다 성장하지 못한 부분이 있는 거죠. 이제 그 부분이 얼마나 나이테처럼 잘 쌓여가느냐의 문제겠죠. 없어지지는 않을 거잖아요. 그리고 저한테는 방민호 씨가 유일하게 고군분투하는 평론가죠.(웃음)

지 어느 인터뷰에서 "예쁘지 않았다면 더 팔렸을 것"이라고 표현하신 적도 있던데요. 그런 표현도 사람들이 듣기에 따라 좀 불편한 얘기 같은데요. 장동건 씨가 잘생겼기 때문에 연기에 대해 저평가를 받는다는 말씀도 하셨잖아요.

공 제가 영화계에서 들었기 때문에 장동건 씨 비유를 들었던 건데, 잘생기고 예쁜 사람들이 연기를 잘하면 평가받기가 너무 힘들다는 거예요. 우리나라뿐만 아니라 리즈 테일러 같은 여자도 사실 연기 잘하잖아요. 그런데 그 여자가 연기로 평가받기까지 너무 시간이 많이 걸렸어요. 감독들이 그 얘기를 하더라고요. 못생긴 애가 편한 게, 못생긴 애는 조금만 연기를 잘해도 '저 사람 정말 연기 잘한다'고 한다는 거예요. 그런데 갑자기 소설계에서도 얼굴이 중요한 것처럼 얘기가 되니까, 제가 황당해서 그 얘기를 한 거죠.

지 그와 관련해 김훈 선생도 재미있는 표현을 했던데요. '우리 업계가 이렇다'고.(웃음)

공 그때 정말 감사했어요. 작가한테 무슨 얼굴 가지고 그러냐고, 이 업계가 후졌어. 그래서 웃은 일이 있어요. 남북작가회의 갔는데, 거기 영화계 사람들이 몇 명 있었어요. 끝나고 나서 휴식 시간에 사람들이 "지영아, 어디 갔냐? 평양 가서 나랑 술 마시자" 그러니까 영화하는 사람들이 비웃으면서 "아니, 공지영이 심은하쯤 되나 보지?" 하는 거예요. 옆에서 "아, 예쁘잖아" 그러니까 막 킥킥 웃더라고요.(웃음) "제발, 그러지 마. 우리 업계가 후지다는 것을 만천하에 드러내는 거잖아"라고 했죠. 그랬더니 "거기는 많으니까 그렇지. 우리는 없어서 그래"라고 하는데, 웃긴 거예요. 얼마 전 김애란 씨가 인터뷰한 것을 보니까 "앞으로 어떤 작가가 되고 싶습니까?"라는 질문에 "미모로 승부하는 작가가 되고 싶어요"라고 했더라고요. 정말 귀엽더라.(웃음)

지 '외모는 재능이다'는 말에 대해서는 어떻게 생각하세요?

공 외모를 들먹이는 것에 대해 싫은 것이 뭐냐면, '저 여자는 표정이 왜 저래?' 이런 것은 받아들일 수 있어요. 그것은 제 책임이니까요. 그런데 내가 박색으로 태어났든 어떻게 태어났든 그건 내 소관이 아니잖아요. 그것을 가지고 비판을 하거나 칭찬을 하면 참 곤란한 거예요. 만약 그것을 무기로 삼는 직업에 뛰어들었다면 그때는 가꿔야겠죠. 성형을 하든 뭘 하든 간에 그건 의무니까요. 그런데 그것도 아니고, 전혀 상관없는 직업을 가진 사람한테 그런 얘기를 하면 참 민망스럽죠. 어떻게 해야 될지 모르겠어요. 그런 것은 만나서 술을 마실 때 그냥 지나가는 말로 한마디 하는 얘기지, 그것을 신문에도 싣고 그러면 진짜 황당하죠.

지 한국이 외모에 대해서 너무 많은 것을 부여하니까요. 심지어 얼짱 수배자, 이런 사람이 인터넷에 팬 카페가 생기기도 하고 그러지 않습니까? 얼짱 신드롬 같은 게 있잖아요.

공 얼마나 먹고사는 게 힘들면 그럴까 싶어요. 10년쯤 전에 미스

코리아 반대 운동을 페미니스트 진영에서 했을 때 제가 존경하는 어떤 페미니스트 한 분이 그런 말씀을 하시더라고요. "여자가 얼마나 취직하기도 힘들고, 승진하기도 힘들고, 돈 벌기도 힘든데, 걔네들이 타고난 미모 좀 갈고닦아서 직업을 좋게 가져보겠다는데 왜 반대하고 그러냐. 그러면 뭘 먹고사냐?" 그 말 되게 신선했어요. 뭐라고 할까, 먹고살기에 큰 걱정이 없는, 기본적인 먹을거리에 대한 큰 걱정이 없는, 절대 빈곤은 거의 사라진 세대들이 가지는 특징이 아닌가 싶어요. 얼굴이 뛰어난 사람들이 쉽게 돈을 버는 것처럼 느껴질 수 있으니까요. 그런데 제가 보니까 배우들요, 화장 한 번 하는 데 두 시간 정도 걸리더라고요. 그리고 매일 가서 마사지 받고. 나는 너무 힘들 것 같아요. 그 사람들이 일이 없을 때 외출하기 싫은 이유가, 한 번 화장을 지우고 나면 다시 화장하기가 너무 힘들대요. 어쨌든 그것도 고통인 거 같아요.

지　이현수, 공선옥, 공지영을 포함해 문학평론가 방민호 씨가 '인생파' 소설이라고 한 적이 있는데요.
공　황석영 선생님이 제일 먼저 한 얘기예요. "우리 인생파들은…" 이라고 하셨죠. 그리고 제가 공선옥 씨 소설 참 좋아해요. 이번에 《명랑한 밤길》 읽고, '졌다' 했다니까요. (웃음)

지　문자와 종이의 미래에 대해서는 어떻게 생각하세요?
공　종이는 잘 모르겠어요. 하지만 문자로 된 컨텐츠, 언어는 굉장히 오래갈 거라고 봐요. 《해리포터》나 《반지의 제왕》 같은 것을 시나리오 상태로 먼저 들고 가면 영상이 결코 감당하지 못해요. 그런데 활자로 먼저 써서 상상력을 통해 검증을 받으면 영상으로 옮길 수 있거든요. 모든 것의 기초는 사실 문자화된 일차적 상상력에 있는데, 제가 작가가 된 게 너무 좋은 게, 나는 바로 오늘이라도 '오늘은 핵잠수함을 띄웠다'라고 할 수 있는데, 영화나 연극으로 그것을 구현하기는 너무 힘들잖아요. 그런 면에서 상상력의 기초 단계, 실험을 할 수 있는 가장 기초 단계이기 때문에 이것은 아무리 다른 예술이 어떻게 발달해도 살아남을 것 같아요. 그리고 자본이 가장 덜 들잖아요.

지　지구를 멸망시키는 것도 한 문장이면 되니까요.(웃음)

공　'나는 오늘 우주 밖으로 나가봤다'고 해도 되고요.(웃음) 그걸 컴퓨터 그래픽으로 구현하면 돈이 많이 들잖아요.

지　문학의 미래를 어떻게 보세요? 한동안 문학의 위기니 하는 말들이 많았지 않습니까?

공　문학의 위기가 아니라 작가들의 위기죠. 문학 독자들이 계속 있으니까 일본 소설이나 이런 것들이 들어온 것 아닌가요? 그리고 이야기에 대한 것은 일종의 본능 같아요. 우리가 의식주 같은 기본적인 거 빼고 아름다운 것을 좋아하는 본능도 가지고 있고, 이야기를 갈구하는 본능도 있는데, 이런 것들은 아주 오래된 유전자 속에 박혀 있는 본능화된 어떤 것이라고 봐야죠.

지　나이키의 라이벌이 닌텐도라고 하는 것처럼 소설의 라이벌이 텔레비전이 될 수도 있지 않을까요? 〈무한도전〉 같은 프로그램에 빠지면 책을 들기 힘들죠.

공　그것보다는 인터넷인 것 같아요. 인터넷의 짧고 무의미한 글쓰기가 문학의 적인 것 같아요.

지　사람들이 스크롤바를 움직여야 될 정도가 되는 분량의 글은 안 읽으니까요. 인터넷에서 나오는 뉴스만 해도 선정적이고 짧은 기사만 나오고요. 그러다 보면 점점 사고도 짧아지게 될 것 같아요.

공　그렇죠.

지　《나는 왜 문학을 하는가?》에서 "내가 누구인지 말할 수 있는 자는 나뿐이므로"라고 하셨는데요. 그걸 말하는 것이 문학 아닌 다른 형식일 수도 있지 않을까요?

공　그렇긴 한데요. 어차피 산문도 문학이니까요. 하지만 제가 춤으로도 안 되고, 노래도 잘 못하고, 피겨로도 안 되니까 언어로 하는 거죠.(웃음)

지　"나는 평범하지만, 그 평범을 비범하게 드러내는 것은 나의 재능"이라고 말씀하셨는데요. 실제로 매우 일상적인 소재를 가지고 특별한 이야기를 만들어내시잖아요.

공 하도 나보고 어떻게 베스트셀러를 쓰냐고 하니까 궁지에 몰려서 한 궁색한 변명이에요. 저는 굉장히 평범하고 상식적인 사람이에요. 몇 번 만나봐서 아시겠지만 특별히 돌출된 행동을 하지도 않고, 나름의 규범 속에서 합리적으로 살려고 노력하는 사람이고, 그런 것을 좋아하는 사람이기 때문에 소위 말하는 예술가적 기행이나 밤새 잠 못 자고 고민을 해본 적도 별로 없어요. 그러니까 평범한 사람들의 심정을 잘 옮겨내는 재주가 있는 게 아닌가, 그래서 많은 사람들에게 공감을 더 주고, 내 이야기 같다는 친근한 생각을 하게 하는 건 아닌가, 그런 생각이 좀 들어요. 예를 들어, 김영하 씨 소설 같은 경우 '이 사람 참 천재 같다' 는 생각을 해요. 성석제 씨도 그렇고요. 그런데 내 얘기 같다는 생각은 별로 안 들거든요. 굉장히 기발하고 재미있잖아요. 그런데 그게 재미있기도 하고 벽이기도 한 것 같아요. 저는 그냥 옆집에서 말 잘하는 아줌마가 와서 떠들어주는 것 같으니까 들어도 그만, 안 들어도 그만이긴 하지만, 들어보면 또 괜찮은 말도 있고, 별 거부감 없이 재미있게 들을 수도 있는 것 같아요.

지 그러다 보니까, 어떻게 보면 문학적인 성취나 이런 부분에서 저평가받는 게 아닐까요? 편하게 받아들여지니까….

공 그러니까, 제가 대가라는 얘기는 절대 아니고요. 이건 오해하지 않게 꼭 강조해주세요.(웃음) 제가《나의 문화유산 답사기》를 읽고 봉은사에 가서 추사 마지막 글씨를 봤어요. 판전이라는 것, 그 글씨를 보고 울었어요. 그 자리에서 눈물이 펑펑 나오더라고요. 내가 왜 이러지, 그랬는데 판전이라는 것을 딱 봤을 때 첫 느낌이 이랬어요. 어렸을 때 서예를 배우러 다닌 적이 있는데 그때 선생님이 처음 가르쳐주던 그 글씨하고 똑같이 생긴 거예요. 약간 서툴기도 하고 어린아이가 정말 열심히 썼던 그런 글씨 같은. 그런데 대가가 돌아돌아서 여기까지 온 것을 보면서 눈물이 났어요. 제가 돌아돌아 왔다는 게 아니라 저는 기질적으로 특이한 것, 기이한 것, 이런 것을 좋아하지 않아요. 생각도 잘 못해내고요. 그런데 저는 이 반복되고 지루하고 진부하게 보이는 일상 속에서 수없이 많은 새로움을 발견하거든요. 그런 것이 제 문학 속에 반영되어 있는데, 19세기인가 한국 미술을 평하는 선비가 쓴 글 중에 이런 게 있어요. "사람들이 평범하고 자연스러운 것의 아름다움을 잃고 자꾸만 특이하고 기이한 것만 찾아나가는 이 세태를 한탄한다." 그 얘기에 공감했는데, 어쨌든 평범하고 그런 것들 속에서 늘 새로움을 찾아나가는 게 저의 기질인 것 같아요. 예를 들면, 제인 오스틴이나 샬롯 브론테과죠. 에밀리 브론테처럼《폭풍의 언덕》같은 것은 잘 못 써요.

7장 무소의
뻘처럼
혼자서
가라

《무소의 뿔》은 공지영의 출세작이자 그녀에게 페미니스트라는 딱지를 붙여준 작품이다. 〈한겨레〉 최재봉 기자는 "여자들의 육성과 삶이 생생하게 전해지는 반면, 남자들은 추상과 알레고리의 차원에 머물러 있다는 사실은 이 소설의 결함이라 할 수 있다. 여자들끼리만 분노하고 함께 울며 남자를 성토하는 것은 순진한 관객/독자에게 카타르시스를 제공할지는 모르지만, 그것이 현실의 냉정하고 객관적인 인식, 그에 바탕한 타당한 전망의 수립으로 나아가기는 어렵기 때문이다. 작가 역시 그 점을 모르지는 않는다"고 평했지만, 많은 남성 지식인들이 그 책을 집에 가져다놓기를 꺼려했다.

특별히 나쁜 남자가 나온다면 그 남자의 품성 문제로 몰아붙일 텐데, 현재 한국의 구조상 결혼 생활로 인해 여성들이 불행할 수밖에 없음을 잘 보여줬기 때문에 자신의 아내에게는 그 책을 보이고 싶지 않았을 것이다.

공지영은 페미니즘 소설을 쓰겠다는 생각보다는 자신의 결혼에 관해서 쓰고 싶었다고 말한다. "여자들이 도대체 왜 이렇게 사는지 궁금했고, 왜 첫 번째 결혼을 해서 힘들었나를 생각해보니까 정말 내가 여자라는 이유 외에는 별로 잘못한 게 없었다. 내가 만약에 남자고, 그 사람이 여자였다면 우리 결혼은 나름대로 잘 흘러갔을 것 같았다'는 것이다.

그녀는 남녀 차별에 대해서는 반대하지만 남녀의 차이는 인정해야 한다고 말한다. 남자와 여자는 분명한 차이가 있다는 것이다. 이런 얘기는 일부 페미니스트 진영 또는 영 페미니스트들에게는 불편한 이야기일 수도 있다. 그러나 그녀는 그것을 인정하지 않고는 아무 문제도 해결할 수 없다고 말한다. 그런 그녀를 유연한 페미니스트라고 해야 할까? 아니면 좌충우돌 페미니스트라고 해야 할까?

공지영은 최재봉 기자에게 발문을 맡기면서 이런 말을 했다고 한다. "부끄러운 고백이지만, 원고를 새롭게 정리하면서 펑펑 울었다. 자기가 쓴 소설에 지레 감동해서가 아니었다. 영선인 죽었지만, 남은 혜완과 경혜의 앞날도 결코 밝지는 않으리라는 걸 알기 때문이었다. 처음 이 소설을 쓸 당시만 해도 아직은 희망과 의욕이 있었다. 지금 생각해보면 무지와 순진이 낳은 오해였지만. 그러니까 이제 나는 혜완과 경혜의 경험조차도 아직 충분하지 않다는 걸 알 나이가 된 것이다."

그녀가 작가 후기에 썼던 것처럼 그만큼 이 소설이 그녀를 닮아 있기 때문일 것이다. "이 책을 저술하는 방식, 이 책에서 제기하는 문제들, 그것을 질문해가는 방식 혹은 해결하지 못하는 현실에 대한 태도 혹은 세계관 등이 나와, 그러니까 그냥 나와 닮았다는 이야기"라는 것이다.

그녀는 페미니스트라는 딱지를 붙여준 이 책에 대해 "한동안 그것이 젊은 나를 규정하는 사슬 같아서 거부감이 들기도 했지만 이제는 그것을 자랑스럽게 받아들인다. 다만 그것이 부당하게 억압받고 있으나, 그것을 변화시켜 보려고 노력하는 여성들 편에 서는 사람이라는 한에서 말이다"고 이야기한다. 현실적으로 억압받고, 그래서 무기력해진 여성들을 위해 자신이 할 수 있는 일이 무엇일까를 생각해서 쓴 책이라는 것이다.

이 책의 반향으로 인해 많은 구설수에 올랐기 때문에 그녀는 볼멘소리를 하기도 했다. "무릎이 아파서 무릎에 관한 이야기를 하려고 무릎이 아픈 이야기를 했을 뿐인데, 가끔 사람들은 묻는다. 머리도 멀쩡하고 배 부위에 상처도 없으며 발목도 괜찮은데 심지어 간도 콩팥도 어금니도 괜찮은데 당신은 무릎 아픈 이야기만 하니, 신체에 대해 비관적인 태도를 가지고 있군요, 하는."

바이런은 "보통 불편한 신체로 인해 마음이 아프다 보면 시에 중독된다. 질병과 불구의 상태는 우리 시대 최고의 인물들을 따라다닌 수행원이었다"고 했는데, 그녀를 보더라도 고통과 예술은 밀접한 관계가 있는 듯하다.

소리에 놀라지 않는 사자와 같이
그물에 걸리지 않는 바람과 같이
무소의 뿔처럼 혼자서 가라.

"이 제목은 불경에서 내가 인용했고 나에게 많은 기쁨과 슬픔을 가져다준 구절이지만, 여전히 나를 혼란스럽게 만들고 있으며, 또 그 혼란 중에도 등불처럼 내게 의지가 되어주는 이상한 것임을 고백해둔다."

《무소의 뿔》 '작가의 말' 에서

내 결혼에 대해 쓰고 싶었다 ✦

지 《무소의 뿔》은 페미니즘 문학의 대표작으로 꼽히기도 했는데요. 그러면서 페미니즘을 상업화했다는 비판도 나오지 않았습니까? 쓸 때는 페미니스트라는 자의식을 크게 가지고 쓴 것 같지는 않은데요.

공 아니에요. 페미니스트라는 자의식은 국민학교 4학년 때부터 있었어요. 엄마가 닭다리는 오빠 주고, 나는 닭 날개를 주기에 엄청 싸웠는데, 그때가 사춘기의 시작이었던 것 같아요.(웃음) 제가 그렇게 싸웠어요. '나이순으로 주려면 언니를 주든가, 아니면 엄마, 아빠가 먹든가, 아니면 다 찢어서 골고루 나눠먹든가 하지, 뻔히 보는 데서 오빠를 주는 것은 남자라는 이유 외에 뭐가 더 있냐, 왜 차별하냐'고. 그리고 남녀 관계에 대한 의식들은 꽤 있었는데, 그 무렵에 그 바람이 살살 불기 시작했어요. 페미니즘 소설을 쓰겠다는 생각보다는 내 결혼에 관해서 쓰고 싶었고, 여자들이 도대체 왜 이렇게 사는지 궁금했거든요. 왜 첫 번째 결혼을 해서 힘들었나를 생각해보니까 정말 내가 여자라는 이유 외에는 별로 잘못한 게 없더라고요. 내가 만약에 남자고, 그 사람이 여자였다면 우리 결혼은 나름대로 잘 흘러갔을 것 같아요. 그런 것 때문에 불만을 가지고 쓰기 시작한 게 《무소의 뿔》이었어요. 그런데 그걸로는 제목이 안 된다고 출판사 사람들이 다 반대하는 거예요. "이게 도대체 무슨 소리야" 하는 사람이 되게 많았는데, 저는 죽어도 그걸로 하겠다고 했죠. 불교에 한참 심취해 있을 때였고 그 구절을 좋아했거든요. 원래 유명한 구절이고, 그걸로 하겠다고 고집 부려서 냈죠. 사실 《무소의 뿔》은 탱탱 놀다가 너무 돈이 없어서 쓴 거예요. 완고를 주는 순간 계약금에서 200만 원을 더 받기로 했거든요. 그래서 200만 원 더 받기 위해서 쓴 거예요.(웃음) 그게 언제냐 하면 대선 있을 때였어요. 백기완 선생님 나왔을 때, 백기완 선생님 따님을 제가 안다고 했잖아요. 우리 아버지가 차를 한 대 사주셨는데, 그 차가 엘란트라였어요. 포니 엑셀이 제일 작은 차였고, 그다음이 엘란트라였는데 마침 차를 징발해간 거예요. 대통령 후보 전용차로 쓴다고.(웃음) 왜냐하면 그것보다 더 큰 차를 가진 사람이 없었어요. 차도 징발이 됐겠다, 집에 앉아서 한 달 반 정도 글을 썼죠. 아마 탈고를 대선 다음 다음 날인가 했을 거예요.

지　가톨릭 신자인 점과 페미니스트인 점이 어떤 사안에 있어서는 충돌할 수 있지 않나요?

공　저는 전혀 없어요.

지 가령 낙태 같은 경우 일부 페미니즘 진영에서는 권리로 보지 않습니까? 가톨릭에서는 낙태를 금지하잖아요?

공 저는 페미니스트가 아니고 항상 좌충우돌하는 사람이라니까요.(웃음) 낙태에 대해서는 반대해요. 어쩔 수 없는 경우는 인정하지만, 기본적으로 반대해요. 자주 예를 들어서 미안하지만, 안젤리나 졸리가 데리고 온 아이들이 말하자면 그 엄마들이 낙태를 했으면 거기서 못 사는 거잖아요. 제가 무슨 주의자를 굉장히 싫어하는 이유가, "너는 좌파에다가 페미니스트가 무슨 낙태를 반대하냐?"고 하더라고요. "아니 내가 반대한다는데 무슨 주의 때문에 내 마음을 바꿔야 돼"라고 했죠. 그런 의미에서는 별로 좌파도 아니고, 별로 페미니스트도 아니고, 정치적으로 좌파고 차별을 반대하는 평등주의자지, 페미니스트가 만약에 그런 뜻이라면 저는 페미니스트가 아니죠. 사실 정치적으로 좌파도 아냐, 평화와 평등을 사랑하는 사람인 거지. 그런데 우리나라에서는 그런 사람들을 좌파라고 부르잖아요.

지 좌파 성향의 철학자들이나 무신론자들의 경우에는 자살을 자신의 존재 증명이나 권리로 생각하는 경우가 많은데요.

공 예전에는 가톨릭에서 자살한 사람의 장례식을 안 해줬다고 해요. 그런데 지금은 해요. 제가 얼마 전에 자살한 사람의 장례식에 갔다 왔는데, 솔직히 어렸을 때 배운 가톨릭 교리 때문에 두려웠어요. 그런데 신부님이 단언하시더라고요. "그 사람 천국 갔을 것이

다"고. 그래서 속으로 '데려다주고 왔나' 생각했어요.(웃음) "그런데 신부님, 왜요?" 그러니까 요즘 가톨릭에서는 그걸 일종의 병으로 본다는 거예요. 에이즈 걸려서 죽었다고 해서 그 사람이 죄가 있는 것은 아니잖아요. 그런 것처럼 자살도 일종의 병으로 간주하더라고요. 우울증 같은. 그래서 저도 그때 마음을 많이 바꿨어요. 자살도 근본적으로는 반대해요. 나도 안 그런다는 보장은 없지만 웬만하면… 제가 얘기했잖아요. 고통에 의미가 있다는 것을 알게 되면서 훨씬 수월해졌다고요. 이 삶이 우리가 행복해지기 위해서 모두가 노력해야 되는 것은 맞지만, 그렇다고 해서 행복만으로 점철되는 것은 결코 아니거든요. 고통의 의미라든가 이런 것을 생각하면 좀 덜하지 않을까. 그럼에도 자살하는 사람에 대해서 깊은 연민을 가지고 있어요. 오죽하면 저럴까 싶어서.

지 심한 우울증으로 인한 자살 같은 경우는 본인이 선택할 수 있는 상태가 아닐 때도 많은 것 같은데요. 우울증이 심한 주부들의 경우 애들 먼저 던지고 자신도 아파트에서 뛰어내려 자살하기도 하잖아요.
공 그런 사람한테 가서 '죽을 용기 있으면 살아야지' 하는 사람은 제일 무식한 사람이에요.(웃음) 이미 그런 의지가 생기면, 그건 병이 아닌 거죠.

지 가톨릭에서는 동성애도 죄로 취급하지 않나요?

공　동성애에 대해서는 잘 모르는데, 가장 기본적으로 생각하는 것은 동성애자라고 해서 절대로 차별받아서는 안 된다는 거예요. 설사 동성애를 선택했더라도 그렇게 해서 나쁜 짓 안 하고, 다른 사람한테 피해를 안 준다면 그것이 왜 지탄받아야 되는 건지 모르겠어요.

지　소설이 사랑받는 이유에 대해 "우연히도 시대의 관심과 내 관심이 일치했기 때문"이라고 하셨는데, 정말 우연이었나요?(웃음)

공　얘기했던 대로 내가 삶을 살았기 때문일 거예요. 독자들도 열심히 사는데, 열심히 사는 것이 시대의 조류에 맞춰서 사는 것은 아니잖아요. 그냥 하루하루 살아가기 위해서 애쓰다 보면 그게 시대를 따라가는 거잖아요. 만약에 나 혼자 시대를 맞춰가고 있다면 내 책은 팔리지 않겠죠. 내가 보통 사람들과 같은 삶을 살기 때문에 생각이 비슷하게 맞아떨어진다는 게, 맞을 거예요.

지　마더 테레사 수녀에 대한 새로운 평가들이 나오고 있는 것에 대해서는 어떻게 생각하세요? 《자비를 파는 상인》이라는 책도 나왔던데요.

공　그런 책을 몇 권 봤고, 논문도 봤고, 이번에 나온 다른 책도 봤어요. 그런데 논리가 너무 편협한 것 같아요. 물론 마더 테레사가 그런 점이 있죠. 군이 얘기하자면 그런 점이 있는데, 그 할머니의 스펙트럼은 그런 게 아니잖아요. 우리가 그 할머니에게 비춰보아야 할 스펙트럼은 그런 게 아니잖아요. 무조건 그 사람을 성녀시해서 모든 것이 옳다고 얘기하는 것은 반대예요. 그렇지만 그런 스펙트럼으로만 보면 편협한 거죠. 제가 해외에 가서 원조하고 왔다고 하면 "우리나라에도 불쌍한 사람 많아"라고 얘기하는 사람들이 있어요. 그러면 제가 "당신은 우리나라에서도 아무도 안 도와주시죠?"라고 했어요.(웃음) 제가 옛날에 그랬던 것 같아요. 그렇게 말하고, 아무도 안 도와주고.

절대 아내에게 보이지 말아야 할 소설 ✿

지 최재봉 기자는 《무소의 뿔》에 대해 "여자들의 육성과 삶이 생생하게 전해지는 반면, 남자들은 추상과 알레고리의 차원에 머물러 있다는 사실은 이 소설의 결함이라 할 수 있다. 여자들끼리만 분노하고 함께 울며 남자를 성토하는 것은 순진한 관객/독자에게 카타르시스를 제공할지는 모르지만, 그것이 현실의 냉정하고 객관적인 인식, 그에 바탕한 타당한 전망의 수립으로 나아가기는 어렵기 때문이다. 작가 역시 그 점을 모르지는 않는다"고 평했는데, 그 점은 어떻게 생각하세요?

공 내가 어디 가서 토론할 때 그런 질문 받으면 "남자들만 그런 얘기를 해요", 그러면 여자들이 막 웃어요. 글쎄, 아무래도 그렇겠죠. 제가 남자들의 내면이나 그런 것을 정확히는 모르니까요. 남자와 여자는 분명히 다르니까, 결혼 생활에서는 위치가 더더욱 확연하게 다를 테니까. 그런데 한 가지 확실한 것은, 《무소의 뿔》 나왔을 때 에피소드가 있는데요. 기자들 책상에 가장 많이 꽂혀 있던 책이 《무소의 뿔》이래요. 신문사 문화부 서가에 가면 《무소의 뿔》이 쫙 꽂혀 있었다고 하더라고요. 왜냐하면 한 사람에 한 권씩 책을 돌렸는데, '절대 집으로 가져가지 말아야 할 책'이라고 해서 안 가져갔다는 거예요. 그중 어떤 선배 하나도 '이것은 절대 우리 마누라에게 보여주면 안 될 책'이라고 생각했대요. 그런데 어느 날 부인이 부들부들 떠는 눈빛으로 쳐다보더래요. 그래서 선배가 "당신, 공지영 책 읽었지?" 그랬다고 하더라고요.(웃음) 그 당시에 그런 에피소드가 많았어요. 그 정도로 그 책이 영향을 많이 미쳤어요. 아무튼 나는 그게 웃겨요. 남자들은 추상의 차원에 머물러 있다면서 왜 '집에 가져가지 않는 책 1위'가 되는 건지.(웃음) 그리고 제가 늘 얘기하지만 그 소설에 특별히 나쁜 남자 없거든요. 그래서 이 사람들이 더 그랬던 것 같아요.

지 특별히 나쁜 남자가 나왔다면 구조의 문제가 아니라 나쁜 남자였기 때문이라는 핑계가 성립될 수 있을 테니까요.
공 그러니까. 안심하고 큰소리치며 부인한테 갖다주면서 '그것 봐. 나는 이런 짓은 안 하잖아'라고 할 수 있었겠죠.(웃음)

지 '이 사람하고 난 다르잖아. 당신 결혼 잘한 거야'라고 말할 수도 있겠죠.(웃음)
공 읽고 반성해, 하면서.(웃음) 《무소의 뿔》은 진짜 에피소드가 많았어요. 저 책이 2년 만에 베스트셀러된 거 아시죠? 그 전에는 제가 무명이었거든요. 1993년 2월에 나와서 1994년 7월에 베스트에 올라가기 시작했는데,《고등어》가 팔리면서 같이 올라갔어요.

지 선우가 혜완에게 한 말 가운데 "너한테는 약간 말이야… 남자한테 오해를 하게 할 만한 부분이 있어. 나야 오해 안 하지만 다른 사람들 말이야"라는 대목이 있는데, 그 말처럼 현실에서도 오해받거나 한 부분이 있으신가요? 한국 남자들한테 이혼녀 하면, 좀 쉽게 보는 나쁜 버릇이 있는 것 같은데요.

공 초반에 제가 이혼녀로서 첫걸음을 뗄 때 진짜 그런 오해 많이 받았어요. 예전에 남편한테도 그런 소리 많이 들었고요. 제가 잘 웃잖아요. 웃는 게 일종의 허용이라는 거예요. 나는 너무 이해할 수 없는 게 웃는 게 뭐가 그렇게 잘못이라고.(웃음) 그때만 해도, 제가 이혼했다고 말할 당시에는 커밍아웃을 했던 사람이 거의 없었어요. 제가 이혼했다고 하면 사람들이 굉장히 깊은 충격에 빠지던 시기였거든요. 나는 뭐라고 딱히 할 말도 없어서 "갔다가 왔어요"라고 말했는데, 사람들이 그래서 나보고 당당하다고 그랬나?(웃음) 그때 황당한 일이 하나 있었는데, 제가 남자들하고 친하게 지내고 스스럼없이 잘 지내요. 지승호 씨랑도 편하게 술도 마시고 그러잖아요. 그때는 젊어서 좀 덜하긴 했지만, 술 마시는 거 워낙 좋아하니까 남자들이랑 같이 술 마시러 가고 그랬어요. 그중에 술을 잘 마셔주는 남자 친구가 있어서 속에 있는 고민도 얘기하고 그랬는데, 어느 날 그 친구가 갑자기 심각하게 둘이 앉아 있는 술자리에서 "지영아, 나는 우리 마누라도 사랑하고" 하는 거예요.(웃음) 처음엔 무슨 소리를 하나 했는데 생각해보니까 어이가 없더라고요. 그래서 "어, 그래" 하니까 "그리고 나는 가정도 소중하게 생각해" 하더라고요. 나중에 보니까 얘가 오해해서 내가 자기한테 다른 마음을 가지고 있다고 생각해 '자기는 나를 받아들일 수 없다'고 고민을 한 거예요. 자존심이 상했던 게 걔한테 남자로서는 조금도 관심이 없었거든요. 잘생기기를 했나, 매력이 요만큼이라도 있었으면 억울하지도 않았을 거고, 손이라도 한 번 잡아봤으면 말도 안 해요. 그래서 다시는 안 보잖아요.(웃음) 그때만 해도 시절이 그랬던 것 같아요. 지금 생각하면 정말 웃기죠. 나중에 그 얘기 하니까 그 애를 아는 친구들이 전부 배를 잡고 웃어요. 나중에 박경리 선생 《토지》 4부인가에 그런 얘기 비슷한 게 나와요. 아주 마이너리티인 인물인데, 전도사 옥희인가 하는 여자가 있어요. 3부, 4부에 나오는 역관 집 딸 명희라는 여자의 친구인가 그런데요. 그 여자가 그 시절에 일찍 이혼하고 전도사가 되는데, 어느 날 그런 하소연을 하는 거예요. 친구네 집에 가면 자기를 전도사로 보는 것이 아니라 혹시 자기 남편 꼬시러 온 여자가 아닌가 하는 눈으로 바라본다는 거예요. 모멸감을 많이 느꼈다면서, 혼자 살면서 제일 힘들 때가 그런 때라고 하더라고요. 그래서 속으로 박경리 선생님도 옛날에 이런 일 많이 당하셨구나, 그런 생각을 했죠.(웃음)

지   흔히들 그런 얘기 많이 하지 않습니까? 주차 시비 벌어졌을 때

저쪽은 남편이 나오는데, 이쪽엔 없을 때 서럽다고.

공 저도 1999년까지 그런 일을 당했어요. 한번은 우리 애들 데려 다주고 와서 신호등에 서 있는데, 누가 와서 박는 거예요. 내려서 봤는데, 범퍼에 조금 상처가 났더라고요. 미안하다고 하면 '됐습니 다' 하고 가려고 했어요. 그런데 이 사람이 "여자가 아침부터 재수 없이 앞을 막고 있냐?"고 해요. '너, 오늘 잘 걸렸다' 하고 끝까지 물고 늘어져서 타이어 값 벌었잖아요. '아직도 저런 사람이 있구 나' 싶더라고요.

지 여자들이 운전을 하다 보면 하도 그런 일을 많이 당하니까 슈 퍼 욕쟁이가 되는 경우도 있다고 소설에 쓰셨잖아요? 쌓여 있으니 까 딱 준비하고 있다가 걸리면 남들의 10배속으로 욕을 해대는 사 람들도 있던데요.(웃음)

공 요즘은 별로 안 그러는 것 같아요.

뭐 그리 잘났다고 니 혼자 못 참냐!?

지 페드로 알모도바르의 영화 〈귀향〉 중에 "이혼녀한테 엄마만큼 좋은 친구가 어디 있겠니?"라는 대사가 나오는데요. 이혼하셨을 때 가장 좋은 친구가 되어준 사람이 있다면 누구인가요?

공 엄마랑은 싸우고 말도 안 했어요. 남자 친구들이 도움이 많이 됐던 것 같아요. 오히려 여자 친구들은 비난을 많이 했고요. 남자 친구들이 술도 사주고 위로도 많이 해주더라고요. 여자 친구들은 두 번째 이혼할 때까지 비난했어요. 그때 진짜 충격받았어요. 내용의 요지가 뭐냐면 '뭐가 잘났다고, 너 혼자 못 참냐?' 는 거예요. 너무 황당했죠.

지　뭘 해도 잘났다고 비난하는 건가요?(웃음)

공　그러니까, 이혼을 해도 잘난 체한다고 비난하고, 웃으면 꼬리친다고 하고.(웃음) 그런데 나이 들어서는 안 그래요.

지　혜완이 레즈비언에 대해 말하면서 "생각해보니까 그거 나쁜 일도 아닐 것 같아"라고 말하는 장면이 나오는데요. 특히 여자들 같은 경우는 정치적 동성애라고 할까, 남자들한테 피해 의식을 많이 느껴서 그런 선택을 하는 경우도 있는 것 같은데요.

공　그런 게 어떻게 가능하겠어요? 생각만 해도 소름끼친다. 나 여자 별로 안 좋아해요.(웃음) 그런데 예전에 그런 게 이대 이런 데서 많이 유행하기도 했던 것 같은데, 그게 내 친구 언니의 실화예요.

지　아버지가 남자를 이해하는 원형이 되었다고 생각하시나요?

공　남자를 이해하는 데 방해가 됐죠. 너무 잘해줘서, 너무 합리적으로 대해줘서 세상 모든 남자가 배우기만 하면 다 그런 줄 알았죠.

지　면역성을 없앤 건가요? 그 시절에는 집에서 도피하기 위해서 결혼이라는 수단을 택하는 경우도 있었잖아요?

공 마지막에 저도 그렇게 빠져나왔죠. 아버지가 대학교 2학년 때부터 갑자기 아홉 시까지 들어오라고 하고, 감시하고 그러니까 엄청 싸웠죠. 싸우다가 제가 '여기서 떠나고 싶다. 이건 진짜 지옥이다'고 생각해서 결혼이라는 수단으로 일종의 도피를 한 거죠.

지 도피하고 보니까 '알고 보니 그곳이 천국이었네', 그런 셈인가요?(웃음)

공 사실 아버지랑도 계속 같이 있었으면 나빴을 것 같긴 해요. 그런 상황이 오기 전까지는 계속 그랬을 것 같아요. 그리고 왜 그런 두려움 있잖아요. 부모님한테 나름대로 누를 안 끼치고 싶은 게 뭐냐하면, '저 집 딸내미가 가출해서 공장 갔다더라'는 얘기를 듣게 하고 싶지 않았고, 일단 결혼해서 공장을 가면 결혼해서 집에 없는 것으로 아니까 엄마, 아버지한테 누를 안 끼친다고 해야 하나, 그런 계산도 했죠. 그래서 결혼하고, 노동운동을 하겠다고 공장을 간 거죠.

지 다른 의미의 도피로서, 어릴 때부터 집을 탈출하고 싶었던 사람의 경우에는 체념하고 버틸 수 있는 면이 있을지도 모르겠네요. '인생은 이런 건가봐, 다른 게 있는 줄 알았는데' 하면서 쉽게 포기할 수도 있었을 것 같고요.

공 그렇다면 살살 눈 피하는 법도 배웠을 거고요. 저는 대학교 1학년 때까지 한 번도 그런 제재를 받아본 적이 없고 믿어주고 그랬어요. 그런데 2학년 들어서 난데없이 집에 정보과 형사가 찾아오고 아버지가 어느 날 갑자기 "너, 내일부터 아홉 시까지 들어와" 그러시는 거예요. 그래서 격렬하게 반항하기 시작했죠. "합리적 이유를 대보라"고. 그런데 결혼하고 나서 남편들한테 이상한 얘기를 되게 많이 들었어요. 아버지랑 시사 문제를 가지고 서로 의견을 주고받을 때도 "너는 여자가 어떻게 그런 말을 해"라는 얘기를 한 번도 안 들었거든요. 그런데 남편들이 "여자가 어떻게 그런 말을 해" 그러더라고요. 그때 내가 느끼는 분노가 컸죠. '우리 아버지는 보수주의자고, 나이가 그렇게 많은 사람인데도 그런 말을 한 적이 한 번도 없는데, 이 사람은 진보주의자고, 많이 배운 사람이고, 운동권인데 어떻게 이런 말을 할 수 있나' 하는 생각이 저한테 필요 이상의 분노를 일으켰던 것 같기도 해요.

지　운동권도 사실 가부장적이고, 권위주의적인 부분이 있지 않나요?

공　거의 다죠. 왜냐하면 안티는 기생하는 바로 그 사람들을 닮기 때문에.

지　"지금은 오히려 약간은 봉건적인 게 여자들한테 유리해서 그래요. 여자들이 스스로 봉건적이라기보다는 말이죠"라고 혜완이 말하는데, 10년이 넘게 지난 요즘은 어떻다고 생각하세요?

공　여자들한테는 항상 봉건적인 게 유리해요. 말만 잘 들으면. 지금도 그렇잖아요. 얼마 전에 인터넷 보니까 동창회 갔다 와서 분을 못 삭이며 '자기 남편 직업이 자기 지위더군요' 하는 글이 올라왔더라고요. 요즘 우리 또래는 자기 아들 학벌이 자기 지위고, 계속 그러지 않겠어요? 그게 신사임당 이래로 그런 건데요.(웃음)

지 남자도 페미니스트가 될 수 있다고 생각하세요?
공 그럼요. 실제로도 좀 있어요. 저는 페미니스트까지는 바라지 않고, 남녀가 동등해야 된다는 생각만 가져도 좋다고 생각하는데, 그런 사람 꽤 있어요.

잘 살아야 하는 또 다른 이유

지 비난하고 싶은데 상대방이 당당해 보이면 더 화가 나는 것처럼 결핍이 없어 보이는 것에 대해 싫어하는 사람들도 있지 않나요?
공 나보고 자꾸 당당하다고 해요.(웃음) 어릴 때부터 그런 얘기 많이 들었어요. 나는 주눅이 들어 있는데, 왜 나보고 당당하다고 하는지 모르겠어요. 제가 자세가 좀 바르긴 해요. 꾸부정하지 않고. 담배를 피우고 싶으면 남한테 피해를 주지 않으면 피워요. 누가 어떻게 생각할까는 생각하지 않아요. 연기가 직접적으로 피해를 주거나 '금연' 글자가 붙은 데서는 안 피우거든요. 예를 들면, 사람들이 많이 모이는 자리에 가면 끝나고 나와서 남자들 피우는 데 가서 같이 피우거든요. 심지어 북한까지 가서 그래 가지고.(웃음) 북한 정보원들한테 완전히 찍혀서 "여자가 어디서 대놓고 담배를 피우냐?"고 해서, 제가

"동무, 반봉건 해야죠" 했거든요.(웃음) 그런 것을 보고 사람들이 당당하다고 하더라고요. 그걸 왜 당당하다고 하는지 모르겠어요. 피해만 안 주면 되지. 애기 있을 때는 안 피우고 그러면 되잖아요.

지　그런 인식도 일종의 남녀 차별일 텐데요. 남자는 허락도 없이 담배를 피우는 경우가 많은데, 여자들이나 어린 사람들은 꼭 물어보고 피우잖아요. 담배를 자연스럽게 피우는 자리에서 젊은 친구들이 저한테 "담배 피워도 돼요?" 하고 물어보면 "그냥 피우면 되지. 귀찮게 왜 물어보냐?"고 하거든요.(웃음)

공　저도 그래요. '나는 상관 안 한다. 참으면 당신들 손해니까 알아서 하라'고 해요.(웃음) 담배 하니까 그 얘기 생각난다. 1999년인가 〈중앙일보〉에서 군 특집을 하면서 열 명인가를 휴전선 근방에 있는 부대를 돌게 하는 시찰 프로그램이 있었는데요. 고은, 유홍준, 승효상, 이종석 등등 해서 갔는데, 여자는 저 혼자였거든요. 그런데 우리나라 최초로 미국 육사를 나온 사단장이 있는 부대에 초대를 받은 거예요. 여자가 나 혼자라고 사단장 옆에 앉혔는데, 고은 선생님이랑 누가 먼저 담배를 피웠어요. 나도 어떻게 할까 망설이다가 "저도 담배 한 대 피겠습니다"라고 했죠. 고은 선생님이 옆자리에서 피우니까. 그때 그 사람의 표정을 잊을 수가 없어요. 정말 10초 동안 이 사태를 어떻게 대처해야 할 것인가 하는 표정이더라고요. 자기 앞에서 여자가 담배 피우는 것을 이 세상에서 처음 보는 눈빛이었어요.

지　그 정도 나이 들고, 장성이고 그러면….

공　그렇겠죠. 그런데 자기가 웨스트포인트에 처음 유학 갔던 사람이고, 나도 피우면서 아주 당당하지는 않았을 거잖아요. 눈치를 좀 봤는데, 10초 동안 정말 고뇌에 찬 표정을 짓더라고요. 그런 다음 "여기 작가님 재떨이 갖다드려" 그러더라고요.(웃음) 저번에 한 번은, 재벌 계열사 사장님이었던 분이 지인을 통해 '저녁을 먹고 싶다'고 해서 나간 적이 있어요. 그 양반이 현대에서 이명박 대통령보다 윗자리에 있던 나이 든 양반이에요. 따님이 제 책을 좋아해서 사인도 받고 싶고, 저녁도 먹고 싶다고 간곡하게 부탁을 해서, 그런 자리에 잘 안 가는데, 아무튼 한 번 갔어요. 사람이 재미있고, 겸손하고 좋은 분이더라고요. 저녁 먹고 술을 몇 잔 하는데, 갑자기 제 친구인 국회의원 홍을 보는 거예요. 그래서 "아닌데요. 제 친구인데요. 아무리 국회의원이 됐지만 정말 좋은 애고, 그것은 보증할 수 있어요. 걔는 인간성 자체가 굉장히 좋은 애예요" 하면서 막 설명을 했어요. 옛날 얘기 해가면서.

지　우상호 씨인가요?

공　예. 남들이 그러는데, 그날 제가 신경질 나서 끝까지 빡빡 우겼다고 하더라고요. "그러시면 안 된다고" 하면서. 아무튼 그날 찝찝하게 헤어졌어요. '내가 또 왜 열받아서 그랬을까? 가만히 있으면 되는 건데…' 하고 자책도 했어요. 그런데 그 양반이 소개시켜준 분한테 "자기 앞에서 젊은 여자가 대드는 것을 처음 봤다. 아니라고, 아니라고 하는 여자 처음 봤다"고 그러더래요. 저는 거꾸로 '저런 남자들 옆에 있는 여자들은 여태까지 뭐였다는 말이야' 하는 생각과 함께 우리 둘 다 성인인데 '대든다'가 뭐야, 하는 맘이었어요. 그런 것을 보고 당당하다, 당돌하다고 얘기할 수는 있겠죠.

지 어떤 부분에서는 보수적인 부분도 있는데, 자유분방한 성격의 소유자라고 알고 있는 사람들도 많은 것 같아요.

공 자유분방해요. 유일하게 보수적인 부분이 소위 성적인 부분인데, 그건 제 딸한테도 얘기해요. '너는 오늘 이 사람한테 마음을 줬다가, 저 사람한테 마음을 줬다가 그러냐? 그러면 자존심도 없는 것 아니냐. 내가 너무 귀하기 때문에 충분히 그럴 가치가 있고, 충분히 그럴 의향이 있고, 분위기도 충분히 무르익었을 때 하는 거지'라고요. 제가 요즘 추구하는 것이 자유예요. 그런데 나이 들면서 보니까 금욕을 한 스님이나 신부님 들이 훨씬 자유로워 보이더라고요. 자기 욕구를 한 번도 억누르지 않았던 것으로 보이는 남자와 여자는 자유가 아니라 욕망에 점점 얽매이는 것 같고요. 그래서 진정한 자유라는 것은, 일정 부분의 절제와 금욕이 따라오는구나, 했어요. 미모도 망가지더라고요. 남자고 여자고 다 예쁘고, 잘생겼던 사람들이 미모도 망가지고, 오히려 못생겼던 스님, 신부님이 나중에 되게 멋있어지더라고요. 그래서 나는 미모를 위해서라도 이 방침대로 살아야겠다는 생각을 했죠.(웃음)

가족 간 무한 책임(?)

지 아이들의 모습을 통해 자신을 보게 될 때는 언제인가요?

공 학교 가기 싫어하고 학원 빠지려고 할 때, 뒹굴고 밖에 안 나가 놀 때, 선생님들한테 반항하고 올 때, 그리고 나한테 조목조목 따지면서 반항할 때.(웃음)

지 자녀 분들 성격이 각각 좀 다른 것 같은데, 선생님과 달리 약간 어두운 편은 아닌가요?

공 둘째가 그렇기는 한데, 첫째도 조금 어둡고, 막내는 하염없이 밝고, 그런데 모르죠, 뭐. 그래도 우리 애들 어디 가서 어둡다는 소리는 안 들어요. 오히려 건방지다, 버릇 없다는 소리를 많이 들어서 제가 되게 찔리죠. 저도 그런 소리 많이 듣고 자랐거든요. 그런데 옆에서 들어보면 꼭 뭐라 할 수도 없어요. 참, 딜레마인 경우가 있잖아요. 어른이 부당하게 얘기하는데 하지 말라고 할 수도 없고, 계속하라고 할 수도 없는, 그런 딜레마들이 있어요. 얼마 전에 둘째아이가 싸우는 바람에 학교에 갔다 왔거든요. 그런 문제로 학교에 간 것은 처음이었어요. 아이를 병원에 데리고 갔다 오면서 길거리에서 울었어요. 내가 길거리에서 운 것은 처음이에요. 제과점 골목에 들어가서 울고, 또 울고 그러니까 이 녀석이 쳐다보더라고요. 마음이 너무 아팠던 게, 내 인생의 상처 전부를 다 헤집는 것 같았어요. 그런데 이 녀석은 지 나름대로 쪽팔렸나 봐요. 나는 그런 심정을 이해

못 하고… 이 녀석 손뼈를 맞추러 병원에 갔는데, 제가 하느님한테 기도했어요. '이 녀석 엄청 아프게 해달라' 고.(웃음) 어쨌든 애가 너무 아파서 꽉 껴안고 있었어요. 간호사가 의료보험증의 제 이름을 보고 계속 쳐다보는 거예요. 애가 "냅둬" 그러는데, 그게 쪽팔림의 표현이라는 것을 그때는 몰랐어요. "너 정말 이럴래. 엄마 가라?" 하니까 "가!" 그래요. "엄마 진짜 가?" 그랬더니 가라고 소리를 지르는 거예요. 그래서 와버렸어요. 두 시간을 고민하다가 아들이 들어오자마자 그랬어요. "엄마가 그렇게 갔는데, 엄마 대접 안 해주면 나도 아들 대접 안 해줄래" 그랬더니 "하지 마!" 하면서 소리를 지르는 거예요. 그래서 진짜 결심하고, "어디 나가서 공지영아들이라고 하지 마. 네 이름도 밝히지 마" 그러는데 마음속으로 장편 소설 하나가 지나가더라고요. "엄마가 생각해봤는데, 공부고 뭐고 소용없어. 너 퇴학당해도 엄마 눈 하나 깜짝 안 할 거야. 이렇게 싸움이나 하고 다니는 거 너무 싫어. 그런데 엄마한테까지 이렇게 하고, 반성할 줄 모르고, 창피한 줄 모르는 거 너무 싫어. 너 나가고, 공지영 아들이라고 하지 마. 너 나가서 죽어도 엄마한테 연락하지 마" 그랬어요.(웃음) 그랬더니 안 나가고 문을 박고 난리더라고요. 그런데 이건 진짜였어요. 거짓말이 아니었어요. 속으로 '이대로 키우는 게 옳으냐?' 하는 생각을 한 거죠. 너무 반항을 해서 웬만하면 거슬리지 않으려고 오냐오냐 해줬거든요. 그런데 여기까지 왔어. 차라리 퇴학당하는 게 낫겠다 싶어서 "너, 당장 나가. 엄마 대접 안 하면 나도 아들 대접 안 해" 했더니, 이 녀석이 조금 있다 오더니 "치사하게 엄마가 나가라고 해?" 그래서 "내가 언제 나가라고 했니? 네가 엄마 대접 안 하면 나도 아들 대접 안 한다고 했지. 네가 엄마 대접하면 나도 최소한의 예의는 지켜" 그러니까 "엄마는 어쩌구저쩌구" 막 그러는 거예요. "엄마가 네가 싸웠다는 이유로 그러는 게 아냐. 적어도 엄마 앞에서 창피한 줄은 알아야 되는 거잖아. 그거 안 하는 건 인간도 아냐. 그러면 공부할 필요도 없어" 그러니까 "알았어. 안 그럴게. 엄마가 우니까 나 엄청 쪽팔렸단 말야!" 그러더라고요.(웃음) 너무 힘들었어요. 그때 우리 아버지가 오셔서 이상한 말씀을 해주셨죠. "아버지는 어릴 때 유약해서 싸울 줄도 몰랐다. 그래도 저 녀석은 싸울 줄 아니까 남자야. 그런 측면에서 봐주면 안 되겠니?" 그러시더라고요. 그날 손자 깁스했다고 오시고, 오늘 깁스 풀었다고 오시고, 사랑이라는 것이 그런 것 같아요. 우리 아들이 할머니, 할아버지한테는 껌뻑 죽는 게, 어떻게 해도 자기를 사랑한다는 것을 아니까 이래도 '예', 저래도 '예' 그러죠. 나한테는 죽어도 '아니야, 아니야' 그러는데….(웃음) 사랑이라는 게 그런 게 아닌가 생각했어요. 정말 믿어주는 것. 하느님이 그 안에 있다는 것을 믿어주는 것이 진짜 사랑이 아닐까 싶어요. 며칠 후 학교 징계위원회에 갔더니 체육 선생님이 나한테 일장연설을 하더라고요. 학교에서 제가 누구인지도 다 알고요. "특별히 말씀드리겠습니다. 애가 어쩌구저쩌구…" 하더라고요. 우리 애가 중간에 몇 번 끼어들었어요. "저 그런 적 없는데요" 하고. 애만 없었으면 나도 한마디 했을 텐데, 그냥 들었죠. 그리고 "선생님, 죄송합니다. 제가 열심히 하겠습니다" 하고 머리를 조아렸죠. 오면서 같이 떡볶이 사가지고 왔어요. 그다음부터 애가 엄청 바뀌더라고요. 고맙죠. 그것을 가르쳐준 수많은 성인이 너무 고마워요. 저도 엄청 엄한 엄마거든요. 남한테 폐 끼치는 것 정말 못 보고, 오죽하면 애가 어렸을 때 병원에 가서 울면 손바닥 때리고 그랬겠어요. 그런데 그런 것은 사람을 변화시킬 수 없더라고요. 믿어주고, 속아주고, 이것만이 사람을 변화시키더라고요. 몰라, 또 안 그럴 수도 있겠죠? 모르겠어요. 우리 애들이 더 커야겠지만, 지금 현재만으로도 감사하고, 좋아요.

지　아직도 그런 부분에서는 스스로를 용서하지 못하는 부분도 있지 않나 싶은데요.

공　맞아요. 정확한데, 내가 너무 미안해서, 나에 대한 것은 용서했는데 애들에 대한 것은 어떻게 용서할 수가 없어서 계속 미안할 따름인데요. 이것도 조금 있다가 그만해야죠.

지　딸로 가족을 바라봤을 때와 엄마로 가족을 바라볼 때의 가장 큰 차이점은 무엇인가요?

공　저는 막내딸이라 그런지, 부모님이 그런 짐을 안 지워서 그런지, 가족에 대해 책임감이 없어요. 그런 면에서는 진짜 감사해요. 어떤 때는 '내가 이래도 되나', 이런 생각이 들 정도예요.《즐거운 나의 집》에도 썼지만 그 큰 수술을 하는데도 오지 말라고 하실 정도니까요. 엄마로서 생각하면 화가 날 수도 있을 텐데, 결국 나도 우리 엄마, 아버지처럼 할 것 같아요. 이런 게 내리사랑으로 가는구나, 하는 생각이 들어요. 애들한테는 엄청난 책임감이 있죠. 우리 부모님이 애프터서비스를 오래 해주셨으니까. 우리 부모님이 좀 독특한 게 심할 정도로 우리 형제 모두에게 한 번도 그런 의무감을 지운 적이 없어요. 하다못해 제사도 바쁘면 오지 말라고 하시는데, 우리 오빠가 워낙 성실한 사람이라 알아서 가긴 하지만 부모님이 그런 것을 강요하거나 화내는 것을 한 번도 보지 못했어요. 우리 가족을 생각하면 아무 부담이 없어요. '엄마, 아버지 아프시면 어떻게 하지. 서울에 있는 건 나밖에 없는데, 어떻게 하지' 하는 부담은 있는데, 그냥 가벼워요. 집 생각하면. 그런데 우리 애들 생각하면 마음이 하염없이 무거워요. 그런데도 내가 그것을 많이 털어낸 것은 다행히 우리 애들이 협조를 많이 해줘서예요. 공부도 못하고, 말도 안 듣고, 많이 깨달을 기회를 줘서.(웃음) 진짜로 그렇게 생각해요. 공부만 시켜주고, 그다음에 어떤 삶을 살든 그건 내 소관이 아니라고 생각해요. 지금도 나한테 돈 받을 때 치사하다고 해요. 돈 되게 따져서 얄짤 없이 주거든요. 조금 더 받아가면 다음 주 용돈에서 까니까. 그건 칼같이 지켜서 받아가고. 내가 늘 그래요. "너희들이 날 책임질 것도 아니니까, 엄마도 살아야 하잖아. 언제까지 엄마 책이 팔릴지도 모르고, 너희들한테 마냥 해줄 수가 없다. 공부 무지 잘하면 해주지. 공부도 못하고 그러는데 뭘 해주냐?"고.(웃음)

지 일종의 경제 교육을 시키는 건가요? 계획적으로 소비하라는….

공 약간 그런 것도 있어요. 친구들이 "대학 졸업하고 한 번도 부
모님한테 손 벌릴 생각 안 하냐?"고 했는데, 생각해보니까 진짜 그
렇더라고요. 그래서 "그거 당연한 거 아냐?"라고 했는데, 나중에
가만히 생각해보니까 밥상머리에서 그런 교육을 받았던 것 같아요.
그렇다고 우리 부모님이 안 해주시는 분들도 아니고, 해달라는 것
은 해주셨어요. 다만 절대 무리한 것을 해주는 분들은 아니었어요.
항상 밥상머리에서 "대학 졸업하면 너희가 알아서 가라. 만약에 대
학원에 간다면 등록금 정도는 대주겠지만 더 이상은 안 된다"고 하
셨는데, 해주기는 해주셨어요. 아무튼 그런 관념이 있어서 '나는
어떻게든 내가 스스로 살아가야 된다'는 생각을 기본적으로 하게
됐는데, 그게 좋은 거 같아요. 그런 생각 안 하고 있다가 나중에 받
으면 고마운 거잖아요. 내 친구들 보니까 집이 조금 살면 엄마 원망
하고 그러더라고요.

지 가족 간의 무한 책임으로 가면….
공 내가 아플 때 쟤네들이 결코 벌이를 다 털어서 나를 간호해줄
것이 아니기 때문에 나도 내 노후 대책을 세워야 되고,(웃음) 부담
안 되려면 그렇게 해야죠.

삶과 문학은 '이것 아니면 저것'이 아니므로

지 소위 후일담 문학이 예전의 참여 소설 내지 목적 소설과는 어

떤 면에서 다른가요? 메시지는 있지만, 그런 목적을 가지고 쓴 소설은 아니지 않나요?

공 《더 이상 아름다운 방황은 없다》가 첫 장편이었고 〈동트는 새벽〉도 같은 성격이었는데요. 그때 운동권 소설들이 막 나올 때였어요. 그런데 저는 그런 소설들 읽으면서 너무 속상했어요. 왜 운동권 인물들은 이렇게 씩씩하고 피도 눈물도 없을까. 나는 운동하기 너무 싫고 갈등도 많았는데, 이 사람들은 왜 이렇게 결연할까. 그래서 그런 이야기들을 썼는데, 그게 의외로 반응이 좋았고, 그 때문에 욕도 엄청 먹었죠. 《고등어》 같은 경우도 그랬던 것 같아요. '왜 후회를 하냐?' 고 하는데, 후회하면 어때, 후회도 못 하나요? 그리고 꼭 후회한다는 얘기도 아니잖아요. 《무소의 뿔》 같은 경우도 페미니스트들한테 엄청 욕먹었어요. 한쪽에서는 페미니스트라고 욕먹고, 반대쪽에서는 페미니즘을 나약하게 그린다고 욕먹었죠. 제가 쓸까 말까 고민했던 구절이 있는데요. 혜완이 남자 친구 선우랑 하룻밤을 자고, 아침에 남자의 양말이 더러워져 있는 것을 보고 '빨아주고 싶다' 고 생각하는 구절이 나오는데, 그것을 넣으면 얼마나 지탄받을지 제가 알고 있었거든요. 그런데 그냥 넣었어요. 그런 것 때문에 항상 미운 오리 새끼처럼 여기서도 구박받고 저기서도 구박받고 그랬던 것 같아요. 하지만 거꾸로 그런 게 지금까지 저에게 글을 쓰게 하는 힘이었던 것 같아요. 나는 분명히 아닌데, 나는 페미니스트지만 그런 생각도 하는데, 누구 편을 단호하게 들 수가 없는 거잖아요. 사실 그게, 그런 것들 때문에 언제나 양쪽에서 욕을 먹었죠.

지　양쪽 진영으로부터 다 욕을 먹었다고 하셨는데, 그렇게 소비된 부분도 있지 않나요?《무소의 뿔》을 "남자와 여자가 같이 걷는 세상을 위해서 썼다"고 하셨는데, 그것을 연극으로 옮길 때 선우라는 인물이 빠진다든지, 그쪽에서는 "(페미니즘이라는) 메시지를 강하게 부각시키기 위해서 그랬다"고 했지만요.

공　그래서 대중한테는 그 틈새시장 때문에 인기가 있었던 것 같아요. 사실 지금 생각하면 너무 당연한 건데요. 삶이 절대로 이분법적으로 그럴 수 없는 건데, 그렇게 나누지 못한다는 것을 얘기했던 것이고.《무소의 뿔》썼을 때는 '왜 남자를 이렇게 나쁘게 그리냐'고 하도 공격을 많이 받아서 나중에는 '그런 말을 하는 건 다 남자더라' 그렇게 맞받아칠 정도의 여유가 생겼죠.(웃음)

지　임상수 감독의 〈오래된 정원〉에 분신하는 여학생이 "엄마, 나 뜨거워" 하는 장면이 나오는데, 그에 대해 운동권을 나약하게 묘사했다고 한 사람들도 있었거든요.

공　그러면 거기서 "견딜 만해, 뜨뜻해" 그러겠어요. 아니, 전태일도 마지막에 죽을 때 "어머니, 배가 고파요" 하고 죽었는데, 그게 정말로 가슴 아픈 거죠.

지　그런 태도들이 정치적으로 옮겨오면 교조적이 되는 거고, 대중하고 거리가 멀어지는 건데요.

공　그렇죠. 그거야말로 비현실적인 거죠. 사실 저는 최영미 씨의

《서른 잔치는 끝났다》를 가지고 사람들이 비판할 때 정말 어이가 없었어요. 말하자면 문학적인 표현으로서 슬픔과 냉소를 가진 건데, '그래, 너한테는 잔치는 끝났냐?'고 하고, 컴퓨터랑 섹스하고 싶다는 것도 그 심정이 여자로서 이해가 되는데, 그걸 가지고 성적인 비판을 하는 것을 보면서 사람들이 정말 이상하다는 생각을 했어요.

8장

인간에 대한 예의

공지영은 '인간에 대한 예의' 라는 말을 좋아한다. 그만큼 예의 없는 사람을 싫어한다는 말도 될 것이다. 그녀는 강자에게 약하고, 약자에게 강한 사람을 가장 혐오한다. 사실 강자에게 강할 수 있는 사람이 얼마나 될까. 그런데 많은 사람들이 강자에게는 지나치게 약하고, 약자에게는 지나치게 잔인하다. 아마 강자에게 당한 굴욕감을 약자에게 풀지 않고서는 자신에 대해 느낀 그 비루한 감정을 털어낼 수 없기 때문일 것이다.

인터뷰와 몇 번의 술자리를 가지면서 그녀의 목소리가 높아지는 경우는 딱 그때였다. 누군가 강한 사람이 약한 사람의 입장을 배려하지 않았거나, 강자와 약자에 대한 태도가 판이하게 다르다는 얘기를 듣는 경우였다.

그걸 딱히 정의감이라고 표현하기도 어려운데, 동병상련이거나 약자에게 정서적 이입이 더 잘되는 경우라고 봐야 할 것 같기도 하다. 그녀는 강하면서 약한 존재다.

사람들은 가끔 '공지영은 아픔을 과장한다' 고 말한다. 하지만 사소

한 것에서도 예민한 부분을 받아들여야 작가인 것이지, 남들 다 느끼는 고통에 대해서 그제야 얘기하는 것이 작가란 말인가? 인생이 고통의 콘테스트 장도 아니고, 실제로 '너만 아프냐?'고 말하는 사람들 대부분은 제대로 아파본 적이 없는 사람들이다. 정말 처절하게 아파본 사람은 남의 고통에 대해 쉽게 얘기하지 않는 법이다.

"또 가끔 사람들은 말하지. '인생에서 상처받은 사람들이 한둘이야?' 엄마는 이런 어법을 아주 싫어한다. 암으로 죽어가는 사람이 있다고 해서 너의 후두염이 경시받아도 된다는 뜻은 아니니까. 인생은 고통 콘테스트가 아니잖아. 엄마의 고통도 너의 고통도 모두가 존중받아야 하니까."

《응원할 것이다》에서

사실 인간에 대한 예의를 지키기 가장 어려운 경우가 사랑일지 모른다. 니체의 말대로 사랑은 가장 이기적인 감정이기에 상처에 가장 관대하지 못하며, 대개 덜 사랑하는 사람이 권력을 쥐기 때문일 것이다.

"이런 경우 먼저 상대방이 싫어진 사람이, 아직 상대방이 싫어지지 않은 사람과의 관계에서 주도권을 가지는 것이다. 말하자면 룰을 지킨 사람이 궁지에 몰려 벌을 받는 유일한 게임, 그게 바로 사랑이라는 것인지도 모른다."

〈별들의 들판〉에서

그러나 그녀는 그럼에도 줄다리기식 사랑을 해서는 안 된다고 말한다. 그것은 진정한 사랑일 수 없다면서….

눈빛, 악몽, 말하지 못한 '이름'

지 〈무거운 가방〉에서도 '그 여자'가 '그'에게 이름을 물어보는데 안 가르쳐주는 장면이 나오고, 〈무엇을 할 것인가〉에서도 김정석에게 본명만 알려달라고 애원하는 장면이 나오는데, 이름이 그 사람의 정체를 말해주는 것은 아닐 텐데, 그것에 집착한다는 느낌도 들던데요. "이름을 안다는 건 책임을 진다는 거야"라고 〈무거운 가방〉에서 '그'가 대답하지 않습니까? 이름이 그렇게 중요한 의미를 갖는다고 생각하시나요?

공 아, 그 두 개가 그렇구나. 〈무거운 가방〉은 하룻밤의 꿈이에요. 제가 꿈을 꿨는데 아침에 일어나서 그대로 썼어요. 다시 그런 일이 좀 있었으면 좋겠어요. 영화 한 편처럼 완전한 꿈을 꿔서 소설 한 편 쓸 수 있게.(웃음)

지 보통 꿈을 기억하는 편이신가요?

공 요즘은 잘 안 꾸는데 옛날에는 많이 꿨어요. 악몽도 많이 꾸고. 그래서 〈꿈〉이라는 단편도 있잖아요. 악몽을 계속 꾸는 얘기. 정신

분석을 한 2년 받고 나서 꿈이 없어졌어요. 그 꿈의 정체를 파악하고 나니까 없어지더라고요.

지 꿈의 정체를 파악했다는 것이 어떤 의미인가요?

공 정신과에서 꿈을 분석하잖아요. 꿈에서 어떤 것들을 이야기하는 것이다, 하는.

지 꿈을 꾸다가 작품이 나오기도 했는데, 어떻게 보면 손해 아닌가요?(웃음)

공 그게 아니라, 꿈 때문에 무서워하고, 악몽 때문에 두려웠던 시절보다는 훨씬 좋은 것 같아요.

지 어떤 종류의 악몽들을 꾸시나요?

공 제일 많이 꾼 꿈이 〈꿈〉에도 나오는, 자동차 타고 절벽을 거꾸로 올라가는 거예요. 마지막에는 표지판까지 올라가고 있더라고요. 얼마나 무서웠겠어요? 그 안에 타고 있으면. 더 결정적인 것은 그 당시 제가 운전을 못했다는 거예요.

지 좀 전에 이름의 의미에 대해 얘기하다가 말았는데….

공 이름이 그 사람의 많은 것을 이야기해주지 않나요? 어느 정도는 얘기해주는 것 같아요. 예를 들면, 지금 우리 나이에 최순자라는 이름이 있다고 하면, 공지영이라는 이름과 비교했을 때 여러 가지가 다르게 느껴지지 않나요? 그런 거라든가, 또 운동권에서는 우리 젊은 시절에 이름을 안다는 게 위험한 일이었으니까 본명을 안 가르쳐주잖아요. 그게 정체를 드러내기 싫은 것도 있지만, 사실 책임을 안 지우는 것도 있거든요. 나중에 잡혀가면 불어야 되니까. '김정석이라는 가명밖에 몰라요'라고 불면 내 마음이 훨씬 더 가볍지만, 본명을 불어버리면 내 책임도 굉장히 커지는 거고 그 사람도 힘들어지잖아요. 그런 것에 대한 의미들이 나한테는 상당히 있었나 봐요. 저는 아직도 그때 같이 운동했던 사람들 중에 가명밖에 모르는 사람 많아요. 그 이후로 안 만나서 그렇기도 하지만.

지 　그 시절에는 본명을 안다는 게 그 사람한테 굉장히 큰 고통이나 피해를 줄 수 있는 상황을 가져올 수 있지만, 지금은 그렇지 않잖아요.
공 　〈무거운 가방〉 시대쯤 오면 이 주인공이 마음하고 몸이 따로 놀아요. 자기의 꿈과 현실이 따로 놀고. 그때 그런 말을 했던 것은, 마음 끌리는 대로, 꿈이 시키는 대로 가지 않겠다는 주인공의 단절을 의미하는 것이라고 굳이 해석했던 것 같아요. 요즘 말로 하면 얽히기 싫다는 거죠.

지 　이름 이야기가 나와서 하는 말인데, 공지영이라는 이름은 묘한 것이, 예전에 나름 고생했던 시절에도 고생 한 번 안 해봤을 공주 이미지가 있는 것 같아요. 지금 한국에서 가장 많이 팔리는 작가가 되었음에도 미묘하게 약자의 이미지와 정서가 남아 있는 것도 같고요.

공 그렇죠. 인간적으로는 약자죠. 성 다른 애 셋을 키우고 있고, 싱글 맘이고, 그런 약자 이미지와 제일 잘나가는 작가의 이미지가 묘하게 충돌되는 것은 맞는 것 같아요.

지 그런 부분에 대해서 힘들거나 그러지는 않으세요?

공 내가 너무 할머니 같아졌는지 모르겠는데, 진짜 요즘은 그냥 감사하다니까요. 특히 돈 걱정 안 하게 돼서 그게 제일 감사해요. 그거 이상 감사한 게 없어요. 《우행시》 쓰기 전에는 밤마다 애들 재우고 나면 잠이 너무 안 와서 소주 두 병을 먹지 않으면 잠을 못 잤어요. 그때 잠 안 자고 그 생각만 했어요. 내가 막내 대학 보낼 수 있을까. 7년 쉬고 나오니까 한국 출판 시장이 너무너무 달라졌다는데 내가 정말 할 수 있을까. 안 되면 어떻게 하지. 그때부터 머리가 어떻게 돌아가냐면, 이 집을 팔고 그 돈을 가지고 강원도에 있는 집으로 들어가서 남은 돈을 어떻게 해가지고 어떻게어떻게 하면 할 수 있지 않을까. 애가 고등학교 가면 강원도에서 다닐 수도 없고 어떻게 하지. 막 이런 생각만 하는 거예요. 정말 안 돼서 집을 팔면 국수집을 얼마에 얻을 수 있을까. 그런 생각을 하면서 망상에 망상이 꼬리를 무는 거죠. 불안감 있잖아요. 불안함이 밀려오고, 그때는 빚도 있었어요. '저 빚은 언제 갚지. 갚을 수 있을까. 그러면 또 이 집을 팔고, 있는 건 이 집 하나밖에 없으니까, 강원도 집으로 들어가서, 그러면 애가 고등학교 가면 어떻게 하지? 오피스텔 얻어서 혼자 내보내? 하면서 진짜 온갖 생각을 다 했어요. 이제는 일단 싱글 맘으로서 향후 10년 정도 내가 아껴 쓰면 그 이후로 수입이 한 푼도 없어도 막내를 대학교까지는 보낼 수 있을 것 같으니까 그건 안심이죠. 그다음에는 벌어오라고 하면 되잖아요. 걔들한테 용돈 받아서 차비라도 하면 되고요. 일단 그 안도감이 저한테는 너무너무 커요.

지 이 집은 상상 속에서 엄청나게 팔렸다 돌아왔다 했네요.(웃음)
공 그렇죠.(웃음)

죄책감의 한 풍경 ❁

지 〈무거운 가방〉은 가난한 사람들이 짊어지는 고통 같은 것을 상징하는 건가요?
공 그렇게 생각하고 썼어요. 그냥 진짜 꿈을 꿨는데, 영화 같아서 일어나서 그대로 썼어요. 저는 그 여자가 무거운 가방을 들고 다니는 게 슬펐어요. 그런데 김윤식 선생님이 여러 번 〈무거운 가방〉을 언급했어요. 그때 이상하게 그 양반도 그게 뭐라고 딱히 짚어내지 못하더라고요. 그게 아마, 내 슬픔을 굳이 분석해보자면, 자기가 자기임을 꿋꿋이 밝히는 사람이 짊어지고 가야 되는 슬픔의 무게 같은 것이 아닐까요? 변장하지 않은 사람이 가지는. 제목은 일어나서 주저 없이 정했어요. 제목은 꿈속에서 말 안 해줬거든요.(웃음) 그렇게 정했던 것은 그 여자가 꿈속에서 무거운 가방을 낑낑거리면서 가지고 다니는데, 옆에 있는 친구들이 그러잖아요. "쟤는 미련해서 저렇게 다 가지고 다닌다. 놓고 다녀도 되는데"라고. 모르겠어요. 꼭 의미가 뭐라고 생각하고 쓰지는 않았어요. 그냥 머릿속에 영화처럼 그림이 지나갈 때 그것의 묘사를 글로 옮길 뿐일 때도 있으니까요.

지 가진 사람들의 값싼 동정심이나 연민이 그렇지 않은 사람들에게 큰 상처를 줄 수 있다고 읽을 수도 있겠는데요.

공 그것도 있고요. 제가 아마 그 꿈을 꿨던 것도 그렇고, 그 꿈이 슬펐던 것도 그렇고, 그 무렵이 노동판에서 다 철수하는 시기였거든요. 아마 그것을 상징하는 것이 아니었나 싶어요, 내 나름대로는. 뭐냐 하면 왜 그 남자가 끝끝내 이름도 말 안 하고, 마음이 끌림에도 돌아간다고 하잖아요. 그러니까 한 여자가 그러잖아요. "너희들은 어차피 처음부터 우리하고 어울리지도 않을 거면서 돌아갈 데가 있으면서 왔다." 그 당시에 나뿐 아니라 모두가 철수하던 시기에 그 죄책감이 나로 하여금 그런 꿈을 꾸게 했고, 그런 것을 쓰게 하지 않았나 하는 생각이 들어요. 그게 1993년 말인가, 1994년 말인가 발표했던 거니까, 그 무렵이 노동 현장에서 다 철수하던 시기잖아요.

지 〈동트는 새벽〉에도 나오지만, 같은 노동자라고 얘기했지만 결국 그렇게 되지 못했던 것 때문에 느낀 죄책감이 있으셨던 거군요.

공 지금 생각해보면 잘못 생각했던 게 사실 인텔리는 노동자가 될 수도 없고, 되어서도 안 되는 게 맞는 것 같아요. 노동운동가가 되거나 하는 것이 맞고, 그거 안 된다고 막 괴로워했던 것도 소아병적인 생각이 아니었나 싶어요. 될 수가 없지, 사실. 어쨌든 먹물 먹고, 대학까지 나오고 했는데요. 반장이 시키는 대로 하면서 소위 말하는 민중적 건강성이라는 것을 그때 가서 가질 수가 있나요? 차라리 깨놓고 노동당을 창설한다든가, 그게 맞는 것 같아요.

지 켄 로치의 〈빵과 장미〉에서도 환경미화원인 흑인 노동자와 백인 노동운동가가 갈등하고 의심하다가 서로의 역할을 인정하면서 화해하고 같이 싸우는 게 나오는데요. 서로의 역할을 인정하는 것이 중요할 수 있겠죠.
공 그러니까요.

지 〈절망을 건너는 법〉을 보면 농촌 문제에 대한 놀라운 통찰이랄까, 그런 게 보이던데요. 우루과이 라운드에 대비해서 농민의 수를 줄여야겠다고 생각하는 관료들에 대해 지적한 부분도 놀라웠고요.
공 뭐라고 했는데요? 잊어먹었어요.(웃음)

지 지금 보면 농촌의 경쟁력을 키우기 위해서 6헥타르 이상 경작할 수 있는 농민들만 남겨두려고 하잖아요? 그때부터 그런 정책을 추진했다는 것을 소설로 쓰신 거니까…
공 맞아요.

지 그건 취재를 통해서 쓰신 건가요?

공 취재를 통해 글을 한 번 썼고, 그 낙수들을 가지고 소설을 쓴 건데, 놀랐어요. 순창 근처 농촌에 갔는데, 전기 들어온 지 3년도 안 됐다고 하더라고요. 1988년 지나고 나서 들어왔다던데, 진짜 있을 수가 있냐고요. 전라도에서 DJ표 찍는 게 이해가 됐어요.(웃음) 버스도 그때 들어왔어요. 그나마 2~3시간에 한 번씩 다니는.

공지영이 천착하는 아름다움 🌿

지 《인간에 대한 예의》'작가의 말'에 "나는 탐미주의자가 될 생각인데, 내가 쓴 두 권의 장편소설의 제목에 '아름다운'이라는 형용사가 들어간 것도 이와 무관하지 않다"고 쓰셨는데요. 그 탐미주의가 일반적으로 말하는 것과는 좀 달랐던 것 같은데요.

공 반어죠. 일종의 반어인데요. 저는 지금도 그런 데 많이 천착한다고 생각해요. 이번에 《응원할 것이다》에서도 그렇고, 《우행시》에서도 그렇고, 자기 것을 남에게 주는 삶이 있잖아요. 저는 그게 되게 아름답더라고요. 그게 인간만이 할 수 있는 일이고, 그것이 사실은 궁극적으로 인간에게 감동을 줘요.

지 문학이 즐거움을 주기도 해야 된다는 걸 느꼈다고 하셨는데, 본격적인 유미주의 같은, 문학을 위한 문학이라고 할까요? 그런 것을 해보실 생각은 없으신가요?

공 해볼 생각이 없는 것이 아니라 못해요. 왜냐하면 내 삶이 그렇지 못하기 때문에. 문장만 공들여 써서 결국 무슨 소린지 모르고, 문장은 화려할지 몰라도 그건 금방 질려요. 너무나 화려한 초콜릿을 먹는 것처럼.

지 〈꿈〉에서 보면 "박의 말대로 자본주의 사회에서 소설은 가장 원가가 싸게 먹히는 예술일 수도 있었다. 역으로 자본가들을 향해 마음 놓고 비판을 해댈 수도 있는 것이다"는 구절이 나오는데, 지금의 현실은 그렇지 못한 것 같은데요. 문학을 통해서 저항하는 것이 예전보다 줄어든 것 같은데요.

공 저항은 줄어들었을 수 있는데, 비판은 뇌리에 남게 할 수 있죠. 제가 예전에 모 자동차 광고를 의뢰받았을 때 조건이 좋았어요. 텔레비전에 안 나가도 되고 지면 광고만 하자는 거였는데, 제가 거절했던 마지막 이유가 내가 대기업을 소재로 해서 마음껏 비판하는 소설을 써야 될지도 모르는데, 어쨌든 내가 자유롭게 비판을 해야 될 때가 있을지도 모르잖아요. 내가 만 명한테 1,000원씩 받는 것은 나를 자유롭게 하지만 내가 한 명한테 1,000만 원을 받는 것은 나를 자유롭게 하지 못하거든요. 그래서 거절했어요. 괴로워, 그래서 부자들 만나기 싫어요.(웃음)

지 〈인간에 대한 예의〉에서 "나중에 알아보니까 장기수들이 출옥하면 그런 일이 많다는 거예요. 생각해보세요. 이십 년 동안 갇혀 있다 보니까 스스로 안에서 방문을 열 수 있다는 걸 잊어버리신 거죠"라는 구절이 나오는데요. 그런 생각을 못 해봤는데, 그 글이 어떤 글보다 사람을 가둬둔다는 것이 어떤 건지에 대해서 실감하게 하더라고요.

공　모델이 이태복 씨였어요. 동녘출판사 사장님한테 그 얘기를 들었고요. 다음에 들은 얘기가 "길을 걸을 때 여섯 걸음 걷다가 벽이 확 다가오는 느낌이 들어 멈춘다"는 얘기였어요. 그 두 가지를 듣고 가둬둔다는 게 뭔지를 진짜로 실감했죠. 그 당시만 해도 친구들이 나오면 괴로웠다고 얘기를 안 해요. 무용담처럼 얘기하니까, 왠지 감옥에 가는 게 산에 올라가는 모험처럼 느껴지기도 했어요. 하지만 그 얘기를 들었을 때 진짜 잔인하고, 인간을 서서히 파멸시키는 것이라고 생각해서 너무 가슴이 아팠어요. 그리고 제가 여성지 기자들을 등장시킨 것은 여성지하고 싸우느라 여성지를 하도 많이 봐서 여성지에 무슨 아이템이 있는지 다 알았기 때문이에요.(웃음)

지　20년씩 갇혀 있다 보면 그렇게 안 되는 게 이상할지도 모르죠.
공　6년이 지나면 꿈이 감옥 안으로 바뀐대요. 그 전까지는 사회에 있는 꿈을 꾸다가, 그러다 좀 섞이다 6년이 지나면 사회에 있는 꿈을 아예 못 꾼대요.

지　나와서도 감옥 안에 있는 꿈을 꿀 거고요.
공　그렇죠.

지　그동안 만나신 분이 문필가, 영화감독, 좌파 지식인, 이런 식
으로 예술가 아니면 지식인 그룹이었는데요.

공　말이 통해서 재미있게 술 마실 수 있으면 좋다고 생각했는데,
지금은 잘 모르겠어요. 내 작가 생활을 잘 도와주고, 유머 있는 사
람이면 좋겠어요. 그래서 차 운전하는 사람도 괜찮을 것 같아요. 내
가 돈 벌면 되니까요. 매니저 비슷하게 운전도 해주고, 웃겨주고 그
러면 좋잖아요.(웃음)

지　약사 같으면 셔터맨 비슷한 거네요.(웃음)

공　나머지 시간에는 싹 없어졌다가.(웃음) 그런 사람을 꼭 만나겠
다는 게 아니라 이제는 그런 사람이 아니라면 굳이 내가 만날 이유
가 없는 것 같아요. 사람들이 자꾸만 '외롭냐?'고 하는데, 안 외로
워요.(웃음) 요즘은 진짜로 '왜 안 외롭지?' 하고 생각한다니까요.

지　외로울 시간이 없으신 거죠?(웃음)

공　시간이 있고 편안한 상황이면 외국에서 오라는 친구들도 많기
때문에 그런 데 한 보름쯤 가거나, 봉쇄 수도원 같은 데 들어가서
보름 동안 묵언기도 같은 것 좀 하고 왔으면 좋겠어요.

지　작년엔가 고은 선생 때문에 노벨상이 화제가 됐는데요. 노벨
상을 받을 수도 있다고 생각하세요?

공　노벨상에는 어릴 때부터 관심이 있었어요. 못 받을 것도 없겠

지만, 저는 팔십 몇 살 돼서 받는 것은 싫어요. 주려면 일찍 줘, 내가 실컷 즐기게.(웃음) 몇 번 얘기하지만, 사후에 무슨 평가를 받고, 늙어서 무슨 평가를 받는 것도 중요하겠지만, 나는 현재 나 자신이 글을 써서 얼마나 보람 있는가가 훨씬 더 중요하다고 생각하거든요. 그래서 받으면 좋고, 아니면 할 수 없는 거라고 생각해요.

지 예전에 〈한국일보〉 인터뷰에서 "이상, 동인 별로 존경하지도 않는데 이상문학상, 동인문학상 받고 싶지 않아요"라고 하셨잖아요. 그 표현을 좀 기분 나쁘게 생각하는 사람들도 있던데요.

공 1993년, 1994년쯤에 제가 유명해지고, 제 주변에서 받기 시작했을 때 농담으로 같이 어울려 다니던 평론가들과 친구들한테 그 얘기를 했어요. "아, 준다고 하면 안 받을 수도 없고, 어떻게 하지?", 그렇게 얘기했어요. 진짜로 그렇게 존경하지 않아요. 내가 존경하는 사람은 김유정, 한용운 같은 분들이에요. 내가 그 이름으로 상을 받는다면 영광일 것 같아요. 작가라는 것이 결국 틀에 얽매이기 싫고, 기존의 권위를 한번 뒤집어보기 위해서 사는 사람들인데, 진정으로 내 마음에 들지 않는 사람의 이름으로 상을 준다는 이유만으로 기쁜 척하고 받는 게 맞나요? 다행히 그런 갈등을 안 하게 해주면 고맙죠. 받은 상들이 다 그런 것과는 상관없는 것들이었어요. 예전에 '오영수문학상'은 기쁘게 받아서 그때도 가서 그 얘기를 했어요. 오영수 선생님 단편을 어렸을 때 굉장히 좋아했거든요. 〈갯마을〉 있는 삼중당 문고를 굉장히 열심히 읽었고요. 그 양반 뒤에 있는 단편들이 〈豚〉, 이런 것이 있었는데 내용을 지금 기억해보면, 서울에 살던 하층민 남녀가 산간에 들어가서 화전 같은 것을 하며 사는데 굉장히 원색적인 성 묘사를 한 것이 기억나요. 그것을 보면서 성 묘사로 느껴지는 게 아니고, 건강한 자연처럼 느껴졌거든요. 그런 게 되게 좋았어요.

지　지난 주말엔가 김유정 역에서 '김유정문학상' 시상식이 있었잖아요. 내로라하는 작가들이 많이 왔다던데, 왜 안 가셨어요?

공　그런 곳에 잘 안 가요. 문인들 모이는 데 절대 안 가요. 옛날에 제 시상식에도 혼자 가고 그랬어요. 아무도 안 오고, 꽃다발도 없었어요. 그런 것도 다 부질없는 일이고, 오라는 것도 미안해서 말도 안 하고 혼자 가고 그랬죠.

뭉크 앞에서 울다 🌿

지　미술 작품을 보면서 특이한 경험을 하시는 것 같은데요. 일반인들이 작품을 보면서 그런 것을 느끼기는 힘들지 않습니까? 뭉크의 그림을 보면서 아주 특별한 경험을 하셨다면서요?

공　그게 신드롬 이름이 있더라고요. '스탕달 신드롬'이라고 한다는데, 맨 처음 경험으로 거슬러 올라가면 대학 1학년 때 도서관에 가서 고흐 화집을 보는데, 정말 많이 울었어요. 일본 책이었는데 글씨는 못 읽으면서도 눈물이 펑펑 쏟아져서, 왜 그런지 설명하기는 되게 힘들어요. 그다음부터 고흐 작품을 좋아했고, 그 이후로는 별로 그런 일이 없다가 오슬로 뭉크 미술관 가서 토하고 그랬어요. 거기 더 있으면 미쳐버릴 것 같더라고요. 그다음에 추사 판전을 보고 울었던 거, 그 정도죠. 다른 것도 좀 봤는데, 미술관 좋아해서 해외여행 가면 다른 데는 안 가도 미술관은 꼭 찾거든요. 그런데 다른데서는 그렇게 강렬한 것을 못 느꼈어요.

지　그렇게 강렬한 느낌을 준 미술 작품 같은 것이 선생님 문학에 어떤 영향을 준 부분이 있나요?

공　어렸을 때 그림을 잘 그렸어요. 큰 상도 많이 받았고요. 그때 저랑 같이 그림 그리던 아이들은 예원여중을 준비했어요. 그런데 저는 그런 생각 없이 그림을 그렸기 때문에 보통 학교 가겠다고 했는데, 아주 늦게까지 후회를 많이 했어요. '내가 그림을 그리는 사람이 됐으면 참 좋았겠다.' 처음에 글 잘 못 쓰고, 데뷔도 못 할 때 그런 생각 많이 했어요.(웃음) 그림은 되게 좋아해요. 그중에서도 유화를 좋아하는데요. 그것의 영향인지 잘 모르겠어요. 내가 좋아하는 고흐와 뭉크의 문제가 뭐냐면, 광기와 고독이거든요. 거기서 무슨 영향을 받았나? 그들의 작품에서 고독 같은 것은 엄청 뼈저리게 느꼈거든요. 그게 얼마나 끔찍한 고독인지 그게 느껴지는 거예요. 그냥 외롭다가 아니라 뼈저린 고독, 그런 느낌들을 많이 받았어요.

지　〈스쿱〉 인터뷰에서 그러셨나요? "마지막 작품이 대표작이 되는 작가가 되고 싶다"고. 많은 작가가 그런 말을 하는데, 그러지 못하고 점점 퇴보하는 경우가 많지 않습니까? 소설은 작가의 세계관을 반영하기도 하는데, 시대와 불화를 겪는 작가도 많고요. 그런데 제 취향이 그래서인지, 최근의 작품들이 좋아서 정말 마지막 작품이 대표작이 될 것 같다는 기대감을 갖게 하는 작가 중 한 명이신데요.

공 감사합니다.(웃음) 그게 뭐냐 하면, 작가가 성장한다는 거겠죠. 첫 소설이 유명한 작가는 되게 많거든요. 첫 소설은 보통 자기 이야기를 쓰기 때문에, 아주 기발한 생각을 쓰기 때문에, 그것은 흔한 일이에요. 그런데 마지막 작품에서 무르익고 통찰해서 완전히 녹여낸 것을 던진다는 것은 어렵죠. 그러니까 훌륭한 작가가 몇 명 없잖아요. 저도 그렇게 되고 싶은 거죠.

지 그럼 작가가 계속 성장하기 위해서는 어떤 것이 필요하다고 생각하시나요?

공 고통과 고독과 독서, 세 가지가 거의 필수적인 것 같아요.

지 책은 어떤 것들을 주로 보세요?

공 온갖 잡설을 다 봐요.(웃음) 오히려 소설을 잘 안 봐요. 근래에 두어 권 읽었어요. 꼭 읽어야 되는 소설들, 의무적으로 읽어야 되는 것들 빼고요. 정말 좋아서 읽은 책은, 《거미 여인의 키스》를 오랜만에 기분 좋게 읽었어요. 안 읽어도 되는 책인데, 요즘 유행하는 책도 아니고요. 예전에는 심리학과 영성에 관한 책을 많이 봤어요. 하여간 온갖 책을 다 봐요. 문학 칸이 거의 없어요. 책장에서 소설, 시집, 외국 소설 해서 세 칸을 다 못 채워요.

지　저기 《노인을 위한 나라는 없다》가 있네요.
공　아직 안 읽었어요.

지　코웬 형제가 만든 영화는 보셨나요?
공　못 봤어요. 저 영화를 안 좋아해요. 어릴 때부터.

지　여기저기 영화 평도 많이 쓰시지 않았나요?
공　아니에요. 별로 안 좋아해요.

지　영상이라는 게 상상을 한정시키는 부분이 있어서 그런 건가요?
공　그게 아니라 귀찮아서 잘 안 봐요.

지　케이블도 있고, DVD도 있고, 인터넷의 어둠의 세계로도 볼 수 있지 않습니까?(웃음)
공　저는 그 시간에 멍청하게 앉아 있는 게 너무 싫은 거 있죠. 남들이 괜찮다고 하면 한 번 정도 겨우 봐주죠.(웃음) 아주 어릴 때부터 그랬어요. 그래도 다른 장르 중에서는 영화를 제일 좋아해요. 저는 책 읽는 게 너무 즐거워서 다른 데 쓰는 시간이 너무 아까워요. 드라마 안 보는 이유도, 앉아서 멍하게 쳐다보는 게 너무 싫어요.

지 드라마는 한 번 보기 시작하면 정말 시간을 많이 빼앗기잖아요. 100부작이면 100시간을 봐야 되니까. 〈씨네21〉에서 나온 책을 보니까 내 인생의 영화로 〈닥터 지바고〉를 꼽으셨던데요.

공 영화는 보통 〈주말의 극장〉에서 봤는데, 그 영화는 우연히 극장에서 봤어요. 그거 신기했어요. 어렸을 때는 너무 재밌게 봤는데, 나중에 다시 보니까 보다가 자버리게 되는 영화도 많잖아요. 더 웃긴 게 있어요. 제가 아주 친한 친구가 있는데, 걔가 영문과로 온 이유가 〈러브 스토리〉를 보고 라이언 오닐이 너무 멋있어서 지원했다는 거예요. 자긴 나중에 꼭 하버드로 유학을 가서 저 사람들처럼 사랑을 해보리라, 꿈을 품고 영화를 봤대요. 그런데 얼마 전에 오더니 그러는 거예요. "얼마 전에 내가 우연히 〈러브 스토리〉를 다시 봤어. 그런데 있잖아. 라이언 오닐 아버지, 별로 나쁘지도 않은데 라이언 오닐 걔는 왜 반항하고 그런다니?" 시점이 완전히 바뀐 거예요.(웃음) 그걸 게거품을 물면서 자세히 설명을 하는데, 너무 웃긴 거예요.

서울을 '고향'으로 받아들이기까지

지 인간은 평생 누군가에게 영향을 받고 공부하고 성장해야 한다면, 그런 면에서 선생님의 소설은 성장 소설이라고 볼 수도 있을 것 같은데요.

공 맞아요. 제 것은 성장 소설이에요.

지 문학평론가 박해현 씨가 《봉순이 언니》 발문에서 "공지영은 그 시대에 대한 서사적 접근과 아울러 서정적 자아를 통한 내면화를 시도했다"고 했잖아요.

공 그게 무슨 소리야?(웃음) 글이 아니라 말로 들으니 정말 이해가 안 되네요.

지 단순히 역사를 기술한 것이 아니라 나름대로 개인적인 감정을 묘사했다고 한 것 같은데요. '개인적인 부분을 서사적으로 묘사했다'는 얘기 아닌가요?

공 《봉순이 언니》는 저한테 참 이상한 소설이었어요. 아무 의미도 없이 일어나서 3분의 1을 썼다고 얘기했잖아요. 꼭 이것을 써야 될 것 같은 생각이 드는데 저도 그 이유를 모르겠더라고요. 그래서 겨우 IMF라는 핑계를 대서 그것을 썼어요. 그리고 보통 작가들이 유년 시절에 대한 작품을 갖는데요. 초반기에 하든, 나중에 하든. 그런데 그것보다는 봉순이 언니라는 계급이나 나의 내면, 이런 것보다더 하고 싶었던 게 서울을 묘사하는 거였어요. 제가 서울을 되게 좋아하고, 내 고향이고, 얼마 안 되는 서울 토박이 작가로서 서울이라는 도시를 잘 기록하고, 묘사하고, 보존하고 싶다는 욕망도 되게 컸던 것 같아요. 그제야 제가 서울 사람이라는 것을 열등감 없이 받아들였던 시기였고요. 문학소녀 때 책을 읽으면 전부 다 고향 얘기를 쓰니까 도대체 나는 왜 서울에 태어나서 이런 것도 못 갖고 있나, 진짜 속상했거든요. 그러다가 외국 작가들, 특히 뉴욕 출신 작가들의 책을 보면서 대도시에서 태어나도 충분히 이렇게 할 수 있구나, 하는 생각을 하면서 극복했어요. 운동권에 들어가면서도 서울내기라는 것이 썩 좋은 얘기가 아니었는데, 그때쯤 서울 사람이라는 것에 대해 자부심을 느꼈던 것 같아요. 제가 어렸을 때부터 서울을 얼마나 좋아했냐면 어디 갔다 오거나 그러면 서울로 들어오는 진입로에 항상 아치가 있었어요.《더 이상 아름다운 방황은 없다》에서도 썼는데, '어서 오십시오. 여기서부터 우리의 서울입니다.' 저는 멀리서부터 그 간판을 보면 눈물이 핑 돌곤 했어요.(웃음) 시골을 고향으로 가진 사람들이 언덕을 돌아 고향 마을이 보일 때부터 눈물이 핑 돌고 가슴이 이상해지는 것처럼, 그랬어요. 그 전에는 내가 서울을 고향으로 좋아한다는 말을 창피해서 할 수가 없었어요. 그것은 문학하는 사람의 자세가 아닌 것 같아서. 그런데 그때부터는 서울을, 내가 사랑하는 것을 드러내도 될 것 같았어요.

지　서울을 고향이라고 얘기할 때 보통 좀 낯설어하는데요.

공　서울이 고향이 아닌 이유가 너무나도 급격하게 변하니까 그런 건데, 요즘은 지방에 가도 남아 있는 게 별로 없다고 하더라고요.

지　《봉순이 언니》가 느낌표 선정 도서였는데요. 그에 대해서도 논란이 많았던 걸로 아는데요.

공　전 사실 두 번째였기 때문에 그 프로가 그렇게 유명하지 않을 때였어요. 그때는 선정위원도 없었고요. 푸른숲 직원이 느낌표 작가하고 대학 동창인가 친구인가 그래서 '다음 책 없는데, 너희 책 하자' 고 그래서 저한테 전화가 왔더라고요. "그거 꼭 해야 돼" 그러니까 "선생님, 괜찮아요. 김중미 씨 책도 좀 팔렸대요" 그러더라고요. "그래, 그렇게 해" 했더니 "선생님, 텔레비전에 한 번 나가서 유재석, 김용만 씨를 만나야 되는데요" 하는 거예요. 그때 제가 독일 가기 직전이어서 "그러면 안 해" 그러니까 "선생님, 한 번만 해요" 해서 "그래, 빨리빨리 한 번 출연하고 갈래" 그러고 나갔죠. 그런데 돌아와 보니까 그 논란 때문에 난리들이 나 있더라고요. 참 사람들 마음이 좁다는 생각을 했어요. 나중에 김영희 PD 만났는데, 너무 상처를 많이 받았다고 "다시는 출판계하고 거래 안 해" 하더라고요.(웃음) 놔두면 한 번씩 다 돌아가잖아요. 주로 자기네 차례 안 온 사람들이 그런 얘기 하는 걸 텐데, 좋은 책 내고 기다리면 올 것 아니에요.(웃음) 텔레비전이라는 강력한 매체가, 그것도 코미디언들이 책을 광고해준다는 것이 얼마나 좋아요. 그것을 사기 위해 서점을 가든지, 인터넷 서점에 가게 되면 장 서는 김에 다른 책도 구매할 수 있는 것 아니에요? 좀 기다리지 못하는 그런 조급성이 정말 싫어요. 결국 소설 시장의 침체가 그 이후로 바로 왔을 거예요. 솔직히 《야생초 편지》나 이런 것을 책 안 읽는 사람들이 언제 읽어보겠어요. 《혼자만 잘 살믄 무슨 재민겨》 이런 책도 마찬가지죠. 김영희 PD 사람도 참 좋던데.

지 봉순이 언니는 실제로 다시 만나보셨나요?

공　만났어요. 죽는 줄 알았어요. 명예훼손으로 고소할까봐.(웃음) 봉순이 언니에 대한 부분은 많은 부분이 소설적 허구거든요. 성장 과정도 약간 소설적 구성을 해서 나는 아버지가 유학 갔다 온 다음에 낳은 딸인데, 거기서는 날 낳고 아버지가 유학 갔다 온 것으로 되어 있잖아요. 그래서 실제로 "우리 아빠 데려와" 하는 말은 우리 오빠가 한 말이에요. 그것을 약간 가미했고, 또 봉순이 언니는 조신하게 있다가 시집을 갔어요. 그 남편이 폐결핵으로 죽은 것은 사실이고, 제가 선보는 데 따라간 것도 사실이에요. 그런 것은 사실이고, 남편이 죽은 것도 조금 더 있다가 애 넷인가 낳고 죽었어요. 나중에 보니까 죽전에 살아요. 제가 따라갔던 시골이 여기였던 거예요. 그렇게 멀고 깜깜한 시골이 여기더라고요.(웃음) 나머지는 다 허구로 만든 거예요. 그래서 '큰일 났다. 소설 읽었으면 어떻게 하지. 어떻게 하면 좋지' 하고 얼굴을 못 들겠더라고요. 그 언니는 남편은 죽고 애 넷 잘 키워서 잘 살고 있어요. 그러니까 내가 아무리 소설이라고 주장해도 사람들이 다 진짠지 안다니까.(웃음)

지　"나는 남다르다는 것에 대한 슬픔" 같은 것이 어릴 때부터 있었다고 하셨잖아요.

공　그것을 뭘로 딱 꼬집을 수가 있을까. 이런 말 하면 어떨지 모르겠는데, 솔직히 얘기하면 어렸을 때부터 뭐든지 잘했어요. 그래서 미움을 받았기 때문에 슬펐어요.(웃음) 아니, 진짜 뭐든지 불려 나가고, 뭐든지 대표 선수가 됐어요. 물론 달리기 이런 것은 빼고.

체육은 진짜 아니었거든요. 그런데 무용 같은 것은 잘했어요. 연극하면 주인공이고, 이런 말 하니까 좀 이상하네.(웃음) 또 하나는 한 번 배우면 다음 시험 볼 때까지 잊지 않아서 시험 볼 때 잘 봤어요. 근데 애들이 그러면 '너 잘났다'고 하니까 어느 순간부터 그 말을 못 하겠는 거예요. 내가 이 사실을 이렇게 순순히 받아들여서 내 입으로 발설한 지가 1, 2년이 채 안 됐어요. 그런데 내가 왜 자꾸 그 얘기를 하냐면, 그것을 미워할 이유도 자랑할 이유도 없었던 것이, 그것은 타고난 거니까요. 누구 말대로 세상은 불공평한 거고, 그것을 받아들이는 순간 인생은 변하기 시작하는 건데, 그러니까 제가 늘 하는 말이 나는 소설 쓰기 위해서는 노력을 좀 했다는 거예요. 앉아 있었고, 힘들었지만 살기 위해서 어떻게든 써보려고 식은땀을 흘린 적도 있었어요. 그러니까 소설을 가지고 잘 쓴다, 못 쓴다 비평받거나 이러면 억울하지 않은데, 다른 것을 가지고 미움을 받고 칭찬을 받는 것은 나에게는 아무 의미가 없다는 거죠. 그리고 또 하나는 그것 때문에 고등학교 때 엄청 얻어터졌는데, 혼자 웃고 그랬어요. 느끼는 게 많으니까 웃음이 나오는 거 아니에요?(웃음) 지금은 무뎌져서 그러지 않는데, 어릴 때 얼마나 혼자 킥킥거리고 웃었던지, 남들은 아무렇지도 않은데 배 잡고 웃고 그랬어요. 연상이 되니까 그런 거잖아요. 설명할 수 없이 막 빠르게 연상되니까. 그런 것 때문에 수업 시간에 엄청 야단맞았죠.

지　교사들도 학교라는 제도 안에서 '아이들이 우리를 존경하지 않을 거야' 하는 콤플렉스에 시달리다 보니까 그런 식으로 폭발하는 것 같은데요. '뭐가 웃겨?' 그렇게 호통 한 번 치고 말 일인데….

공   그럼 '쟤 뭐야' 그러고 말 텐데….(웃음) 고 3 때 어떤 선생은 수업 종이 울렸는데 "너 일루 나와" 그러더라고요. 저도 몰랐는데, 제가 종이 울리자마자 빙그레 웃었대요. "너, 내 수업 끝나는 게 그렇게 좋아?" 그러면서 때리더라고요. 그러니 그 학교에서는 매를 피할 수가 없었어요.(웃음)

지   공부 잘하는 애들은 좀 봐주지 않나요?

공   그래서 그나마 덜 맞은 거죠. 다른 애들은 무자비하게 맞았어요. 나는 그래도 시비라도 걸었어요. 그리고 지금 생각해보면 성희롱도 엄청 많았어요.

지   그때는 그런 개념도 없었을 때니까.

공   그래도 일단 기분이 엄청 나쁘잖아요.

지   기분은 굉장히 불편한데, 뭔지 몰랐잖아요. 지금 같으면 매뉴얼이 다 나와 있을 텐데요.(웃음)

공   그렇죠.

9장 문학의 길

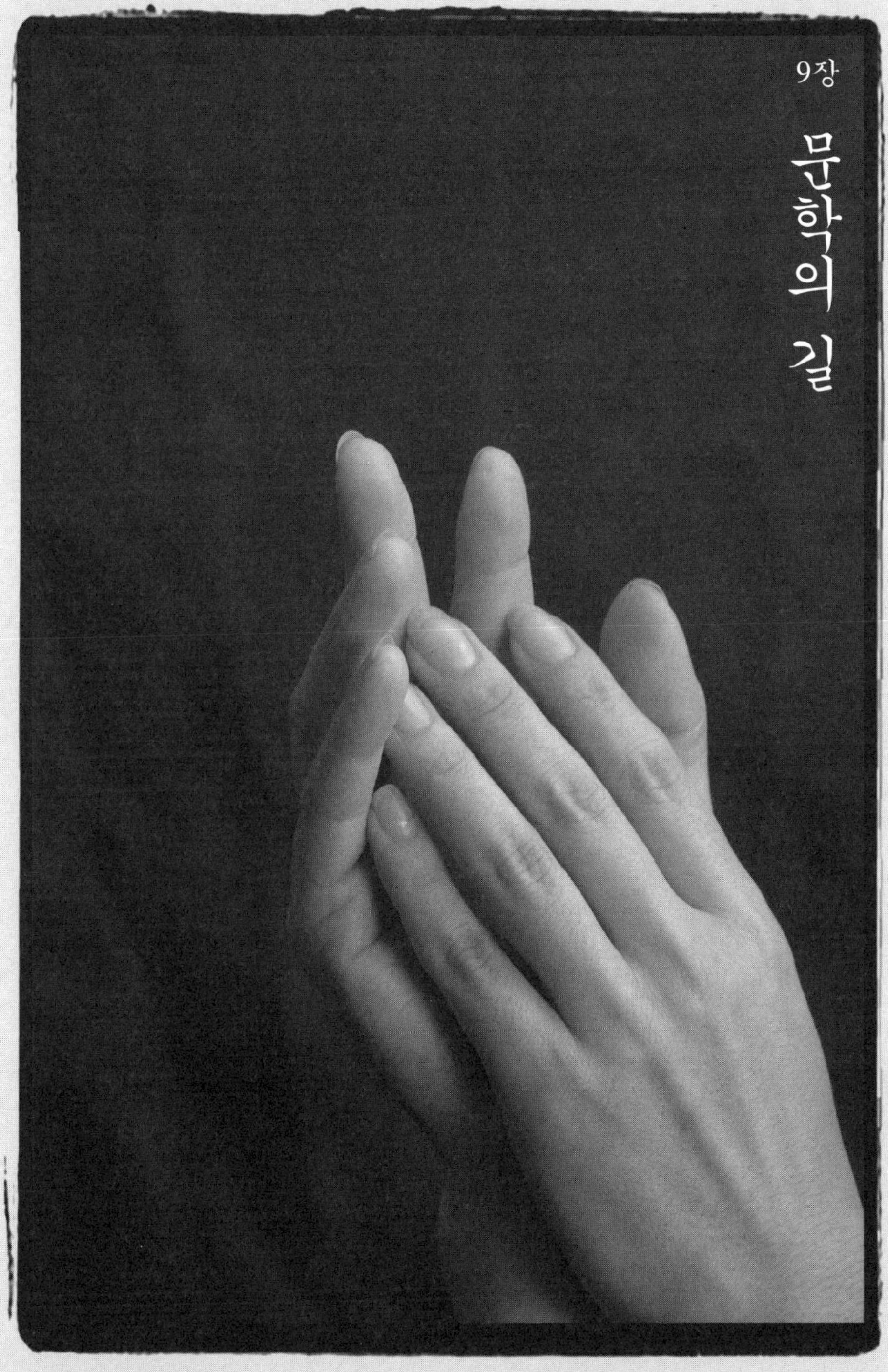

공지영은 자유로운 성격이다. 하지만 자유분방하다는 의미와는 좀 다른 것 같다. 그녀는 어떤 단체에 속하는 것이나 자신을 규율하는 모든 것을 혐오스러워한다. 그녀는 〈광기의 역사〉에서 "만일 누가 내게 한 십 년이나 이십 년쯤 젊어지고 싶지 않느냐고 묻는다면, 그것처럼 솔깃한 말은 없겠지만 아마도 나는 고개를 저을 것이다. 왜냐하면 그 젊은 나이에 나는 또 학교를 다녀야 하기 때문이다. 학교라면 내 청춘 열 번을 다시 돌려준다 해도 싫었다"고 말한다. 80년대는 암흑의 시대였다. 그 시절은 그녀를 운동권 속으로, 노동운동으로 밀어넣었다. 그리고 그녀는 거기서 문학을 포기한다는 선서까지 했다.

위장 취업으로 구로공단에 취직했던 그녀는 술자리에서 "너 63년생이니까 82학번이니?"라는 질문에 "아니, 나 빠른 63이라 81학번이야"라고 순진하게 대답했다가 해고당한 후 1987년 구로구청 농성 사건으로 유치장에서 열흘을 있게 된다. 이 과정에서 그녀는 자신이 진정으로 원하는 것이 무엇인지 깨닫게 된다.

억압의 시대에도 신촌은 비교적 자유의 물결이 흘렀던 것 같다. 그녀는 "학교 분위기가 우리를 전혀 억압하는 분위기가 아니었다. 연대 출신들은 선후배도 별로 안 따진다"고 회상한다. 신촌 부근의 학교에서 유명한 문인이나 영화감독이 나온 것도 그런 이유일지 모른다는 생각이 들었다.

가수 박진영은 2001년경 연세대학교 노천극장에서 녹화가 진행된 KBS 2TV 〈자유선언 토요대작전〉 '캠퍼스 아이디어 대전' 코너에 동문 자격으로 출연했다. 그는 특유의 탭댄스 실력을 선보이며 자신의 노래 〈난 여자가 있는데〉를 열창한 뒤 무대를 내려가기 위해 인사를 했다. 그때 학생들이 '앙코르'를 외치자 갑자기 박진영은 무대 중앙으로 나가 "연세대는 콘돔이다"고 외쳤다. 객석에 있던 김우식 총장을 비롯해 참석한 많은 사람들이 놀란 표정을 감추지 못하는 가운데, 박진영은 그 이유에 대해 "항상 큰일(?)을 치를 수 있게 준비시켜주니까"라고 응수해 학생들의 박수와 환호를 받았다고 한다. 다른 명문 대학에서는 수용하기 쉽지 않았을 얘기 같기도 하다. 물론 지금까지도 마광수 교수를 포용하지 못하고는 있지만 말이다.

공지영은 신촌의 자유로운 분위기와 자주 가던 술집 '섬' 같은 곳이 있어서 그 시절을 견딜 수 있었는지 모른다.

하고 싶은 딱 한 가지

지　어느 인터뷰에서 "전두환이라는 사람이 내 인생에 기여한 바가 참 많아요. 나를 정말 사람 만들어줬죠"라는 표현을 쓰셨는데요.

공　제가 어렸을 때, 학년 올라갈 때마다 환경 조사서를 쓰면 매년 희망 직업이 바뀌었어요. 그게 되고 싶은 게 없다는 거잖아요. 뭐가 되고 싶은 것이 없었어요. 막연히 시인은 되고 싶었는데, 시인은 직업이 아니라고 생각했어요. 시인으로는 밥을 먹고 살 수 없다고 생각했으니까 직업을 가지고 시를 써야겠다고 생각했죠. 그래서 장래희망에 대해서는 계속 모르는 상태로 지냈어요. 소설가가 될 생각은 전혀 없었고요. 그랬는데, 암튼, 영문도 모르고 '남들이 다 그리로 가야 된다'고 하니까 노동운동을 하러 갔잖아요. 그런데 잘리고 나니까 갑자기 그것이 희망하고 상관없이 분하더라고요. 그래서 '꼭 노동운동가가 돼야지' 하고 결심이 불끈불끈 솟아서 구로공단 안 떠나고 있었어요. 그 무렵 구로구청 농성이 시작된 거예요. 그래서 쫄래쫄래 저녁 먹고 갔죠. 갔는데, 거기서 잡힌 거예요. 용산경찰서로 갔는데, 소설에는 두 명이 있는 것처럼 되어 있지만 사실은 저 혼자 남게 되었어요. 지금은 하느님께 감사한 게 한 명만 더 남았어도 제가 소설가가 될 결심은 안 했을 것 같아요. 그런데 나 혼자 남고 다 나갔어요. 여자 유치장이 꽤 컸는데, 12월 중순이니까 얼마나 추워요. 거기서 달랑 혼자 있는 거예요, 열흘 정도를. 그런데 읽을 책 좀 갖다달라고 하니까 성경책밖에 없대요. 그래서 던져버리고, 그러니까 뭐 해요. 계속 빵하고 우유만 먹었는데, 할 수 없이 생각이라는 걸 해보게 된 거죠. '내가 나가면 또 들어올 것 같다. 그때는 구류 정도가 아니라 무기징역이 될 수도 있고, 고문받다가 죽을 수도 있고, 최소 몇 년이 될 수도 있는데, 그건 어쩔 수 없으니까 내가 이번에 나가면 하고 싶은 것 딱 한 가지만 하고 들어오자. 이건 너무 억울하다.' 그러면서 그 한 가지가 뭘까 생각해봤어요. 그런데 너무 놀라운 것이 소설 한 편만 딱 쓰고 들어오면 여한이 없을 것 같더라고요. 그러니까 사람이 참 웃긴 것 같아요. 평생 하고 싶은 것 딱 하나가 소설이었다면 그 전에는 왜 그것을 발견하지 못했을까. 그건 진짜 놀라운 발견이었어요.

지 유치장 경험이라는 게 한 사람의 인생에서 특별한 경험이 될 수 도 있을 것 같은데요. "감옥에 갇히고서야 얼마나 문학을 좋아하는 지 알았다"고 하셨잖아요?

공 진짜 웃긴 얘긴데, 그때 제가 어떤 조직에 들어갔고, 그렇지만 말단 세포였기 때문에 아무도 몰랐어요. 안 가르쳐줘요. 저번에도 말했지만 나는 고문당하면 불 사람이라는 것을 다 알았는지, 안 가르쳐줬어요. 고문하는데 어떻게 그걸 버텨, 끔찍해.(웃음) 그런데 어쨌든 잡혀 들어갔어요. 엄청 맞았죠. 그렇게 맞아본 것도 처음이었어요. 소위 부활한 백골단이 때리는데, 야, 진짜 이건 '너는 죽어도 좋다'는 게 느껴지는 거예요. 옆에서는 머리통이 깨져나가고. 내 머리에도 아직도 흉이 있는데, 인간으로서 모멸감을 느꼈지만 얼른 몸을 숙이고 하라는 대로 열심히 했는데도 많이 맞았죠. 유치장으로 돌아와 앉아 있는데 내가 부시맨 같더라고요. 나는 다른 건 몰라도 갇혀 있는 상황을 도저히 견딜 수가 없었어요. 부자유를 정말 견딜 수가 없었어요. 그 추운 데 혼자 남아서 버티는데 살이 7킬로그램이 빠졌어요. 석방되자마자 노동 현장에 복귀해야 되는데, 소설 한 편만 쓰면 여한이 없겠다는 생각에 복귀도 안 하고 도망쳤어요. 그리고 하룻밤 만에 〈동트는 새벽〉을 썼어요. 그때는 써지는 게 아니라 타이프를 쳤는데, 정말 그때 제 심정이, 이것은 쓰는 게 아니라 토해내는 거였어요. 그것도 감사해요. 그런 경험이 없었다면 내가 얼마나 먼 길을 돌아왔겠어요. 나중에 조직에서 잡혔으면 징역 몇 년 이상이에요.

지　혼자서 열흘이라는 시간을 보내면서 자기 정체성에 대해 많은 생각을 하시게 된 거군요.

공　1987년이니까 만 스물넷이었는데, 24년 동안 자기 성찰이라는 것을 눈곱만큼도 안 해본 거죠. 말하자면 침묵피정을 한 건데, 말할 사람도 없고, 부모님이 한 번 면회를 왔는데, 쪽팔려서 오지 말라고 하고, 열흘 동안 대침묵피정을 하고는 '내가 이토록 문학을 사랑하는구나'라는 것을 느끼고 스스로 굉장히 놀랐어요. 내가 소설을 쓰고 싶어 한다는 것에 대해서 깜짝 놀랐고요. 그때 이미 안에서 소설들이 써지고 있더라고요. 구절들이 막 써지고 있는 거예요. 〈동트는 새벽〉이라는 데뷔작이 그것을 배경으로 한 거잖아요. 그러니까 전두환 씨가 아니었다면 더 먼 길을 우회해서 갔겠죠. 그러니까 고맙죠.

지　그 경험이 없었다면 소설 쓸 생각을 못 하셨을 수도 있겠네요.
공　이리저리 휩쓸려 다녔을 것 같아요. 그다음에 전두환 씨가 또 사람을 만들어준 것이, 이건 내가 매번 얘기하는 건데, 편안하게 자랐기 때문에—그때는 그것을 전혀 인정하지 않았지만, '나도 나름대로 얼마나 고생하면서 자랐는지 알아' 이렇게 얘기했겠지만—만약 노무현 정권쯤에 대학을 다녔다면 되게 골빈 여대생이 되었을 것 같아요. 진짜로. 전두환 시절이 아니었다면 경제학이나 이런 것을 언제 읽고, 철학 책을 언제 읽었겠어요. 어쨌든 그것을 다 읽어내고 공부하고, 세계 경제, 역사, 이런 것을 공부하면서 그때 가졌던 세계관, 눈이 사실은 오래도록 나를 붙잡아둔 거고, 지금까지도 기본이 돼주는 거거든요. 주변의 친구들을 보면 20대 때 그것을 정립한 사람들과 그러지 않은 사람들의 차이가 너무 큰 것 같아요. 작가로서 사회과학적 시각을 갖게 해준 놀라운 공부를 전두환이 아니었으면 못 한 거죠. 거꾸로 얘기해서 너무 고맙죠. 이쪽 칸이 사회과학 칸이었는데, 많이 없어졌네요. 많이 버렸나봐. 《자본론》《철학사 비판》《인식론》, 이런 책들은 안 버리고 좀 남아 있네요. 그때 내가 충격을 받았던 것이 변증법적 유물론, 사적 유물론 같은 것이었는데, 세계사를 어쨌든 한 손에 꿴 경험은 처음이잖아요. 그 충격이 지금까지 생생한 게, 〈천로역정〉에도 잠시 썼지만, 1차 대전의 발발 원인이 세르비아 황태자 암살이라고 배웠는데 실은 후발 제국주의와 선진 제국주의의 충돌이라는 해석이 당시로서는 너무나 충격적이고 매혹적이었어요. 노동 현장 가기 전에 6개월 합숙하면서 공부를 하는데, 세 시간 정도 잤던 것 같아요. 하루에 세 권 정도 세미나를 했는데, 농담으로 그랬다니까요. 고 3 때 공부 이렇게 열심히 했으면 서울 법대를 가고, 그다음에 고시 붙고 그랬을 거라고.(웃음) 정말 힘들고 지겨웠어요. 그런데 지금 생각해보면 인생에 정말 도움이 되는 공부들이었어요.

지　요즘 보면, 이명박 대통령이 많은 국민을 다시 고민하게 만들고, 사람 만들어주고 있는 것 같은데요.(웃음)
공　그러니까 내 책, 초기 운동권 책이 다시 팔릴 것 같아요.(웃음)

지　사회과학 책들이 예전보다는 조금 더 관심을 끌고 있는 것 같아요. 그리고 아이들이 직접 나서니까.
공　우리가 386세대 1번이잖아요. 우리 애들 평균 나이가 우리 딸 정도 나이거든요. 내가 평균으로 애를 낳았는데, 그게 대학 2학년 나이거든요. 딱 386세대 아이들이 사회에 진입하는 거예요. 이것도 되게 재미있는 현상 같아요. 아침에 〈한겨레〉에 원고 보냈는데, 어제 우리 딸이 "엄마, 나도 광화문 나가야겠어. 안 되겠어"라고 해서 "넌 가만히 있어. 엄마가 나갈게"라고 했거든요.(웃음) 그랬더니 애가 발끈하면서 "아니, 386세대 맞아" 하더라고요. "외할머니, 외할아버지 너무 괴로웠겠다. 난 이런 거 처음 생각했다. 지금은 휴대폰이라도 터지는데, 그때는 휴대폰도 없었는데, 엄마를 그렇게 야단친 게 이해가 된다"고 했더니 "그럼 엄마도 나가. 나도 나갈게" 그러더라고요. 그래서 내가 "우리 둘 다 잡혀가면 어떻게 하냐?"고 했더니 옆에 있던 아들이 "그럼 할머니, 할아버지가 면회 가겠지" 하더라고요. 아니 우리 엄마, 아버지는 무슨 죄가 많아서 딸 면회 가고, 손녀까지 면회를 가요.(웃음)

지 완전히 동의하진 않지만 '노무현은 조중동과 싸우고 이명박은 초중고와 싸운다' 는 우스갯소리가 있는데, 아이들이 이렇게 나서는 이유가 뭘까요?

공 나, 그 말 너무 웃겨요.(웃음) 급식 제일 먼저 들어오잖아요. 그러니까 그러지. 나는 너무 속상한 게 내 주변에 애를 집에서 키우는 사람은 나밖에 없어요. 다 유학 갔어요. 장관들 봐요. 가족이 한국인인 사람들이 별로 없어요. 그러니까 자기들은 피부로 안 느껴지는지 몰라도 우리 애들은 학교에서 먹어야 되지, 군대 가면 먹어야 되지, 나는 장난이 아냐. 난 정말 내 문제예요.(웃음) 요즘 내가 이러면 안 되는데, 나이도 생각해야 되는데.(웃음)

지   80년대에 집착하신 이유에 대해 "내가 생각한 진보의 싹이 그 안에 있었기 때문"이라고 말씀하신 적이 있는데요. 그 386이 만들어놓은 세상이 기대에 미치지 못하는 것 같은데요.

공   아니, 많이 좋아졌잖아요. 천국에는 도달할 수 없지만, 이나마 온 것이 그들의 희생이 없었으면 어떻게 여기까지 왔겠어요. 저는 거기에 대해서는 절대적으로 인정해요. 제가 386을 좋아하는 이유가, 전 세계 역사에서 온 국민이 잠깐 저항했던 적도 있고, 일부 집단이 10년을 저항한 적도 있지만, 80년대 학번이라는, 10년이라는 전체 집단이 불의에 그토록 끈질기게 항거해서 역사의 물줄기를 바꿔놓은 일은 전 세계를 통틀어도 그렇게 많지 않아요. 정치 후진국, 뻑 하면 탱크 몰고 와서 국회를 점령하던 나라가 다시는 그런 일을 할 수 없는 나라로 바뀌었잖아요. 얼마나 큰 변화예요. 제가 매번 이야기하지만, 120년 전에 미국 여성들이 여성 참정권 달라고 감옥에 수없이 갇혀서 그거 하나 얻어냈잖아요. 그런데 지금에 와서 마음에 안 든다고 '참정권 줬더니 잘생긴 놈이나 뽑잖아'라고 말하면 안 되죠.(웃음) 역사는 냉정해서 딱 한 발자국씩만 가는 것 같아요. 그리고 이 한 발자국을 옮기는데 이렇게 많은 희생이 필요했구나 싶어요. 그래서 여성 참정권 같은 얘기에 숙연해지고, 오히려 희생당한 모든 사람들에게 존경을 더 표하게 되죠. 그들이 없었다면 그 한 발자국도 없었을 테니까요.

지   박완서 선생은 《고등어》에 대해 "80년대를 말하려면 정석처럼 따라다니는 허무나 자포자기의 폼을 공지영은 거의 잡지 않는다. 만일 백자반이 되어 좌판에 누운 간고등어가 창공처럼 푸른 등을 번득이며 유영하던 자유의 바다를 잊지 못한다면 그건 단순한 감상이 아니라 자기 정체성에 대한 긍지가 아닐는지"라고 평했는데요. 많은 386이 자기 정체성을 잃었거나 그때의 긍지를 잃은 것은 아닌가요.

공 386이라는 단어가 보수들이 만든 단어잖아요. 10년에 걸친 그 세대, 수십만 명을 어떻게 한 단어로 묶어요. 한 단어로 묶을 수 있다면 정말 민주화를 열망했던 세대들이라고 말할 수는 있겠죠. 그런데 그 민주화라는 것도 개인의 머릿속에서 가지각색이었을 것이고, 그런 의미에서 저는 우리 세대가 자랑스러워요. 고맙게 생각하고 있어요. 그들이 동년배였지만 나를 가르쳐주고 키워준 게 많았고요. 종교도 아니면서, 천국도 보장받지 못하면서 죽어갔던 사람들에 대해서는 지금도 저는, 오히려 순교자들보다 더 훌륭하다고 생각해요. 순교는 추앙도 받고, 천국도 가잖아요. 저는 그런 것에서 굉장한 충격을 받았어요. 사람이 꼭 자기 이익만을 위해서 사는 것이 아니구나. 그런 게 너무 좋아 보이고, 숭고해 보였던 거죠.

김훈 선생의 고마운 한마디

지 박찬욱 감독은 자기가 어떤 작품을 좋아하느냐를 떠나서 자기 영화 인생에서 가장 중요한 작품을 〈공동경비구역 JSA〉로 꼽았는데요. 상업 영화감독으로서 계속 영화를 찍을 수 있게 만들어준 영화라는 의미에서요. 그 얘기와 비교하면 어떤 작품을 작가 인생에서 가장 중요한 작품이라고 보시나요?

공 그런 식으로 따지면《우행시》죠. 7년 공백 끝에, 비참한 상황 속에서 어렵게 취재하고 한 편의 장편소설을 완성했고, 상업적으로 성공하기까지 했으니까요. 그리고 후일담 작가라는 레테르에서도 벗어났고요. 그래서 중요한 작품이죠.

지 다른 의미에서 가장 애착이 가는 작품은 어떤 건가요?

공 역시《우행시》가 제일 많이 가요. 왜냐하면 정말로 제가 예전에 관념적으로 느꼈던 소외받은 사람들을 직접 가서 보고 만나고, 어떤 이데올로기의 선입견 없이 현장에서 많이 울었거든요. 삶에 대해 많이 생각하게 해줬고요. 나를 삶으로부터 구원해줬어요. 그게 많이 팔려서도 그랬겠지만 그걸 쓰면서 제 스스로가 많은 구원을 받았고, 치유를 받았다고 해야 하나요? 제가《우행시》를 쓰고 나서, 앞으로 내가 삶의 난관에 부딪히면 그것을 헤쳐나갈 방법을 하나 찾았다고 생각했어요. 그것이 바로, '나보다 더 어려운 사람들을 찾아가서 돕는 것이겠다. 그것만이 앞으로 삶의 어려움에서 벗어나는 참 좋은 일이겠다'는 비밀 하나를 알아냈다고나 할까요? 그런 의미에서 중요한 작품이죠.

지 조금 전에 '관념적'이라는 표현을 쓰셨는데, 그 전 작품에 비해 현실 내지는 생활이라는 부분이 더 구체적으로 느껴지기 시작한 작품인 것 같은데요. 오랜 공백 기간을 거치면서 삶에 대해 많은 생각을 하셨기 때문일까요?

공 그렇죠. 고난이 많았으니까 아무래도 많은 생각을 하게 됐고, 뭐라고 할까, 그렇죠. 강박 없이 제가 어쨌든 부딪혀서 끝까지 써보자고 생각했던 거고요. 그렇게 갔는데, 사람을 죽이는 것은 어떤 경우라도 안 된다는 것을 깨닫게 해준 작품이었어요.

지 김훈 선생도 그 작품을 추천하시던데요.

공 김훈 선생님이 가끔 사석에서도 그 얘기를 하세요. '로망의 회복'이라고 얘기하면서 그런 의미에서 좋은 소설이라고 하시더라고요. 가끔 그런 말씀도 하세요. 자기는 절망하는 인간이고, 공지영 씨는 희망을 가지고 있는 인간이라고.(웃음)

희망이란 삶에 의미가 있다고 믿는 것

지 《봉순이 언니》에 보면 "나를 사로잡았던 무력감이란 것은 예감이었다. 나는 가끔 어떤 알 수 없는 예감 때문에 자주 진저리를 치곤 했다. 몇 년이나 소식을 끊고 살던 대학 선배가 난데없이 꿈에 보이는 다음 날이면 그 선배가 음독자살했다는 소식을 듣기도 했고, 멀리 미국으로 시집 간 친구와 옛 교정을 거니는 꿈을 꾼 어름이면 어김없이 그 친구에게 반가운 전화를 받기도 하고 그랬다"는 구절이 나오는데요. 실제로 그런 예감이 잘 맞는 편인가요?

공 예감, 되게 잘 맞아요. 작가는 무당 끼가 워낙 다 있는 거니까
요. 귀신도 잘 보고요. 소설가나 시인들과 앉아서 이런 얘기하면 다
한마디씩은 나와요.

지 귀신은 어떤 종류의 귀신을 보세요?

공 어렸을 때 우연히 보기 시작했는데, 지금은 많이 안 봐요. 상황
이 어려울 때 더 예민해지면서 많이 보는 것 같아요. 그렇다고 귀신
이 어떻게 하거나 그런 건 아니고, 왔다 갔다 하는 것을 보는 거죠.
그리고 귀기 같은 것을 잘 느끼고요. 아주 오래전 일인데, 벚꽃이 필
때 전군가도를 갔어요. 그때 내가 가자고 해서 녹두장군 전봉준 생
가를 갔는데요. 그 화창한 봄날 서늘한 기가 자꾸 느껴져 무서웠어
요. 그리고 예전에는 사람을 못 봤는데, 요즘은 사람을 되게 잘 봐
요. 전에 얘기하지 않았나요? 과거 미래 현재를 대충 본다고.(웃음)
오슬로에 가서 뭉크 본 얘기도 했지만, 그 스탕달 신드롬의 스탕달
이 그런 것을 그렇게 잘 느꼈대요. 그림 보고 기절하고 그랬더라고
요. 저는 뭉크 그림을 보면서 느낀 건데 거의 완전히 꼼짝을 못 하겠
더라고요.

지 예감이 잘 맞고, 사람에 대해 잘 느껴지는 게 사람과의 관계에
서 안 좋을 수도 있지 않나요?

공 저는 항상 예감을 안 믿었어요.(웃음) 주로 나쁜 예감이 먼저 느

꺼지는데요. 보통 좋은 예감은 별 신경 안 쓰고 나쁜 예감을 주로 강하게 느끼는데, 한 번도 안 믿었어요. 그래서 다 실패했어요. 결국 그 예감대로 됐어요. 그래서 이제부터 믿기로 했어요.(웃음) 그런데 이 나이 되니까 친구들 사이에서 이런 말 되게 많이 해요. 여태까지는 '그러면 안 된다. 사람들을 근거도 없는 육감으로 그렇게 판단하면 안 된다'고 그랬는데, 자기네들도 다 실패하고, 이제 '초감을 믿기로 했다'는 얘기를 친구들끼리 많이 해요.

지　어떻게 보면 앞으로 살아갈 날이 살아온 날보다 적을 텐데요. '쟤가 나쁜 애가 아닐지도 모르지만 뭣 하러 위험 부담을 안고 살아야 되나?'. 이런 생각이 들잖아요. 젊었을 때는 평생 같이 갈 사람일 수도 있으니 좋은 관계를 유지하려고 노력한다 해도, 나이 드니까 다 부질없다는 생각이 들더라고요.(웃음)
공　그렇죠. 우린 시간이 별로 없거든, 그러죠.(웃음)

지　마틴 스콜세지 감독은 영화를 20분 보고 좋지 않으면 바로 끈다고 하더라고요. 좋은 영화를 볼 날도 얼마 안 남았는데, 그런 모험을 하고 싶지 않다는 건데요.
공　저도 책을 볼 때 그래요. 특히 소설 같은 경우는 좋다, 나쁘다를 떠나서 안 맞는 경우가 있거든요. 남들이 아무리 좋다고 해도. 그런데 신기한 게 책 많이 읽는 사람들과 얘기하면 둘로 갈라지는 것 같아요. 내가 안 맞는다는 소설만 좋아하는 사람들의 군이 있더라고요. 누구 말처럼 "네가 무슨 책을 좋아하는지 말해다오. 네가 누구인지 말해주마", 그렇게 얘기할 수도 있겠죠.

지 희망의 코드 같은 것을 갖고 계신 것 같은데, 나쁜 예감을 믿고 판단한다는 것은 어떻게 보면 한쪽의 희망을 버리는 거라고 볼 수 있지 않나요?

공 아니죠. 그 사람이 나쁘다고 판단하는 게 아니라 나하고의 관계에 있어서 나쁜 일이 일어날 수 있다는 걸 예감하는 거죠.

지 어떻게 보면 지금 나쁘지만, 나중에 좋아질 수 있다는 희망을 버리는 것일 수도 있는 것 같아서요.

공 이제는 그런 거 안 해요. 그런 쓸데없는 낙관 안 해요. 그런 거 하다가 인생 여기까지 왔잖아요. 그런 거 안 해, 이제.(웃음) 그게 아니라 항상 그 사람을 조심하는 거죠. 아주 쉽게 얘기하면 저 사람은 성적인 충동을 좀 자제할 수 없는 사람이라고 생각되면 그런 기회를 전혀 만들지 않는 거예요. 다른 것은 다 재미있게 놀아도. 그런 사람을 아주 자제력이 강한 사람처럼 대했다가 나중에 낯붉힐 일이 생길 수도 있잖아요. 그러니까 아예 조심하면 오히려 관계가 더 좋아지는 거죠.

지 《봉순이 언니》의 마지막 구절이 "그러니까 말이야⋯ 그런데 그런데 날 더욱 뒤돌아볼 수 없게 만들었던 건, 그건 그 눈빛에서 아직도 버리지 않은 희망… 같은 게… 희망이라니, 끔찍하게…"인데, 삶이 그렇게 어려운 상황에서도 봉순이 언니가 가지고 있던 희망은 어떤 것이었을까요?

공 어려운 얘기다. 봉순이 언니가 가지고 있던 희망은 인간에 대한 신뢰였겠죠. 자기 자신에 대한 믿음이었을 것 같아요. 남이 어떻게 하는 게 아니라, 자기 자신이 아직도 사랑을 줄 수 있다는 것에 대한 낙관 같은 게 아니었나 싶은데요.

지 희망이라는 게 싸우거나 살아가는 데 힘이 될까요? 희망 고문이라는 말도 있잖아요.

공 《응원할 것이다》에 썼는데, 피에르 신부님이 굉장히 명확하게 정의했어요. 희망과 소망은 다르다고 하시면서 소망은 예를 들면 '이 책이 많이 팔렸으면 좋다. 우리나라에 평화가 왔으면 좋겠다. 이명박이 그러지 않았으면 좋겠다. 이라크에서 미군이 철수했으면 좋겠다' 하는 것들이 소망이고, 희망은 단 하나라고 하시더라고요. 그것이 뭐냐면 "삶에는 의미가 있다고 믿는 것". 정확하다고 생각했어요. 《봉순이 언니》에서 "희망이라니, 끔찍하게…"가 마지막 구절이었는데, 거기까지 하고 7년 절필에 들어간 거잖아요. 제 상태가 그런 상태였던 것 같아요. 《별들의 들판》에서 제가 뽑을 수 있는 대표작으로 〈섬〉을 들 수 있을 것 같은데요. 〈섬〉에 보면 그 얘기를 하잖아요. "오늘은 오늘을 살고, 내일이 오면 또 오늘을 살고, 그렇게 하면 되는 것"이라고. 그다음에 《우행시》를 쓰는데요.

제가 거기서 인간에 대한 신뢰를 발견하게 되죠. 그 사이에 많은 고통을 겪으면서 제가 얻은 것은 뭐였냐면, '이 고통에는 의미가 있을 것이다'고 생각하는 것이었어요. 나중에 보니까 빅터 프랭클의 《죽음의 수용소에서》에도 결국 그 얘기가 나오더라고요. "이것에 의미가 있다고 믿을 때 우리는 그것을 이겨 나갈 수 있다." 나쁜 일이든 좋은 일이든 의미가 있는 것이라고 생각하는 것이 삶을 굉장히 크게 바꿔놓더라고요. 삶이 바뀌니까 글도 바뀌고, 삶을 조금 더 윤택하게, 편안하게 살게 해주는 것 같아요. 옛날에는 나쁜 일이나 고통이 오면 '왜 그래야 돼. 이게 뭐야. 싫어, 싫어' 이렇게 생각하다가 '이것도 무슨 뜻이 있겠지' 하고 생각하면 훨씬 더 마음이 편안해져요.

지　그것도 어떤 경지에 올라야 가능한 것 아닌가요?(웃음)

공　살려면 어쩔 수 없어요.(웃음) 안 그러면 못 사는데요. 그게 맞는 답인 것 같아요. 삶이 행복할 것이라고 보장받은 사람은 아무도 없어요. 그러니까 고통에 대해서 뭔가를 매겨야 되는데, 그 매김의 의미를 찾는 것이 중요한 것 같아요.

지　작품에 보면 동물의 죽음이 많이 나오던데요.

공　아주 어렸을 때 고양이 한 마리가 집에서 죽었어요. 그때는 그렇게까지 영향을 안 줬는데, 제가 되게 사랑하던 우리 집 첫 개가 있었어요. 책에 보면 매리라고 나오잖아요. 그 개가 없어졌을 때 너

무 힘들었어요. 그 개는 죽은 건 아니고, 그다음 개가 죽었고요. 그
개는 늙어서 어느 날 사라져버렸어요. 옛날에는 그런 경우가 많았
잖아요. 앉아서 그 개를 며칠 동안 기다리는데, 그 생각 하면 아직
도 눈물이 나올 것 같아요. 어른들이 그러더라고요. "개장수가 데
려갔을 거야." 순간 '식용?', 이런 생각이 드니까 견딜 수가 없는
거예요. 도저히 그 상황을 용납할 수가 없는 거예요. 차라리 개가
내 앞에서 쥐약이라도 먹고 죽었으면 그걸 내가 묻어주고 그랬을
텐데, 그게 되게 힘들었죠. 그리고 잊어버리고 있었는데, 아파트에
살았으니까 거의 동물을 못 키웠죠. 그다음에, 우리 집에 왔던 코코
라는 고양이가 죽었을 때 그 체험이 되게 강렬했어요. 15만 원이나
주고 화장해서 평창 강원도 집에 유골을 갖다놨어요. 고양이 묻을
곳도 없고, 그 새끼 고양이를 키운 게 단 2주였는데, 정이라는 게
무서운 것 같아요. 만약에 내가 죽어서 천국이라는 곳이 있어 간다
면 코코라는 고양이가 제일 먼저 나올 것 같아요. 아직도 나를 바라
보던 그 눈빛이 선해요.

왜, 왜 그래야 돼?

지 문학평론가 박철화 씨는 《봉순이 언니》에 대해 "독백의 과잉
과 대화의 부재, 그로 인한 성숙의 결여"라는 평을 했는데요. 그 점
은 어떻게 생각하세요?
공 아니 어떻게 프랑스 소설을 전공한 사람이 그런 얘기를 하냐,

《잃어버린 시간을 찾아서》도 전부 독백이잖아. 전화해서 무슨 소리냐고 물어볼까봐.(웃음)

지 "이들의 글쓰기는 대중이 문학으로부터 급격히 등을 돌리는 순간에 다시 그들을 불러 모은 공로를 갖고 있다. 하지만 공지영의 순진함, 은희경의 자기 방어의 도전적인 처세술, 신경숙의 여전히 부드러운 그러나 퇴행적인 정서의 흐름 등이 다른 진정한 문학, 진정한 글쓰기로 대중을 인도할 매개 역량을 가지고 있다고 보기는 어렵다. 그것들은 단발성의 소모품으로 자신의 존재를 한정 짓고 있다"고도 했는데요.

공 셋 다 정확한 지적인 것 같아요. 순진함에 대해서는 뼈저리게 생각했어요. 세상을 보는 미숙한 눈, 그게 첫 인터뷰 때 얘기했던 것처럼 너무나 좋은 환경에서 자라 초년고생을 안 하고 뿌리를 못 내려서 세상을 너무 순진하고 단순하게 바라보는 단점들이 있는 것 같아요. 제 예전 책들을 보면 그게 저한테도 보여요. 그런데 이제 무슨 생각이 드냐면, 이 나이를 먹으니까 그런 순진성이 나의 무기가 될 수도 있겠구나, 하는 생각을 거꾸로 하는 거죠. 나라는 인간의 특성 자체가 어차피 노회하지 못하거든요. 내가 그 순진성을 버리고 노회한 인간이 되려고 노력한다면 죽도 밥도 안 될 것 같아요. 차라리 나는 어린아이와 같은 눈으로 세상에 의문을 던지고 바라보는 그것으로 나의 색깔을 끝까지 밀고 나가는 게 나을 것 같아요. 그래서 그런 욕을 먹더라도 할 수 없다는 생각이 들어요.

지 "순진성이 무기가 될 수 있다"는 것은 어떤 의미인가요?

공 저는 계속 모든 것에 '왜, 왜 그래야 돼?' 하고 질문하거든요. '다 그런 거야'라는 말은 별로 잘 안 받아들여요. 그래서 약간 어린 애 같은 데가 항상 있어요.

지 피카소도 '나는 어린이의 눈으로 세상을 보고 그림을 그린다'는 식의 얘기를 한 적이 있는데, 예술가들은 다들 어린아이 같은 구석이 있지 않나요?

공 예. 그래서 계속 근본에 대해 질문을 해야 돼요. 그래서 저는 그런 거 하고 싶어요. 제일 좋은 동화가 그것인 것 같아요. 〈벌거벗은 임금님〉, 그런 이야기를 던지는 사람이 소설가라고 생각하고, 그런 예술가가 되고 싶어요. 이제는 내가 무엇을 고치고 이러기에는 시간이 많이 늦은 것 같고, 그런 것들을 더 밀고 나가서 끝까지 가보는 걸 한번 해보는 것도 괜찮을 것 같아요.

지 예전에 인터뷰어를 하실 때도 "아닌 것 같은데요, 에이 거짓말" 이런 얘기를 인터뷰이 앞에서 하셨다면서요. 그런 면도 어린아이 같은 구석을 보여주는 것 같은데요.(웃음)

공 그렇죠. 인터뷰당할 때도 묻는 대로 다 대답하고요. 제가 거짓말을 잘 못해요. 어렸을 때 한 번 거짓말을 했다가 엄청 혼난 적이 있어요. 사실 생각해보면 혼날 일도 아니었어요. 돈 잃어버리고 와서 혼날까봐 거짓말을 했는데, 하도 꼬치꼬치 캐물어서 결국 탄로

가 났거든요. 그때 부모님이 "네가 잃어버린 것은 문제가 아니다. 엄마, 아빠를 속이려고 했던 것이 문제다" 하면서 엄청 혼냈어요. 그게 깊이 새겨져서 '거짓말은 하면 안 된다'고 생각했던 것 같아요. 아니, 잔 거짓말은 잘하죠. '오늘 몸이 불편해서 못 나가겠어', 이런 거짓말은 하는데, 큰 틀에서는 거짓말을 할 필요를 별로 못 느껴요. 거짓말을 해야 될 만큼 중요한 사안이면 우선 내 속에서 치열하게 부딪치거든요. 일단은 다른 것을 보류한 채로. 저번에 누가 그 말을 하더라고요. 나 자신에 대해 깜짝 놀랐는데, 여행 얘기가 나왔어요. "만약에 무슨 일이 있으면 여행이고 뭐고, 풍경이고 뭐고 다 지워지고, 완전히 그 생각만 나서 해결될 때까지는 아무것도 안 보인다"고 했더니 "아, 그게 너다"는 거예요. 보통 사람들은 그 갈등을 피하기 위해서 빨리 풍경이나 이런 것으로 도피해버리는데, 너는 끝까지, 해결될 때까지 물고 늘어져서 끝장을 본다고 하더라고요. 저는 "문제가 생겼는데, 왜 해결을 안 해" 그러거든요. 그랬더니 "뭘 그걸 해결하려고 그래. 큰 문제 없으면 웬만하면 빨리 다른 것을 생각하고 그러지", 그래서 '아, 그런가. 그래서 사람들이 나보고 피곤하다고 그랬구나' 하는 생각이 들더라고요.(웃음)

지 남자들이 그런 문제에 대해서 정면 돌파를 잘 안 하잖아요. '바깥일로도 피곤한데, 나중에 얘기해'라고 잘하잖아요.
공 그렇죠. 나는 내 마음속에서 해결될 때까지 끝까지 생각하고 있으니까요. 그런데 요즘 애들을 키우면서 그게 많이 없어졌죠. 애들은 절대로 그 자리에서 해결되지 않으니까요.(웃음) 계속 기다려주고, 좀 놔두고 해야 되니까. 그래서 우리 애들이 요즘 나를 키운다니까요.

지　아이를 키우다 보면 관계에 대해서 굉장히 많은 생각을 해보게 되지 않습니까?
공　어떻게 할 수가 없잖아요.

지　죽일 수도 없고.(웃음)
공　헤어질 수도 없고, 내보낼 수도 없고.(웃음)

예술은 진리를 깨닫게 해주는 거짓말

지　어떻게 보면 선생님의 장점일 수 있는데, 굉장히 흔할 수 있는 일상에서 이야기를 끌어내는데요. 사람 사는 게 다 비슷할 수 있고 하나씩 그런 사연을 가지고 있는데, 그것을 생활에 가깝게 묘사를 하니까 '이거 내 얘기 아냐?' 하고 느끼는 사람들이 많은 것 같은데요.
공　그런 것 같아요. 특이한 불치병 걸린 사람 얘기를 하는 것은 아니니까요. 박경리 선생님이 《토지》 쓸 때 에피소드를 보면, 경상도 사투리를 쓴다는 설정만 해둔 정도인데, 지나가다가 저 집을 모델로 해야지, 했는데 알고 보니까 구조가 비슷했고, 최씨 집이었다고 하

더라고요. 작가들은 그런 귀기들이 다 있다니까요.(웃음)

지　피카소는 "예술은 진리를 깨닫게 해주는 거짓말이다"고 했는데, 그것에 비춰서 문학의 기능이나 사회적 역할은 뭐라고 생각하시나요?

공　그거 아리스토텔레스가 한 얘기 아닌가요? 《시학》에서도 그렇게 말했던 것 같은데요. "허구를 통해서 진리를 얘기하는 것"이라고. 있을 법한 현실을 가지고 현실을 얘기하는 것이라는 건데, 전루카치가 옛날에 얘기했던 문학론을 깊이 새긴 게 있어요. "소설가는 이중의 책무를 지닌다. 모든 사람의 개별자 속에서 시대의 공통점을 추출해내고, 거기에 다시 개별의 옷을 입혀야 된다. 그것이 전형이다"고 했는데, 저 같은 경우에는 리얼리즘을 통해서 소설을 시작한 사람이기 때문에 그것이 리얼리즘의 본질이라고 생각했어요. 제가 일상에서 있을 법한 얘기를 하는 것도 시대에서 가장 추출해내기 쉬운 공통점을 가지고 이야기하기 때문에 그것이 아주 특이하지는 않죠.

지　정서적으로 안 좋거나 아프면 몸이 예민하게 반응한다고 말씀하셨잖아요.

공　편도선이 붓거나 하혈하거나 몸이 퉁퉁 붓고 그러죠. 하혈을 많이 하는데, 병원에 가보면 아무 이상이 없다고 그래요. 그래서 항상 마음을 평화롭게 하는 게 건강에 가장 중요한 것 같아요. 운동은 둘째고요. 항상 마음을 편안하게, 세상만사 내 뜻대로 되는 게 아니라는 생각을 매일매일 하고, 이것에도 다 뜻이 있겠거니 생각하고, 감사하고 사는 거죠. 그러다가 어느 순간 죽는 날이 오면 죽어야죠, 어떻게 하겠어요?(웃음)

지 《응원할 것이다》를 본 독자들이 가장 궁금해하는 것 가운데 하나가 '이제 수영은 하시는지' 하는 건데요.(웃음)
공 진짜 내일부터 가려고요.(웃음) 내일은 진짜 갈 거야.

지 어떻게 매번 그렇게 온갖 핑계를 찾아내시는지 신기하더라고요.(웃음)
공 핑계 쓰면서 저도 웃겼어요. 어떤 순진한 사람은 처음에 몇 번 읽다가 궁금해서 맨 뒤를 봤대요. 수영은 갔나 하고.(웃음)

지 어느 강연회에서 작가 지망생들에게 "서두르지 마세요. 등단은 서른다섯 넘어 하기를 권합니다. 우선 취직부터 하세요. 자신의 힘으로 생계를 유지할 줄 알아야 합니다. 돈이 인간 세상에 미치는 놀라운 영향력을 온몸으로 겪으세요. 그걸 모르는 사람은 절대 작가가 될 수 없습니다"고 한 말에 대해 '돈을 벌기 위해 글을 쓰느냐'고 곡해하는 사람도 있던데요. 작가가 돈 애기 하는 것을 품위 없이 생각하는 사람들도 있는 것 같아요.
공 세계 대가의 작품들을 보면 다 돈 애기예요. 도스토예프스키,

톨스토이, 발자크 등등 돈 얘기 안 나오는 소설을 쓴 소설가는 거의 없어요. 돈 때문에 죽이고, 살리고, 배신하고, 이런 얘기들이잖아요. 《까라마조프 씨네 형제들》도 그렇고요. 어떻게 돈 얘기를 모르고 사람을 파악할 수가 있어요. 그것은 아니지. 아니면 선시 같은 것을 써야지. 소설은 루카치가 얘기한 대로 "타락한 시대의 타락한 양식"이기 때문에 타락이라는 것이 반드시 재화와 관련이 있잖아요. 그리고 세상 모든 사람이 돈 때문에 울고 웃고 하는 것이 일상의 거의 80퍼센트는 될 거예요. 그런데 소설가가 돈 빼놓고 얘기를 하면 사람들이 거기에 감정이입을 못 하죠. 함께 해줘야 된다는 얘기를 한 거예요. 평범한 사람들의 일상과 똑같은 것을 느껴야 한다는 건데, 사실은 그것보다는 반 발자국만 올라가 있어야 되는 거죠. 한 발자국 올라가면 예수나 부처가 되는 것이고, 그 경계 속에서 얘기를 해줘야 하는 것이 소설가가 아닌가 생각해요. 동력이 뭐냐고 물어보면 저는 돈이라고 얘기하거든요. 나는 프로 작가이기 때문에 돈을 받고 쓴다고 얘기해요. '나는 돈을 벌기 위해서 소설을 쓴다. 그렇지만 돈만을 위해서 쓰는 것은 아니다. 이 부분은 명심해줬으면 좋겠다'고 얘기를 하죠.

지　그런 얘기가 없으면 관념적이라고 비판하고, 구체적인 얘기가 나오면 현실적이라고 비판하지 않나요? 어떻게 보면 예술가가 선망의 대상이기 때문에 어떤 면에서는 결핍되었으면 좋겠다는 생각을 하는 것 같아요.

공   그런 것 자체가 30년대적 발상인 것 같아요. 전근대적 발상이
고요. 오히려 소설가들이 돈을 많이 벌어서 그런 소설가들이 많아
져야 해요. 그래야 유능한 인력들이 소설계로 많이 들어와요. 사실
지금 젊은이들이 소설가 쪽으로 많이 들어오지 못하는 이유가 재능
에 비해서 너무 나오는 게 없기 때문인데요. 창작에 재능이 있을 때
영화나 드라마 쪽으로 가버린다고요. 그래서 문학은 더 후퇴할 수
밖에 없는 거고요. 그렇게 순교자적인 삶을 강요해서는 안 되죠. 어
차피 똑같이 현실 속에서 살아가야 되는 건데요.

홀로일 수 없는 지옥, 지옥 같은 천국

지   독일에는 얼마나 계셨던 건가요?
공   1년요.

지   독일에서의 1년 동안 많은 생각을 하셨던 것 같은데요.
공   《별들의 들판》은 독일에 있을 때 쓴 것이 아니라 갔다 온 다음
다시 돌아가 취재를 해서 쓴 거예요. 독일에 있을 때는 집에만 있었
어요. 술집도 두 번 가봤나, 동네 슈퍼, 부엌, 성당 이렇게 세 군데만
왔다 갔다 했어요. 그때 한 가지 충격적인 경험이 제가 거기서 월드
컵을 봤잖아요. 인터넷으로 붉은악마가 어쩌고저쩌고하는 기사도 봤
고요. 그때만 해도 지금처럼 동영상을 잘 받지도 못할 때고, 그렇게
활발하지가 않을 때였는데, 어느 날 경기장을 클릭하는데 새빨간 게,

굉장히 충격적이었어요. 약간 섬뜩할 정도로. 그래서 밖에서 보는 것과 안에서 보는 것이 굉장한 차이가 있구나 하는 것을 느꼈어요. 또하나는 미선이, 효순이 촛불집회가 시작됐잖아요. 기사는 보고 알았지만 막상 그것도 동영상으로 보는데 너무 아름다웠어요. '우리가 최루탄 맞고 피 흘리고 돌 던지고 하던 것이 촛불이라는 상징적인 것으로 바뀌어서 시위가 이렇게 아름다울 수 있구나' 하고 감동을 받았어요. 밖에서 봤기 때문에 더욱 그랬을 거고요. 독일에서 세 번째 충격은 '나의 살던 고향은~'으로 시작하는 이원수 작사 〈고향의 봄〉이 얼마나 명곡인지 알았어요.(웃음) 외국에는 진달래나 개나리가 잘 없어요. 어쨌든 그 노래를 우연히 애한테 가르쳐주면서 같이 부르는데, 눈물이 막 나는 거예요. 특히 그 구절, '아기 진달래~', 야, 이것은 정말 명시라는 생각이 들었어요. 우리는 늘 부르기 때문에 이게 얼마나 좋은 노래인지 모르는데, 이게 정말 명곡이고, 너무나도 아름다운 시구나, 그런 생각을 했어요.

지　저도 예전에는 붉은악마가 광장에 모이는 것을 우려했는데, 긍정적인 광장의 경험을 한 부분도 있는 것 같아요. 미선이, 효순이 촛불집회 때도 그랬고, 이번 광우병 관련해서도 정말 비폭력적인 시위를 보여주는 거 같아요. 물론 일부 충돌이 있기도 했지만 몇 십만 명이 모인 집회에서 그럴 수 있다는 게 놀라운 일이죠.

공　영국 훌리건들은 축구 경기 보다가도 싸우고, 압사당하고 그러잖아요.

지 《우행시》가 가장 애착이 가는 작품이라고 하셨는데요. 《별들의 들판》이 나오기까지 7년의 공백이 있었고요. "40년 만에 처음으로 글을 읽지도 쓰지도 못 했던 시간들이었다. 무서웠다"는 표현을 하셨어요. 그것을 극복했다는 의미에서 개인적으로 그 책도 의미가 있을 것 같은데요.

공 《별들의 들판》은 어쨌든 단편집이었고, 《우행시》는 장편을 쓴 거였으니까요. 《별들의 들판》이 나왔을 때 한 달이 안 돼 7만 부가 나갔어요. 저는 그때 한국 상황을 전혀 몰랐고, 출판계에서 너무 떨어져 있었기 때문에 당연히 20~30만까지 갈 줄 알았어요. 그런데 사람들이 놀라면서 "7만이나 나갔어?" 그러기에 "아니, 좀 더 나갈 텐데" 그랬는데, 10만 조금 못 돼서 멈췄어요. 사람들이 '상황이 너무 안 좋다'고 해서 '그런가 보다. 내가 요새 출판계를 너무 몰랐구나' 하는 생각을 했고요. 그리고 사람들이 제가 재기할 수 없을 거라는 얘기를 되게 많이 했죠. 아니 했대요. 저는 몰랐으니까요.(웃음)

지 사실 화려했던 선수 생활을 경험했던 사람이 다시 그렇게 화려하게 복귀하는 것이 쉽지는 않으니까요. 그리고 팬들조차도 예전의 활약을 보여주지 않으면 '차라리 정상에 있을 때 은퇴하지'라는 말을 하잖아요.

공 그렇죠.

지 《별들의 들판》은 독일에서의 경험을 소설로 쓰신 건데, 갇혀 있다는 것, 막막함, 이런 것들이 많이 느껴지던데요.

공　간수가 옆에서 지키고 있는 것처럼 늘 부엌에만 있었으니까요.(웃음) 그래도 죽어라고 다섯 시에 일어났던 것은 그때가 아니면 나 혼자 있을 수 있는 시간이 없었으니까요. 그게 너무 힘들더라고요. 어느 정도는 혼자 있어야 되는데, 혼자 있을 수 없다는 게 정말 지옥 같았어요.

지　개인으로서도 그렇고, 작가로서도 혼자 있는 시간이 필요했을 텐데요.

공　그렇죠.

지　술자리라는 게 좋아서 매일 마셔도 피곤할 수 있잖아요.

공　게다가 다 내 손님들도 아니니까.

지　단편 〈네게 강 같은 평화〉에 김지하 시인이 "죽음의 굿판을 걷어치워라"고 했던 〈조선일보〉 사설에 대한 이야기가 나오는데요. 당시 어떤 생각이 드셨나요?

공　그때 당시에는 너무나 미웠어요. 나중에 생각해보니까 맞는 얘기더라고요. 그것은 빨리 중지했어야 돼요. 그렇게 죽으면 안 되는 거였더라고요. 제가 어린 거였죠.

지　《별들의 들판》에서 "광장에서 밀폐된 방으로 들어서는 듯도 했고 한국에 있던 모든 끈들을 일시에 놓아버리는 것도 같은 과장된 감정도 느껴졌다". "외국에 산다는 일은 어쩌면 문화의 진공관 속으로 들어가는 일이야"라는 표현도 나오는데요. 한국에서도 이방인처럼 느껴졌던 자신의 처지가 그쪽에서 증폭된 건가요?

공   교포 사회의 문화가 동결 건조된 것 같은 느낌이 들더라고요.(웃음) 다른 사람들한테 물어봤더니 맞다고 해요. 70년대 이민 간 사람, 80년대 이민 간 사람, 90년대 이민 간 사람, 2000년대 이민 간 사람이 다 다른 거예요. 이민자들이 적극적으로 선진 사회와 교류하면 달라지는데, 교류하지 못한 부류들은 거기서 고착화되어버리는 거죠. 그분들이 되게 안타까웠어요. 더군다나 미국 이민 이런 것과 달라서 도망가다시피 간 거잖아요. 그래서 더 안타까웠고, 송두율 선생님도 옆 동네 살아서 여러 가지 생각이 들었고, 친하게 지냈던 어수갑 씨가 같은 성당을 다녔거든요. 되게 가슴이 아팠어요. 그런 사람들 보면서. 그래서 교포 사회의 갈등이 많아요. 다시는 외국 가서 살고 싶지 않아요. 한국이 제일 좋아.(웃음) 다시는 안 가고 싶어.

지   베를린이 "그곳을 욕하면서도 떠나지 않고, 떠나서도 금방 다시 돌아오게 만드는 도시"라고 하셨는데요.

공   되게들 좋아해요. 저는 별로였는데. 매력이 있긴 해요. 유럽 도시 같지 않거든요. 아기자기하지 않아요. 유럽의 다른 도시들은 아름답고, 아기자기하고, 여성적인데 베를린은 남성적이고, 넓고, 광활해요. 비스마르크 때 건설한 거니까. 베를린에 오래 산 사람들은 다 그렇게 얘기하더라고요. 너무나도 베를린을 사랑한다고. 북독일하고 남독일이 예전에 다른 나라였잖아요. 그런 것들이 가진 차이도 있고요. 북독일 사람들이 쿨한데, 사귀어보면 굉장히 따뜻한 사람들이고, 배신 절대로 안 하는 그런 사람들이죠. 남독일은 잘살고 친절한 듯하지만 결국 인종 차별적인 데가 있어요. 북독일이 말하자면 훨씬 더 진보적인 사람들이죠. 그런데 진짜 재미는 없어요. 4시만 되면 인적이 없어요. 정신병도 많이 걸리고, 정말 지옥이야. 거긴 지옥 같은 천국이고, 한국은 천국 같은 지옥이라니까요.(웃음) 한국이 다이내믹하고 재밌죠.

지 명섭이 수연에게 "깊이 개입하지 마세요. 우린 우리의 시대, 우리의 인생을 사는 것, 우리 세대는 우리 세대대로 상처 입을 날이 많을 테니까…"라고 하고, 엄마인 명숙이 베를린에 처음 가서 "밥 먹자, 앞으로 울 날은 얼마든지 있어" 하는 장면이 있는데요. 아무리 우리 세대가 고민했던 점이 있어도 다음 세대의 문제를 해결해줄 수 없는 부분도 있지 않나요? 그러니까 10대가 자기들 문제를 자기들이 해결하려고 쇠고기 문제로 광장에 나왔는지도 모르겠지만요.(웃음)

공 초중고가 나섰으니까.(웃음)

지 북새통 신종호 편집장이 《응원할 것이다》에 대해 "응원이란 구체적이고 현실적이어야 한다는 것을 너무 잘 보여주는 책"이라고 평했는데, 그 구체성과 현실성은 어디서 나온 건가요?

공 몰라요. 글쎄, 걔가 고 3 때 쓴 거잖아요. "네가 이 한 해로 모든 것을 잘해야 된다고 생각하지 않는다. 그래서도 안 되고, 그럴 수도 없다. 삶이라는 것은 길게, 길게 봐서 어느 순간 채색되어 가는 것이지, 네가 당장 결판을 내는 것은 아닌 것 같다"고 얘기한 것이 상당히 많은 위안을 줬던 것 같아요. 참, 진짜 요즘 애들 불쌍해.

지 위녕도 '88만원세대'라고 불리는 세대가 되었는데요. 특히 20대 비정규직 여성 문제는 정말 심각한데요.

공 우리 딸이 이래요. "엄마, 88만 원 많지 않아?" 그래서 "그래, 네 용돈으로는 많겠지" 했어요. 어이가 없어. 애가 철딱서니가 없어서 미쳐요. (웃음) 얘네들이 그 말을 실제로 체감하지 못하는 거예요. 오히려 30대 초중반 정도가 그 말을 체감하고 있는 것 같아요. 그게 얼마나 적은 돈인지 아는 거죠.

지 지금 10대는 '77만원세대'가 될 수도 있다고 하잖아요. 그런 면에서 많다고 한 것은 선견지명 아닐까요? (웃음)

공 그렇게 될 수도 있다고 하긴 하는데, 심각한 문제예요.

피하고 싶지만 꼭 겪어야만 하는 몸살 🌱

지 단편 〈열쇠〉에서 미카엘 신부가, 결혼해서 신부직을 떠난 친구가 찾아온 이야기를 하면서 "자기가 결혼 생활을 해보니까 가장 용서할 수 없는 상대가 바로 배우자라는 걸 알게 되었다고. 만일 다시 신부가 되어 고해를 듣는다면 절대로 예전처럼 쉽게 용서하라는 말은 하지 못할 거라고, 그러면 그건 거짓이고 위선이 되니까. 그런 의미에서 사제들이 왜 독신이어야 하는지 알 거 같다고 하셨대요. 결코 별에 도달할 수 없는 사람들이지만 별이 되고 싶은 사람들에게 그 별을 가리킬 용기를 가질 수 있는 자는 오직 독신들뿐이라고", 그런 말을 하는데요. 격려와 조언의 속성도 좀 그런 면이 있는 것은 아닐까요? 너무 이해하게 되면 얘기하기가 힘들고요. '결혼 생활이 힘들어요' 라고 하는데, '맞아, 나도 해보니까 힘들더라. 용서 못 해' 이런 식으로만 하면 조언이 안 될 것 같거든요. 상담 전화 이런 것도 그런 속성이 있는 것 같은데, 그게 인생의 딜레마 같아요.

공 묘미이기도 하고요.

지 누가 그런 고해를 한다면 어떻게 대답해주실 건가요?

공 요즘 같으면 너무 안 맞으면 빨리 이혼하라고 할 거예요. 결혼은 자기 자신이 성장하고 행복하기 위해서 하는 것이지, 결혼을 지속시키기 위해서 하는 것은 아닌 것 같아요. 이 두 가지가 굉장히 혼돈될 수 있을 것 같은데, 결혼 생활이라는 것이 크게 문제가 없어도 성장에 방해가 되고 진짜 안 맞을 수 있어요. 그럴 때는 각자의 길을 가되, 잘 헤어지라는 얘기를 해주고 싶어요. 오히려 집착해서 들러붙고 그러는 사람들은 보기만 해도 짜증나서 상담해주고 싶지

도 않아요.(웃음)

지　예전에 존 그레이가 《화성에서 온 남자, 금성에서 온 여자》를
썼을 때 사람들이 그의 이혼 경력을 들어서 비난했는데요. 남자, 여
자에 대해서 그렇게 잘 알면서 왜 이혼을 했냐고? 그런 과정을 겪
었기 때문에 더 잘 알 수도 있는 거 아닌가요?
공　그렇죠. 저도 그 얘길 가끔 해요. 에베레스트 산을 한 번에 올
라간 사람보다는 몇 번을 조난당해보고 시행착오 끝에 올라간 사람
이 산을 더 잘 알 것 아니겠냐고.(웃음)

지　가장 사랑하기 때문에 미워할 수 있는 사람이 배우자일 수 있
는데요. 그래서 다른 사람의 부부 관계에 대한 조언도 웬만한 애정
없이는 하기 힘들잖아요. 잘못하면 양쪽으로부터 모두 뺨 맞기 딱
좋은 일일 텐데요.
공　그래요. 조언은 진짜 함부로 하면 안 돼요.

지　"한국인들은 놀라울 정도로 피부 접촉에 대해 겸연쩍어했고 그
래서 거꾸로 거기에 많은 의미를 두고 있었다"는 구절이 나오는데,
한국에 있을 때는 그런 차이에 대해서 잘 모르다가 밖에 나가서 다
른 나라 사람하고 비교하면서 그런 것을 많이 느끼신 것 같은데요.
공　그 사람들 기본적으로 껴안잖아요. 그리고 키스를 하는 게 아
니라 뺨을 대고 입으로 '쪽' 하고 소리를 내더라고요. 우리에게 스

킨십은 너무 성적인 의미로만 받아들여져서 어릴 때 가족끼리도 잘 안 하잖아요. 그런 것 하나 느꼈고, 또 하나는 우리는 소주잔 부딪칠 때 잔으로 부딪치잖아요. 그런데 그 사람들은 와인을 마실 때 눈으로 부딪치더라고요.

지　한국 사람들은 눈을 마주치는 것을 쑥스러워하니까요.

공　눈을 한 번씩 마주쳐야 돼요. 예이츠 시에 "술은 입으로 들어오고, 사랑은 눈으로 들어온다"는 게 바로 이 장면이구나 생각했죠.(웃음) 옛날에는 술을 먹으면 왜 그러나 했는데, '아, 그래서 술 먹다가 눈이 맞았다는 거구나' 하는 생각을 했어요.(웃음) 그리고 또 하나는 중요한 건데, 유럽 소설들이 조금 더 잘 읽히기 시작했어요. 확실히 문화라는 것을 조금 느끼고 나면 소설이나 이런 것들을 더 빨리 이해할 수 있는 것 같아요. 그런 것들이 좋았어요.

허구적이면서도 경험적인 이중의 세계

지　방민호 씨가 《별들의 들판》에 "혹은 통속적이라고 하여, 혹은 감상적이라고 하여, 혹은 문장을 들어, 공지영 씨의 소설을 인정치 않으려는 견해가 없지 않다. 그러나 공지영의 소설만큼 시류 변화를 예민하게 읽어내면서도 속된 변화를 거절하는 절조를 보여주는 세계도 드물다. '옛날에' 변하는 세상을 더럽다 하던 기상 높은 문학인들은 다 어디로 갔는지? 공지영 씨 홀로 먼 길에 서서 연민 담

긴 눈빛으로 유다적인 세계를 조감하고 있는 듯하다"고 평했는데
요. 동의하지 않는 평론가도 많을 것 같은데요?(웃음)

공   방민호 씨가 유일하게 평단에서 저를 옹호해주는 분이잖아요.
저도 "기상 높게 절개를 지킨다", 이런 표현은 별로 좋아하지 않아
요.(웃음)

지   어쨌든 대중에게 읽혀야 되니까 '사람들에게 다가갈 수 있고,
위로를 해줄 수 있지만, 일정한 품격이나 틀은 놓지 않는다'는 애
기 같은데요.

공   그런 애기죠. 늘 하는 애기지만, 도대체 문장이 좋다는 게 무
슨 소리냐고요. 하지만 문장에는 격이라는 게 있어요. 번역이든 아
니든. 스타일과 격이라는 것이 분명히 있어서 스타일은 제각각이지
만 격이라는 것은 분명히 존재해서 정말 싸구려 소설은 두 페이지
읽으면 치워버리게 돼요. 어쨌든 격이 있는 소설가들의 작품의 경
우 문장의 격이라는 것은 분명히 있거든요. 저는 제가 그 격 이하로
쓴다고는 생각하지 않아요.(웃음) 평론가들 애기로는 그 격 이하라
는 거잖아요.

지   책을 잘 안 읽고 평하는 것 같은데요.(웃음)

공   내 생각에도 안 읽는 것 같아요.(웃음) 평론가들조차도 《우행
시》를 '여교수와 사형수의 사랑 이야기'라고 하는 것을 보면 진짜
웃겨요.

지 사랑의 종류는 여러 가지니까 그렇게 해석할 수도 있는데 왜 그렇게 보는지에 대한 설명을 해주는 것 같지는 않아요. 문장 하나만 툭 떼서 분석하는 식으로….

공 그 사람들이 문장을 예로 들지도 않아요. 공지영 문장은 쉽고, 이런 식으로만 얘기하지. 지난번에도 얘기했지만, 제 소설이 빨리 읽히는 이유는 문장이 쉽다기보다는 서사가 굉장히 강하기 때문에 다음 장면이 궁금해서 사람들이 빨리 읽는 측면이 있거든요. 내 생각에는 읽고 구체적으로 얘기하면 거기에 대해서 찬반이 있을 수 있는데, 그렇게 하지도 않잖아요. 그러니까 제가 얘기하잖아요. '나에 대해 이야기하지 마', 저에 대해서 그렇게 얘기하는 것은 아무에게도 도움이 안 돼요.

지 그러면 또 건방지다고 얘기하잖아요. (웃음)

공 〈세계일보〉랑 대담할 때 칭찬하지도 말라고 했어요. 이래서 미워하나, 건방져서 미워하나, 어차피 미움받을 거 내 마음대로 이야기하는 거죠, 뭐. (웃음) 그러면 그 평론가들, 자기들 문장은 좋으냐고. 옛날에 강출판사 주간으로 계신 분이 서평을 한 번 쓴 적이 있어요. 그분은 문장도 좋고, 인문학적 교양도 풍부하고, 비판도 제대로 해놨더라고요. 그분 것은 평론 자체가 좋은 평론이었어요. 그리고 평론가들이 모여서 '이번에 베스트셀러 씹어보자'고 하는 경우가 있는데, 도대체 왜 그러냐고요. 그러니까 '베스트셀러가 다 좋은 것은 아니다' 하는 취지는 알겠는데, 베스트셀러라도 좀 읽어야 되지 않아요?(웃음) 사람들이 요즘같이 책 안 읽는 시대에 그것마저 까놓으면 어떻게 하냐고요? 그러면서 유행하는 일본 소설 비평은 하나도 없는 거예요.(웃음)

지　방민호 씨는 또 "독자들은 주인공과 주변 인물들을 통해서 자기 또는 자기의 일부를 만나게 되며, 때문에 쉽게 작중 이야기에 몰두할 수 있게 된다. 작가는 작가 자신 또는 그 주변의 이야기에서 작품의 소재를 빌려오면서도 다양한 액세서리로 이를 충분히 보편화하고 일반화함으로써 한 시대의 '전형'을 창출해내는 것이다"고 평했는데, 이 액세서리라는 것은 어떤 것들을 얘기한 걸까요? 문학적 장치 이런 얘기일 텐데요.

공　무슨 얘긴지 모르겠는데, 앞의 부분은 맞아요. 제가 의도적으로 그렇게 하거든요.

지　개인적인 이야기로 그칠 수 있는 것을 어떤 장치를 통해서 보편화시킨다는 얘기 같은데요.

공　〈별들의 들판〉이라는 표제작을 보면 의도적으로 그렇게 하는 부분이 있어요. 70년대 광부, 간호사 들의 이야기가 독자들하고는 아무런 상관없는 이야기일 수 있잖아요. 저는 독일의 광부, 간호사라는 불행한 삶을 살았던 사람과 현대의 평범한 독자를 매개해줘야 되는 사람이잖아요. 그래서 어떤 장치를 생각했냐면 '이 사람들의 딸뻘이 20대 후반 정도 되겠다. 얘를 한국에 있는 아주 평범한 아이로 설정하자. 그래서 이 아이가 엄마의 삶을 추적해가면 독자도 무지의 상태에서 애랑 같은 행보로 움직일 것이다. 애가 엄마를 알아가는 것만큼 독자도 독일의 간호사, 광부의 역사를 알아가게 될 것이다'는 설정을 했죠. 그런 장치는 언제나 설정해요. 《우행시》도 마찬가지인데, 아주 낯설잖아요. 사형수도 낯설고. 낯선 것들, 제가 특별한 것들을 취재했을 때는 언제나 평범한 사람이 무지의 상태에서 출발해서 이 사람에게 접근해가는 방식을 썼어요. 그게 제가 독자와 소통하는 방법이고, 그것이 제가 작가로서 이 특수한 사실을 독자들한테 알리는 고유의 방식이거든요. 광부, 간호사를 주인공으로 설정하지 않는 이유죠. 사람들이 조금씩 조금씩 감정이입을 해나갈 수 있도록 의도적으로 만드는 부분은 있어요. 소설적 장치를 의도적으로 그렇게 만드는 거예요. 그래서 《우행시》의 유정이처럼 '사형수는 나쁜 놈이고, 그런 사람을 만난다는 것은 말도 안 된다'고 생각하고, 가기도 싫고, 만나기도 싫은 사람을 어쩔 수 없는 상황을 만들어서 조금씩 이해해갈 수 있도록 만드는 거죠. 그렇게 하면 페이지가 넘어갈수록 독자도 같이 알아가는 거니까 서서히 감정이입이 되는 거고요. 말하자면 단계를 밟아주는 거죠.

지 그러다 보니 드라마를 보면서 악역을 맡은 사람에게 현실에서 돌을 던지는 것처럼 현실과 좀 착각하는 사람들도 있는 것 같아요. (웃음) 방민호 씨는 "공지영 씨의 소설은 독자들에게 경험적이면서도 허구적이고 경험적이라는 이중적 또는 복합적인 감정을 경험하게 한다. 그리고 이것은 독자들로 하여금 소설 속 세계를 강렬하게 체험하게 한다. 나는 아마도 이것이 공지영 씨의 소설이 발산하는 매력과 흡입력의 원천일 것이라고 생각하고 있다. 또는 이것이 《별들의 들판》에 실린 연작들이 보여주는 바 그대로이다"고 했는데요.

공   말하자면 그게 일종의 추리 기법하고 비슷해요. 제가 어렸을 때 추리소설 작가가 꿈이었는데,《고등어》도 그렇고 제가 자주 사용하는 수법이 '아니 왜 그렇게 됐을까' 하는 궁금증을 만들어주면 사람들이 빨리 책을 읽게 되거든요. 재미있어지거든요.《우행시》같은 경우는 블루 노트라는 게 있는데, '아니, 이거 뭐야? 어떻게 되는 거지? 그럼 다음 장 한번 보자' 하게 되잖아요.《별들의 들판》같은 경우도 '엄마는 왜 그렇게 된 건지, 쌍둥이는 뭐야?' 하면서 찾아가잖아요.《고등어》도 그런 기법을 좀 썼는데, 처음에 딱 떨어지는 게 '은림의 유고 일기'인데, 얘가 죽었는데 나타나거든요.《무소의 뿔》도 마찬가지예요. 영선이가 자살을 기도했다는 소식을 듣고 혜완이라는 인물을 따라가게 되는데, 그 여자가 왜 자살하려고 했는지 조금씩 보여주는 게 이 소설의 전체니까, 일종의 추리소설의 기법을 가지고 있어요. 독자들이 재미있어 하고, 중간에 지루하지 않게 마련해주려고 의도적으로 장치한 것들이죠.

지   《우행시》에서도 일기가 장마다 나오고,《고등어》에서도 유고 일기가 장마다 나오는데, 그렇게 일기를 배치해두신 이유는 뭔가요?

공   그런 호기심도 있었어요. 그것이 가지는 장점이 뭐냐면,《고등어》는 명우의 시점으로 쭉 따라가는데, 은림의 시선으로 점점이 떨어지는 포인트가 거꾸로 돼주는 거예요. 《우행시》도 유정이의 시점을 따라가지만, 유정이가 가진 느낌을 거꾸로 환치시킬 수 있는 장치도 되는 거죠. 그런 것을 생각하고 배치한 거죠.

지   영화로 보면 플래시백하고 비슷한 효과인가요? 과거로 돌아가서 회상한다든지, 다른 장면을 인서트한다든지 하는.
공   《우행시》는 시간이 다르게 흘러가잖아요. 블루 노트하고 유정의 시간이 완전히 다르게 가다가 마지막에 교차돼서 뫼비우스의 띠처럼 되는 거고요. 유고 일기는 끝에 가서 은림이가 죽고 난 뒤 그 유고 일기를 발견하는데, 그것을 맨 앞으로 가져와서 펼쳐놓으니까 플래시백은 아니고, 차라리 몽타주라고 해야 되나요? 제가 소설을 구상할 때 나름대로는 머릿속에서 영화 한 편이 만들어져야 쓴다고 했잖아요. 영화적으로 보면 블루 노트 시작할 때 '지금부터 이야기를 시작하려고 합니다. 살인에 관한 이야기입니다'고 하는데, 영화로 치면 거기서는 플래시백으로 들어가죠. 가난하고, 엄마 찾아가고 이런 얘기가 나오는데요. 나 같은 경우는 영화로 치면 아무 설명 없이 그냥 팡 하고 던져주고, 유정이가 나오고, 그러다가 펑 하고 던져주고, 그런 기법을 쓴 거죠.

지   소설의 많은 부분을 자전적인 이야기거나 실존 인물의 이야기로 해석하는 부분은 좀 부담스럽지 않으세요?

공　예전에는 부담스러웠는데 지금은 내가 무지 거짓말을 잘하는구나 생각해요.(웃음) 유인태 의원이 〈우행시〉영화 보고 나서 너무나 슬픈 눈빛으로 "공 작가, 어렸을 때 성폭행당했어요?"라고 물어보더라고요. 그런 일 없었는데 작품만 보고 그렇게 생각하는 사람도 있어요. 거기서 유정이가 "사랑하는 사람하고는 못 하고, 사랑하지 않는 사람하고는 섹스가 된다"고 하잖아요. 그걸 보고 '그래서 저 사람이 이혼했구나' 하고 생각하는 사람도 있어요. 내가 진짜 거짓말을 잘하는 소설가적 자질이 있구나, 생각해야지 어쩌겠어요.(웃음) 이번에도 사인받으러 와서 엄마들이 "위녕이는 어느 교대 다녀요?" 그래서 "교대 안 갔어요" 그러니까 "아니, 거기 교대 갔다고 써 있잖아요"라고 해요. 그래서 "그건 저를 모델로 한 소설이지 자전소설이 아니에요"라고 했더니 뭐라고 하냐면 "다행이다. 공부도 못하는데 교대에 간 줄 알고 엄청 배신감 느꼈어요" 하더라고요.(웃음) "안 갔으니까 안심하세요" 했죠.

지　속으로는 '유명 작가니까 애가 공부를 못하는데도 빽 써서 대학을 보냈나 보다' 생각하면서 자기들끼리 멋대로 소설을 쓰고 있었겠네요.(웃음)
공　그러니까 소설은 자기들이 쓰는 거야. 그리고 "다니엘 아저씨는 잘 계세요?"라고 물어봐요.(웃음)

지　그걸 보고 공 작가님 요즘 연애하냐고 물어봐달라는 사람도 있더라고요.(웃음) 그런데 책은 한 달에 몇 권 정도 읽으세요?

공 책의 적이 술이더라고요. 진짜 술을 줄여서 책을 더 봐야 되는데, 책 읽으면 하루에 세 권 정도 읽어요. 밤에도 읽고, 낮에도 읽고, 짬짬이 읽고, 물론 내용에 따라 좀 늦게 진행되는 것도 있고, 어떤 것은 한 권을 가지고 사흘을 보내기도 하는데, 책을 읽을 때 한 권을 붙잡고 읽지는 않아요. 자기 전에 읽는 책, 화장실에서 읽는 책, 반신욕할 때 읽는 책, 보통 낮에 보는 책, 한 번에 네다섯 권은 동시에 진행을 하죠.

지 그러면 내용이 헷갈리지 않나요?(웃음)
공 전혀 안 헷갈려요.

지 한 권을 잡으면 그걸 끝내야 다른 것을 볼 수 있는 스타일도 있는데요.
공 아니, 아주 재미있는 책은 여기저기 가지고 다니면서 읽는데, 요즘 그렇게 매혹적인 책은 별로 없는 것 같아요. 대체로 매혹적인 내용은 무거운 책인 경우가 많아서 천천히 곱씹으면서 읽어야 해요. 그런 책은 시간을 두고 조금씩 조금씩 읽어요. 좋은 책은 두 번씩 읽고요. 어떤 책은 다섯 번 읽어도 좋더라고요. 《토지》는 다섯 번씩 읽었어요. 옛날에는 다 외웠는데, 지금은 거의 다 잊어버렸다.

지 책은 얼마나 구입하세요?

공　한 달에 평균 50만 원에서 100만 원 정도 사는 것 같아요. 내가 한 달에 50~70권 정도 구입하니까, 그 정도 되겠죠.

지　5만 원권 새 화폐의 모델 논쟁이 있었는데요. 결국 신사임당으로 확정됐는데, 여성계에서는 허난설헌이나 류관순을 주장하기도 했잖아요?
공　류관순 같은 분을 하지 왜 그랬나 몰라. 신사임당이 뭐 했어요?

지　아들 잘 키웠잖아요.(웃음) 신사임당 스스로도 예술가였다는 얘기도 있고요.
공　차라리 웅녀를 하든가. 웅녀는 나름대로 재밌고, 상상력도 발휘할 수 있고, 좋잖아요.

지　꼭 사람이어야 한다는 법은 없으니까.
공　웅녀는 사람으로 변한 거잖아요. 예뻤을 거 아냐.(웃음)

지　그러네요. 웅녀는 전직 곰이면서 사람이 되는 거니까요.(웃음)
공　전 곰이죠.(웃음) 얼마 전에 오죽헌에 가봤는데, 율곡이 열네 살부터 과거에 아홉 번인가 붙어요. 그런데 왜 자꾸 시험을 봐, 남들 떨어뜨리면서. 난 이해가 안 가. 별로 훌륭한 사람 아닌 것 같아.(웃음) 웅녀가 좋은 것 같은데, 예술가들한테 웅녀 공모를 해도 되고요. 그런데 웅녀는 좀 웃기긴 하다.(웃음)

성숙이 필요한 사회 ✿

지　트로츠키는 "사회주의는 진정한 의미의 개인주의를 거친 사회에서만 건설할 수 있다"는 얘기를 했는데요. 한국 사회가 진정한 의미의 개인주의를 거쳤거나 거쳐가고 있는 사회라고 생각하시나요?

공　아니요, 전혀. 그래서 제가《즐거운 나의 집》에서도 계속 그 얘기를 하는데, '우리'라는 말이 사실은 참 좋잖아요. 그래서 '우리 집, 우리 엄마, 우리 딸, 우리 남편, 우리 아내' 이렇게 얘기하잖아요. 그런데 이게 잘못하면 굉장한 폭력이 될 수가 있는 거예요. 그래서 제가 늘 얘기하죠. 라틴어 계통의 언어들을 보면 격변화에서 1인칭 복수, 2인칭 복수, 3인칭 복수가 있는데요. 우리, 너희들, 그들이라고 했을 때 우리에서 내가 빠지면 너희들이나 그들이 되는 거잖아요. 그러니까 우리 안에는 꼭 내가 있어야 하는 거죠. 그런데 우리의 우리 안에는 내가 없는 것 같아요. 저는 그래서 개인주의의 성숙이 너무나도 중요하다고 생각해요. 그런 차원에서 이혼도 꼭 나쁜 것은 아니라고 얘기한 거고요. 우리가 골 결정력이 부족한 이유도 개인주의가 발달하지 않아서 그렇다고 어떤 철학자가 얘기해서 깜짝 놀랐는데요. 언제나 무의식의 뒤통수 속에 '너 혼자 잘났냐?' 하는 두려움이 항상 따라다니기 때문에 개인기를 마음껏 발휘할 수 없다는 거죠. 그게 분명히 저변에 깔려 있어요. 튀는 것에 대한 두려움 같은 게 있잖아요.

지 결과가 좋을 때는 모르겠는데 결과가 나쁘면 비난이 쏟아지니까요. '기복이 심하다'는 말도 좀 웃기거든요. 선수라는 게 세 골을 넣는 날도 있지만 한 골도 못 넣는 날도 있거든요. 그 실력이라는 것은 그때그때 차이가 날 수 있고. 꾸준한 연습과 경험을 통해서 향상시킬 수 있는 것이죠. 늘 꾸준하지 못한 게 인간이고, 그것도 일종의 실력인데. 슈터는 결정적인 순간에 슛을 때릴 수 있는 배짱이 있어야 되는 거잖아요. 그게 확률이 높을 때 실력을 인정받고 스타가 되는 거고요. 그런데 우리는 몇 번 실패하면 '이기적인 플레이어'라고 얘기하거든요.

공 '자기만 안다'고 하고. 그런 말이 얼마나 축구의 발전을 저해해요. 심지어 축구도 그러니 일상생활에서는 어떻겠어요? 사람들이 제가 이혼한 것을 두고 '나는 그 여자의 사생활을 좋아하지 않고, 용서할 수가 없다'고 하는데, 내 인생 내가 알아서 하는 거지, 자기네가 뭐라고 용서하고 말고 하냐고요?(웃음) 시댁 쪽에서 그러면 내가 한풀 접을 수밖에 없을지 몰라도. 요즘 대학생들까지 그러고 있더라고요. 제가 늘 얘기하는 게 서로 영역을 그어놓고 잘 지키자는 거예요. 어떤 사람은 이런 질문을 해요. "거지한테 돈을 줘서 그 사람이 왕초한테 갖다주는 것을 어떻게 생각하세요?" 그래서 '그것은 그 사람이 알아서 할 문제고, 돈을 주는 것까지만 당신 문제다. 당신이 생각해서 주기 싫으면 안 주면 되는 것이고, 의심되면 그 사람이 어떻게 쓰는지 미행을 해보든지, 미행해서 결정이 났다고 말하든지 해야 될 것 아니냐'고 했어요.(웃음) 《즐거운 나의 집》

에도 썼지만, 우리 집 일은 내가 결정하고 우리 애들이 결정하는 거지, 아니면 와서 우리 애들한테 뭘 사주든가, 나 바쁠 때 와서 좀 키워주든가.(웃음) 그러지도 않으면서 전부 다 '우리가 남이가' 야.

지　내가 할 수 없는 것을 결정할 수 있다고 생각하는 사람이 많은 것 같아요. '싫다, 좋다' 의사를 표시해야 될 문제에 대해서까지 '반대한다'고 말하거나 가치판단을 하려고 들거든요.

공　용서할 수 없다고 하고. 자기가 왜 용서를 해요.(웃음)

지　그게 심해지면 게이라고 두들겨 패는 일이 벌어지는 거잖아요.

공　그러니까요. 진짜 웃긴다니까. 물론 농경 사회에서는 한 마을에서 태어나서 한 마을에서 죽잖아요. 그러니까 애는 몇이냐, 애 이름은 뭐냐, 아들은 누구냐, 남편은 누구냐 물어보는 게 맞을 수도 있어요. 왜냐하면 같이 살아야 되니까요. 그런데 지금은 거의 도시에 사는 삶인데 만나자마자 '결혼은 했냐, 왜 안 했냐' 이런 것을 물어보잖아요. 미혼들 너무 불쌍해. 저는 결혼한 사람들에게 '왜 했냐?'고 묻고 싶어요.(웃음) 사적인 질문 마구마구 하는 것 있잖아요, 그거 정말 싫어요.

지　얘기 안 하면 안 한다고 또 섭섭해하잖아요. '너, 나랑 안 친해?' 하면서.(웃음)

공　안 친하지.(웃음) 친해도 얘기해주기 싫거나.

지 술자리에서 어쩌다 한번 어울렸다고 되게 친한 척하는 사람도 있잖아요. 어차피 즐겁게 마시는 자리니까 그 자리에서는 좀 편하게 대한 것뿐인데.

공 그런 예가 너무 많은데, 너무 싫어. 특히나 나는 우리 엄마도 서울 토박이지, 그걸 깍쟁이라고 하죠. 영역 딱딱 지키는 거. 요즘 친구들은 사귀면 비밀 번호를 공유한대요. 그건 구속되는 범죄고 부모나 부부 사이에도 남의 이메일 열어보는 것은 형사 입건인데, 애인 사이라도 절대 비밀 번호 가르쳐달라고 하지 말고, 가르쳐주지도 말라고 얘기해요. 개인의 영역이 분명히 존재하는 거잖아요. 아무리 사랑해도 남녀가 화장실 같이 들어가지는 않잖아요.

지 서로가 공개하고 믿자는 건데, 믿으면 오히려 그걸 볼 필요가 없잖아요.

공 사람이 프라이버시라는 영역이 있는 건데, 아무리 사랑하는 가족이라고 해도요. 저는 '우리가 남이가' 라는 말이 제일 싫어요. 그럼 남이지, 지가 나야?(웃음)

10장

공지영에게
문학은 삶이다

공지영에게 세 아이는 너무나 소중한 존재다. 자신 때문에 상처받은 아이들이라는 생각에 또다시 상처 입을까 늘 노심초사한다.

촛불집회에 나가겠다는 위녕에게 "걱정된다. 너 대신 내가 나갈게"라고 했다가 "엄마 386 맞아?"라는 핀잔을 들은 공지영은 '가벼운 글만 쓰겠다'고 약속한 〈한겨레〉 칼럼에 결국 촛불집회 이야기를 쓰고 말았다(물론 경쾌한 톤으로 쓰긴 했지만 말이다).

정신없이 바쁜 그녀와 인터뷰 스케줄을 잡기가 매우 어려웠지만 약속 잡힌 날에는 충분한 시간을 내주었다. 두 번 정도 약속이 연기되었는데, 모두 아이들 때문에 양해를 구한 경우였다.

예전에는 아이들에게 잔소리도 많이 했다는 그녀가, 아이들을 변하게 하는 것은 잔소리가 아니라 사랑이며, 끊임없이 기다려야 한다고 얘기한다. 그녀의 기다림에 관한 미학(?)을 잘 보여주는 에피소드 하나를 소개한다.

"막내가 신경을 좀 안 썼더니 책은 안 보고 컴퓨터 게임만 하는 거예요. 그래서 어느 날 서점에 데리고 갔어요. 아무리 후진 책이라도 좋으니 읽고 싶은 책을 사주겠다고 했더니, 컴퓨터 게임을 만화로 만든 이상한 책을 가리키더라고요. 그것도 스무 권짜리를.(웃음) 한 권씩 샀죠. 원하는 대로 그것을 다 사줬어요. 처음에는 그런 책을 돈 주고 산다는 것이 너무 싫었는데, 막내 교육을 위해 투자라 생각하고 아깝지만 사줬어요. 그랬더니 컴퓨터 게임을 못 하는 시간에는 그것만 보는 거예요. 나름대로 늘 컴퓨터 게임만 하고 있는 거죠. 그러더니 너무 재미있다고 또 다른 것을 사달래요. 그래서 또 데려갔더니 먼저 것보다는 좀 나은데, 또 스무 권짜리 세트를 고르는 거예요. 우리 둘째가 '엄마, 이런 것 좀 사주지 마. 너무 부질없는 책이야' 그러는데 그래도 또 사줬어요. 그랬더니 그걸 다 읽었어요. 이건 강연 가서도 얘기하는 건데, 일단 책은 읽는 것이 즐거워야 해요. 유태인들이 아이에게 알파벳을 가르칠 때, 엄마가 식탁 같은 데다가 꿀로 A, B, C를 쓴대요. 그러면 애가 그걸 따라 쓴 다음 그 꿀을 먹는 거예요. 그게 아주 어렸을 때 이루어지니까, 말하자면 그 아이의 뇌리 깊숙한 곳에 문자라는 것은 달콤한 것이라는 감각이 진하게 각인되는 거죠. 그래서 내가 애를 실험 대상으로 삼아서 그 지도를 한 거야. 돈 억수로 썼어요.(웃음) 그렇게 해서 조금씩 단계가 올라가니까 책이란 것은 즐겁고, 나에게 유익한 것이라는 인식이 생긴 것 같아요. 요즘은 다섯 권짜리 동화 같은 것도 읽고 그래요. 그걸 보면서 제가 잘했다는 생각이 들었어요. 꼭 읽어야 될 목록을 주면서 '너 이거 읽어' 했으면 안 읽었을 것 같아요. 제일 중요한 건 책은 즐거운 것이라는 생각을 심어주는 거죠. 사람들이 '우리 애들 책을 안 읽어요' 그러면 '절대 좋은 책을 먼저 주지 말라'고 해요. 우선 글자가 적고, 책장이 빨리빨리 넘어가고, 웃기고, 무조건 재미있는 책을 주라고 권해요. 그리고 한 권을 읽을 때 성취감이 있어야 되는데, 책 안 읽던 사람한테는 안 넘어가면 힘들거든요. 그렇게 해서 어느 정도는 성공했어요. 쟤가 컴퓨터 못 하는 시간에는 뭐라도 보고 있어요. 그리고 나한테 와서 자기의 학식을 무지하게 자랑해요.(웃음)"

그녀는 또 큰딸에게 이렇게 충고한다.

"더 많이 사랑할까봐 두려워하지 말아라. 믿으려면 진심으로, 그러나 천천히 믿어라. 다만 그를 사랑하는 일이, 너를 사랑하는 일이 되어야 하고, 너의 성장의 방향과 일치해야 하고, 너의 일의 윤활유가 되어야 한다. 만일 그를 사랑하는 일이 너를 사랑하는 일을 방해하고 너의 성장을 해치고 너의 일을 막는다면 그건 사랑을 하는 것이 아니라, 네가 그의 노예로 들어가고 싶다는 선언을 하는 것이니까 말이야."

《응원할 것이다》에서

공지영, 그녀는 고통 속에서 기다릴 줄 아는 법을 배운 것 같다.

명박산성과 보수의 가치 ✤

지   6월 10일 촛불집회에 참가하셨잖아요. 굉장히 오랜만에 거리에
나가보셨을 텐데, 어떠셨어요?

공   너무 안전해.(웃음) 사실 맨 처음에는 약간 겁났어요. 왜냐하면
사람들 많이 모이면 안전사고도 나고 그러잖아요. 분명히 그 전에,
6월 1일 새벽에 경찰들의 만행이 있었잖아요. 유모차에 탄 아기들
이랑 휠체어 탄 사람들이 걱정이 되더라고요. 나중에 사람들이 왈
칵 몰리면 어떻게 하지, 겁이 났어요. 제가 원래 겁이 좀 많거든요.

지   예전 집회 경험이 생각나니까….

공   애기 데리고 온 엄마들한테 감정이입이 되는 거예요. 만약에 달
려야 되고, 도망가야 되면 '저 아이가 얼마나 무거울까?' 약간 걱정
이 됐어요.(웃음) 의외로 너무 평화롭고, 너무 심심했어요. 우리 딸은
나갔다가 새벽에 첫차 타고 들어왔잖아요. 그날도 그 얘기를 했을
거예요. 제가 첫 장편 《더 이상 아름다운 방황은 없다》 후기에 이
소설을 다음 세대들이 절대 이해하지 못했으면 좋겠다고 썼거든요.

진짜 우리 딸이 책을 보면서 이해를 못 하더라고요. 그래서 좋아했는데, 애네들이 이것을 조금 알게 된 것이 걱정스러웠는데, 한편으로 생각해보니까 결론적으로 좋은 거라는 생각이 들었어요. 엄마와 딸이 세대가 끊어지지 않고 나쁜 일이 있을 때는 국민들이 과감하게 저항을 해야 한다는 것을 보여준 거잖아요. 예전 우리 부모 세대에서는 그것이 끊어졌잖아요. 반공 이데올로기 때문에. 결과적으로는 아주 좋은 거라는 생각이 들었어요. 또 하나는 88만원세대들, 남들이 88만원세대라고 매김한 것을 가지고 슬퍼하고 있는 아이들이 자기네 힘으로 뭔가를 바꿔낼 수 있다는 것을 알지 않았을까요? 애네들이 무력감에서 벗어나 자신감이 생긴 부분도 분명히 있지 않을까, 그것이 꼭 자신감이 아니더라도 어쨌든 힘을 모아서 뭔가를 해낼 수 있다는 성취감 같은 것이 생겼을 것 같아요. 그런 게 다음 세대들한테도 이어지는 게 좋았어요.

지 위녕도 갔다 와서 얘기를 많이 했을 것 같은데요.

공 왜 그날 명박산성 있었잖아요. 그거 넘자고 스티로폼 계단도 만들었고. 그 앞에 있었던 모양이에요. 자기네 과에서도 '올라갈 것인가, 말 것인가'를 놓고 토론을 했대요. 시민들 대다수도 위험하니까 올라가지 말자고 했는데, 몇몇 대학이 먼저 올라가는 것을 보면서 안 좋게 생각했다고 하더라고요. 내가 끝나고 청진동에 해장국을 먹으러 가라고 했는데, 거기가 어딘지 몰라서 김밥 먹었대요. 거기서 좀 가면 해장국 집 있다고 했더니 아빠랑 엄마랑 따로따로는 차를 타고 가봤는데, 지리가 가늠이 안 됐나 봐요.

지 진짜 우파, 보수라는 게 아름다운 가치를 지키는 건데, 한국에서 우파를 참칭하는 사람들이 대부분 그렇지 못한 것 같아요.

공 원래 우파가 예의 바른 건데, 한국에서 우파라고 자칭하는 사람들이 극우니까 그렇죠. 내가 합리적 우파를 얼마나 좋아하는데요. 별로 없어서 그렇지.

지 우파라면 사람들이 더 나빠지지 않게 하기 위해서 의료보장도 해주고, 사회보장도 해주는 것을 고민하는 사람들 아닌가요?

공 그렇죠. 공산주의 안 생기게 하기 위해서 토지개혁도 빨리 하고 그랬던 것처럼. 나는 너무 웃긴 게 우파라는 사람들은 형식미를 존중하고, 예의를 존중하는 거거든요. 저보고 '버르장머리 없다'고 하면 우파 맞아요. 그건 맞는데, 한국 사회에서는 우파들이 더 말을 함부로 하고 더 상스럽게 하니, 우파가 아니죠. 그건 상놈이지.(웃음)

지 보수라는 가치도 아름다운 건데….

공 아름다워요. 예의 중시하고, 형식미 굉장히 중요하게 생각해서, 예를 들면, 독일 같은 데서 텔레비전 보면 좌파 당수는 인터뷰 프로그램에서 담배를 피워요. 그것도 멋있는 것 같아요. 그것을 허용하는 것도 멋있고. 그런데 우파는 항상 잘 차려입고 나와서 점잖고, 아름다운 말로 얘기하거든요. 처칠에 관한 재미있는 일화도 들었는

데, 처칠이 의회에서 막 당하고 나와 화장실에 갔는데 노동당 당수
가 있어서 다른 화장실로 피하니까 노동당 당수가 쫓아와서 "왜 피
하세요? 그렇게 자신이 없으세요?" 하더래요. 그러니까 처칠이 "당
신은 좋은 것만 보면 다 국유화하려고 하잖아" 그랬대요. 그 정도
여유가 있으면 좌우가 나눠져도 멋있는 것 아닌가요?

아름다운 보수의 조건 🌿

지   촛불집회에 관한 이문열 씨의 발언에 대해서는 어떻게 생각하세
요? '촛불을 끄기 위해 의병들이 나서라'고 했더니 진중권 씨가 "당
신이 직접 의병장을 하면 되지, 왜 선동하느냐?"고 했잖아요.(웃음)
공   이문열 씨하고는 인연이 좀 있어요. 1997년 《선택》이라는 소설
서문에 "이혼의 훈장을 주렁주렁 달고 무소의 뿔처럼 혼자서 외
친…"이라고 썼거든요. 안동 권씨의 정경부인인가가 나와서 준엄하
게 꾸짖는 게 그 내용이잖아요. 그 당시 사회적인 파장이 엄청났어
요. 당시 이문열 씨가 최고의 작가였으니까. 그때 여성계에서 나보
고 반론하라고 엄청나게 요구했어요. 그런데 제가 세 가지 이유로
그것을 거부했어요. '안동 권씨보다 내가 가문이 좋다. 나는 공자의
78대손이다', 유교적으로 보면 감히 안동 권씨가 공자의 자손을 꾸
짖을 수 없으니까 신경 안 쓰겠다는 것이 첫 번째 이유였고요.(웃음)
두 번째는 내가 그분보다 젊기 때문에 앞으로 훌륭한 작품으로 보답
해주겠다고 했어요. 그런 논쟁에 휘말리고 싶지 않기도 했고요. 세

번째는 우리 오빠가 간섭하는 것도 싫어하는데 남의 개인사에 왜 나서서 그러는지 모르겠다고 했죠. 그리고 제 소감인데 작가가 책 하나를 내면 자식 같아요. 나는 사실 태몽도 꾸거든요. 무슨 책이든지 작품을 내기 전에는…. 그만큼 내게 소중한 건데, 저는 그분이 이해가 안 갔던 것이, 왜 그 소중한 책의 서문을 15년이나 어린 까마득한 후배를 욕하기 위해 장식했는지, 그게 너무 이해가 안 갔어요. 그게 인터뷰 중에 잠깐 하는 얘기일 순 있어도, 책의 서문에 쓰기에는 적절하지 않은 얘기잖아요. 그리고 나는 이문열 씨를 한 번도 본 적이 없는 상태였고요. 아마 1998년이었을 거예요. 제가 《봉순이 언니》를 〈동아일보〉에 연재하고 있는데, 〈동아일보〉에서 공식적으로 두 사람을 인터뷰하라고 해서 그분이 저를 만나러 왔어요. 그때 편집자가 주를 단 것이 뭐냐 하면, "《선택》이라는 책에서 공지영 씨를 매우 비난한 적이 있는 선배가 사정을 알고 보니 그렇지 않다는 것을 알고 격려를 하기 위해서 왔다"고 쓴 거예요. 진짜 왔더라고요. 그때는 《선택》 때문에 이문열 씨의 인기가 급전직하로 떨어지고 있었는데, 오더니 사과를 해요. "공지영 씨, 얘기를 들어보니까 힘들게 살다가 이혼했다는데, 내가 알지도 못하고 그랬다. 미안하다"고 하면서 정식 사과를 해요. 나는 이해가 안 가는 거예요. 힘들게 살다가 이혼하면 괜찮은 거고, 이혼한 다른 사람들은 다 나쁜 건가요? 자기만 못해서 그러나 싶고, 또 하나는 아무리 내가 작가고 같은 문단에서 밥을 먹고 사는 사람이지만 남의 사생활을 가지고 이랬다, 저랬다 하느냐고요. 그게 이해가 안 갔지만, 일단 그 기라성 같은 선배가 공식적으로 사과를 하러 왔다는 것 때문에 마음이 많이 풀어졌어요. 〈동아일보〉에서 주선을 해서 밥을 같이 먹는데, 부인이랑 통화를 하면서 "공지영 씨랑 만났어. 내가 사과했어. 그리고 밥 먹고 있어"라고 자상하게 통화하더라고요. 그래서 '저 사람 역시 보수다. 보수의 본령은 원래 예의 바르고, 형식을 중요시하기 때문에 말 점잖게 하고, 가족 이데올로기가 중요하기 때문에 저렇게 부인한테 잘하는구나. 그러니 내가 저 사람이 보수란 걸 가지고 비난할 수는 없겠다' 하고 호감을 가졌어요. 그런데 그 후 홍위병을 비롯한 일련의 사회적 발언들을 보면서 실망했죠. 그 후로 공식적으로는 몇 번 마주쳤지만 사적으로 마주친 적은 없는데, 그 발언들을 보면서 '어, 보수는 저렇게 말하면 안 되고, 보수는 굉장히 현학적이고, 나름대로 위선적이면서, 예를 들면 형식미를 중요시하면서 얘기해야 되는데, 극좌처럼 얘기하네', 이런 생각이 들더라고요. 사실 좌파들은 변화를 요구해야 되니까 좀 거친 면이 있잖아요. 물론 극우도 거칠지만. 무엇이든 극으로 가면 안 좋다는 생각이 들어요. 나는 그분이 그런 생각을 하고 발언할 수는 있다고 생각해요. 당연히 싫어하고 말도 안 되는 것이라고 생각하지만요. 하지만 독자라는 사람들은 책을 열고, 조금이라도 더 나은 것이 있으면 받아들이려고 애를 쓰면서 책을 사고 책을 읽는 사람들인데, 저분이 선배로서 저렇게 하는 것이 앞으로 자기 책에 무슨 도움이 될까 걱정이 됐어요. 그 정도 생각이죠. 화가 났을 때는 '내가 당신의 적수가 되어주마' 이런 생각까지 한 적도 있는데, 의미 없는 일이잖아요.(웃음)

지 예전에 어느 인터뷰에서 "정치에 꿈이 없냐?"고 하니까 "국회의원은 많지만 내가 곱게 늙으면 이문열은 하나일 것"이라고 한 것을 보면 문인으로서 자부심을 가지고 있는 것 같은데요.

공 초기 작품들은 얼마나 좋았어요. 한때 그분의 작품을 읽고 문학 수업을 했던 독자로서 할 말이 있는데, 어쨌든 자기의 인생 자체를 많이 소설화했잖아요. 아버지가 만삭인 부인을 두고 월북을 했고요. 그것 때문에 형제들이 엄청나게 고통스럽게 자랐다는 것을 알고 있어요. 난 스톡홀름 신드롬 같은 게, 너무 이해가 안 가는 게 아버지가 그랬다고 해서 자식들을 괴롭히는 우파들이 나쁜 거잖아요. 그런데 아버지라는 이름으로 대표되는 좌파를 미워하고, 그토록 극우에 서는지 이해가 안 가요. 왜냐하면, 그 아버지라고 '나는 너희들에게 무책임하게 할 거야' 하고 월북하지는 않았을 거잖아요. 작가로서 그것을 충분히 이해할 수 있고, 이것이 분단된 역사의 비극 때문이라는 것을 충분히 인지할 수 있음에도 그렇게 한다는 것은 그분의 무의식 속에 새겨진 엄청난 피해의식과 레드 콤플렉스 때문이 아닌가 싶어요. 일단은 어떤 의미에서든 사상에 대해서 콤플렉스를 가진 사람이 큰 작가로 클 수 있을까, 사실은 그것 자체도 안아버려야 되는데요. 삶은 항상 이데올로기보다 크고 다양하고 풍부하니까요. 그게 독자로서 안타까웠어요. 개인적으로 《사람의 아들》《필론의 돼지》《그대 다시 고향에 못 가리》《젊은 날의 초상》까지 참 좋아했거든요.

한마디로 나는 공지영이 싫다 🌺

지 〈조선일보〉와 관련된 안 좋은 기억이 몇 가지 있는 것으로 아는데요.

공 그걸 이야기해야 되나?(웃음) 〈조선일보〉에 제 작품에 대해서 실린 기사가, 《무소의 뿔》이 다른 작가와 매칭이 돼서 실린 조그만 것 하나, 그다음에 《고등어》가 나왔던가 안 나왔던가, 어쨌든 《고등어》 이후에 잘 안 실어줬어요. 이번에 나온 《즐거운 나의 집》《응원할 것이다》도 안 실었어요. 《우행시》는 박해현 씨가 써줬는데, 보통은 신문사에서 제 기사를 받는데, 〈조선일보〉는 안 실어준 적이 많았어요. 1997년에 웃기는 일도 있었어요. 그때는 대통령 선거 직전이어서 '〈조선일보〉는 대통령도 만든다' 는 소문이 극악하게 돌 때였어요. 광화문에서 출판사 사람들이랑 같이 밥을 먹고 있는데, 옆자리에 〈조선일보〉 문화부 사람들이 들어왔어요. 그때 《착한 여자》가 나왔을 때였는데 합석을 하자고 해서 합석을 했어요. 지승호 씨도 알다시피 제가 누구한테 시비를 걸고 그런 사람이 아니잖아요. 어떻게 하다 보니 문화부 차장 옆에 앉게 됐어요. 《착한 여자》가 막 나와서 기사가 실리고 있던 때였는데, 물론 〈조선일보〉에는 기사가 안 나왔죠. 그때 무슨 일이 있었냐 하면, 전여옥 씨가 〈조선일보〉 1면에 짤막한 서평들을 연재하고 있었는데 인기가 좋았어요. 그때 전여옥 씨가 "사람들은 말한다. 공지영 씨가 글은 못 써도 행복했으면 좋겠다고. 그러나 나는 말하고 싶다. 공지영, 불행해도 좋으니까 좋은 글을 써라"고 했어요. 참 잘 쓴 글이고, 격려가 되는 글이었어요. 그때 제가 두 번째 이혼한 것이 장안의 화제였을 때예요. 그런데 이 사람이 갑자기 그 얘기를 꺼내더라고요. 전여옥 씨 글 봤냐고 해요. 그래서 '봤다. 고마웠다'고 했어요. 그랬더니 "내가 공지영 글 실지 말자고 전여옥 씨한테 그 글 말고 다른 글 달라고 했더니 이 여자가 북경에 가 있네. 그래서 내가 북경까지 전화했지. 공지영 책 이야기 실을 수 없으니 다른 글 보내달라고. 그런데 전여옥 씨가 귀찮다고 그냥 실으라고 해서 할 수 없이 실었지 뭐예요" 하는 거예요. 제가 어이가 없어서 쳐다보면서 "오늘 당신 처음 만났는데, 그런 일이 있었다고 하더라도 지금 나하고 첫 대면하는 자리에서 그 얘기를 하는 이유가 뭐예요? 저 굉장히 기분 나빠요"라고 했어요. 그리고 "대통령도 만드는 〈조선일보〉가 공지영이라는 피라미 작가가 뭐가 두려워서 북경까지 전화비를 써요?"라고 했어요. 그랬더니 "나는 공지영이 싫어"라고 해요. 그래서 "당신, 나랑 싸우자는 거야"라고 했죠.(웃음) 그건 정말 싸우자는 거잖아. 난 정말 잊지 못하는 게, 내 책을 거의 다 출판하는 출판사 관계자들이 일제히 침묵을 지키고 있는 거예요. 그런데 오히려 나중에 그중 한 명이 그러는 거예요. "네가 이러니까 문단에서 미움을 받지. 누가 감히 〈조선일보〉 문화부 차장한테 대들어"라고. "아니, 〈조선일보〉 문화부 차장이 아니라 세상 누구라도 내 면전에서 모욕하는데 가만히 있어! 내가 왜 〈조선일보〉에 아부해야 돼. 어차피 안 실어줄 텐데" 했죠.(웃음)

지 실제로 공지영이 〈조선일보〉 문화부 차장보다 대단한 거고, 설사 〈조선일보〉 문화부 차장이 대단하다손치더라도 잘못된 행동을 하는데, 같은 업계(?) 사람들끼리 보호해줘야 되는 거 아닌가요?

공 어쨌든 너무 괘씸해서 잊을 수가 없더라고요. 내가 아무리 작가가 아니라고 하더라도 사람한테 그러면 안 되는 거거든요. 그것도 초면에.

지 얼마나 자신만만했으면 그랬나 싶네요.

공 오만방자가 하늘을 찌르는 거죠. 더 웃긴 것은 조금 친한 〈조선일보〉 기자들을 만나서 그 얘기를 했어요. 그 사람 도대체 뭐냐고 하니까 "어, 그 사람 되게 좋은 사람인데" 해요. 여기에 열쇠가 있는 것 같아요. 이게 관건인 거죠. 그 사람이 원래 나쁜 놈이면 문제가 안 되는 거잖아요. 그 사람 원래 나쁜 사람인가 보네, 그러면 되거든요.

지 굳이 얘기할 필요가 없잖아요.

공 《우행시》가 나오고 나서 1년 반쯤 지났던 땐데, 〈조선일보〉에서 연락이 오는 거예요. 그 당시 편집국장이 그제야 《우행시》를 보고 '왜 이렇게 훌륭한 작품을 대서특필하지 않았냐?'고 야단을 치면서 가서 공지영 씨를 붙잡고 특집 인터뷰를 하라고 했대요. '나야 좋지, 고맙지 뭐' 그러면서 나갔어요. 인터뷰를 실컷 했는데, 제목을 '세 번 이혼하고 성 다른 애 셋 키워요'라고 뽑아서 메인타이틀로 나왔을 거예요. 그래서 내가 나중에 다른 인터뷰에서 그 말을 했어요. "주간지도 아니고 대표적인 일간지가 그것을 메인타이틀로 뽑는 것 자체가 너무 유치하고, 촌스러웠고, 격이 낮게 느껴졌다"고요. 앞에서 통쾌했다고 말했지만, 그건 이왕 이렇게 된 거 하는 수 없지, 하는 마음 다음에 온 거고요. 공지영의 작품은 다 어디로 가고, 《우행시》 때문에 만난 건데 메인타이틀이 그걸로 나온 거잖아요. 그리고 또 있어요. 2001년에 《수도원 기행》을 냈는데, 안티조선 운동이 한참 치열할 때였어요. 당시 〈조선일보〉 문학 기자가 전화를 했어요. 제가 길거리에서 휴대폰을 받았어요. 잘 안 들리더라고요. 이번에 책 낸 것을 가지고 인터뷰하자고 하는데, "뭐라고요? 안 들리는데요. 뭐라고요?" 하다가 "저 〈조선일보〉랑 인터뷰 안 해요" 그랬거든요. 사실 조용했으면 더 부드럽게 거절을 했겠죠. 그랬더니 "뭐라고요?" 하면서 전화를 팍 끊어버리더라고요. 그런데 김영사에서 받은 자료가 있어서 그랬는지 기사가 크게 나왔어요. 그다음부터 그 기자가 내 문학 취재를 올 때마다 이상 망측한 사진만 실리기 시작했어요.(웃음) 문학 기자들 만나면 비아냥거리면서 제가 그래요. "〈조선일보〉 봤시. 나는 기사 하나도 안 중요해. 사진 이상한 거 내기만 해"라고 하거든요. 그러니까 문학 기자들 사이에서 나오는 농담이 "쟤는 기사는 안 중요하고, 사진만 중요해"라고 하는 거죠.(웃음) 그래서 《별들의 들판》하고 《빗방울》 때 나온 기사의 사진이 이상한 게 나온 거예요. 치사찬란한 사람들이야. 얘기하다가 보니 열받아 죽겠네.(웃음) 에어컨 켜야겠다. 근데

리모컨 어디 갔나? 올해 에어컨을 한 번도 안 켜 가지고.

지 요즘 하는 안티조선 운동에 대해서는 어떻게 생각하세요? 조중동에 광고 실리는 업체들에 항의 전화하는 것 때문에 검찰이 수사를 하고 있는데요.

공 원래 불매 운동은 하는 거잖아요. 그 당시에는 안티조선 운동이 정당한 것이라고 생각했어요. 〈조선일보〉의 권력 자체가 비대해졌고, 진보적이지 않은 방향으로 흘러간다고 생각해서 저도 거기 동참했거든요. 물론 소비자 불매 운동 이런 것은 소비자의 권리라고 생각해요. 다른 데서도 하잖아요. 그런데 안티라는 것은 궁극적으로 지향해야 되는 것은 아닌 것 같아요. 안티는 항상 메인에 기생을 해야 되기 때문에 어느 정도는 안티 운동이 필요하지만, 더 중요한 것은 다른 담론이나 거기에 상응할 수 있는 것들을 키워내고 만들어내는 것이 궁극의 목표가 되어야 하는 것 같아요. 이 궁극의 목표를 잃고, 안티만 해서 잘라버린다면 사실은 위험하거나 비생산적이 될 수도 있다고 생각하는 거죠.

지 안티조선 운동이 한동안 정치권에서 구호로 내세움으로서 동력을 잃었던 부분이 있던 것 같은데, 요즘 다시 시민운동으로 자리를 잡아가고 있는 것 같은데요.

공 출판계에서도 모르고 광고했다가 항의 전화를 엄청나게 받았다고 하더라고요.

지 약국 앞에 "우리는 조중동에 광고하는 제약회사의 약품을 취급하지 않습니다"는 문구를 붙여놓은 곳도 있다더라고요.

공 아무튼 대단들 해요.(웃음) 우리 집은 신문을 많이 보는데, 〈조선일보〉〈중앙일보〉〈한겨레〉를 봐요. 〈한겨레〉와 조중을 비교해보면 다른 나라 이야기를 하는 것 같아요. 노무현 정부 때는 조중 보면 대통령 때문에 나라가 망해가고 있고, 〈한겨레〉는 입장이 좀 애매했어요. 요즘 〈한겨레〉를 보면 시민들의 힘으로 나라를 바로세운다고 하고, 조중을 보면 촛불시위 때문에 나라가 망한다고 하잖아요. 아니, 근데 진짜 큰일 났어. 이번에 사람들이 이런 말을 하더라고요. "보수를 뽑았는데, 전혀 안정이 안 돼. 안정시키라고 보수를 뽑아놨는데 나라가 안정이 안 돼." 이게 최고의 이슈 같아요. 안정희구 세력이 '아, 보수=안정이 아니구나' 하는 것을 깨달은 계기가 되었다고 봐요. 어떤 정권이든 간에 안정은 국민의 여론이 잘 수렴될 때 오는 거지, 보수를 뽑는다고 해서 안정이 오는 것 같지는 않아요. 안정 희구 세력들이 다음번에는 나름대로 진보를 뽑을 것 같아.(웃음)

세종대왕과 구급대원

지 어디선가, 가장 존경하는 인물을 세종대왕이라고 하신 적이 있는데요.

공 세종대왕하고 119 구급대원을 존경해요. 진짜 존경해요. 목숨

바쳐 일하시는 분들이잖아요. 아무리 월급 받는다고 해도 일 그렇게 열심히 안 해요. 세종대왕은 한글을 만들어줘서 감사해요. 특히 소설을 쓰다 보면 그 생각을 많이 하게 되는데, 전에 위화 소설 번역을 윤문해준 적이 있어요. 제가 중국어는 모르지만 한자는 좀 아니까 원문이랑 대조를 좀 해보게 되잖아요. 의성어, 의태어, 부사어를 묘사하기가 너무 힘들더라고요. 중국어가 시를 쓰기는 좋을지 모르겠지만 미묘한 것들을 표현해내기가 힘들더라고요. 그래서 소설들이 남성적으로 굵직굵직해요. 나는 우리말의 묘미가 조사에 있다고 생각하거든요. '은-는-이-가'를 어떻게 쓰느냐에 있는 것 같아요. '나도, 내가, 나는' 이게 다 다르잖아요. 우리말의 묘미는 조사를 어떻게 쓰느냐 하고, 부사에 있다고 생각해요. 그런데 만약에 내가 한자어를 계속 썼다면 그것을 어떻게 표현해낼 수 있었을까, 하고 생각해요. 왕이 공부도 많이 했다는데, 한글 안 만들어도 되잖아요. 학자들이 그렇게 반대했다고 하고요. 그런데 나랏말씀이 듕귁에 다르다고 어린 백성을 위해 만든 거잖아요.(웃음) 그게 왕이 아니라 누가 만들었다고 해도 감사하고, 멀리 내다볼 수 있었던 것이 너무 존경스럽고요. 이 세상 모든 문자 중에서 발명한 사람이 있는 문자는 한글밖에 없잖아요. 그래서 세종대왕은 한글 때문에 존경하죠. 그리고 119 구급대원, 아니 진짜야, 너무 존경해요.(웃음)

지　작가로서, 표현 도구로서의 한글에 대해서 자부심과 고마움을 느끼는 거군요.

공 예. 쉽고, 내가 표현할 수 있는 모든 것들을 막힘없이 표현할 수 있는 쉬운 글자가 있다는 것, 만약에 한글이 없었어 봐요. 우리 애들 한자 가르치려면 얼마나 힘들겠어요.(웃음)

지 타인의 시선을 의식하지 않는 것 같으면서도 타인의 시선에 상처를 많이 받으시는 것 같은데요. 어렸을 때 손가락으로 피아노 치는 시늉을 보고 주위 아이들한테 오해를 받았다면서요. "너 피아노 친다고 잘난 척하니?"라는 말에 '무심코 내가 한 행동이 상대에게 오해를 줄 수 있구나' 그런 생각을 하게 됐다고 하셨잖아요. 그 경험이 삶에서 굉장히 중요한 경험이었다고 말씀하셨는데요.

공 30대 초반까지는 어떻게든 그것을 납득시키려고 노력했어요. '너 그러지?' 하면 '아니야' 하고, 그게 속으로만 생각하면 상처를 안 받을 텐데, 별일 없이 자란 애들이 순해요. 극악스러워질 일이 별로 없잖아요.

지 먹을 거 가지고 싸울 일도 없고.(웃음)

공 울면서 학교 가서 월사금 내는 애 미워할 일도 없고.(웃음) 아무튼 타인의 시선 때문에 상처를 받았고, 《봉순이 언니》에도 그런 얘기를 썼어요. 정말 그 사람들에게 그런 의도가 없었다고 납득시키려고 하는데, 절대로 안 들어요. 그래서 '어떻게 하면 더 잘 납득시킬 수 있을까?'를 고민하다가 어느 순간 알아버린 거예요. '그들은 내가 그렇게 하는 것을 원하는구나. 절대로 진실을 보지 않는구나. 그렇게 마음먹고 공격하는 사람들한테 더 이상 변명하지 않겠다'고 결심을 한 거죠. 그들은 어떻게 해도 그럴 것이기 때문에. 심지어 사람의 본성이 '나, 그런 거 아니거든' 하고 약하게 나가면 더 밟아요. 그때부터 나 자신을 굉장히 많이 훈련시켰어요. 누가 나를 미워하는 것에 대해서 구애받지 말자. 나를 미워하는 사람들은 내가 그것 때문에 괴로워하는 것을 원하기 때문에 그 원하는 것을 들어주지 않겠다고 생각한 거죠. 진짜로 내가 잘못해서 나를 비판한다면 수용해야 되겠지만 전혀 상황이 그렇지 않은데도 그렇다고 비난하는 사람들에게 더 이상 에너지를 쏟지 않겠다는 결심을 했어요. 예전에는 '지금은 나를 비난하지만 내 진심을 알 때까지 내 곁에 둘 거야' 하면서 붙들어뒀는데, 내가 그 손을 놓는 순간 다 떨어져나가더라고요. 많이 떨어져나갔어요. 그러고 나서 보니까 세상에 좋은 사람들이 다른 데서 엄청 우글우글거리고 있더라고요. 괜히 그런 사람들 신경 쓰느라고 좋은 사람들 다 놓치고 말이야.(웃음)

지　누군가가 비난을 하고 그러면 일일이 해명을 하는 성격이었던 거군요.

공　애정이 있을 경우에 그렇게 하는 거죠. 제가 어렸을 때 반 애들한테 왕따를 당했다고 했잖아요. 그때는 정말 상처받았어요. 왜냐하면 왕따라는 것은 장난이 아냐. 밀폐된 공간에서 어쩔 수 없이 늘 같이 있어야 되는 거잖아요. 아무리 내가 잘났다고 생각해도 소녀가 감당할 수 있는 일은 아니었어요. 지금도 감당하기 힘들겠죠.

지　다른 동창 분은 진지하게 "네가 우리 69명을 왕따시켰잖아" 했다면서요.(웃음)

공　너무 황당했어요. 어떻게 똑같은 생각을 할 수가 있지, 했어요. 전 이겨내기 위해 농담처럼 그렇게 말하고 생각했던 거거든요. '너희들이 나를 미워하지만 나도 너희들을 상대하기 싫거든' 하는 마음으로 겨우 이겨낸 거죠. 오만이라도 떨지 않으면 그 상처를 내가 다 감당할 수가 없잖아요. 그래서 오만을 떨었는데, 어쨌든 학교 다닐 때는 공부 잘하는 애가 최고잖아요. 걔네들이 나를 멸시하고, 공격할 만한 거리가 없었으니까요. 품행도 엄청 방정하고.(웃음) 걔네들은 역으로 그것이 상처였을 수도 있겠죠. 우리가 그렇게 공격했는데도 고개를 빳빳이 들고 다니는 게 더 얄미웠겠죠. 그 운명이 지금까지도 계속되는 것 같지 않아요?(웃음)

지　이나리 기자와의 인터뷰에서 "내 위치는 포르노와 혁명 그 사이 어디쯤이 되겠구나. 되도록이면 혁명 가까운 쪽에 서고 싶다"는 말씀을 하셨는데요.

공　그 말이 뭐냐 하면, 좀 긴데요. 중요한 얘긴데, 1994년에 제 책 세 권이 베스트셀러 순위에 동시에 올라갔을 때 비난들이 쏟아졌어요. 세 가지 비난이 뭐였냐면 '얼굴로 책을 판다, 운동과 페미니즘을 팔아서 책을 판다, 대중에게 영합해서 책을 판다'는 것이었어요. 그런데 어쨌든 얼굴은 나이가 들면서 해결이 됐고요.(웃음) 두 번째 것은 나는 카피레프트가 아니고, 이걸로 밥을 먹어야 되니까 당신들이 뭐라고 얘기하든 파는 것은 맞다. 그 대신 상품의 질을 좋게 하겠다는 쪽으로 마음을 먹고, 스스로 해결했어요. 대중이라는 문제가 남더라고요. 그래서 그때 생각한 거죠. 대중이라는 말처럼 모호한 게 없잖아요. 가장 질이 나쁜, 대중적인 수요가 있는 문화적 현상을 한번 생각해봤어요. 그랬더니 그게 포르노더라고요. 어쨌든 전 세계에서 수요가 있는 하나의 문화잖아요. 저질이라서 그렇지. 그러면 거꾸로 가장 고품질의 고귀한 대중적인 것은 무엇일까, 생각해보니 혁명이더라고요. 혁명은 엘리트가 절대로 혼자서 할 수가 없잖아요. 소설이라는 것이 대중적인 기반 위에서 태어났고, 책을 팔아서 삶을 산다는 것은 어차피 대중과 함께 갈 수밖에 없는 상황이에요. 그러면 내 책의 질은 포르노와 혁명 사이, 어딘가에 있을 것이라고 생각해서 그 말이 나온 거고요. 그다음에 포르노란 무엇이고, 혁명이란 무엇인지 규정을 해야 되잖아요. 내 말은 이 문화 현상 속에서 포르노적이고 혁명적인 거니까, 그러면 포르노는 어떤 특징을 가지고 있느냐, 첫째로 사람을 감각하게는 하지만 생각하게는 하지 않더라고요. 두 번째는 갈등이 없어요. 갈등을 일으키지 않고 괴롭지 않고, 오히려 편안하게 해주거나 쾌락을 줘요. 세 번째는 그것을 체험하고 난 후의 결과가 그대로의 나이거나 더 저하되는 내가 있다는 특징을 가지고 있어요. 이것에 대비해서 혁명이라는 것을 생각해보면 혁명은 우리의 감각을 불편하게 하고 생각이 많아지게 해요. 두 번째로 우리를 괴롭게 하죠. 사실 괴롭잖아.

지 때론 목숨까지 걸어야 되고요.

공 그렇죠. 내가 가야 되나 말아야 되나, 엄마도 생각나고 아무튼 괴롭잖아요. 세 번째는 그것을 체험하고 난 인간은 그대로 있거나 아주 좋아지거나 하는 특징을 가지고 있더라고요. 그래서 그 세 가지를 생각하니까 특징이 잡히잖아요. 내 소설이 혁명에 가깝게 되려면 어떻게 해야 되나. 포르노라는 것은 남녀가 나와서 벌거벗는 것만이 포르노가 아니라 이 세 가지 특징을 가지고 있는 문화 현상이 포르노적인 것이라고 제 나름대로 판단을 했고요. 사실 남녀가 나와서 벌거벗더라도 혁명이 가지고 있는 문화 현상의 세 가지 특징을 가지고 있으면 혁명적인 작품이라고 생각한 거예요. 그래서 내 작품은 감각하기보다는 생각하게 만들고, 약간 읽을 땐 괴롭지만, 읽고 나면 한 뼘 자랐으면 좋겠다고 생각해서 그렇게 얘기한 거예요.

지 "베르나르 베르베르나 무라카미 하루키의 소설같이 머리로 쓴 소설은 싫어한다"고 하셨는데요. 머리로 쓴 소설과 가슴으로 쓴 소설의 차이는 뭔가요? 선생님 소설도 이성적인 코드로 읽히는 부분들이 있지 않나요?

공 아니, 이성이라는 얘기는 아니에요. 이성, 감성의 분리 문제는 아니고, 그 사람들이 쓴 소설이 머리로 쓴 소설이라는 것도 객관적인 진실이 아니에요. 나의 느낌이고, 내 소설 취향을 얘기한 거예요. 뭐라고 할까, 삶에 젖어들지 않는 느낌이라고 할까. 이야기들이 아주 재미있고, 구성이 짜임새 있게 흘러가지만 삶이 거기서 발견되지 않는 것 같은, 말하자면 아픔이 발견되지 않는 그런 소설들을 별로 좋아하지 않는다는 얘기죠. 제게 있어서 그것과 대척점에 있는 것이 토마스 만, 산도르 마라이, 로맹가리 이런 사람들이에요. 굉장히 아픈 통찰들이 나오거든요. 토마스 만 같은 경우도 굉장히 이성적인 문장을 가지고 있어요. 밑줄 칠 만한 구절이 많은 소설을 좋아해요. 잠언이 풍부한 소설들을 좋아하는 거죠.

지　하루키 같은 경우 젊은 사람들은 쿨하다고 생각해서 좋아하는 것 같은데요.

공　그런 게 나하고 안 맞는 거죠.

지　그런 태도가 치열해 보이지 않아서 별로 안 좋아하신다는 건가요?

공　아니요, 아까랑 비슷한 이유인데, 안전을 추구함으로서 얻는 이익과 모험을 함으로서 얻는 이익의 질은 다르거든요. 우위는 없어요. 거기서 선택한다고 생각해요. 상처 안 받고 쿨하려고 하는 것은 자기가 다치지 않고 안전하게 있겠다는 얘기잖아요. 그 사람이 얻는 것과 잃는 것이 있을 거고요. 모험하는 사람들이 얻는 것과 잃는 것이 있을 텐데, 내 과가 모험하는 과라는 거죠. 그리고 내 과가 그렇다기보다는 전 그렇게 못해요. 쿨 못해.(웃음) 그것도 능력이라는 거죠.

지　학교 다닐 때 개인 문집을 몇 권 만드셨다면서요. 제목을 '무지개'로 한 이유는 뭔가요?

공　그러니까 촌스럽고 유치한 거죠. 하나는 또 '은하수'야. '꽃바람'도 있고.(웃음)

지　소녀적 취향인 거네요. 아름다운 자연으로 제목을 정한 걸 보면.(웃음)

공　그렇죠.

지　지금도 가지고 있다고 하셨는데, 지금 보면 어떤 생각 드세요?

공　절대 안 봐. 보는 순간 바로 태워버릴 것 같아서 꾹 참고 안 펴봐요.(웃음)

지　집에 중세 유럽 앤틱풍의 가구들이 좀 있는데요. 가톨릭이라는 종교와 관련이 있는 건가요?

공　전혀 아니에요. 그냥 내가 나무 가구를 좋아하고, 뾰족뾰족하고 각진 것을 싫어해요. 그래서 아마 그렇게 하다 보니까, 그리고 앤틱 가구가 예쁘더라고요. 한국 고가구도 예쁜데, 그것은 모조품이 별로 없고 비싸거든요. 그런데 서양 모조품들은 좀 싸요.(웃음) 그래서 몇 개 사다둔 거예요.

지　이런 걸 보면 또 공주라고 할 텐데요.(웃음)

공 요새는 좋다니까. 공주라고 해주면 너무 고마워요.(웃음) 그래서 요즘 사람들이 만나서 "공주인 줄 알았는데, 아니시네요" 그러면 "무슨 소리를 하는 거예요. 공주라니까요"라고 답해요.(웃음)

지 위녕이 소설가가 되고 싶어 하는데, 엄마를 소재로 장편소설을 구상한 적이 있다면서요. 그건 언제쯤 나오나요?
공 언제 쓰겠어요?(웃음)

지 다른 분들을 소재로 삼다가 자신이 소재가 된다고 생각하니까 기분이 어떠세요?
공 뜨끔하죠. 쟤가 소설가가 안 되면 좋겠어요. 내 비리를 너무 많이 알고 있거든요.(웃음) 소설가 안 되고, 글은 쓰고, 다른 것으로 밥 먹고 살았으면 좋겠어요. 아마 자기한테 잘못한 것을 과장하고 부풀려서 쓸 거예요.(웃음)

정이 많아 비틀거린 인생 ❧

지 "정이 많아 비틀거린 인생"이라는 표현을 하신 적도 있는데요. 지금은 어떠세요? 그 정을 표현하는 방식도 많이 달라졌을 것 같은데요.
공 지금은 좀 절제를 해요. 왜냐하면 내가 좀 큰 건데, 이제는 내가 할 수 있는 일과 할 수 없는 일을 늘 구분하려고 하거든요. 그러면 할 수 없는 일이 훨씬 많아요. 그러다 보니까 정이 절제가 되더라고요. 옛날에 그랬던 게 어떤 의미에서는 약간 오만이었을 수도 있는 것 같아요. 내가 좀 도와주면 이 사람이 나아질 거라고 생각했던 게 오만이었던 것 같아요. 지금은 좀 안됐어도 냉정하게 자르고 '널 위해서 기도해줄게' 이렇게 말하고 끝내죠.

지 사람들과의 관계라는 것이 무조건 좋게 지내고 싶다고 잘되는 것은 아니니까요. 상대방은 조금 받았을 때 점점 더 기대하게 될 수도 있고요. 모든 게 잘될 거야, 하는 것도 위험한 생각일 수 있는 것 같아요. 사람이 노력하면 다 할 수 있다고 생각하는 것도….

공 맞아요. 위험한 생각일 수 있죠. 그래서 어쨌든 요즘 제일 먼저 생각하는 것은 '내가 할 수 있는가, 할 수 없는가' 하는 것이고, 그 다음에 나에게 좋은가, 나쁜가를 생각해요. 예를 들어서 촛불집회에 나와서 얘기해달라고 하거나, 〈100분 토론〉 같은 데서 여성 문제에 관련해 나와달라고 하거나 그럴 때 갈등을 일으키는 것이 뭐냐 하면 대의명분에 있어서 옳을 때거든요. 그때 꼭 이런 생각을 해요. 나에게 궁극적으로 이로운가, 해로운가를 생각하는데, 그때의 나는 작가인 나죠. 물론 내가 나가서 얘기하는 것도 좋은데, 내가 작가로서 앞으로 글을 쓰는 데 이것이 궁극적으로 방해가 될 것인가, 그렇지 않은가 생각해보면 사실은 거의 모든 대외 활동들이 방해를 해요. 특히나 시사, 정치 이런 것은 피곤하거든요. 해답도 없고, 진리에 근접하기 쉬운 것도 아니고요. 그 대신에 홍보 대사는 세 개 맡았다고 했잖아요. 그런 것들은 해요. 왜냐하면 그것은 글 쓰는 나에게도 도움이 되는 것 같더라고요. 저번에 아프리카 갔던 것이나, 이번 겨울에는 스리랑카나 아프리카 북부 쪽에 간다고 하는 것 같거든요. 그리고 '기쁨과희망은행'이라는 것이 창립해요. 천주교 교정 사목에서 하는데, 이영우 신부님은 제가 존경하는 분이기 때문에 뭐든 도와드린다고 했어요. 그런 것은 괜찮은데, 특히 텔레비전이나 언론, 이런 것은 아주 조심스러워서 피하죠. 사실은 제의가 굉장히 많아요. CF 같은 것도 많고요. 이제는 두렵지 않은 게, 예전에 돈이 절박하게 필요할 때는 좀 흔들리기도 했어요. 그때 는 하룻밤쯤 고민을 했어요. 일단 경제적인 안정이 저로 하여금 고민을 덜하게 해줘요. 한 가지 고민하는 부분이 있는데, 텔레비전에서 인터뷰 프로는 언젠가 꼭 한 번 해보고 싶어요. 여기서 뭐가 관건이냐면, 완전히 내 개인의 자유를 포기하고 공인으로서 오픈할 것인가, 이 갈등은 항상 있어요. 그래서 라디오 프로그램을 1년 가까이 했던 거고요. 그때 참 좋았어요. 텔레비전 인터뷰 프로그램은 어떤 식으로 하고 싶냐면, 꿈이 너무 큰 거지만, 〈오프라 윈프리쇼〉 같은 것을 한 번 해보고 싶은 생각이 있어요. 좀 더 나이 들어서 내가 술집 가서 외상해도 아무도 뭐라고 하는 사람들이 없어질 때 해야죠.(웃음) 전에도 비슷한 제의가 왔는데, 그때도 약간 망설이다가 아직은 때가 아닌 것 같아서 안 했거든요. 만약에 그렇다면 내가 활보할 자유가 너무 없어지는 거예요. 그러면 내가 좋은 소설가가 안 될 것 같아요. 그래서 10년 후쯤 다시 생각해보자고 마음먹었어요.

하긴 그때는 늙었다고 시켜주지도 않겠다.(웃음)

지　많이 받은 질문일 텐데요. 묘비명에 뭐라고 쓰이길 바라세요?

공　일단 묘비가 없을 거고요. 그런 거 별로 좋아하지 않으니까요. 요즘은 열렬히 사랑하는 것도 지겹고, 그것도 한때 생각했던 건데, 지겨워요.(웃음) '참 재미있게 살다 간다. 참 많은 것을 받았고, 많은 것을 겪었고, 너무 재미있었다'고 쓰고 싶어요.

책 읽기는 즐거워야 한다

지　아이들은 어떤 책을 읽나요? 독서 지도라고 할까, 그런 것은 안 하세요?

공　첫째는 거의 소설을 읽고, 둘째는 요즘 거의 책을 안 읽고요. 막내는 학습 만화를 주로 읽어요. 우리 막내가 반에서 독서 많이 했다고 상을 받아왔어요. 그래서 우리 집에서는 막내가 아는 게 제일 많아요. 하도 학습 만화를 많이 봐서.(웃음)

지　이원복 씨 만화 같은 것을 보면 정보량도 엄청나잖아요.

공　상식이 엄청 풍부해요. 그리스 로마 신화도 꿰고 있지, 역사도 꿰고 있지, 과학 만화 봐서 과학 상식도 풍부해. 난리도 아냐.(웃음) 큰애하고 둘째는 원래 책을 많이 읽었어요. 막내가 신경을 좀 안 썼더니 책은 안 보고 컴퓨터 게임만 하는 거예요. 그래서 어느 날 서

점에 데리고 갔어요. 아무리 후진 책이라도 좋으니 읽고 싶은 책을 사주겠다고 했더니, 컴퓨터 게임을 만화로 만든 이상한 책을 가리키더라고요. 그것도 스무 권짜리를.(웃음) 한 권씩 사줬죠. 원하는 대로 그것을 다 사줬어요. 처음에는 그런 책을 돈 주고 산다는 것이 너무 싫었는데, 막내 교육을 위해 투자라 생각하고 아깝지만 샀어요. 그랬더니 컴퓨터 게임을 못 하는 시간에는 그것만 보는 거예요. 나름대로 늘 컴퓨터 게임만 하고 있는 거죠. 그러더니 너무 재미있다고 또 다른 것을 사달래요. 그래서 또 데려갔더니 먼저 것보다는 좀 나은데, 또 스무 권짜리 세트를 고르는 거예요. 우리 둘째가 "엄마, 이런 것 좀 사주지 마. 너무 부질없는 책이야" 그러는데 그래도 또 사줬어요. 그랬더니 그걸 다 읽었어요. 이건 강연 가서도 얘기하는 건데, 일단 책은 읽는 것이 즐거워야 해요. 유태인들이 아이에게 알파벳을 가르칠 때, 엄마가 식탁 같은 데다가 꿀로 A, B, C를 쓴대요. 그러면 애가 그걸 따라 쓴 다음 그 꿀을 먹는 거예요. 그게 아주 어렸을 때 이루어지니까, 말하자면 그 아이의 뇌리 깊숙한 곳에 문자라는 것은 달콤한 것이라는 감각이 진하게 각인되는 거죠. 그래서 내가 얘를 실험 대상으로 삼아서 그 지도를 한 거야. 돈 억수로 썼어요.(웃음) 그렇게 해서 조금씩 단계가 올라가니까 책이란 것은 즐겁고, 나에게 유익한 것이라는 인식이 생긴 것 같아요. 요즘은 다섯 권짜리 동화 같은 것도 읽고 그래요. 그걸 보면서 제가 잘했다는 생각이 들었어요. 꼭 읽어야 될 목록을 주면서 '너 이거 읽어' 했으면 안 읽었을 것 같아요. 제일 중요한 건 책은 즐거운 것이라는 생각을 심어주는 거죠. 사람들이 "우리 애들 책을 안 읽어요" 그러면 "절대 좋은 책을 먼저 주지 말라"고 해요. 우선 글자가 적고, 책장이 빨리빨리 넘어가고, 웃기고, 무조건 재미있는 책을 주라고 권해요. 그리고 한 권을 읽을 때 성취감이 있어야 되는데, 책 안 읽던 사람한테는 안 넘어가면 힘들거든요. 그렇게 해서 어느 정도는 성공했어요. 쟤가 컴퓨터 못 하는 시간에는 뭐라도 보고 있어요. 그리고 나한테 와서 자기의 학식을 무지하게 자랑해요.(웃음)"

지　일단 책을 읽게 하는 것이 중요한 것 같은데요. 그러려면 베스트셀러도 안 읽는 세상에서 베스트셀러라도 읽고 진도가 나가게 하는 것도 방법일 것 같아요. 그걸 떼고 나면 달라질 거라고 생각하는 사람도 많잖아요.

공　'베스트셀러는 읽지 마라'고 얘기하는 것도 너무 이상한 거예요. 그러면 성서도 읽으면 안 돼요. 세계 명작도 시간이 지나면 계속 팔리니까 그것도 읽지 말아야겠네요. 그리고 읽어서 나쁜 책은 없는 것 같아요. 읽을 필요가 없는 책은 있지만. 더군다나 베스트셀러에 오른 것이 조작이 아니라면 왜 읽는 게 나쁘겠어요. 그 사람 부자될까봐?(웃음)

가슴 있는 자의 심장을 울리는 글

지　배수찬이라는 분이 자신의 미니홈피에 "확실히 공 선생님의 글은 비난받기 쉽게 되어 있다. 저울에 달면 무게가 많이 나가지 않을 것이다. 아예 공 선생님의 글이라곤 쳐다보지 않을 사람도 많을 것이다. 하지만 어쩔 것인가? 가슴 있는 자의 심장에 공 선생님의 글을 달아보면 심장이 터지고 마는 것을. 권정생 선생님 가신 후 세상에는 가슴이 따뜻한 글쓴이가 없는 것처럼 느껴졌다. 하지만 아이 셋을 기르는 공 선생님의 모습은 권정생 선생님과 또 다른 동지애를 느끼게 한다. 수녀님이 조폭에게 '애야'라고 하셨단다. 도대체 이런 사정을 누가 알려줄 수 있단 말인가'라고 글을 올렸더라고요. 그 글 보셨나요?

공 못 봤는데요. 너무 송구스러울 정도로 멋진 표현을 해주셨네요.

지 많은 분이 가슴으로 읽고 감동을 하는 것 같아요.

공 어제 법원에 강연을 갔어요. 고등법원장 앉아 있고, 판사들, 직원들이 좀 있고 그랬는데 한 여자 판사가, "저 대학교 졸업한 무렵에 선생님 글 읽고 고시 2년이나 늦게 보고 방황했어요" 하는 거예요. "어머, 미안해요"라고 했어요. 요새 심심치 않게 "선생님 때문에 내 인생이 변했어요"라고 얘기하는 사람들이 있어요. 글쎄, 잘 받아준 거지만, '나는 어떻게 살아야 할 것인가?'를 고민했던 기록이기 때문에 조금이라도 같은 고민을 했다면 내가 먼저 겪고 내린 결론이 조금은 도움이 됐을 거라고 생각해요. 소설을 읽을 때 제일 중요한 게 뭐냐 하면, 내 마음을 쿵쿵 움직일 수 있느냐 하는 건데, 어떤 책이라도 내 가슴을 움직이게 만드는 게 좋더라고요. 예를 들어서 《88

만원세대》는 소설도 아니고 문학 작품도 아니지만 그것에 깔려 있는 기저가 가슴으로 쓴 느낌이 있거든요. 그런 책들이 내가 좋아하는 책이죠. 내가 글을 쓸 때도, 내가 남의 가슴에 던져주고 싶은 말을 먼저 생각하고 써요. 가슴 대 가슴으로 얘기하고 싶은 생각으로 써요. 그건 되게 의식해요. 만약 어떤 처지에 놓인 사람이라면 내가 느꼈던 것이 이 사람한테 사무치게 들릴 수 있겠다, 그런 것들을 의식하죠. 특히나 산문 같은 경우는.

지 계속 반복되는 얘기지만, 감동을 느끼는 글을 보면서 분석하려는 사람들은 어떤 사람들일까요?

공 나 같은 유의 소설이나 글을 싫어할 수도 있지 않겠어요. 너무 감성적이라고 생각한다든지, 고통이 과장되었다고 생각한다든지, 이럴 수 있을 것 같아요. 내 친한 친구가 있는데, 걔랑 책 얘기만 거의 하거든요. 얘가 편안하게 사는 애예요. 여태까지 큰일 없이 모든 게 거의 갖춰져 있는 친구인데, 이 친구는 슬픔이라든가 고통의 감정을 잘 이해하지 못해요. 그렇다고 내 소설을 싫어하는 것은 아니고, 내 소설만 좋아해요. 친구니까.(웃음) 그런데 그런 차이는 있는 것 같아요. 걔는 주로 읽는 게 경제학, 사회학 이쪽이거든요. 머리도 되게 명석하고, 공부도 많이 해요. 그리고 뭐라고 해야 되나, 그러니까 이런 거예요. 에쿠니 가오리가 아무리 잘 팔려도 그 여자의 인신 때문에 구매나 비평이 좌우되는 일은 우리나라에서 없잖아요. 코엘료나 베르베르가 아무리 잘 팔려도 그 사람들의 사적인 생활을

놓고 그것에 의해서 좌우되는 경우는 없잖아요. 에쿠니 가오리의 사진이 엄청 예쁘게 나왔어도 그 사람이 예뻐서 재수 없다는 사람은 별로 없다고요. 제가 옆집 아줌마인 줄 아는 건지, 나는 왜 그렇게 도마에 올랐는지 모르겠어요.

지 하긴 요즘 정이현 씨도 예쁘다는 말만 나오지, 그것 때문에 책이 팔린다는 얘긴 없는 것 같네요.(웃음)

공 하성란도 예쁘고, 조경란도 예쁘잖아요.(웃음) 내 출세작이 《무소의 뿔》이잖아요. 그러니까 이게 신경숙 씨나 은희경 씨가 일으켰던 센세이션하고는 조금 다른 거잖아요. 문학적인 작가가 탄생한 데 이어서 저는 거기에 사회적 현상까지도 맞물려서 사회면에서도 다룰 수 있는 이슈들을 써왔잖아요. 나름대로 자기들한테 파급력이 컸다고 느낄 수도 있었던 것 같아요. 신경숙 씨가 《깊은 슬픔》으로 승부하는 것하고 내가 《우행시》로 승부하는 것 하고는 사회적인 파장이 다른 거니까요. 하나는 문화면에서 다루는 거고, 하나는 사회면에서까지 다뤄지는 거잖아요. 내가 사회에 막강한 영향을 미친다고 느낄 수도 있어요. 그리고 사실 그런 일을 내 작품들이 한 것도 있고요.

지 《즐거운 나의 집》을 보면서 위안을 얻었던 독자들이, 《응원할 것이다》를 보면서 선생님에게서 직접 편지를 받은 것 같은 위안을 얻었잖아요. 이 인터뷰집은 공지영으로부터 직접 말로 위로받는 콘

셉트가 될 것 같은데요. 이 세 권을 '위안' 또는 '위로' 3부작으로 불러도 될 것 같은데요. 복수 3부작이 아니라.(웃음)

공   하하하. 그러면 좋죠. 그 말 웃긴다.

지   박스 세트로 팔면 되겠네요.(웃음) 작가 공지영에게 소설은 무엇인가요?

공   삶, 삶의 어떤 조각들.

지   삶 그 자체라는 건가요?

공   예.

지   정리하는 차원에서 한 말씀 해주세요.

공   여태까지 얘기했는데, 뭘 또 한 말씀을 해요.(웃음)

지   정리는 해야죠.

공   얼마 전에 강연에서 어떤 사람이 이런 질문을 했어요. "선생님은 글을 쓸 때가 행복하세요? 책이 팔리고 편안할 때가 더 행복하세요?" 순간 쇼킹했어요. 저는 "글 쓰고 나서 소설에 대해 얘기하고 다닐 때는 작가할 만하다"고 얘기하면서 다녔거든요. 그런데 그 질문을 받는 동안 생각해보니까 그게 아닌 거예요. 사실은 쓸 때가 훨씬 행복한 거예요. 그 사실을 그때 처음으로 알았어요. 그래서 그 질문을 해줘서 정말 고맙다고 얘기했어요. 내 맘에 드는 것을 썼을 때 희열 같은 게 있잖아요. 그다음에 글이 풀렸을 때의 희열, 그때 정말 너무 좋아요. 그래서 이 짓을 계속 하나 봐요. 정말로 글이 잘 풀린 게 《별들의 들판》 마지막 대목 한 페이지 정도 쓸 때였어요. 그거 썼을 때 너무 기뻐서 내가 술 산다고 아는 사람들한테 다 번개 쳤어요. 나갔더니 서너 명 와 있더라고요.(웃음) 그 자리에서 내가 계속 그 얘기를 했나 봐요. 사람들은 지겨웠겠지만, 아무튼 저는 진짜 너무 기쁘다고 얘기했어요. 그 정도로 기뻐요. '오늘 10만 부 나갔어요'라는 이야기를 듣는다고 해서 잔치하고, 번개 치고, 사람들한테 계속 그 얘기를 하는 건 아니거든요. 기쁨의 종류가 좀 다르다는 거죠. 10만 부는 명시적인 대가가 돌아오는 거잖아요. 이것은 대가도 없고, 나 혼자만 그 감흥을 느낄 수 있는 거잖아요. 《우행시》 구상할 때도 우리 딸한테 하도 얘기를 많이 해서 우리 딸은 소설 읽지도 않았어요. '내가 그래서 그렇게 된 거야' 하면서 혼자 울고, 그러고 나서 들어가서 쓰는 거야.(웃음) 일단 얘기를 해놓고, 영화 보고 온 것처럼 얘기해놓고, 들어가서 쓰고 그랬어요.

지　그런 면에서 예술가들한테 조울증은 천형인 거 같은데요. 문장 하나 잘되면 날아갈 듯하다가 좀 안 되면 죽고 싶기도 하고.
공　작가뿐만 아니라 인생이 다 그런 거 아닌가요? 아무래도 작가들이 민감하니까 폭이 좀 크겠죠. 옆에서 보는 사람들이 괴로울 거예요. 그래서 예술가들은 결혼하면 안 돼요.(웃음)

지　예술가들이 보이는 약간의 광기는 용인해주지 않나요? 글 잘 써졌다고 하루 종일 떠들어도 들어주고.

공　출판사 직원들이 주로 듣죠. 다른 사람들은 가고.(웃음) 그런데 회사원들도 그렇지 않나요?

지　회사원들의 경우 큰 프로젝트가 성공했다거나 계약을 따냈다거나 그럴 때 그렇게 행동하죠. 오늘 업무 시간에 좋은 일 있었다고 종일 떠들면 그거 잘 안 들어주죠.(웃음) 작가는 글 쓰는 게 일상이 잖아요.

공　그렇긴 하네요.

지　작가들은 친구들이 술도 잘 사주고 그러잖아요. 김영하 씨는 자기도 지금 벌 만큼 버는데, 친구들이 '작가가 무슨 돈이 있어?' 하면서 술을 사준다고 하더라고요.

공　내 친구들은 다 나보고 내라고 하는데… 역시 과를 잘 나와야 해. 김영하 씨는 경영학과를 나와서 주변 친구들이 돈이 많은가 본데, 나는 문과대를 나와서 친구들이 돈이 별로 없어요. 친구가 잘되면 엄청 좋아요. 우선 내 술값이 엄청 절약돼요.(웃음) 여유가 있으면 마음도 넓어지고, 곳간에서 인심난다고 하잖아요.

지　마무리 멘트를 좀 해주세요.

공　정리했는데, 마무리 멘트까지.(웃음) 우선 내가 안 쓰니까 너무 좋아요. 내가 사실 지승호 씨를 굉장히 동정했어. 저 사람은 다 써야 되잖아. 너무 힘들겠다고 생각했어요.(웃음)

지 즐겁게 해서 별로 힘들지 않았다고 하면 거짓말이겠죠.(웃음)

공 지승호 씨가 워낙 성실하게 해서. 인터뷰할 때 성질 날 때가 있거든요. 말도 안 되는 질문하고. 우선 제일 중요한 것은 사실 관계인데, 그게 어긋날 때는 짜증나거든요. 그런 것 전혀 없이 너무 성실하게 해줘서 고마웠어요. 누가 그러더라고요. "지승호의 힘은 소같이 묵묵히 들이대는 물량의 힘일 거야." 그래서 "맞다, 정말 성실하게 조사를 해온다. 뒤늦게 꽃을 피워서 그렇지. 그게 정말 그 사람의 힘일 거야"라고 했어요. 근데 꼬여 있는 인터뷰어를 보면 너무 짜증나요. 속으로 '인터뷰를 하자는 거야, 싸우자는 거야' 그런 생각이 들 때가 있는데, 단발로 끝나는 것은 차근차근 설명을 해줘야 하잖아요. 원고료 받는 것도 아닌데, 이거 왜 해야 하나, 싶을 때도 있어요. 인터뷰의 목적이라는 것은 인터뷰어가 매개체가 되어서 인터뷰이를 잘 드러내줘야 하는 거잖아요. 저도 인터뷰 프로그램을 해봤기 때문에 짐작이 되는 부분인데, 공격적인 것이 아니라 곤란하고 힘들지만, 대중에게 알려지면 진실이 되는 어떤 점을 말하기 위해서 할 수 없이 그 사람이 싫어하는 것을 질문할 수도 있다고요. 그런 경우에는 어쩔 수 없이 공격적으로 들릴 수도 있겠죠. 그런 것 외에는 왜 공격적으로 질문을 던져야 하는지 모르겠어요? 예리해 보이려고 그러나?

지 예리해 보일지는 몰라도 그 사람이 질문에 상처받지 않고 대답해줄 수 있게 하는 것이 중요한 능력인 것 같아요.

공 제가 좋아하는 고사성어가 있는데, '포정해우'라는 말이에요. 소를 잡는 사람과 임금이 하는 대화예요. 이 사람이 뼈를 전혀 안 다치게 소를 잘 잡는데, 칼날을 한 번도 갈지 않았대요. 그래서 물어보니까 "하늘의 이치에 의지하여 큰 틈새에 칼을 집어넣고, 빈 곳을 따라 소의 몸 구조대로 할 뿐입니다. 아직 한 번도 살이나 인대를 다치게 한 일이 없는데, 큰 뼈를 다치겠습니까? 신의 칼은 19년이나 되었고, 잡은 소만도 수천 마리에 이릅니다. 그러나 칼날은 마치 방금 숫돌에 간 것처럼 여전히 날카롭습니다. 이 세상의 어떤 소도 몸의 구조가 똑같은 것은 없습니다" 하면서 임금한테 던진 한 마디가 뭐냐 하면, "제가 잡은 것은 죽은 소입니다. 죽은 소마저도 각각의 생김새대로 다루어야 한다면 하물며 살아 있는 존재는 더 말해 무엇하겠습니까?"라고 하는데 감동적이더라고요. 이 사람이 말하자면 대상인 소의 각각의 것을 인정하고 거기에 순응하는 거잖아요. 그게 인터뷰어의 자세가 되어야 할 것 같아요. 인터뷰어란 이런 사람인 것 같아요. '이것은 기예가 아니라 도입니다'라고 하는데, 그게 문혜군이 터득한 '양생의 도'라고 하더라고요. 《장자》에 나오는 얘기예요.

지 독자들에게 마지막으로 한 말씀 해주세요.

공 아이구, 이런 책까지 사주셔서 고맙습니다. (웃음) 소설도 아니고, 산문도 아닌데. 가끔 저한테 사인회나 강연회 같은 데 와서 "선생님, 꼭 한 번만 만나주세요. 듣고 싶은 말이 있어요"라고 하는데, 거기에 다 응해줄 수가 없어서 거의 다 거절했어요. 이 책이 만약 그런 갈증을 조금이라도 채워줄 수 있다면 좋겠어요. 지승호 씨도 수고 많으셨어요.

공지영을 인터뷰하는 것은 내게 도전이자 모험이었다. 이 모험이 성공적이었는지는 책이 나와서 독자들의 반응을 거쳐봐야 알 것이다. 하지만 자신 있게 말할 수 있는 것은 그녀는 매우 안정감 있고, 평화로웠고, 그 기운은 일정 부분 나에게도 전해졌다. 그리고 이 작업을 하는 동안 엄청난 부담감을 느꼈지만, 그래도 참 행복했다. 인터뷰를 준비하기 위해 그녀의 책을 읽었던 시간, 인터뷰를 진행하면서 같이 이야기 나눴던 시간, 인터뷰를 정리하기 위해 녹취를 푸는 시간, 모두 행복했다.

인터뷰를 해본 사람이라면 알겠지만 녹취를 푸는 과정이 행복하지만은 않다. 사실 매우 힘든 육체적, 정신적 노동의 과정이기도 하다. 이 과정을 즐겁게 해낼 수 있었던 것은 그녀의 카리스마가 작용했기 때문이 아닐까, 하는 생각이 들었다. 카리스마, 하면 흔히 최민수식 카리스마를 떠올리기 쉬운데, 카리스마라는 단어에는 '매력'이라는 의미가 포함되어 있다.

'위키 백과'를 보면 '카리스마'는 "다른 사람을 매료시키고 영향을 끼치는 능력"으로 정의되어 있다. 확실히 그녀에게는 다른 사람에게 영향을 끼치는 능력이 있는 듯했다.

앞서 언급했던 최송현 아나운서나 2년이나 고시를 미룬 여성 판사, "선생님 때문에 내 인생이 달라졌어요"라고 말하는 독자들과 강연회에서 만난 많은 대학생들의 예를 봐도 그렇다. 그녀의 작품은 위안이 되기도 하고, 새로운 결심을 하게 만드는 힘이 되기도 하는 것 같다. 그리고 그 힘은 공지영, 자신이 먼저 절실하게 고민해봤던 지점에서부터 나오는 것 같다.

많은 인터뷰에서 공지영은 사람들이 자신을 의외로 알아보지 못한다고 말했다. 인터뷰하면서 몇 군데를 같이 다녔는데, 그 말이 사실이었다. 같이 식사를 하러 갔던 순두부집에서도, 청송얼음막걸리집에서도, 꼼장어집에서도, 기사식당에서도, 거리에서도 그녀를 알아보고 말을 거는 사람은 없었다. 물론 그 집들이 공지영을 알아볼 만한 사람들이 오지 않는 곳일 수도 있다. 하지만 놀라웠다. 약속 장소를 찾느라 고생할까봐 기사식당 앞 큰길까지 나와서 기다리고 서 있는 공지영을 상상이나 했겠는가.

이 인터뷰로 그녀를 다 알 수 있었다고 말한다면 거짓말이거나 오만일 것이다. 공지영의 독자들이 말한 대로 "선생님, 꼭 한 번만 만나주세요. 듣고 싶은 말이 있어요"라고 간절하게 바라는 마음을 대신해서 그녀를 만났던 것이고, 그 역할에 충실하려고 노력했을 뿐이다. 그 행위가 그녀를 간절히 만나고 싶어 했던 사람들에게 충실한 대리 만족을 줄 수 있었으면 바랄 뿐이다. 작가 공지영도 자신의 사생활이 있고, 작품 활동도 해야 하니, 일일이 그들을 다 만날 수는 없는 노릇이다. 그러니 나는 양쪽의 갈증을 해소시키기 위한 다리 역할을 충실히 해냈다는 말을 듣고 싶다.

농담 반 진담 반, 독자들에게 이 책이 《즐거운 나의 집》《네가 어떤 삶을 살든 나는 너를 응원할 것이다》에 이어 '위로 3부작'이 되었으면 한다. 첫 번째가 소설, 두 번째가 편지 형식이었다면, 이 책은 공지영이 독자들에게 직접 들려주는 방식이 될 것이다. 이 작업을 하는 동안 내가 그녀에게 위로받았던 것처럼 많은 분들이 그녀의 말을 통해 위로를 받았으면 한다.

공지영의 학창 시절을 기억하는 누군가가 〈오마이뉴스〉 기사에 이런 리플을 남겼다.

"그는 참으로 발랄하고, 진취적이고, 거기다 예쁘기까지 하고, 더군다나 무척이나 똑똑하기까지 하고, 더더군다나 '건방'이라고 는 전혀 느끼지 못하게 하는 누구라도 좋아할 수밖에 없는 여대생 이었다."

발랄하고, 진취적이고, 거기다 예쁘기까지 하고, 더군다나 무척 이나 똑똑하기까지 한데, 건방이라고는 전혀 느껴지지 않는다니, 어 떻게 보면 박제된 사람이거나 드라마 캐릭터로나 존재할 사람 아닌 가? 그런데 그녀는 여전히 씩씩하게 살아 있고, 우리와 같이 숨 쉬 고 있으며, 그때의 모습을 여전히 간직하고 있는 듯하다. 그녀는 그런 사람이다. 아, 말로 설명하기 힘든데…(〈개그 콘서트〉 '달인' 의 김병만 목소리로) "공지영 씨 만나봤어요? 만나보지 않았으면 말을 하지 마세요~", 설마 이 농담을 진지하게 받아들일 사람은 없으리라 믿는다. 이 책을 준비하고, 마무리 짓는 시점까지 나는 행복했다. 그녀에게도 그런 시간이었을까? 그랬다면 '우리들의 행복한 시간' 이었겠지.

괜찮다, 다 괜찮다

1판 1쇄 펴냄 2008년 8월 18일
1판 32쇄 펴냄 2021년 3월 19일

지은이 공지영 지승호
펴낸이 안지미

펴낸곳 (주)알마
출판등록 2006년 6월 22일 제2013-000266호
주소 04056 서울시 마포구 신촌로4길 5-13, 3층
전화 02.324.3800 판매 02.324.7863 편집
전송 02.324.1144

전자우편 alma@almabook.com
페이스북 /almabooks
트위터 @alma_books
인스타그램 @alma_books

ISBN 978-89-92525-35-0 03810

이 책의 내용을 이용하려면 반드시 저작권자와 알마 출판사의 동의를 받아야 합니다.

알마는 아이쿱생협과 더불어 협동조합의 가치를 실천하는 출판사입니다.

종이 자켓_한창 실키카켓 130g/㎡ 커버_한창 실키카켓 210g/㎡ 본문_한솔 클라우드 70g/㎡